雲端咕咕國

CLOUD CUCKOO LAND

安東尼・杜爾 著
Anthony Doerr
施清真 譯

獻給過去、現在、未來的每一位圖書館員

歌詠團團長：兄弟們，動動腦。大家提個意見，你們覺得應該把我們的城市取個怎樣的名字？

皮耶賽特洛斯：斯巴達如何？這個名字老派，聽起來氣勢非凡，而且稍微帶著自命不凡的意味。

尤瑞匹底斯[1]：偉大的大力神，您豈可把我的城市取名為斯巴達？我甚至不會幫我的床墊取一個像是這樣的名字來侮辱它。

皮耶賽特洛斯：好吧，但你有何建議？

歌詠團團長：宏亮氣派，像是雲朵一樣生氣勃勃。嗯，還得帶點飄飄然、不可多得的意味，聽起來有點膨風。

皮耶賽特洛斯：我知道了！大家請聽——**雲端咕咕國**！

——亞里斯多芬，《鳥》，西元前四一四年

1 尤瑞匹底斯（Euripides，西元前 480-406），古希臘詩人，擅寫悲劇詩作。

序幕

獻給我最親愛的姪女
祈願這齣劇作帶給妳希望和光明

| 阿爾戈斯號[2] |

任務年65
一號艙中第307日

2 阿爾戈斯（Argos），古希臘的一座城市，位於伯羅奔尼撒半島東北部，新石器時代即有人居住，斯巴達興起前是古希臘強盛的城邦之一；希臘神話中的百眼巨人名字也是阿爾戈斯。（編按）

康絲坦斯

一個十四歲的女孩盤腿坐在一個環狀艙室的地上。她一頭濃密蓬鬆的捲髮；她的襪子全是破洞。這位是康絲坦斯。

一個半透明的圓柱矗立在她的後方，圓柱高達五公尺，從地面直升天花板，柱內高懸著一座機器，機器由數以兆計的金色絲線組合而成，條條細若髮絲。絲線成千成百地相互糾結，纏繞出精美繁複的圖貌。偶爾可見一團絲線沿著機器的表面閃閃發光，忽而此處，忽而彼處。這位是希柏。

室內還有一張充氣式小床、一個環保馬桶、一部食品列印機、十一袋滋養粉、一部形狀尺寸與汽車輪胎相仿，名為「輪程機」的多方位跑步機。燈光發自天花板的環狀燈管；四下看不到明顯的出口。

近百張長方形的紙片擱置在地上，紙片呈網格狀排列，全都是康絲坦斯從滋養粉的空袋撕下，紙片上用寫作業的墨水寫了字，有些是她密密麻麻的字跡，有些只有一個字。比方說，其中一張紙片寫著二十四個希臘字母，另一張紙片寫著：

> 截至一四五三年之前的一千年間，君士坦丁堡遭到二十三次圍攻，但沒有任何一支軍隊攻得破它的陸牆。

她往前一傾，從面前拼圖般的紙片裡拿起三張。她後方的機器閃了閃。

時間很晚了，康絲坦斯，妳一整天都沒吃東西。

「我不餓。」

來一盤美味的義大利燉飯如何？或是烤羊肉佐馬鈴薯泥？還有好多組合妳沒嘗試。

「不了，謝謝，希柏。」她低頭看看第一張紙片，低聲唸道：

佚失的希臘散文體故事《雲端咕咕國》描述一個牧羊人踏上旅程，追尋一個雲端的烏托邦之城，作者是安東尼．迪奧金尼斯，約莫撰寫於公元一世紀末。

第二張：

我們從九世紀拜占庭帝國的一篇摘要中得知，《雲端咕咕國》以簡短的序言拉開序幕，迪奧金尼斯在序言中對他病中的姪女宣稱，接下來的故事並非由他編撰，而是他在古城泰爾（Tyre）的墓穴裡發現的。

第三張：

迪奧金尼斯告知姪女，墓穴上標記如下，埃同：八十年生而爲人，一年爲驢，一年爲海鱸，一年為烏鴉。迪奧金尼斯宣稱，他在墓穴裡發現一個木櫃，木櫃上題了字：陌生人啊，不管你是誰，請打開來讀，感受生命驚奇。當他打開木櫃，他發現裡面擺了二十四塊絲柏木簡，上面寫著埃同的故事。

康絲坦斯緊緊閉上雙眼，隱隱之中，她彷彿看到迪奧金尼斯爬下黑暗的墓穴，就著火炬的火光端詳那個奇怪的木櫃。天花板的燈光暗了下來，牆面從雪白轉為柔和的澄黃，希柏說，康絲坦斯，熄燈時間快到了。

她小心翼翼地穿越放置在地上的紙片，從小床底下取出空袋中僅存的滋養粉，牙齒和手指並用，撕下一張空白的長方形紙片。她把一匙滋養粉放進食品列印機，按下按鈕，列印機隨即噴出一盎司黑色的液體到碗盆裡。然後她拿起一截塑膠管，管頂已經被她削得尖細，她把臨時湊合的筆沾一下臨時湊合的墨水，俯身靠向空白的紙片，畫出一朵雲。

她再沾一下墨水。

她在雲朵上方畫出城市的一座座高塔，接著畫出一隻隻飛鳥，飛鳥繞著塔樓翱翔，望似一個個小黑點。室內更加陰暗。希柏閃了閃。康絲坦斯，我必須堅持妳吃點東西。

「我不餓，謝謝，希柏。」

她拿起一張標示著日期的紙片——二〇二〇年二月二〇日——放在另一張寫著「第A頁」的紙片旁邊。然後她把手繪的雲端城市放在左邊。在漸漸消逝的燈光中，有那麼短暫的一刻，這三張紙片看起來幾乎緩緩上升，閃閃發光。

康絲坦斯往後一仰，跪坐在地。她已經幾乎一年沒有離開這個艙室。

01

陌生人啊，不管你是誰
請你打開來讀，感受生命驚奇

《雲端咕咕國》，安東尼・迪奧金尼斯著，第A頁

這部迪奧金尼斯的手抄本長寬約三十公分乘以二十公分。手抄本遭到蟲蛀，坑坑洞洞，字句因發霉而大量抹滅，僅有二十四頁，從A標示到Ω，得以回復原貌，但皆已受到相當程度的損毀。手抄本的字跡工整，斜向左側。出處：澤諾・尼尼斯二〇二〇年的譯本。

……爲了等待人們展讀，那些木簡在那個木櫃裡發霉多久？我確信妳會質疑木簡上那些稀奇古怪的故事是否可信，我親愛的姪女，在我的手抄本中，我可沒有遺漏任何一個字。說不定古時候，人們確實以野獸之貌行走於世間，一座群鳥之城也確實飄浮在俗世與眾神國度之間的天堂。或者啊，說不定那個牧羊人跟所有的瘋子一樣編撰出他自己的事實，而在他眼中，事實也就是如此。但現在就讓我們來看看他的故事，再判定他是不是果眞瘋了。

| 萊克波特公共圖書館 |

2020年2月20日
下午4點30分

澤諾

他護送五名五年級的孩子穿過漫天白雪，從學校走到公共圖書館。他是個八十多歲的老先生，身穿帆布外套，靴子用魔鬼氈扣緊，領帶上一隻隻滑冰橫行的卡通企鵝。今天一整天，喜悅已在他心中穩穩地、慢慢地膨脹，此時此刻，在二月這個星期四午後的四點三十分，他看孩子們沿著人行道往前跑——艾力克斯・漢斯戴著他那紙紮的驢頭、蕾秋・威爾森拿著一把塑膠火炬、娜塔莉・赫南德茲拖拉著一個手提式音響——他感覺自己幾乎已被喜悅淹沒。

他們走過警察局、公園處、伊甸之門房地產。萊克波特公共圖書館是一棟維多利亞式的樓房，位於萊克街和公園街的轉角，樓高兩層，屋頂尖細高聳，望似薑餅屋，一次大戰之後，屋主將之捐給市鎮，它的煙囪傾斜，排水溝下垂，房屋正面的四扇大窗破了三扇，龜裂之處以強力膠帶固著。數公分的白雪已經落在人行道兩側的檜柏，轉角那個漆得像隻貓頭鷹的還書箱也已蒙上白雪。

孩子們衝向人行道另一頭，蹦蹦跳跳地踏上門廊，跟走出來攙扶澤諾爬上臺階的謝里夫擊掌。謝里夫是童書部的館員，耳朵裡塞著檸檬綠的耳機，頭髮和胳臂沾了勞作的金粉，閃閃發亮。他的運動衫上印著幾個大字：**我喜歡磚頭書，不騙人**。

走入館內之後，澤諾擦擦眼鏡上的霧氣。接待櫃檯的正面貼著美工色紙裁剪的紅心，櫃檯後方的牆上掛了一幅裱框的刺繡畫，繡出幾個大字：問題在此得到解答。

電腦桌上的三臺電腦全都閒置，保護程式的圖形在三個螢幕上同步迴旋。有聲書書架和兩把破舊的扶手椅之間，一座暖氣爐滴滴答答地漏水，水滲過天花板面板，滴進一個容量七加侖的垃圾桶。

劈哩。啪啦。劈哩。

孩子們爭先恐後地衝向二樓的兒童區，雪花濺了滿地，澤諾和謝里夫相視一笑，聽著孩子們踏上樓梯頂，而後紛紛停步。

「哇。」樓上傳來奧莉薇亞．歐提的聲音。

「天啊。」克里斯多福．迪伊補了一句。

謝里夫攙扶澤諾上樓。二樓的入口已被一道木板牆擋起來，牆上噴了金漆，中央是一座小小的拱門，澤諾在拱門上方寫道：

Ὦ ξένε, ὅστις εἶ, ἄνοιξον, ἵνα μάθῃς ἃ θαυμάζεις

五年級的孩子們在牆邊擠成一團，雪花融化在他們的外套和背包上，他們全都看著澤諾，澤諾等著自己喘口氣。

「大家記得那句希臘文是什麼意思嗎？」

「當然記得。」蕾秋說。

「還用問嗎？」克里斯多福說。

娜塔莉踮起腳尖，用手指輕輕撫過每個字。「陌生人啊，不管你是誰，請打開來讀，感受生命驚奇。」

「老天爺喔，」艾力克斯說，他那個紙紮驢頭已經被他夾在胳臂下。「這就像是我們走進了書裡。」

謝里夫關掉樓梯間的電燈，孩子們圍攏在小門旁，沐浴在出口號誌燈的紅色光影中。「準備好了嗎？」澤諾大喊，圖書館館長瑪麗安在木板牆的另一側說：「準備好了。」

五年級的孩子們逐一穿過小小的拱門，走進館內的兒童區。書架、桌子、懶人沙發等平常佔用兒童區空間的物品都被推到牆邊，空出的地方擺了三十張折疊椅。椅子上方，幾十朵硬紙板裁製的雲朵以線繩懸掛在椽梁上，朵朵撒上一層亮晶晶的金粉。椅子的前方是個小舞臺，舞臺後方掛著一片帆布，大大的帆布覆滿整面牆，瑪麗安在上面畫了一座雲端的城市。

金色塔樓三三兩兩地矗立，塔頂插滿各色旗幟，塔牆被數以百計的小窗切隔。嬌小的褐色彩鵐，雄偉的銀白飛鷹，尾翼曲長的鳥，嘴喙曲長的鳥，來自世間的鳥，出自想像的鳥，群群繞著塔樓的尖頂盤旋飛舞，遠遠望去，密密麻麻。瑪麗安關掉頂燈，舞臺上只留下一盞伴唱機的彩燈，在這束光影中，雲朵發光，鳥群閃爍，塔樓似乎從塔內散發出光芒。

「這個——」奧莉薇亞說。

「——更壯觀——」克里斯多福說。

「雲端咕咕國。」蕾秋輕聲說。

娜塔莉擱下她的音響，艾力克斯跳到舞臺上，瑪麗安大喊：「小心！有些油漆還沒乾。」

澤諾低下身子坐到前排的椅子上。他每次眨眼，往事隨之歷歷湧現，有如水紋般漫過眼簾：他爸爸屁股著地，四腳朝天地摔進雪堤裡；一位圖書館員拉開目錄卡的抽屜；戰俘營中的一名男子在塵土上劃寫各個希臘字母。

謝里夫帶著孩子們參觀後臺，後臺和舞臺以三個書架區隔，由他一手打造，裡面堆滿道具和戲服，奧莉薇亞抓了一頂乳膠彈性帽套住頭髮，讓自己看起來像是禿了頭，克里斯多福拖拉著一個微波爐紙箱走向舞臺中央，紙箱經過彩繪，看起來像個大理石石棺，艾力克斯伸手碰碰彩繪的城市，娜塔莉從背包拿出筆電。

瑪麗安的手機嗡嗡響。「披薩送到了，」她朝著澤諾還管用的那隻耳朵說。「我去拿，立刻回來。」

「尼尼斯先生？」蕾秋輕拍澤諾的肩膀。她的紅髮往後梳，紮成一條馬尾辮，雪花融化成小水滴，滴落在她的雙肩，她的雙眼圓睜，閃閃發光。「這些都是你建造的？為了我們建造的？」

西蒙

一條街之外，一部龐帝克汽車掩蓋在七公分的白雪下，一個灰眼，十七歲大，名叫西蒙．斯圖爾曼的男孩把一個背包擱在大腿上，昏昏沉沉地打瞌睡。背包顏色青綠，尺寸略大，裡面裝了兩個壓力鍋，各自塞滿鐵釘、鋼珠、點火器、十九盎司的強力炸藥，兩個鍋子都被雙線鋼絲纏繞，鋼絲延伸到鍋蓋，在鍋蓋上被插進手機的電路板。

睡夢之中，西蒙走在樹下，朝向幾個圍在一起的白色帳篷前進，但他每次往前跨出一步，小徑就扭曲彎折，帳篷也往後倒退，強大的困惑壓迫著他，他嚇得醒來。

儀錶板的時鐘顯示四點四十二分。他睡了多久？十五分鐘。頂多二十分鐘。笨喔。真不小心。他已經在車裡待了四個多小時，腳趾頭都發麻，而且尿急。

四點四十三分。

天黑之前十五公分，夜間三十至三十五公分，收音機傳出聲音。

吸氣四秒鐘，憋氣四秒鐘，呼氣四秒鐘。回想所知之事。貓頭鷹有三個眼瞼。牠們的眼球不是球狀，而是圓柱狀。一群貓頭鷹被人們稱為議會[3]。

他只需慢慢晃進去，把背包藏在館內東南側的角落，確定背包盡量靠近伊甸之門房地產，慢慢晃出來，開車朝北上路，等候圖書館六點閉館，動手撥號，等候手機鈴響五次。

轟！

輕而易舉。

四點五十一分，一個穿著櫻桃紅連帽外套的女人從圖書館裡走出來，她拉緊外套帽子，拿起鏟子用力剷除館前人行道的積雪。瑪麗安。

西蒙趕緊關掉車子的收音機，在座位上滑低身子。他想起一樁往事：他七歲或是八歲，站在非小說區分類號碼598的某一處，瑪麗安從高高的書架上拿下一本貓頭鷹指南遞給他。她滿臉雀斑，有如沙塵暴；她聞起來像是肉桂口香糖；她拉了一把滾輪椅凳坐到他的身旁。她翻開書，秀給他看看站在洞穴外的貓頭鷹、坐在樹枝上的貓頭鷹、翺翔在田野上方的貓頭鷹。

他把往事推到一旁。主教怎麼說來著？一個眞心投入的戰士不會感到愧疚、畏懼或是懊悔。一個眞心投入的戰士乃是人上人。

瑪麗安繼續剷除輪椅坡道的積雪，她撒上一些鹽，走向公園街，消失在白雪之中。

四點五十四分。

西蒙整個下午都在等圖書館盡空，現在館內總算空無一人。他拉開背包拉鍊，打開黏貼在壓力鍋蓋上的手機，拿出一副隔音耳罩，拉上背包拉鍊。他防風夾克的右口袋裡有把Beretta 92半自動手槍，手槍是在他叔公的工具棚裡找到的。左口袋裡有支手機，手機背面寫著三個電話號碼。

3 貓頭鷹的集合名詞是「parliament」，一群貓頭鷹即是「a parliament of owls」。

慢慢晃進去，把背包藏好，慢慢晃出來。開車朝北行進，等候圖書館閉館，撥打最上頭的兩個電話號碼。等候鈴響五次。轟。

四點五十五分。

一輛鏟雪車隆隆開過十字路口，車燈一閃一閃。一輛灰色小貨車緩緩駛過，車門印著「King Construction」。「開館」的標示在圖書館一樓的窗上閃爍。說不定瑪麗安出去辦點雜事；她不會離開太久。

趕緊過去。下車。

四點五十六分。

每一片撲打在擋風板上的冰晶幾乎都悄無聲息，但他卻能感覺聲音直竄牙根。撲撲撲撲撲撲撲撲。貓頭鷹有三個眼瞼。牠們的眼球不是球狀，而是圓柱狀。一群貓頭鷹被人們稱為議會。

他把隔音耳罩緊貼著耳朵，拉起外套的罩帽，一手擱在車門的把手。

四點四十七分。

一位眞心投入的戰士乃是人上之人。

他下車。

澤諾

克里斯多福把保麗龍墓碑繞著舞臺排列，他還把微波爐紙箱製成的石棺放置成某個角度，好讓觀眾們看得到墓誌銘：埃同：八十年生而爲人，一年爲驢，一年爲海鱸，一年爲烏鴉。蕾秋拾起她的塑膠火炬，奧莉薇亞從書架後面走出來，一頂月桂花環緊緊套在她的乳膠彈性帽上，艾力克斯看了大笑。

澤諾拍拍手。「我們要把彩排當成正式演出，記得嗎？明天晚上，你們在觀眾席裡的外婆可能打噴嚏、某人的小寶寶可能哭哭啼啼、你們其中一個可能忘詞，但不管發生什麼事，我們都會繼續演下去，對不對？」

「沒錯，尼尼斯先生。」

「拜託，拜託，娜塔莉，音樂。」

娜塔莉戳一下她的筆電，喇叭中隨即傳出陰森森的管風琴賦格曲，其間穿插鬧門嘎嘎嘎、烏鴉呱呱呱、貓頭鷹嗚嗚嗚。克里斯多福在舞臺的前端攤開一捲白色的緞面布，布長約莫幾英碼，橫越整個舞臺，他在一端跪下，娜塔莉在另一端跪下，兩人上下揮動白布。

蕾秋足蹬膠鞋，大搖大擺地走到舞臺中央。「泰爾島國的一個霧濛濛的夜晚」——她低頭瞄一眼她的劇本，然後又抬起頭——「作家安東尼·迪奧金尼斯離開檔案館。你瞧，這會兒他人在這裡，又累又煩，為了他垂死的姪女感到焦慮，但大家等著瞧，且待我讓他看看我在墓穴間發現什麼奇怪的東西。」緞面布滾滾翻騰，管風琴悠悠響起，蕾秋的火炬一閃一閃，奧莉薇雅昂首踏入燈光之中。

西蒙

冰晶沾在他的睫毛上，他眨眼甩除。他肩上的背包感覺有如一塊巨石、一片大陸。漆在還書箱上的貓頭鷹似乎跟隨著他，他走到哪裡，那雙褐色的大眼睛就盯到哪裡。

他拉緊罩帽，戴著隔音耳罩，走上五階大理石臺階，行至圖書館的門廊，入口的玻璃門內側貼著一張告示，告示上以孩童的字跡寫道：

明日公演
僅只一晚
雲端咕咕國

接待櫃檯沒有半個人。沒人下棋，沒人用電腦，沒有人翻閱雜誌。肯定是因為暴風雪所以沒人上圖書館。櫃檯後方那幅裱框的刺繡畫繡著：問題在此得到解答。牆上的時鐘顯示：五點零一分。電腦螢幕上，三個螢幕保護程式的圖形迴旋扭轉，令人愈看愈暈眩。

西蒙走到東南側的角落，跪在語言類和語言學類之間的走道上，他從書架最下層抽出《輕鬆學英文》、

《五百零一個英文字彙》、《荷蘭語入門》，把背包塞進書籍後方布滿灰塵的空間，然後把三本書放回原位。

起身時，他感覺天旋地轉，條條紫色的斑紋有如瀑布般在他眼前直直竄下。他聽到自己轟隆的心跳聲，雙膝顫抖，膀胱脹得發痛，他感覺不到自己的雙腿，他在書架之間一路留下殘雪。不過他辦到了。

好，慢慢晃出去。

他沿著非小說類圖書往回走，每件事物似乎都朝著上坡傾斜。他的球鞋有如鉛塊般凝重，他的肌肉也都不聽話。書名搖搖晃晃地閃過，《失落的語言》、《字語帝國》、《養育雙語孩童的七個步驟》，他舉步維艱地走過社會科學類、宗教類、字典；快要走到門口時，他感覺有人輕拍他的肩膀。

別停。別停。別轉頭。

但他停下來轉了頭。一個纖瘦的男人站在接待櫃檯前，耳裡塞著一副綠色的耳機，眉毛漆黑濃密，眼中充滿好奇，運動衫上約略可見**我喜歡磚頭書**等字樣，懷裡抱著西蒙那個青綠的背包。

男人說了些什麼，但隔音耳罩讓他聽起來像在三百公尺之外，西蒙的心像是一頁壓皺了又撫平、撫平了又壓皺的紙張。背包不可以在這裡。背包必須藏在東南側的角落，盡可能靠近伊甸之門房地產。

眉毛濃密的男人低頭檢視背包，拉鍊已被拉開一截。當他再度抬頭，他的眉毛皺起。

西蒙的眼前冒出上千個微小的黑點，耳中響起轟隆巨響。他把右手伸進防風夾克的右口袋，手指摸到手槍的扳機。

澤諾

蕾秋作勢用力移開石棺的棺蓋。奧莉薇亞把手伸進紙板裁製的棺材，取出一個用毛線綑緊的小盒。

蕾秋說：「一個木櫃？」

「上頭題了字。」

「什麼字？」

「陌生人啊，不管你是誰，請打開來讀，感受生命驚奇。」

「迪奧金尼斯先生，你想想，」蕾秋說，「這個木櫃已經在墓穴裡熬過多少年，捱過多少世紀！地震、水災、火災，一代一代來來去去！這會兒被你拿在手裡！」

克里斯多福和娜塔莉繼續揮舞緞面布，揮得手臂酸痛，管風琴樂聲裊裊，雪花撲打玻璃窗，地下室的鍋爐嘎嘎作響，好像一隻受困的鯨魚，蕾秋看著奧莉薇亞，奧莉薇亞解開毛線，從盒裡抬起一本謝里夫在地下室找到的舊版百科全書，厚重的書冊噴上了金漆。

「啊，一本書。」

她作勢吹掉書封的灰塵，坐在前座的澤諾微微一笑。

「這本書能不能說明，」蕾秋說，「為什麼有個人活著的時候，八十年是個人，一年是隻驢，一年是隻海鱸，一年是隻烏鴉？」

「讓我們瞧瞧。」奧莉薇亞翻開百科全書，把書擱在一個靠著舞臺背板的講臺上，娜塔莉和克里斯多福放下緞面布，蕾秋清空墓碑，奧莉薇亞清空石棺，個頭矮小、一頭金色亂髮的艾力克斯手執牧羊人的拐杖，一件米色的浴袍蓋住他的體育短褲，邁步走向舞臺中央。

澤諾在座椅上往前一傾。他隱隱作痛的髖骨、隆隆耳鳴的左耳、活在世間八十六年，引領他走到這一刻，數也數不清的大小決定，全都漸漸消失。艾力克斯獨自站在伴唱機的燈光中，遙望一張張空椅，好像他不是看著愛達荷州中部小鎮一座破落圖書館的二樓，而是望向環繞著古國泰爾的青綠山嶺。

「我是埃同，」他操著尖細柔和的嗓音說，「我來自阿卡迪亞，是個單純的牧羊人，我非說不可的故事實在是太可笑、太荒誕了，你們絕對連一個字都不相信，然而那是真的，因為啊，我這個被大家稱作傻瓜的大笨蛋——沒錯，我這個頭腦簡單、呆頭呆腦、愚蠢笨拙的埃同——曾經一路前往比世界盡頭更遙遠的地方，抵達雲端咕咕國銀閃閃的入口，在那裡，人們什麼都不缺，一本書就涵括所有知識——」

樓下傳來一聲巨響，澤諾覺得像槍聲。蕾秋嚇到失神；奧莉薇亞縮起身體；克利斯多福急忙低頭。

樂曲持續播放，懸掛著的雲朵順著繩子扭轉飄搖，娜塔莉的手懸置在筆電上方，樓下又傳來一聲巨響，地板隨之晃動，恐懼有如一根漆黑修長的手指，從室內的另一頭伸過來直探澤諾端坐之處。

聚光燈下，艾力克斯咬著下唇，望向澤諾。心跳撲通。撲通撲通。就算你們在觀眾席裡的外婆打噴嚏，某人的小寶寶可能哭哭啼啼，你們其中一個可能忘詞。不管發生什麼事，我們都會繼續演下去。

「但是，」艾力克斯繼續說，又把目光移回空空蕩蕩的座椅上方。「我得從頭說起。」娜塔莉換播另一首樂曲，克里斯多福把白色的燈光換成綠色，蕾秋扛著三隻用紙板裁成的羊走上舞臺。

02

埃同瞧見一個虛幻的光景

《雲端咕咕國》，安東尼·迪奧金尼斯著，第β頁

儘管學者們仍在爭論這二十四頁修復文稿的排序，但一致同意以下情節：當喝得醉醺醺的埃同看到演員們表演亞里斯多芬的喜劇《鳥》，誤以爲眞有雲端咕咕國這個地方，自此展開他的旅程。澤諾·尼尼斯譯。

……濕淋淋、爛泥巴、羊群一天到晚咩咩叫、被說是呆頭呆腦的大白癡，這些全都讓我厭煩，所以我把我那一群羊留在田裡，踉踉蹌蹌地走到鎮上。

在廣場上，大家各自坐在板凳上。一隻烏鴉、一隻寒鴉、一隻個頭跟人一樣高大的戴勝鳥在大家前面跳舞，看了讓人害怕，結果牠們只是一群個性溫和的鳥，其中兩隻年紀較大的鳥兄弟提起一個鳥在凡塵和天堂之間建造的神奇城市，城市高居雲端，遠離世間種種紛擾，在那個只有展翅飛翔才到得了的城市，沒有人吃苦，人人都睿智。我的腦中浮現一個光景，彷彿瞧見一座飄浮在雲端的宮殿，宮殿的高塔層層交疊，金光閃閃，獵鷹、赤足鷸、鵪鶉、紅冠水雞、布穀鳥環繞著城市翱翔，城中的栓口湧出河流般的湯品，陸龜微微顫顫地馱著蜂蜜蛋糕四處走動，美酒沿著市街兩側的渠道而流。

這些我都親眼瞧見，於是我起身說道：「既然可以去到那裡，我何必待在這裡？」於是

我拋下酒壺，立刻前往塞薩利，塞薩利可是臭名遠播，大家都知道那裡是巫術之地，說不定我在那裡找得到一個可以幫我變身的女巫……

| 君士坦丁堡 |

1439 年—— 1452 年

安娜

在我們稱為「君士坦丁堡」[4]，那個時代的市民們俗稱「都城」的第四丘上，聖席歐芬諾皇后的修院坐落在市街上，街對面是尼可拉斯・卡拉法提的刺繡工坊，工坊曾經盛極一時，一位名叫安娜的孤女以此為家。安娜直到三歲才開口說話，從此無時無刻問個不停。

「姐，我們為什麼呼吸？」

「馬為什麼沒有指頭？」

「如果我吃了一顆烏鴉蛋，我的頭髮會不會變黑？」

「姐，月亮裝不裝得進太陽裡？或是太陽裝不裝得進月亮裡？」

聖席歐芬諾修院的修女們叫她「猴仔」，因為她總是爬到果樹上。第四丘的男孩們叫她「蚊子」，因為她總是纏著他們不放。刺繡工坊的領班寡婦席歐朵拉說她無可救藥，因為她從來沒見過哪個人花一小時才學會繡出一針，下一刻卻馬上忘得一乾二淨。

安娜和姐姐瑪麗亞睡在一個沒有窗戶的房間裡，小到幾乎擺不下一張馬毛床墊，她們僅有的家產是四枚銅錢、三個象牙鈕扣、一張補綴的毛毯、一個聖科拉里亞的聖像，聖像可能曾是她們的母親所有，但也可能不是。安娜從沒嘗過鮮奶油、從未吃過橘子、從未踏出都城的城牆之外，還不到十四歲，她認識的每一個人要嘛將淪為奴隸，要嘛將一命嗚呼。

• • •

黎明。雨落都城。二十位女刺繡工爬樓梯走上工坊，坐到各自的板凳上，寡婦席歐朵拉從一扇窗戶走向另一扇窗戶，邊走邊拉開百葉窗。她說：「天主聖明，保佑我們切勿怠惰。」女刺繡工們說：「因為我們已經犯下數不清的罪孽。」然後寡婦席歐朵拉打開上了鎖的繡線櫃，秤一秤金線、銀線、一小盒一小盒米粒珍珠，在蠟紙上記下重量，室內明亮到足以區分黑線白線，她們馬上開始工作。

年紀最大的女刺繡工是七十歲的莎珂拉，年紀最小的是七歲的安娜。她坐在她姐姐旁邊，看著瑪麗亞在桌面上攤開一條繡到一半的神父聖帶，聖帶頭尾兩端繡著精巧工整的圓形圖樣，圖樣之中，藤蔓纏繞著雲雀、孔雀、白鴿。「我們既然已經繡出施洗者約翰的輪廓，」瑪麗亞說，「這會兒幫他加上五官。」她把一束顏色相稱的染色繡線穿過繡針，把繡框固定在聖帶中央，嫻熟地繡出一針又一針，快手快腳地呈現出一個圖案。「我們把繡針轉個方向，從上一針的中央插下去，把繡線像這樣分開，看懂了嗎？」

安娜沒看懂。她們成天窩在繡針和繡線之前，無止無休地把聖者、星辰、獅鷲、藤蔓繡在權貴人士的法衣上。誰想要過這種日子？尤朵琪亞哼唱三聖子的頌詩，阿嘉塔哼唱審判約伯的樂曲，寡婦席歐朵拉像隻

---

4 Constantinople，君士坦丁堡，伊斯坦堡的舊名，仿效羅馬將城市建築在七座山丘上，鼎盛時期曾為歐洲最宏偉的城市，亦被稱為「眾城之后」。

緊追著鰷魚不放的鷺鷥般跨步穿過工坊，安娜試圖跟著瑪麗亞刺繡——回針、鎖針——但她們桌子的正前方有隻褐色的野鵪，小小的鳥兒停駐在窗臺上，抖掉背上的水滴，引吭高唱咴喳喳喳，眨眼間，安娜已經做起白日夢，幻想自己就是那隻野鵪。她拍拍翅膀飛離窗臺，躲閃滴滴雨水，飛越南方的鄰里，盤旋於聖波里克多大教堂的廢墟上空。鷗鳥環繞著聖索菲亞大教堂的圓頂飛翔，有如祈禱者圍繞著天主的頭像，海風勁揚，宛如釘耙般掠過博斯普魯斯海峽，遼闊的海面頓時化為道道白浪，一艘商賈的大帆船在岬角兜了一圈，船帆滿載著海風，但安娜愈飛愈高，直到遠遠在她之下的屋頂與花園把都城勾勒為一幅鏤空彩畫，直到她置身雲端，直到——

「安娜，」瑪麗亞低聲斥喝，「這裡該用什麼繡線？」

寡婦席歐朵拉的目光從工坊的另一頭掃向她們。

「深紅色？繞線繡？」

「不對，」瑪麗亞嘆了一口氣。「不用深紅色，也不是繞線繡。」

她成天幫大家拿繡線、拿亞麻布、拿水、拿午餐的豆子和油。下午，她們聽到驢子嘶吼、腳伕迎賓，當主人卡拉法提踏上階梯，每個女人都坐得更挺直，繡得更勤快，安娜在桌下爬來爬去，一邊撿拾她找得到的每一截繡線，一邊悄悄跟自己說：「我個頭小，我是隱形人，他看不到我。」

卡拉法提手臂超長，嘴角沾了酒漬，脊背弓起，好鬥善戰，看起來比她見過的任何一個人更像兀鷹。他蹣跚行走於板凳間，神情中隱隱散發出非難，最後終於選定一位女刺繡工，在她面前站定。今天倒楣的是尤金妮雅，他裝模作樣、趾高氣昂地說她手腳太慢，在他父親的年代，像她這麼一個無能的女工絕對沒有機會接近一疋絲綢，他還說她們這些女人不曉得天天都有省城落入薩拉森人之手嗎？異教徒人山人海，都城是抵禦天主的最後一個孤島，如果不是一座座防衛的高牆，她們肯定全都淪落到某個罪惡的偏遠之地，被當作奴隸般販賣，她們難道不明白嗎？

卡拉法提講得口沫橫飛，腳伕搖了搖鈴，通知有賓客來訪。他抹一抹額頭，把他的鍍金十字架放進襯衫口袋，噗噗啪啪地下樓，人人隨即鬆了一口氣。尤金妮雅放下她的剪刀；阿嘉塔揉了揉太陽穴；安娜從一張板凳下爬了出來。瑪麗亞繼續刺繡。

蒼蠅在桌子之間畫圈飛舞。樓下傳來男人們的笑聲。

• • •

天黑之前一小時，寡婦席歐朵拉喚她過去。「天主聖明，安娜，現在出去採集刺山柑的花苞還不算太晚。花苞可以減緩阿嘉塔手腕的痠痛，也可以幫莎珂拉止咳。妳出去找一些剛要發芽的花苞。晚禱的鐘響之前回來，蓋住妳的頭髮，小心流氓和壞人。」

安娜累得幾乎站不穩。

「別跑步。妳的子宮會掉下來。」

她強迫自己慢慢走下樓梯，慢慢穿越中庭，慢慢走過守衛——然後拔腿狂奔。她一股腦衝過聖席歐芬諾修院的閘門，繞過大理石石柱墜落在地的巨大石塊，在兩排修士之間奔跑，修士們身著黑衣，拖著沉重的步伐走向街道的另一頭，好像一隻隻無法展翅的烏鴉。積水在巷弄中閃閃發光；三隻山羊在一座傾倒坍塌、僅存外牆的小教堂裡吃草，她看著山羊，山羊也在同一瞬間抬頭相望。

卡拉法提的家宅附近至少有兩萬朵刺山柑，但安娜整整跑了一公里半，才直達都城的城牆。在內牆基部，層層毛刺的花叢間，隱隱可見一扇比任何人的記憶都古老的邊門，她攀過一堆坍落的磚塊，擠過一個狹小的縫隙，爬上一道蜿蜒的階梯，然後轉了六個彎，穿過一張厚厚的蜘蛛網，踏進一個弓箭手的尖塔，尖塔狹小，左右兩側各有一個箭孔，光從箭孔透進來，照亮陰暗的塔內。瓦礫散了一地，砂石在她腳下的縫隙間滑動，窸窸窣窣，有如淙淙的水聲；一隻燕子被嚇得展翅飛去。

她上氣不接下氣，靜候雙眼作出調適。數百年前，有人在南面的牆上畫了一幅濕壁畫——說不定是個弓箭手，站哨站得無聊，於是隨手塗鴉。石灰表層大多已因歲月與天候而剝落，但圖像依然清晰可見。

畫中左側，一隻眼神哀傷的驢子站在海岸邊，大海一片湛藍，海面波光粼粼，畫中右側，一座城市飄浮在蓬鬆的雲朵之上，城市好高，安娜就算伸手也搆不著，城中一座座銀白黃褐的高塔，閃閃發光。

她已經盯著看這幅濕壁畫六次，每次都在心中激起某種感受，她說不出是什麼，只覺得遠方處處牽引著她，世界是如此龐大，她在其間卻是如此渺小。濕壁畫的風格跟工坊女刺繡工的作品毫不相同，透視感比較奇怪，用色也比較基本。誰是那隻驢子？他的眼神為什麼如此悲涼？那是哪個城市？錫安、天堂、天主之城？她使盡全力踮起腳尖；在石灰表層的縫隙之間，她摸得出石柱、拱道、窗戶、成群小小的鴿子繞著高塔飛舞。

下方的花叢中，夜鶯已經開始鳴唱。日光漸漸消逝，地板嘎嘎作響，尖塔似乎更加偏斜，陷入遭人遺忘之境。安娜鑽出西邊的窗口，跳到低矮的胸牆上，牆邊一叢叢刺山柑朝著夕陽伸展枝葉。

她採集花苞，邊走邊把它們丟進口袋裡，但遠方那個比較遼闊的世界依然吸引著她的注意。橄欖樹林、山羊小徑、牧人牽著兩隻駱駝走過墓園的渺小身影，這些都在布滿綠藻的護城河外等著她。石塊釋放白晝的熱氣；夕陽沒入視線的盡頭。等到晚禱的鐘聲響起，她的口袋依然只有四分之一滿。她會遲歸；瑪麗亞會擔心；寡婦席歐朵拉會生氣。

安娜溜回尖塔裡，再度屏息欣賞濕壁畫。再看一眼就好。暮光之中，白浪似乎滾滾翻騰，城市似乎閃閃發光；驢子在岸邊踱步，迫切地想要越過海洋。

保加利亞洛多皮山脈的樵夫村落

同一時間

歐米爾

君士坦丁堡西北方三百公里處，一個小小的樵夫村莊坐落在一條水勢湍急凶險的溪河河畔，一個男孩在村裡出生，他雙眼濡濕，臉頰紅潤，雙腿活力十足，幾乎可說是肢體健全，唯獨嘴巴的左側出了毛病，他的上唇迸裂，裂縫從牙齦一直延伸到鼻子的底端。

產婆往後一退。嬰孩的媽媽把一根指頭伸進他的嘴裡：裂縫又深又長，深入他的顎部，好像造物主失去耐性，早了一刻收手。她身上的汗水變得冰涼；憂慮蒙蔽了喜悅。她懷胎四次，至今還沒失去任何一個小寶寶，她甚至相信自己就是這麼幸運。現在呢？怎麼會是這樣？

嬰孩放聲尖叫；冰冷的雨滴重重敲打屋頂。她試著一邊用大腿內側把他抱直，一邊用雙手擠奶，但她沒辦法讓他的嘴唇閉合。他的嘴巴發出哽塞的聲響；他的喉嚨打顫；從他嘴裡流出來的奶水比他吃進去的還多。

長女阿瑪尼幾小時之前被派去把林間的人們叫回來；大家現在應該已經匆匆趕回。兩個年紀較輕的女兒看看她們的媽媽，再看看新生的小寶寶，然後又把目光移回媽媽身上，好像在確認這樣的臉孔可否被接受。

產婆吩咐她們其中一人到河邊打水，另外一人掩埋胎衣，天已全黑，嬰孩依然嚎哭，就在這時，她們聽到狗吠，然後是老葉和老針的鈴鐺聲，家裡這兩頭公牛在牛欄外停下腳步。

爺爺和阿瑪尼走進家門，兩人眼神焦躁，身上沾了冰霜，閃閃發光。「他摔了下來，馬——」阿瑪尼說，但當她看到小寶寶的臉，她不禁住口。爺爺從她身後說：「妳丈夫先上路，但馬八成在黑暗中滑了一跤，河水……」

恐懼闖進屋內。新生兒嚎哭；產婆朝著門口移動，面容因為深沉的懼意而扭曲。

蹄鐵匠的老婆警告大家，幽靈整個冬天都在山間鬧事，它們從上了鎖的門偷溜進來，害懷孕的女人生病，嬰孩也被它們害得窒息。蹄鐵匠的老婆說，大家應該把一頭羊綁在樹上當作供品，再把一壺蜂蜜倒進河裡強化成效，但她丈夫說他們供不起一隻羊當作祭品，她也不想浪費蜂蜜。

尊嚴。

她每移動一下身子，腹部就有如火燒。時間分分秒秒流逝，她察覺得到產婆挨家挨戶走動，急急忙忙說三道四。魔鬼出世囉。他爸爸死囉。

爺爺接下哭哭啼啼的嬰孩，放到地上，解開他的毯子，把指關節擱在他的嘴唇之間，嬰孩安靜了下來。他用另一隻手輕輕分開嬰孩上唇的裂縫。

「多年之前，在山遠遠的一邊，有個男人的嘴唇也像這樣裂開。你若忘了他長得多麼醜怪，其實他對馬很有一套。」

他把嬰孩交回他媽媽懷裡，天候不佳，他把牛羊牽進屋裡，然後又走回屋外幫兩頭公牛解下牛軛，牲畜的眼中映出爐火的紅光，女兒們擠在媽媽身邊。

「他是精靈嗎？」

「還是惡魔？」

「他怎麼呼吸？」

「他怎麼吃東西？」

「爺爺會不會把他留在山裡等死？」

嬰孩仰頭望著她們，漆黑深思的雙眼一眨一眨。

冰霰變成雪花，她讓她的禱詞穿越屋頂，直升天際：如果她兒子在這個世上有些功用，真主可不可以饒他一命？但快要天亮時，她一覺醒來，發現爺爺站在她的身旁。他裹著牛皮斗篷，肩膀沾了雪花，看起來像是樵夫歌曲中的鬼魅，好像一個習於做壞事的惡人，雖然她告訴自己，嬰孩到了早上就會跟他爸爸一起坐上極樂花園的寶座，花園之中，牛奶從石間泉湧而出，蜂蜜在溪中泌泌而流，冬天永遠不會降臨，但當她把嬰孩交到到爺爺手中，感覺卻像交出自己的肺葉。

公雞啼叫，車輪輾過雪地，小屋燈光亮起，驚恐再來襲。她先生溺斃，馬也隨之沒頂。女孩們梳洗、禱告、幫那隻叫做美女的母牛擠奶、餵老葉和老針吃草、剪松枝餵山羊，早上一下子成了下午，但她還是沒力氣起床。她的血裡結了霜，她的心裡結了冰。她兒子跨過了死亡的冥河。或是這時。或是現在。

黃昏將至，狗怒吠。她起身，一跛一跛地走到門邊。山中高處大風勁揚，吹散凝聚在樹間的層層金光。她胸乳發漲，幾乎難以承受。

過了許久，似乎什麼都沒發生。然後爺爺騎著母馬沿著河岸而來，馬鞍上綁著一個小包包。狗狂吠；爺爺下馬；她伸出雙手，接下他懷裡的小包包，即使她在心裡告訴自己不該接下。

嬰孩活著。他的嘴唇發灰，臉頰慘白，但連他小小的手指都沒被凍得發黑。

「我把他帶到高山的樹林裡。」爺爺在火裡加了一截木頭，吹了吹氣，餘燼漸漸發出火光；他的雙手微微顫抖。「我放下他。」

她盡可能靠近爐火坐下，這次她用右手撐住嬰孩的下顎，左手擠奶灌進他的喉嚨。奶水從嬰孩的鼻子和顎部的裂縫漏出來，但他吞了下去。女孩們悄悄擠了進來，眼前難解的景象讓她們情緒亢奮，火光熊熊，爺爺打了寒顫。「我騎回馬上，他好安靜，他只是仰頭凝視樹梢，雪地裡就他一個小小的身影。」

嬰孩倒抽口氣，再度吞嚥。狗在門外嗚嗚吠叫。爺爺看著自己顫抖的雙手。村裡其他人再過多久才會得知此事？

「我不能把他留下。」

午夜前，他們就被乾草叉和火炬趕出村外。這孩子害死了他爸爸，蠱惑了他爺爺，讓他爺爺把他從山林抱了回來。他心中窩藏著惡魔，而他殘缺的臉孔就是明證。

他們拋下牛欄、牧草田、儲藏根莖作物的地窖、七個蜂巢、爺爺的父親六十年前親手建造的小屋，黎明時分，他們已經朝著上游走了幾公里，寒懼交迫。爺爺走在兩頭公牛旁邊，踏過一灘灘爛泥，公牛拖拉著板車，女孩們坐在車上，懷裡緊抱著母雞和陶土器皿。美女落在後頭，一有風吹草動就止步不前，男嬰的媽媽騎著母馬壓陣，他從包得緊緊的毯子裡眨了眨眼，仰望天空。

傍晚時分，他們走到一個離村莊十四公里的溪谷，溪谷不見人跡，一條小溪流過冰雪覆頂的圓石之間，有如眾神般壯觀的白雲四處飄浮，悄悄滑過林木的樹冠，風聲嘯嘯，聽來怪異，嚇壞了牛隻。他們在一個突出的岩壁下過夜，岩壁可見萬古之前原人塗鴉的洞熊、野牛、飛不起來的鳥兒，女孩們擠在媽媽身旁，爺爺生了火，山羊嗚咽，狗打顫，嬰孩的雙眼捕捉了火光。

「歐米爾，」他媽媽說。「我們叫他歐米爾。意思是他會長命百歲。」

安娜

她八歲了。有一天，她扛著三壺酒商特別幫卡拉法提釀造的那種色澤深濃、喝了讓人頭痛的葡萄酒回家，途中停下來在一棟大宅外面休息一下。透過一扇百葉窗拉下的窗戶，她聽到有人用帶著口音的希臘語朗讀：

在此同時，尤利西斯在宮殿等候，
停下腳步，思考斟酌，焦躁不安，
驚愕站定在宏偉的宮門之前。
宮殿金光閃閃，光華璀璨，豪氣萬千，
有若夜晚的明燈，或是白晝的豔陽般光明，
黃銅的宮牆堅實巨大，飛簷高聳入雲，
牆頂的鑲飾是藍天的顏彩，
宮門的圈邊是燦爛的金條；
圓柱銀閃，柱基青銅，

門楣銀白，光采深燦，
純金的門把掌御宮門。
宮門兩側，忠犬肅立，
忠犬以黃金白銀雕塑，
伏爾甘工匠精心雕琢，
忠誠守衛阿爾喀諾俄斯王的宮門，
永生不滅，世世護衛[5]

安娜忘了手推車、酒壺、時辰——一切全被拋在腦後。那人的口音聽來奇怪，但嗓音渾厚柔和，聲韻令人震懾，深深蠱惑了她。這會兒男童們齊聲複誦詩句，然後她先前聽到的那人繼續朗讀：

宮門附近是一片遼闊的果園，
暴風暴雨，天候惡劣，皆無所擾。
四畝土地分批耕作，
青綠藩籬四方環繞。
果樹繁茂，豐盈盛產：
蘋果熟透，色若金箔。
蜜果青紫，汁液溢流，

石榴深紅，閃亮耀目；
梨樹結實累累，樹枝下墜彎折，
橄欖終年生長，四季蔥鬱青綠，
西風溫煦，時時吹拂，
果樹長年承受，永不枯萎；
梨果落地，梨果續生，
蘋果接著蘋果，蜜果接著蜜果，株株生生不息……[6]

那是怎樣一座宮殿？宮門閃耀金光、圓柱銀白閃亮、果樹常保結實累累？她好像受到催眠般走向大宅的石牆，爬過閘門，透過百葉窗窺視，屋裡有四個穿著緊身罩衫的男孩，圍著一位老先生坐，老先生長了肉瘤，像個氣球般垂在喉口。男孩們無精打采地複誦詩句，聲調至為呆板，老先生翻閱一疊擱在膝上、望似羊皮紙的紙張，安娜盡可能地往前靠。

她之前只看過兩次真正的書：一次是一本聖經，皮面精裝，珠光閃閃，在幾位聖席歐芬諾修院的耆老護送下行經中央走道；另一次是一本醫學目錄，目錄擱在市場賣草藥的攤位上，當她試圖窺視內容，小販就啪地把書闔上。眼前這本看起來比較舊，也比較髒：羊皮紙上寫滿了字，密密麻麻，好像一百隻岸鳥的足印。

5 語出荷馬史詩《奧德賽》第七卷。
6 語出荷馬史詩《奧德賽》第七卷。

年老的家庭教師繼續朗讀，詩句之中，一位女神把旅人掩藏在白霧中，以便他溜進銀閃閃的宮殿，安娜聽著出神，一不注意撞上百葉窗，男孩們抬頭張望，一位魁武的管家馬上揮手叫安娜退回閘門外，好像驅趕一隻偷吃水果的小鳥。

她退回手推車旁，把車子靠在牆上，但馬車轟隆隆地駛過，雨滴開始敲打屋頂，她再也聽不到。誰是尤利西斯？誰是那位幫他罩上魔法白霧的女神？英勇的阿爾喀諾俄斯統御的王國，是否就是畫在弓箭手尖塔內的那一個？閘門開啟，男孩們匆匆走過，一邊躲閃地上的積水，一邊朝著她皺眉頭，過不了多久，老先生拄著拐杖走出來，她擋住他的路。

「你朗讀的詩是不是寫在那些紙裡？」

老教師幾乎無法轉頭；彷彿下巴被人植入了瓠瓜。

「你可以教我嗎？我已經認得一些字母；我認得那個看起來像是兩根柱子、中間有條橫桿的字母，還有一個字母看起來像是吊桿，喔，還有那個看起來像是牛頭被倒掛的字母。」

她用食指在他腳邊的泥地上畫出一個A。老先生抬頭望著雨絲。眼球裡應當是潔白的部位，只見一片黃濁。

「女孩子不必上學，而且妳根本沒錢。」

她從手推車裡抬起一壺酒。「我有酒。」

他精神一振，伸手拿取酒壺。

「你得先幫我上一課。」她說。

「妳絕對學不會。」

她不肯讓步。老教師輕聲嘆息，用拐杖的末端在骯髒潮濕的泥巴裡書寫：

Ὠκεανός

「*Ōkeanos*，海洋，天神和地神的大兒子。」他畫個圓圈把它圈起來，捅一捅圓圈中央。「這些是已知。」然後捅一捅圓圈圈外。「這些是未知。好，把酒遞過來。」

她把酒遞過去，他雙手捧著酒壺喝下去。她蹲坐在腳後跟上。Ὠκεανός。泥巴裡的七個字母。但孤獨的旅人、銅牆鐵壁、黃金忠犬肅立守護宮殿、身懷魔法白霧的女神在那七個字母裡頭嗎？

• • •

因為遲歸，所以安娜被寡婦席歐朵拉拿著藤條打了左腳腳心。因為帶回來的其中一壺酒少了一半，所以安娜的右腳腳心也挨揍。左右腳各挨了十下。安娜幾乎沒有哭嚎。她半個晚上都在腦海裡書寫各個字母，隔天一整天，當她一跛一跛地上下樓梯，扛著大小水缸，幫廚娘克莉絲拿鰻魚，她眼前只有阿爾喀諾俄斯的島嶼之國，島國被白雲環繞，受惠於溫煦的西風，盛產蘋果、水梨、橄欖、青紫的蜜果、鮮紅的石榴，還有手執熊熊火炬、站在燦爛臺座上的各個金童。

兩星期之後，她從市場回家，特地繞路經過大宅，她東看西看，瞧見長了肉瘤的老教師坐在陽光下，望似一株盆栽。她放下裝了洋蔥的籃子，用指頭在泥地上書寫：

Ὠκεανός

她畫個圓圈把它圈起來。

「天神和地神的大兒子。這裡是已知。這裡是未知。」

老先生使勁把頭歪向一邊，吃力地望著她，好像頭一次見到她，濡濕的眼中一閃一閃。

他名叫李錫尼。在厄運臨門前，他說，他在西方一座城市的一戶有錢人家擔任家教，他擁有六本書，還有一個收放書冊的鐵盒；其中兩本是聖者們的生平、一本是賀拉斯的演講詞、一本是聖伊麗莎白的奇蹟見證、一本是希臘文法入門、一本是荷馬名著《奧德賽》。但後來薩拉森人攻占他的家鄉，他逃到首都，失去所有家產，但他深幸天使護衛都城的城牆，而城牆的基石由聖母瑪利亞親手打建。

李錫尼從大衣裡掏出一捆斑駁的羊皮紙。他說，尤利西斯曾是一位將軍，統領一支有史以來最龐大的軍隊，軍隊的士兵來自席爾彌納（Hymine）、杜利基昂（Dulichium）、「圍牆之城」克諾索斯（Cnossos）和戈爾廷（Gortyn），各處皆是大海最遙遠的一端，他們乘船渡海，齊力攻佔傳說中的特洛伊，一千艘黑船越洋而至，每艘湧出一千名戰士，人數之多，李錫尼說，多如林間的樹葉、或是圍著牧羊人攤位上一桶桶溫羊奶飛舞的成群蚊蠅。他們圍攻特洛伊，一舉進攻十年，圍城終於告捷後，疲憊的士兵們乘船返鄉，除了尤利西斯，其他人都平安抵達。這部述說他返鄉旅程的詩歌共有二十四卷，李錫尼解釋，每一卷對應一個希臘字母，朗讀全書得花好幾天，但李錫尼手邊只剩下這三疊羊皮紙，每一疊六張，述說尤利西斯離開海洋女神卡呂普索的洞穴、飽受暴風雨的摧殘、全身赤裸地被沖上斯科里亞島（Scheria），而斯科里亞島是菲西亞人之王、英勇的阿爾喀諾俄斯的家鄉。

曾有一時，他繼續說，王國裡每個孩童都熟知尤利西斯傳奇的每個人物。但早在安娜出生之前，來自西方的十字軍放火焚城，屠殺數千人，城中財富幾乎被掠奪殆盡。然後瘟疫奪走半數人民的性命，倖存的半數再度染疫，人口再次減半，當時的女王不得不把她的皇冠賣給威尼斯，藉此支付駐軍的費用，現任君王的皇冠是玻璃做的，幾乎連進膳用的餐盤都負擔不起，如今都城蹣跚邁向漫長末路，人人等待基督再度降臨，再也沒有時間研究那些古老的故事。

安娜的注意力始終凝聚在眼前的羊皮紙上。好多字！肯定得花七輩子才學得完。

每次被廚娘克莉絲差遣去市場，她就找個理由探訪李錫尼。她帶給他酥脆的麵包、一條燻魚、半籠畫眉鳥；她甚至再度設法偷了卡拉法提的一壺酒。

他教她識字，作為回報。A = ἄλφα = alpha；B = βῆτα = beta；Ω = ὦ μέγα = omega。她清掃工坊，她用力拖拉另一疋布料或另一桶燃煤，她跟瑪麗亞一起坐在工坊裡、刺繡刺得手指發麻、望著絲綢唉聲嘆氣，無論什麼時刻，她始終在腦海中數以千計的空白紙上練習寫字。每個字母都有一個聲音，串聯聲音，你就組合出字彙，串聯字彙，你就造出世界。疲憊的尤利西斯從卡呂普索的洞穴動身啟程，踏上他的小舟；海水濺濕了他的臉龐；海神伺機而動，藍色頭髮間漂浮著海草，在海面下忽隱忽現。

「妳滿腦子都是沒用的事情。」瑪麗亞悄悄說。但繩結鎖針、鍊形鎖針、花形鎖針——安娜永遠學不會。刺繡時，她始終不注意被刺到指尖，血滴染紅了繡布，這似乎是她的老毛病。她姐姐說她應該想像諸位聖潔之士穿上她幫忙繡製的法衣主持聖典，但安娜始終只想前往大海邊際的各個島嶼，島嶼之上，甜美的泉水汩汩流動，女神乘駕光束從雲端緩緩而降。

「聖者幫幫忙喔，」寡婦席歐朵拉說，「妳永遠學不乖嗎？」她已經大到可以了解她們的處境多麼危險：她和瑪麗亞沒有家，也沒有錢；她們無親無故，她們之所以在卡拉法提的工坊掙得一席之地，純粹只因瑪麗亞對刺繡別具天賦。她們只能日復一日坐在工坊的桌前，從早到晚在祭服、聖袱和十字褡上繡上十字架、天使和葉飾，直到脊背駝了、眼睛毀了，除此之外，別無指望。

猴仔。蚊子。無可救藥。但她停不下來。

「一次一個字。」

她再次端詳羊皮紙上那些令人困惑的字母。

πολλῶν δ᾽ ἀνθρώπων ἴδεν ἄστεα καὶ νόον ἔγνω

「我不行。」

「妳行。」

「ἄστεα 是城市；νόον 是心目中；ἔγνω 是習知。」

她說：「他看到許多人的的許多城市，習知了他們的方式。」

李維尼嘴角一彎，臉上一抹笑意。頸上的肉瘤微微顫動。

「沒錯！完全正確。」

條條街道幾乎在一夜之間有了意義，散發灼熱的光采。她閱讀銅板上、柱石上、墓碑上、鉛封上、支墩上、鑲嵌在城牆大理石牌匾上的刻字，都城裡條條曲折的巷弄全都自成一卷久經風霜的宏偉字稿。虔誠至極的佐伊皇后——廚娘克莉絲收放在火爐旁那個缺了角的瓷盤閃爍著文字。願心懷善意、入內祈禱的眾人平安喜樂——遭到眾人遺忘的那個小教堂的入口之上也閃爍著文字。聖席歐芬諾修院閘門旁的守衛亭上方刻了一排字，她花了大半個週日才讀懂，而這一排蝕刻在門楣上的字也是她的最愛：

停步吧，你們這夥竊賊、強盜、凶犯、騎兵、戰士，因為我們已經嘗過耶穌的鮮血。

安娜最後一次見到李錫尼的那天，寒風勁揚，他的臉色有如淒白的暴雨。他的眼睛流出目油，碰都沒碰安娜帶給他的麵包，頸間的肉瘤腫脹鮮紅，似乎比往常更加駭人，彷彿過了今夜終將吞噬他整張臉。

今晚，他說，他們研究*μῦθος*（*mythos*），這字的意思是對話，或是說出的話語，但也代表故事、傳說，或是流傳自古老眾神們的傳奇，他解釋各個優美細微、變化多端的字義，當中可能同時傳達真實和虛假，說著說著，他的注意力愈來愈不集中。

寒風吹走一張他夾在指間對折的手稿，安娜追過去撿拾，拂去塵土，放回他的膝上，李錫尼閉上眼睛休息，過了好一陣子，他終於開口：「Repository，妳認識這個字嗎？這個字的意思是居所，而文字和書本是回憶的居所，藏放著先人們的回想。即使靈魂已經遠去，他們的回憶已經藉由文字和書冊而永駐。」

他的眼睛睜得好大，彷彿望穿深沉的黑暗。

「但是書跟人一樣難逃一死。它們因為大火、洪災、蟲嚙，或是暴君一時之念而死去。如果沒有善加維護，它們就會從世上消失。當一本書從世上消失，回憶就又再度消逝。」

他微微顫慄，呼吸遲緩而不規律。落葉沿著巷弄颼颼飛舞，銀閃閃的雲朵緩緩飄過屋頂上方，幾隻馱馬走過門前，騎在馬上的人們縮起身子抵禦寒風。她打了寒顫。她應該去請管家嗎？或是施行放血術的醫生？

李錫尼手臂一抬；他細瘦的手中抓著三疊破爛的羊皮紙。

「不，老師，」安娜說。「那些是你的。」

但他把羊皮紙推到她的手裡。她凝視巷弄，看著大宅、城牆、啪噠作響的大樹。她低聲默禱，把每張羊皮紙塞進她的衣裙。

歐米爾

長女因寄生蟲病逝。高燒奪走次女的性命，但男孩長大了。三歲的他可以自己站在犁上，陪老葉和老針整地。四歲的他可以到溪邊打水，扛著滿滿的水壺繞過溪中的圓石，奮力走回爺爺親手建造的單房石屋。他媽媽兩度花錢從十四公里外的村莊請來蹄鐵匠之妻，央求她以針線縫合他嘴唇的裂縫，兩度卻都宣告失敗。那道從下頜骨延伸到鼻子的裂縫依然無法閉合。但即使不時感到內耳燒灼、下顎疼痛、湯湯水水經常從嘴裡滴到衣服上，他依然結實沉靜，而且從來不生病。

以下三件事情是他最初的記憶：

1 老葉和老針在溪中飲水，他站在牠們之間，看著水珠從又圓又大的下巴滾落，滴滴捕捉閃亮的日光。

2 他姐姐妮妲皺著眉頭站在他身旁，手裡拿著粗針準備刺進他的上唇。

3 爺爺從雉雞鮮紅粉嫩的身上拔下羽毛，好像幫牠卸除衣衫，放到爐火上炙烤。

幾個他好不容易結識的孩童叫他扮演一千零一夜裡的怪獸，他們還問他的臉是否真害得母馬流產、嚇得鷦鷯飛到一半從空中掉下來。但他們也教他找鷦鷯蛋、河裡哪些洞穴裡藏著最大隻的鱒魚，他們指給他看一棵紫杉，紫杉長在溪谷上方的石灰岩裡，樹身焦黑半空心，大家都說紫杉包藏惡魔的靈魂，永遠不會凋零。

許多樵夫和他們的老婆不願接近他。沿著溪河行進的商販們多半寧可策馬穿越林間，以免在路上與他擦身而過。他根本不記得曾有哪個陌生人面無懼意，或是坦然無疑地看著他。

夏日時分，樹木在微風中起舞，青苔在圓石上蔓生，燕子在溪谷間追逐，這正是他最喜愛的時刻。妮妲一邊哼歌，一邊趕羊吃草，媽媽躺在溪畔的石頭上，張著嘴巴，好像吸進溫煦的日光，爺爺帶著他的網子和黏鳥膠，帶著歐米爾攀上高高的山間捕鳥。

爺爺駝背，缺了兩隻腳趾，但行動相當快捷，歐米爾兩步當作一步才趕得上。兩人登山時，爺爺循循頌揚公牛多麼優越：牠們比馬沉著穩定，牠們不需要燕麥，牛糞不會像馬糞一樣烘焦大麥，牠們老了可以被宰來吃，牠們會悼念彼此，如果牠們靠著左半身側躺，天氣八成會晴朗，如果牠們靠著右半身側躺，稍後八成會下雨。山毛櫸漸漸被松樹取代，而後松樹又被龍膽花和月見草取代，到了傍晚，爺爺已經用他的網子捕獲十二隻松雞。

黃昏時分，他們停下來在林間一處圓石零星散布的空地過夜，狗兒在他們身邊打轉，嗅聞狼群的蹤跡，歐米爾生火，爺爺調味炙烤四隻松雞，層層山脊在漫天的深藍中漸漸隱沒，他們進餐，火光轉為餘燼，爺爺就著葫蘆喝李子酒，歐米爾滿心歡喜地等待，他感覺喜悅像是一輛手推車般轟隆作響逐漸趨近，手推車燈火通明，滿載糕點和蜂蜜，車輪骨碌碌地轉動，轉個彎就到了。

「我有沒有跟你說，」爺爺開始講，「我有一次爬到一隻超大金龜子的背上飛到月亮上？」

或是：「我有沒有跟你說我去過一個紅寶石砌成的小島？」

他跟歐米爾說起一個玻璃之城，城市在遙遠的北方，居民們全都輕聲細語，以免震破任何東西；他說他有一次變成蚯蚓鑽洞爬到冥界。故事講到最後，爺爺總是挺過另一次驚恐神奇的冒險，平安無事地返回山間，餘燼轉為灰燼，爺爺開始打呼，歐米爾仰望漆黑的夜空，猜想遙遠的星光中飄浮著怎樣的國度。

當他問他媽媽金龜子可不可能一路飛到月亮上，或是爺爺是不是在海怪的肚子裡待了一整年，她微笑地說，據她所知，爺爺從來沒有離開過山間，好吧，這會兒歐米爾可不可以專心幫她煉製蜂蠟？

但這個小男孩依然沿著小徑晃到山崖上那棵半空心的紫杉，爬到樹枝之間，窺視下方流過彎道就消失在視線之外的溪河，想像著可能靜候在遠方的奇遇：一座座森林，林中的樹木會說話；一片片沙漠，人面馬身的男子們奔馳其間，腳程跟尖尾雨燕一樣飛快；世界之巔的國度，國境之內無分四季，海龍漂游在一山一山的寒冰之間，一族藍色巨人永生不朽。

他十歲的時候，家裡那頭凹背的老母牛美女生了最後一胎。大半個下午，兩隻小小的牛蹄從美女弓起的尾巴底下伸出來，牛蹄黏答答，在冷風中冒著熱氣，美女低頭吃草，彷彿世間一切如常，最後終於猛烈抽搐，一頭泥褐色的小牛整隻滑了出來。

歐米爾往前跨了一步，但爺爺把他往後拉，臉上露出困惑的神情。美女舔舔牠的小牛，小牛瘦小的身軀被牠重重的舌頭壓得搖搖晃晃，爺爺低聲默禱，空中飄起細雨，小牛沒有站起。

然後他看出爺爺瞧見什麼。美女的尾巴底下又冒出一對牛蹄。不一會兒，小小的牛鼻、粉嫩的小舌頭、小小的下顎、一隻小眼睛隨同牛蹄一起顯現，另一頭小牛出生落地，而這一頭是灰色。

雙胞胎。兩頭都是公牛。

灰色的小牛幾乎一落地就站了起來，而且馬上開始吃奶。褐色的小牛始終趴在地上。「那一頭不太對勁。」爺爺輕聲說，然後詛咒那個收錢讓美女跟他的公牛配種的種牛戶，但歐米爾判定小牛只是慢慢來，不慌不忙地試圖解決重力與軀體之間的奇特關聯。

灰色的小牛吮吸自己有如彎折細枝般的後腿；頭先出生的小牛依然濕淋淋，有如蕨葉般縮成一團。爺爺嘆了一口氣，但就在這時，頭先出生的小牛站了起來，朝著他們跨了一步，好像跟他們說：「你們哪一個對我沒信心？」爺爺和歐米爾哈哈大笑，家中的財富登時增加一倍。

爺爺提醒大家，美女可能沒有足夠的奶水餵養兩頭小牛，結果證明牠做得來。白晝漸漸變長，牠成天不停吃草，兩頭小牛長得好快，簡直沒有停歇。他們把褐色的那頭取名為「小樹」，灰色的那頭取名為「月光」。

小樹不喜歡把牛蹄弄髒，媽媽一離開視線，牠就哞哞叫，牠會大半個早上耐心站定，乖乖讓歐米爾剔除黏在牠毛裡的刺果。月光可不是如此。牠始終在某處快步奔走，偵查飛蛾、傘菌，或是樹樁；牠嚙咬繩索鍊條，啃吃木屑，一腳踏進深及膝蓋的淤泥，有次牛角竟然被卡在枯樹裡，號哭求救。但兩頭小牛都非常喜愛歐米爾，這是牠們打從一開始就共通的一點。歐米爾親手餵食牠們，輕撫牠們的鼻口，他經常跟牠們一起睡在屋外的牛欄裡，讓牠們溫暖的軀體包覆著他。牠們跟他玩捉迷藏，比賽誰先跑到美女身邊；牠們一起踏過春雨凝聚的小水塘，被成群銀閃閃的蚊蠅團團包圍；牠們似乎把歐米爾視為自己的兄弟。

牠們還沒看到第一個圓月，爺爺就幫牠們套上牛軛。歐米爾把石頭裝上板車，撿了一根棍子，開始訓練牠們。前進，後退，唧表示右邊，嗥表示左邊，嚯表示停下。一剛開始，小牛們不甩歐米爾。小樹拒絕後退，也不肯被拴上板車；月光一逮到機會就試圖甩掉牛軛。板車一斜，石頭滾落，小牛們雙膝一跪，大聲嚎叫，老針和老葉暫停吃草，抬頭一望，搖一搖斑白的牛頭，好像覺得非常逗趣。

「哎喲，」妮妲笑著說，「什麼動物會信任一個臉長得像這樣的人？」

「讓牠們瞧瞧牠們需要什麼，你全都給得起。」爺爺說。

歐米爾再試一次。他拿起棍子輕敲牠們的膝蓋；他咯咯呼喚，他吹聲口哨；他在牠們耳邊講悄悄話。那年夏天，山間比任何人記憶中更加青綠，牧草勃然茂生，他媽媽的蜂巢溢滿蜂蜜，自從被趕出村子以來，他們一家人頭一次衣食無虞。

月光和小樹的牛角愈來愈彎長，臀部愈來愈粗壯，胸部愈來愈寬厚；到了被閹割時，兩頭小牛已經比牠們的媽媽壯碩，老針和老葉也被牠們比下去。爺爺說如果聽得夠仔細，你幾乎可以聽到牠們在長大，即使歐米爾相當確定爺爺在開玩笑，但當沒有人看著牠們時，他把一隻耳朵悄悄貼在月光巨大的肋骨上，緊緊閉上眼睛。

秋天之時，消息逐漸傳遍山間。守護眾生、立誓與異教徒戰鬥的回教徒聖戰士穆拉德二世駕崩，他十八歲的長子——願真主永遠保佑他——登上王座。跟他們家買蜂蜜的商販宣稱，年輕的蘇丹王正在引領另一個黃金時代的到來，而在那一方小小的溪谷中，此言不虛。山路順暢，天候乾爽，大麥的產量勝過往年，爺爺和歐米爾奮力打穀，妮妲和她媽媽把穀粒拋入籃中，清朗的微風吹走穀殼。

初雪之前的一個傍晚，一位旅人騎著一匹氣宇軒昂的駿馬沿著河畔而來，他的僕人騎著一匹老馬緊隨其後。爺爺叫歐米爾和妮妲待在牛欄，姐弟兩人透過木板的縫隙觀看，旅人纏著草綠色的頭巾，騎士服襯著羊毛內裡，鬍鬚修剪得非常整齊，妮妲甚至猜想有精靈晚上幫他修剪。爺爺帶他看看洞穴裡的史前壁畫，然後旅人繞著家裡走了一圈，欣賞梯田和作物，當他看到兩頭年輕的公牛，頓時大感訝異。

「你用巨人的血餵牠們嗎？」

「牠們是雙胞胎，而且共用一副牛軛，」爺爺說，「實在罕見，相當難得。」

黃昏時，歐米爾的媽媽戴上面紗款待賓客享用奶油與蔬果，餐後送上今年最後一批蜜瓜，瓜上還淋上蜂蜜，妮妲和歐米爾溜到屋後偷聽，歐米爾祈求真主讓旅人說起他曾造訪的各個城市，這樣一來，他們就可以聽到山谷之外的種種奇聞。旅人問起他們一家怎麼獨自住在溪谷裡，與世隔絕，爺爺說這是他們自己的選擇，永遠受到真主護佑的蘇丹王已經供給他們一家必需的物資。旅人喃喃說了幾句話，他們聽不太清楚，然後他的僕人站起來，清清嗓子說：「主子，他們把魔鬼藏在牛欄裡。」

一陣沉默。爺爺在火堆裡加進一截圓木。

「一個冒充成小孩的惡鬼或是法師。」

「對不起，」旅人說。「我的家僕沒大沒小。」

「他的臉像隻野兔，講起話來像隻禽獸。這就是為何他們獨自住在溪谷裡，與世隔絕。這也就是為什麼他們的公牛長得這麼壯。」

旅人站起來。「真的嗎？」

「他只是個小男孩。」爺爺說，但歐米爾聽得出他的口氣漸漸尖銳。

僕人慢慢靠向門邊。「你現在這麼想，」他說，「但他遲早會露出本性。」

城牆之外，舊怨騷動。薩拉森人的蘇丹王駕崩，工坊的婦女們說，乳臭未乾的新蘇丹王時時刻刻只想著攻佔都城。她們說他像修士研習經文一樣研習戰術，他的石匠們已經在距離博斯普魯斯海峽步行約半天之處廣建燒窯，他還打算在海峽最狹窄之處建造一座巨大的堡壘，用來攔截每一艘試圖從黑海沿岸哨站運送盔甲、大麥或是葡萄酒的船隻。

隨著冬天的腳步漸漸逼近，卡拉法提在每一個暗影裡看到凶兆。水壺裂了，桶子漏水，爐火熄了，在在都是新蘇丹王的錯。卡拉法提抱怨各個省城不再下訂單；他數落女刺繡工的效率太低、金線用得太多、金線用得不足、信仰不夠虔誠。阿嘉塔手腳太慢，莎珂拉的年紀太大，愛麗絲的圖樣太呆板。光是一隻果蠅飛到他的酒裡就讓他大發雷霆，鎮日悶悶不樂。

寡婦席歐朵拉說大家必須同情卡拉法提，祈禱是消解憂慮的良方，於是天黑之後，瑪麗亞跪在她們房裡那座聖科拉里亞的聖像前，嘴唇輕輕顫動，把無聲的虔誠禱詞送過柱梁。只有在晚禱後，夜裡最沉靜的時刻，安娜才敢從她姐姐身邊爬起來，從炊具室拿一支牛脂蠟燭，取出那幾疊藏在簡陋小床下的羊皮紙。

即使瑪麗亞注意到了，她什麼也沒說，而安娜太投入，什麼都不在乎。燭光在羊皮紙的上方一閃一閃；字詞變成詩句，詩句變出顏色與光華，寂寞的尤利西斯緩緩漂入暴風雨中。他的小舟翻覆；他吞了一大口海水；海神騎著他海綠的戰馬轟隆而過。在碧綠的遠方，越過那滔滔的白浪，奇妙的島國斯科里亞煥發出銀白的光芒。

那種感覺就像在她們的房裡建造小小的天堂，泛著青銅的光采，果實與美酒為之增輝。點支蠟燭，默讀一行，西風就開始吹起：一位使女端來一壺清水，另一位使女端來一壺美酒，尤利西斯坐在皇室的桌旁用餐，最受君王喜愛的吟遊詩人開始頌唱。

一個冬夜，安娜從炊具室沿著廊道往前走，走著走著，她從半敞的房門聽到卡拉法提的聲音。

「這是什麼巫術？」

寒冰竄過她每一條血管。她悄悄爬到門檻：瑪麗亞跪在地上，嘴裡冒出鮮血，卡拉法提在低矮的梁柱下彎著腰，深黑的眼眶隱沒在暗處，左手長長的手指裡握著李錫尼那幾疊羊皮紙。

「妳幹的？從頭到尾都是妳幹的？誰幫妳偷蠟燭？誰害我們倒大霉？」安娜想要張開嘴巴，她想要懺悔，她想要刷除這一切，但恐懼讓她開不了口。瑪麗亞低頭默禱，不動嘴，也不睜開眼睛，縮回心中某個最私密的角落，她的沉默卻只讓卡拉法提更生氣。

「他們說：『只有聖人才會把不是他自己的子女帶進他父親的屋裡。誰曉得他們會帶來什麼惡魔？』但我聽了他們的話嗎？我說：『那些只是蠟燭。不管是誰偷的，她只是夜裡用來照明禱告。』現在我卻看到這個？這個毒藥？這個妖術？」他抓住瑪麗亞的頭髮，安娜發出無聲的尖叫。告訴他。妳才是賊；妳才讓大家倒大霉。妳說啊！但卡拉法提抓著瑪麗亞的頭髮，用力拖著她走過廳室，他直接走過安娜身邊，好像無視她的存在，瑪麗亞拚命想要站起來，但卡拉法提的個子比她大兩倍，安娜的勇氣不見蹤影。

他拖著瑪麗亞走過一個個房間，其他刺繡女工全都躲在門後，沒人敢探頭張望。有那麼一會兒，她好不容易站定，但一下子就又摔倒，一大把頭髮被卡拉法提扯了下來，頭的一側撞上炊具室的臺階。

那個聲音聽起來像是鐵槌敲裂了瓠瓜。廚娘克莉絲站在洗碗盆旁邊觀看；安娜留在廊道；瑪麗亞在地上流著血。當卡拉法提抓住她的衣裙，拖著她軟趴趴的身子走到火爐邊，把一張張羊皮紙扔進火裡，強壓著她茫然的雙眼靠向火舌，任由羊皮紙一一化為灰燼，人人靜默無聲。

歐米爾

十二歲的歐米爾坐在那棵半空心紫杉的樹枝上，低頭凝視河灣，這時，爺爺最瘦小的那隻狗出現在下方的小路上，夾著尾巴拚命朝家裡跑。月光和小樹一前一後地抬起下巴，牠們先前一直在幾叢毛地黃之間吃草，這會兒停下來觀望，兩頭小公牛已經兩歲，肩頸壯實，胸前肌肉糾結，雄偉至極。牠們嗅一嗅空氣，然後睜著眼睛看他，好像在等待命令。

暮光煥變，璀璨銀白。黃昏是如此靜謐，他甚至聽得到小狗砰砰地奔向小屋，他媽媽說：「那隻狗中了什麼邪？」

呼氣吸氣，四次、五次、六次。小路的另一頭，三列先鋒部隊舉著汙泥點點的旗幟繞過河灣而來，後面跟著更多策馬的戰士，有些人舉著狀似小號的器物，有些人拿著長矛，起先看來約莫十二人，其實陣容更加龐大。拖拉板車的驢馬，步行前進的士兵——他這輩子從沒見過如此浩大的陣仗。

他從樹上跳下來，衝回家裡，月光和小樹跟在他後面快跑，嘴裡依然嚼著反芻的牧草，有如乘風破浪的船艇般地擠過茂生的草叢。等到歐米爾衝到牛欄，爺爺已經一跛一跛地走出屋外，他臉色陰沉，好像某個令人不悅、他一再拖延的時刻終於到來。他斥喝狗小聲一點，指使妮妲躲進儲藏根莖作物的地窖，挺直脊背，握緊拳頭，在此同時，第一批戰士從河邊沿著小路走了過來。

戰士們騎著流蘇掛飾、轡彩繪的馬匹，頭戴紅色的無邊軟帽，手執戰戟或是鐵棒，馬鞍上繫綁著組合弓，小小的牛角火藥筒垂掛頸間，髮型相當奇特。足蹬及膝馬靴、袖口飾有滾邊的皇家特使下馬，他小心翼翼地走在大石塊之間，右手擱在匕首柄端停下腳步。

「真主保佑你。」爺爺說。

「真主也保佑你。」

天空飄起小雨。歐米爾看得到隊伍後頭還有更多人沿著小路走過來，有些人牽著瘦弱的公牛，有些人扛著箭袋或是手執刀箭。先鋒部隊的其中一人瞥見歐米爾，他的目光停駐在歐米爾的臉上，隨即眉頭一皺、神情厭惡，歐米爾一眼就看得出來自己和周遭在他人眼中是什麼德行：顏面裂縫的男孩，溪谷裡的陋屋，畸形怪胎隱居在此。

「天快黑了，」爺爺說，「也下雨了。你們肯定累了。我們有些草讓你們餵馬，有個地方讓你們躲雨，別客氣，請進。」他帶著六名先遣部隊進屋，神情非常客氣，說不定他真心以禮相待，但歐米爾看得出來他一再摸著鬍鬚，食指和大拇指也不停拽著毛尖——爺爺一緊張就會這樣。

夜幕低垂，雨滴滴答答下個不停，四十個男人和幾乎同樣數目的牲畜擠在突出的岩壁下，圍著兩堆冒煙的火取暖。歐米爾奔走於牛欄和洞窟狀的空地之間，在漆黑的冷雨之中帶來柴火、燕麥和乾草，他把臉藏在頭罩裡，每次一停步，心中的驚恐就伸出觸鬚，緊緊扣住他的咽喉。他們為什麼來這裡、他們要去哪裡、他們什麼時候才會離開？他媽媽和他姐姐把蜂蜜、蜜餞、酸菜、鹽漬鱒魚、羊乳乳酪、鹿肉乾分給人們食用，這些食物幾乎是家裡整個冬天的存糧。

他們之中許多人披著斗篷和披風，看起來像是樵夫，但有些人穿著狐狸皮或是駱駝皮的外套，至少一人圍著水貂皮圍巾，巾上甚至看得到貂齒。大多數人的腰間佩載匕首，嘴上說著他們將從南方一個偉大的都城擄獲什麼寶物。

歐米爾看到爺爺坐在牛欄的板凳上，就著油燈的燈光幹活，似乎正在製作一副新的軛桿，當時已過午夜，歐米爾從來沒見過爺爺這麼晚還點著油燈，幾乎稱得上奢侈浪費。爺爺說蘇丹王在首都埃迪爾內招兵買馬，他需要士兵、牧人、廚子、蹄鐵匠、鍛工、腳伕。人人都會得到酬賞，要嘛就在此生，要嘛就在來世。木屑在油燈的燈光中迴旋飄浮，緩緩熔解，再度沒入漆黑之中。「當他們看到你那兩頭公牛，」爺爺說，「他們嚇得幾乎斷頭。」但他沒笑，也沒有抬頭。

歐米爾靠牆坐下。牛糞、燻煙、稻草、木屑融合成一股熟悉的氣味，他喉頭一暖，眼淚幾乎滾了出來。日復一日，晨復一晨；你以為今日將會近似昨日，你會安然無恙，你的家人會活躍安康，你們會群聚一堂，生活會幾乎一如往常。而後一瞬之間，事事全都變了樣。

南方那個都城的影像在他心頭飛掠而過，但他看到的既不是城市，也不像是城市，他甚至不知道自己想像什麼，他心頭的影像摻雜著爺爺的故事，眼中只見會說話的狐狸、登月的蜘蛛、玻璃高塔、群星之間的橋梁。

漆黑之中，一隻驢子在屋外嘶吼。歐米爾說：「他們打算帶走小樹和月光。」

「還有一個趕牛的伕役，」爺爺舉起軛桿，細細端詳，慢慢放下。「這兩頭小牛不聽其他任何人的話。」

歐米爾感覺一把斧頭當頭落下。他這輩子始終猜想哪些奇遇在群山之外的遠方等候，這時他卻只想蹲在牛欄的柴火邊，直到季節更迭、這些來訪的過客成為回憶、一切回復如往昔。

「我不去。」

「很久以前有個城市，」爺爺終於抬頭看著他，「上至君王，下至乞丐屠夫，人人拒絕真主的召喚，結果全都變成石頭。整個城市，每個女人，每個小孩，全都成了石頭。你不能拒絕這種召喚。」

小樹和月光躺在他的對面，靠著牆壁呼呼大睡，肋骨一前一後地起伏。

「你會得到榮耀，」爺爺說，「然後你會回來。」

03

醜老太婆的警告

《雲端咕咕國》，安東尼．迪奧金尼斯著，第Γ頁

……走出村子的閘門時，我經過一個坐在樹樁上的醜老太婆身旁。她說：「傻子，你要上哪兒去？快天黑了，現在可不是上路的時候。」我說：「我這輩子一直想要多開眼界，讓我的眼裡充滿新奇的事情，離開這個髒兮兮、臭巴巴的村子和這群不停咩咩叫的羊。我正要前往神奇國度塞薩利，我要去那裡找個巫師，請他把我變成一隻鳥、一隻凶猛的老鷹，或是一隻聰明強健的貓頭鷹。」

她哈哈大笑說：「埃同啊，你這個笨蛋，大家都知道你連數到五都辦不到，還想要計算海裡的波浪。除了你自己的鼻子，你的眼裡什麼都沒有。」

「閉嘴，醜老太婆，」我說，「我已經聽說雲端有個城市，在那裡啊，烤熟的鶇會飛進嘴裡，街上的溝渠流的都是美酒，永遠吹著溫暖的微風。等我變成一隻英勇的老鷹，或是聰明強健的貓頭鷹，我打算馬上飛到那裡。」

「你始終覺得別人田裡收成的大麥比較豐盛，但外頭不見得比較好。埃同，這我可以打包票，」醜老太婆說。「土匪窩藏在角落等著敲爛你的頭，惡鬼潛伏在暗處想要吸乾你的血。村裡有乳酪、燒酒、你的朋友、你的羊群，你已經擁有的比你拚命想要追求的好多了。」

但誠如一隻著急飛來飛去、趕著鑑賞鮮花朵朵的蜜蜂，我也一樣焦躁不寧……

| 愛達荷州萊克波特 |

1941年——1950年

澤諾

他七歲的時候，他爸爸受雇幫「安斯雷土木建材行」裝設一座新的鋸架。他們抵達的時候是一月，澤諾先前看過一個北加州的藥劑師在聖誕節裝飾撒上石綿綿絨，那是他生平僅見的雪花，這時他摸摸火車月臺上一灘結冰的積水，手指猛然抽回，好像被火燙著。爸爸屁股著地，一股腦摔進雪堆裡，他把雪抹在大衣上，搖搖晃晃地朝著澤諾走來。「你看看！你看看這一團混亂！我是個大雪人！」

澤諾頓時哭了起來。

商行幫他們在郊外一公里租了一棟兩房的小木屋，木屋的隔熱防寒效果極差，屋邊是一大片白晃晃的平地，澤諾日後才知道那片平地是個冰封的湖泊。黃昏時分，他爸爸打開一罐兩盎司裝的義大利肉醬麵罐頭擱在柴爐上，罐頭的下半燙傷澤諾的舌頭，上半黏糊稀爛。

「這個家挺不錯，對不對？棒極了，小傢伙，是吧？」

寒氣徹夜從牆上數以千計的縫隙滲入，澤諾暖和不起來。天還沒亮的時候，他得摸黑繞行於一堆堆有如深谷般的剷雪之間，只為了出去上廁所，他想了就害怕，只願自己可以永遠不必小便。天亮之後，爸爸帶著他走了一公里到雜貨店，花了四美元買了八雙 Utah Woolen Mills 的毛襪，店裡的毛襪就數這個牌子最高檔，然後他們坐到收銀臺旁的地上，他爸爸幫他在兩隻腳各套上兩雙毛襪。

「小傢伙，你記好，」他說，「沒有所謂的天氣好不好，只有衣服穿得對不對。」

學校裡一半的小朋友是芬蘭人，其他是瑞典人，但澤諾的睫毛漆黑、瞳孔深褐、膚色有如加了牛奶的紅茶，喔，還有他的名字。**摘橄欖的**、**操綿羊的**、**南歐佬**、**零鴨蛋**——即使他不太明白這些外號，它們傳達的訊息卻是一目了然：別發出怪味、別喘氣、別發抖、別跟大家不一樣。下課之後，他在市區晃蕩，剷雪機轟隆掃雪，加油站的屋頂堆了一．五公尺的積雪，莫里斯五金行的屋頂也堆了兩公尺，萊克波特的市區成了迷宮。卡維爾糖果店裡，年紀比較大的男孩們嚼著口香糖，閒扯呆瓜、精靈、福特飛行車，他們一看到他就安靜下來。他們說：「你不要這麼陰陽怪氣。」

來到萊克波特八天之後，他在一棟淺藍色的兩層樓樓房前暫且停步，樓房位於萊克街和公園街的轉角，是一棟維多利亞式建築，根根冰柱倒掛在屋簷，半埋在雪裡的標示寫道：

公共圖書館

他透過窗戶窺看，這時，大門開啟，兩個長得一模一樣，身穿高領便服的女人招手叫他進去。

「哎喲，」其中一人說，「你看起來一點都不暖和。」

「哎喲，」另外一人說，「你媽媽在哪裡？」

鵝頸燈照亮閱覽桌；牆上掛了一幅刺繡畫，畫裡繡著：問題在此得到解答。

「我媽媽啊，」他說，「她現在住在天國之城，那裡人人都不會傷心，什麼也都不缺。」

兩位圖書館員頭一歪，角度一模一樣。一位叫他坐到壁爐前一張靠背椅上，另一位消失在書架後方，過不久之後拿了一本檸檬黃的精裝書回來。

「啊，」頭一個館員說，「選得好，」然後她們坐在他的左右兩側，取書的那位說：「在今天這種又濕又冷、怎樣都暖和不起來的日子，你就讓希臘人帶著你繞世界飛一圈」——她為他翻開書頁，書頁上寫滿詩句——「一路飛到某個陽光普照、遍地碎石的國度。」

火光搖曳，目錄卡抽屜的黃銅把手閃爍，澤諾把兩隻手壓在大腿下，第二個館員開始朗讀。在這個故事裡，一個孤獨的水手在海上航行了十八天，堪稱是世間最寂寞的人，後來他遇上可怕的暴風雨，船艇翻覆，他赤身裸體地被沖到一個小島的岩石上，但一位叫做雅典娜的女神佯裝成一個扛著水罐的小女孩，護送他走進一個迷人的城市。

將士驚訝地看著延展的街道，她朗讀：

港口綿延，艦艇雄偉；
他站在壯觀的圓頂旁仰望，
各座島嶼之上，尖塔處處可見；
壕溝深邃，石牆高聳，
有如岩壁般圍繞城市[7]。

澤諾靜坐聆聽，聽得入迷。他聽到海浪重重地打上岩石，聞到海水的鹹味，看到壯觀的圓頂在陽光下閃爍，這個菲西亞人的小島跟天國之城是同一個地方嗎？他媽媽是否也得在群星下孤零零地漂流十八天才能抵達？

女神請孤獨的水手不要害怕，敦促他無畏無懼，水手走進一座有如月光般閃爍的宮殿，國王和皇后奉上色澤有如蜜糖的美酒，讓他坐上銀製的座椅，請他講述這趟艱困的旅程，澤諾好想聽到更多，但暖烘烘的爐火、舊書的氣味、圖書館員抑揚頓挫的聲調聯手下了一道符咒，他不知不覺地睡著了。

爸爸答應強化木屋的隔熱防寒、裝設自來水、從蒙哥馬利百貨公司[8]郵購一個全新的電暖爐，但大多晚上當他下班回家，他已經累得沒力氣解開鞋帶。他把罐頭牛肉麵擱在柴爐上，抽支菸，在餐桌旁打起瞌睡，雪融了，他腳邊積了一灘水，他自己也好像在睡夢中稍微融化，明日天亮，踏出家門時，他才又凝固起來。

每天放學之後，澤諾總是去一趟圖書館，圖書館的兩位館員都叫做康寧漢小姐，她們為他朗讀《奧德賽》的其餘章節，接著朗讀《金羊毛和阿基里斯之前的英雄》[9]，帶著他遊覽俄古癸亞、厄律忒亞、赫斯珀裡亞、希柏里爾[10]。康寧漢姐妹稱這些地方為「傳奇之境」，意思是這些地方並不存在，澤諾只能在想像之

---

7 語出荷馬史詩《奧德賽》第七卷。

8 Montgomery Ward，創立於一八七二年，曾是美國最具規模的郵購及百貨公司，二〇〇〇年底宣告破產，轉型為線上零售商。

9 《金羊毛和阿基里斯之前的英雄》（*The Golden Fleece and the Heros Who Lived Before Achilles*），一九二二年「紐伯瑞童書獎」的得獎作品，作者帕德里克・科勒姆（Padraic Colum，1881-1972）為愛爾蘭詩人小說家、兒童文學作家。

中暢遊，但有些時候，兩位圖書館員跟他說，古老的傳奇可能比真實更真實，所以囉，或許這些地方果真存在於世間？白晝愈來愈長，圖書館屋頂滴滴答答地漏水，木屋旁邊那幾棵高大的北美黃松撲撲甩下積雪，聲聲傳入澤諾耳中，就像聽見荷米斯[11]足蹬金色的綁帶鞋衝下奧林匹斯山，為眾神打點另一樁雜事。

四月，爸爸從鋸木廠帶回一隻毛色斑駁的牧羊犬，雖然牠聞起來像是泥沼，經常在壁爐後面大小便，但當牠晚上爬進澤諾的被子，緊緊貼著他，發出心滿意足規律的嘆氣，他的眼中不禁充滿喜悅的淚光。他把牠取名為「雅典娜」，每天下午放學，小狗搖著尾巴在圍籬旁等他，一人一狗踏著殘雪走到圖書館，康寧漢姐妹讓雅典娜在壁爐前的小地毯打瞌睡，為澤諾朗讀特洛伊王子赫克特、女祭司卡珊德拉、普瑞阿摩斯國王一百個子女的故事，五月離去，六月到來，湖面有如藍寶石般晶瑩，鋸木之聲回音裊裊，傳遍林間，鋸木廠旁的圓木疊成市鎮般壯觀。爸爸幫澤諾買了一件工作褲，工作褲比他的尺寸大了三號，口袋縫上一道閃電。

七月，他走過一棟坐落於米慎街和弗洛斯特街的屋宅，屋宅樓高兩層，有個磚瓦煙囪，車道上停了一部淺藍色的1933別克轎車，就在這時，一位女士踏出大門，招手叫他過來。

「別怕，我不會對你怎麼樣，」她說。「但別把狗帶進來。」

屋子裡頭，深紅色的窗簾遮擋了日光。她說她是波伊茲頓太太，先生幾年前在鋸木廠的意外中過世，她一頭黃髮、一雙藍眼，喉頸上幾個小黑痣，看起來像是金龜子爬到一半就動也不動。飯廳裡有個大淺盤，盤裡放著星狀的小餅乾，餅乾疊成一個金字塔，銀白的糖霜閃閃發亮。

「請便。」她點了一支菸。一座三十公分高的耶穌受難像懸掛在她身後的牆上，十字架上的耶穌怒氣沖沖地俯視。「反正我只會把它們給扔了。」

澤諾拿了一塊餅乾；糖味，奶油味，真好吃。

置物架沿著客廳的牆面繞了一圈，數百座臉頰紅潤的陶瓷娃娃立在架上，有些身穿紅衣、戴著紅帽，有些足蹬木屐鞋，有些手執長柄叉，有些親親嘴，有些凝視許願牆。

「我見過你在市區閒晃，」她說。「跟圖書館那兩個巫婆講話。」

他不知道該說什麼，陶瓷娃娃讓他相當不自在，更何況他嘴裡塞滿餅乾。

「再吃一塊吧。」

第二塊甚至比第一塊更好吃。誰會烤了一盤餅乾，卻只是把它們給扔了？

「你爸爸是新來的，對不對？剛到鋸木場上工？肩膀寬寬的大個子？」

他勉強點個頭。耶穌俯視著他，眼睛眨都不眨。波伊茲頓太太用力吸了一口菸。她望似漫不經心，眼神卻是專注得嚇人，讓他想起守衛赫拉天后的百眼巨人阿爾戈斯，阿爾戈斯據說有一百隻眼睛，眼球遍布整個頭顱，甚至連指尖都有眼球，他的眼睛多到即使睡覺閉上五十隻，他依然可以睜著五十隻守衛。

他拿了第三塊餅乾。

「你媽媽呢？她跟你們在一起嗎？」

澤諾搖搖頭，他忽然覺得屋裡缺乏空氣，肚子裡的餅乾變成灰泥，雅典娜在門廊嗚嗚叫，罪惡感和困惑有如海浪般襲向澤諾，力道之強，致使他從桌邊退開，連聲謝謝都沒說就衝出屋外。

---

10 Ogygia、Erytheia、Hesperia、Hyperborea，希臘神話中的島嶼和王國。

11 Hermes，又譯赫耳墨斯，或是赫密士，宙斯與山林仙女麥雅（Maia）的兒子，是奧林匹斯十二主神之一。

隔週週末，他和爸爸隨同波伊茲頓太太上教堂做禮拜，教堂裡坐滿教徒，腋下濕了一片的牧師告誡黑暗的勢力正在凝聚。做了禮拜之後，他們三人一起走回波伊茲頓太太家，她在一對藍色的小酒杯裡倒了一些叫做歐佛斯特[12]的飲料，爸爸打開她的Zenith桌上型收音機，大樂團的爵士樂聲頓時盈滿各個陰暗的房間，波伊茲頓太太笑得露出一口白牙，指尖輕撫爸爸的臂膀。澤諾正奢望她再端出一盤餅乾，爸爸就開口對他說：「你出去外面玩。」

他和雅典娜走了一條街到湖邊，在沙灘上建造菲西亞人的迷你王國，高牆、細枝果園、毬果艦隊，一一齊備，雅典娜在沙灘上跑來跑去，不時叼著枯枝跑到澤諾身旁，好讓他把枯枝丟入湖中。兩個月前，若是可以待在一棟真正的屋子裡，屋裡有座真正的壁爐，車道上還停著一部別克轎車，他肯定開心的不得了，現在他卻只想跟爸爸走回他們的小木屋，父子倆人在柴爐上熱罐頭麵條。

雅典娜不停叼給他枯枝，而且一支比一支粗大，最後甚至把整截被人連根拔起的小樹拖拉過沙灘。陽光在湖面上閃閃爍爍，高大的北美黃松隨風顫動，針葉紛紛落下，悠悠飄入他的迷你王國。澤諾閉上眼睛，幻想自己變得非常渺小，甚至鑽得進沙島中央的宮殿，宮殿之中，僕役們為他穿上溫暖的長衫，帶著他走過火炬照明的廊道，人人喜出望外地歡迎他，王宮大殿之中，他與他媽媽、尤利西斯、英挺威武的阿爾喀諾俄斯會合，他們舉杯向宙斯天神敬酒，而宙斯引領漂泊的人們朝向他們走來。

但他終究慢吞吞地走回波伊茲頓太太家，他大聲叫喚爸爸，爸爸從最裡頭的房間大喊：「小傢伙，再等三分鐘！」澤諾和雅典娜只好在門廊坐下，成群蚊蠅繞著他們飛舞。

九月像把帶爪的鐵鉗般扣緊八月，扼殺了夏日。十月，山脊已經覆上一層薄薄的雪花，他們跟波伊茲頓太太共度每個週日，週間的許多夜晚也跟波伊茲頓太太一起度過，到了十一月，爸爸依然尚未在小木屋裡裝設抽水馬桶，也沒有從蒙哥馬利百貨公司郵購一個全新的電暖爐。十二月的第一個週日，他們從教堂走回波伊茲頓太太家，爸爸打開她的收音機，廣播中說三百五十三架日本軍機轟炸了美軍在某個名為「歐胡島」的海軍基地。

波伊茲頓太太站在廚房，一包麵粉從她手裡掉到地上。澤諾說：「什麼是全體輔助人員？」沒人回答。雅典娜在門廊吠叫，播音員推測數千名水手或許已經罹難，爸爸額頭左側的血管明顯抽動。

屋舍之外，米慎街沿路的雪堆已經跟澤諾一樣高。雅典娜在雪堆裡挖出一條隧道，街上沒有車輛行駛，空中沒有飛機飛過，其他屋舍也都沒有孩童外出。整個世界似乎受到寂靜的進襲。幾小時之後，當他走回屋裡，他爸爸繞著收音機走來走去，左手劈劈啪啪地扳著右手的指關節，波伊茲頓太太端著一杯歐佛斯特威士忌站在窗邊，沒人清掃地上的麵粉。

收音機裡有個女人說：「女士先生們，晚安，」她清清嗓子。「今天晚上，我在一個至關緊要的歷史時刻跟大家說話。」

爸爸舉起一根指頭。「啊，總統夫人。」

雅典娜在門邊嗚嗚叫。

「過去幾個月來，」總統夫人說，「我們不停猜測這種事情發生的可能性，但似乎依然難以置信。」

---

12 Old Forester，美國經典波本威士忌。

雅典娜吠叫。波伊茲頓太太說：「可不可以拜託你讓那隻畜牲閉嘴？」

澤諾說：「爸，我們現在就回家，好嗎？」

「不管我們必須盡什麼義務，」總統夫人繼續說，「我相信我們一定辦得到。」

爸爸搖搖頭。「這些男孩吃早餐的時候臉被炸得稀巴爛。他們活活被燒死。」

雅典娜繼續狂吠，波伊茲頓太太額頭一皺，雙手不停顫抖，數以百計的陶瓷娃娃站在架上，有些手牽著手，有些扛著水桶，有些正在跳繩，各個似乎頓時被灌注了可怕的力量。

「好，」收音機說。「我們現在回到今晚預定播放的節目。」

爸爸說：「我們會給那些他媽的日本人一點顏色瞧瞧。沒錯，我們會讓他們瞧瞧我們的厲害。」

五天之後，他和另外四個鋸木廠工人搭車到波伊西讓徵兵處計算他們有幾顆牙，測量他們的胸膛有多寬，聖誕節隔天，爸爸啟程前往某個叫做麻塞諸塞州的地方，加入某個叫做新兵訓練營的單位，澤諾這下就跟波伊茲頓太太同住。

| 愛達荷州萊克波特 |

2002 年—— 2011 年

西蒙

剛出生時，他是個尖叫哭嚎、嘶聲咆哮的小寶寶。稍微大一點之後，他是個只肯吃圓形食品的小小孩，比方說 Cheerios 玉米穀片、冷凍格子鬆餅、一·六十九盎司裝的原味 M&M 巧克力。袖珍包不行，家庭包也不可，如果邦妮拿給他花生，她就有得瞧囉。她可以碰他的手臂和雙腿，但不可以摸他的雙腳或雙手。千萬不可以碰他的耳朵。幫他洗頭是個惡夢。理髮更是不可能的任務。

他們以路易斯敦一間按週收費，名為「金橡木」的汽車旅館為家；她打掃旅館其餘十六個房間，藉此支付她這個房間的租金。男友們有如暴風雨轟然來去；先是杰德，然後是麥克·葛特垂，還有一個邦妮稱為「火雞腿」的傢伙。打火機一閃一閃；製冰機轟轟隆隆；集材車把窗戶震得嘎嘎作響。狀況最糟的時候，他們甚至在龐帝克汽車裡過夜。

三歲時，西蒙自行決定無法忍受內衣褲上的任何標籤，某些品牌的早餐穀片在包裝盒的塑膠袋裡沙沙作響，同樣讓他受不了。四歲時，吸管插進鋁箔包果汁的角度若是不合他意，他就尖叫。邦妮打噴嚏如果太大聲，他就顫抖半小時。人們說：「他哪裡有毛病？」他們說：「妳不能叫他閉嘴嗎？」

他六歲時，邦妮得知她二十多年沒見面的叔叔保爺爺過世，而且把他在萊克波特的雙車廂拖車屋留給她。她蓋上折疊手機，把橡膠手套扔進十四號房的浴缸，丟下停放在門口的清潔用品推車，然後走回房間，把小烤箱、全功能電視機、兩大袋衣物塞進車裡，帶著西蒙往南開了三小時，沿途都沒停。

拖車屋坐落在阿卡迪街的街尾，這條街是個死巷子，路面布滿碎石，距離市區約一公里半，拖車屋周遭雜草叢生，一個窗戶被打破，屋側漆上「我不打一一九」，屋頂的一側翹起，好像有個巨人曾經試圖動手剝卸。律師一開車離開，邦妮馬上跪在車道上啜泣，哭得停不下來，母子兩人都嚇了一跳。

地產占地一英畝，三側都是松林，數以千計的白蝴蝶在院子裡飛舞，飄搖於薊草的花朵之間。西蒙在她身邊坐下。

「唉，」邦妮拭去淚水。「他媽的真的已經好久了。」

屋後高聳的林木閃閃發光；蝴蝶飄搖飛舞。

「媽，什麼已經好久了？」

「指望。」

一縷蛛網飄過空中，捕捉點點光影。「沒錯，」他說。「我們已經他媽的好久沒指望了。」他媽媽頓時破涕為笑，嚇到了他。

邦妮在破窗上釘上木板，把廚櫃的蟑螂屎擦乾淨，保爺爺那張被花栗鼠咬得亂七八糟的床墊被她扔到路邊，然後以免頭款、百分之十九的利率湊錢買了兩張新床墊。她在二手商店找到一張橘色的雙人沙發，母子兩人在沙發上噴了半罐芳香劑，然後才把沙發拖進屋裡。日落時，她和西蒙並肩坐在屋前的階梯上，各自吃下兩個格子鬆餅。一隻魚鷹高高飛過，朝向湖畔飛去。一隻母鹿和兩隻小鹿在工具棚旁現身，耳朵輕輕顫動。天色漸漸青紫。

「種籽生長，」邦妮哼唱，「草地開花，樹木長了葉……」[13]

西蒙閉上雙眼。微風吹拂，宛如名牌寢具店裡的藍色被毯一樣輕暖，甚至更加柔和，薊草散發出一股氣味，聞起來像是發暖的聖誕樹，他們正後方的牆壁後面就是他的房間，房間的天花板有些汙漬，看起來像是雲朵、美洲豹，說不定甚至是深海海綿。他媽媽聽起來好開心，當她唱到母羊咩咩叫、公牛蹦蹦跳、公羊放臭屁，他也忍不住哈哈大笑。

萊克波特小學一年級＝二十六個六歲大的學童擠在一間七乘十二公尺的活動教室，由一位講話總是帶刺，名叫奧涅金太太的老師督導。她指派給西蒙的那張天藍色書桌令人憎惡：桌面翹起，鐵釘生鏽，桌腳抵著地面吱吱響，好像有人拿著細針刺穿他的眼球。

奧涅金太太說：「西蒙，你有沒有看到其他哪個小孩坐在地上？」

她說：「西蒙，你是不是在等一張特別幫你鐫刻的邀請函請你上座？」

她說：「西蒙，如果你不坐——」

校長的桌上，一個馬克杯上面印著「我最喜歡微笑」。嗶嗶鳥繞著他的皮帶慢跑。邦妮穿著她那件全新的「貨車輪清潔公司」運動衫，運動衫的費用將從她第一張薪資支票中扣除。她說：「他很敏感。」傑金斯校長說：「家裡有沒有一個相當於父親的長輩？」然後再次瞄一眼她的胸部，稍後邦妮把車子緩緩停在米慎街的路肩，水都沒喝就直接吞下三顆頭痛藥。

「西蒙，你在聽我說話嗎？如果你在聽，你就摸摸耳朵。」

四部卡車颼颼駛過；兩部藍色，兩部黑色。他摸摸他的耳朵。

「我們是什麼？」
「一個團隊。」
「團隊做些什麼？」
「團隊互相幫助。」
一部紅色的汽車駛過。然後是一部白色的卡車。
「你可不可以看著我？」
他看著她。她運動衫上的名牌寫著：**家務服務員邦妮**。姓名的字體比職稱的字體小。又有兩部卡車隆隆駛過，他們的龐帝克汽車被震得搖搖晃晃，但他光靠聽覺辨識不出卡車的顏色。
「我不能因為你不喜歡你的桌子，所以上班上到一半就丟下工作。他們會把我炒魷魚。我不能被炒魷魚。你一定得試試看，好嗎？你願意試試看嗎？」

他試了。當卡門・荷美契用她那毒藤般的手臂碰他，他試著不要尖叫。當東尼・莫里納利的飛盤打到他的頭，他試著不要大哭。但九月過了九天之後，野火焚山，整個山谷濃煙密布，奧涅金太太說空氣品質太差，下課時間必須待在教室裡，他們還得把窗戶關上，因為羅德里戈會氣喘，不到幾分鐘，活動教室異味騰騰，好像他媽媽用保爺爺的微波爐幫冷凍庫的墨西哥鐵板燒解凍。
西蒙好不容易熬過數學課、午餐時間、會話課，但到了自習時間，他的忍耐力已經逐漸瓦解。奧涅金太

---
13 出自一首古老的英國歌謠〈夏天來了〉（*Sumer Is Icumen In*）。

太叫大家各自坐到桌前幫北美地圖著色，西蒙試著幫墨西哥灣畫上淡綠色的圓圈，試著只移動手肘和手腕，試著不要亂動以免桌子吱吱響，試著不要呼吸以免吸進任何氣味，但汗水順著他的肋骨慢慢流下，衛斯里‧歐曼不停拉扣左腳運動鞋的魔鬼氈扣帶，東尼‧莫里納利的嘴裡發出噗噗噗的聲音，奧涅金太太在白板上寫下A─M─E─R─I─C幾個醜醜的大字，白板筆的筆尖嘰嘰銼銼，教室裡的時鐘滴答滴答滴答，種種聲響有如黃蜂湧入蜂巢般襲入他的腦袋。

怒吼聲；直至此刻，那個聲音始終在遠處隆隆低鳴。現在它聲勢上揚。它淹沒了山嶺、湖泊、萊克波特市區；它夷平了學校的停車場，翻覆了每一部車輛；它在教室外嘶吼，拍打著教室的門。他的眼前冒出一個個漆黑的針孔。他伸手緊緊摀住耳朵，但怒吼聲蓋過了光。

學校的輔導老師史賴特小姐說他可能是感覺統合失調、注意力不足、過動，或是綜合以上三者的某些病症。這孩子年紀太輕，她無法確知。更何況她不是一位診斷專家。但他的尖叫聲嚇壞了其他孩童，傑金斯校長已經叫西蒙星期五不要來上學，同時建議邦妮應該盡快跟職能治療師約個時間。

邦妮捏了捏鼻梁。「這……包括在他的學費裡嗎？」

貨車輪清潔公司的經理史提夫說，邦妮，如果妳不怕被炒魷魚，儘管可以帶著小孩上班，於是星期五早晨，她拔下瓦斯爐的每一個旋鈕，放了一盒Cheerios玉米穀片在流理臺上，把《星星小子》放進在DVD播放匣，按下重複播放鍵。

「西蒙？」

電視螢幕上，星星小子穿著銀閃閃的超人裝出現在暗夜中。

「如果你在聽，你就摸摸耳朵。」

星星小子發現被困在網中的穿山甲家族。西蒙摸摸耳朵。

「微波爐的定時器顯示０００，我就會回家看看你怎樣。好不好？」

星星小子需要協助。是該召喚忠友的時候了。

「你會乖乖待在家裡？」

他點點頭。龐帝克汽車轟轟隆隆沿著阿卡迪街駛去。忠友貓頭鷹從卡通片的暗夜中翱翔而出。星星小子幫他們照路，忠友用牠的鳥嘴撕裂線網，穿山甲家族蠕動脫困；忠友大聲說，互相幫助的朋友就是摯友。忽然之間，雙車廂拖車屋的屋頂傳來聲響，好像有隻巨蠍開始刮蹭屋頂。

西蒙在他房間裡聽。他在大門口聽。他在廚房旁的滑門口聽。噠唰唰，聲聲入耳。

電視螢幕上，一輪明月緩緩升起。忠友該飛回牠的鳥巢。星星小子也該飛回天空。摯友摯友，星星小子哼唱：

我們永遠不分開，
我在天空中，
你在我心中。

當西蒙拉開滑門，一隻喜鵲從屋頂上飛下來，停在後院一個蛋形的大圓石上，尾巴一垂，嘰嘰喳喳。

一隻小鳥。根本不是蠍子。

晚間的風雨清除了煙霧，晨間天光明亮，薊草的紫色花朵輕輕擺動，微小的蚊蟲四處飛揚，數以千計的松樹矗立在屋後的地產上，林木朝向山坡延伸，隨風搖擺時，似乎也在呼吸。吸氣吐氣，吸氣吐氣。穿過及腰的雜草走到蛋形的大圓石花了十九步，等到西蒙爬上石頭，喜鵲已經拍拍翅膀飛到森林邊緣的樹枝上，點點苔蘚妝點圓石，粉紅、豔橘、橄欖綠，燦麗耀目。這裡棒極了。寬闊。鮮活。生氣勃勃。

繞過圓石走到圍籬花了二十步，西蒙看著樁柱，樁柱之間只有一綹鬆垮的鐵絲。他的後方是滑門、廚房、保爺爺的微波爐；他的前方是三千英畝的森林，林主是德州的一個家族，萊克波特沒有人見過他們。

喜鵲嘰嘰喳喳。

從鐵絲底下鑽過很容易。

樹下的光影截然不同，宛如另一個世界。縷縷地衣從樹枝上垂掛而下，點點日光在頭頂上閃爍。這座蟻丘有他的身高一半高；這塊岩石跟部小貨車一樣大；這張樹皮可以把他的腰部包起來，就像星星小子的護胸盔甲。

他爬上屋後的山丘，爬到半山腰就看到一片空地，空地四周環繞著花旗松，中間是一棵巨大的黃杉，黃杉已經枯死，陰森森地聳立，好像殭屍巨人從冥界伸出一隻多指的臂膀。數以百計的針葉被風吹落，從空中緩緩飄下，他抓住兩針一束的針葉，想像那是一個身軀截短、雙腳修長的小人。針葉人邁開尖細的雙腿，勇敢地越過空地。

西蒙用樹皮和細枝幫針葉人在枯樹的樹基建造小屋，還在屋裡鋪了地衣床墊，就在這時，上方三公尺傳來鬼魅般的尖銳聲響。

咿——咿？咿——咿——咿？

西蒙胳臂上的每根寒毛都豎起。這隻貓頭鷹隱蔽得極好，牠又叫了三聲，西蒙才看到牠，一瞧見牠，西蒙就倒抽一口氣。

牠眨了眨眼。三下。四下。牠倚著樹身駐足暗處，眼瞼一閉上，形影就消失，眼瞼一張開，形影又現跡。

牠的個頭跟東尼．莫里納利差不多。牠的眼睛是網球的顏色。牠直直地盯著他。

西蒙從枯樹的樹基旁抬頭仰望，貓頭鷹低頭俯視，森林吸氣吐氣，他的心情起了變化：那個時時刻刻困擾著他的聲響、那個怒氣騰騰的咆哮聲，頓時安靜了下來。

這個地方很神奇，貓頭鷹似乎說道，你只需靜靜坐著，吸氣吐氣，耐心等候，牠就會找到你。

他靜靜坐著，吸氣吐氣，耐心等候，地球沿著軌道行進了數千公里，西蒙內心深處糾纏了一輩子的結漸漸鬆動。

當邦妮找到他的時候，她的髮間黏著樹皮，貨車輪清潔公司的運動衫上沾了鼻涕，她用力拉著他站起來，西蒙卻說不出究竟過了一分鐘、一個月，或是十年。貓頭鷹有如煙霧般消失無蹤。他扭著身子看看牠飛到哪裡，但牠已沒入林間深處，四處都看不到牠，邦妮摸著他的頭髮，邊哭邊說：「正要打電話給警察，你為什麼不乖乖待在家裡？」她高聲咒罵，拖拉著他穿過林木走回家，圍籬的鐵絲劃破她的牛仔褲；微波爐的計時器在廚房裡嗶嗶響——噗噗噗噗——邦妮在講電話，她被史提夫炒魷魚，她把電話摔到雙人沙發上，她緊緊捏著西蒙的肩膀，以防他扭動脫身，她說：「我以為我們一起努力，」她說：「我以為我們是一個團隊。」

•••

過了就寢時間之後，他爬到窗邊，悄悄打開窗戶，探頭到一片漆黑之中。暗夜散發出野性的氣味，有如洋蔥般刺鼻。某個小東西汪汪叫，某個小東西嘰嘰喳喳，森林就在那邊，過了鐵絲圍欄就到了。

「忠友，」他說。「我要叫你『忠友。』」

澤諾

樓下幾個大人重重踏步，足蹬笨重的靴鞋走過波伊茲頓太太的客廳。玩具兵爬出它們的錫盒。四〇一號士兵拿著步槍悄悄逼向床頭板；四一〇號士兵拖著反裝甲機砲走過皺起的百衲被；四一三號士兵太靠近電熱爐，臉被熱氣融化了。

懷特牧師端著一盤火腿和小餅乾吃力地上樓，氣喘吁吁地在黃銅小床上坐下。他拿起四〇四號士兵——也就是那個高舉著步槍的玩具兵——他說自己不該告訴澤諾，但他聽說澤諾的爸爸陣亡前，一個人解決了四個日本鬼子。

樓下有人在說話：「瓜達康納爾島？啥？在哪裡？」另外一個人說：「在哪裡都沒差，」雪花飄過臥室的窗戶，有那麼一瞬間，澤諾的媽媽似乎乘著金色的小船從空中緩緩而下，人人看得目瞪口呆，他和雅典娜爬到船上，她帶著他們航向天國之城，在那裡，藍綠的海水拍打著漆黑的懸崖，每棵樹上都垂掛著被陽光曬得暖烘烘的檸檬果。

然後他又回到了黃銅小床上，懷特牧師滿身酒味、壓按著四〇四號士兵在床單上繞了一圈，爸爸永遠不會回來了。

「你爸爸啊，」牧師說。「真是一個不折不扣的英雄。」

稍後澤諾端著盤子悄悄下樓，從後門溜了出去。雅典娜從灌木叢跳出來，嗅嗅冷空氣，他餵牠吃火腿和小餅乾，牠看著他，眼中流露出純粹的感恩。

晶狀的雪花大片大片地落下。他腦海裡冒出一個小小的聲音：你孤單一人，說不定這是你的錯。日光漸漸昏暗，恍惚之中，他走出波伊茲頓太太的院子，沿著米慎街走到萊克街的十字路口，他冒著飄著白雪的寒風，踏過一個個及膝的雪堆，雪水撲撲地灌進他為了葬禮穿上的皮鞋，直到他走到湖的邊際。

時值三月底，湖的中央、距離岸邊約莫一公里處，寒冰已經開始解凍，露出一塊塊漆黑的水面。北美黃松沿著他左側的湖岸聳立，望似一面閃亮的大牆。

澤諾踏上結冰的湖面，寒風凍乾了雪花、吹平了雪堆，湖面積雪因而淺平。他一步一步往前走，離開岸邊愈遠，皮鞋底下的湖水似乎也愈深黑。三十步。四十步。他轉頭一看，鋸木廠和市鎮已經消失在視線之外，他甚至看不到沿著湖岸林立的樹木。他的腳印已被寒風和白雪蓋住；他懸置在浩瀚的銀白之中。

往前再走六步。七步。八步。停。

放眼望去，一片蒼茫：天地宛若一幅全白的拼圖，一塊一塊被風吹到空中。他感覺自己搖搖欲墜，似乎即將失陷。他的後方是萊克波特；在那裡，校舍吹著過堂風，街道堆積泥濘的白雪，波伊茲頓太太的鼻息帶著煤油味，還有她那些陶瓷娃娃。在那裡，他是摘橄欖的、操綿羊的、零鴨蛋、一個比一般人瘦小、留著外國人的血、名字怪裡怪氣的孤兒。前方呢？他的前方有些什麼？

寒冰迸裂的聲響在雪面下悶悶地襲向一片銀白。漫天白雪之中，他是不是看到了菲西亞人銀光閃耀的皇宮？青銅城牆和白銀圓柱、酒莊、果園和清泉？他試圖看得清楚一點，但不知怎麼地，他的視線似乎忽然反轉；他的雙眼好像往裡看，望向他頭顱內的迴旋與空虛。不管我們必須盡什麼義務，總統夫人說，我相信我們一定辨得到。但他必須盡什麼義務？少了爸爸，他怎麼辦得到？

再走遠一點。他一隻鞋子往前滑了半步，迸裂的聲響再次傳遍湖面。冰層似乎從湖的中央開始迸裂，裂痕直接穿過他的兩腿之間，朝市鎮而去。然後他感覺有個東西拉扯他的長褲，好像他已筋疲力竭，這時冒出一條繩索拉著他回家。他轉頭一看，赫然瞧見雅典娜咬住他的皮帶。

恐懼這才流竄他的全身，好像一千隻小蛇在他皮膚裡滑動。他跌跌撞撞，屏住呼吸，竭盡全力放輕腳步，在雅典娜的帶領下，他一步一步越過結冰的湖面，朝向市鎮走去。他上了岸，跌跌撞撞地走過漫天飄搖的雪花，穿越萊克街。他的耳中只有自己轟隆的心跳聲。他站在街尾，冷得發抖，雅典娜舔舔他的手心，波伊茲頓太太家燈火通明，大人們站在客廳裡，嘴巴一張一合，好像一個個胡桃鉗娃娃。

教堂的青少年幫人行道剷雪。肉鋪老闆免費贈送肉骨頭和零星的碎肉。康寧漢姐妹想要讓他接觸一些比較輕鬆的書籍，所以把他移往希臘喜劇區，為他引介一位叫做亞里斯多芬的劇作家，她們跟他說，這位劇作家創造了世間最好的國度。他們一起讀了《雲彩》和《集會婦女》，然後讀了《鳥》，書中的兩個老傢伙對腐敗的俗世感到厭煩，於是前往一個雲端城市跟小鳥們一起生活，結果卻發現他們的憂煩跟隨他們到了那裡。雅典娜在字典架前打起瞌睡。夜晚時分，波伊茲頓太太啜飲歐佛斯特威士忌，一支接著一支地抽著淡菸，他們玩克里巴奇棋牌遊戲[14]，在計分板上移動計分的棋子。澤諾直挺挺地坐著，手裡握著一張張工整開展的紙牌，心中暗想：我還活在這個世界上，但另一個世界就在屋外。

四年級，五年級，戰爭終止。人們三三兩兩地上山坐船遊湖，在澤諾眼中，他們似乎都是幸福快樂的一家人：媽媽、爸爸、小孩，全家歡喜出遊。市府把他爸爸的名字刻在市中心的紀念碑上，有人把一副旗幟遞交到澤諾手中，還有人不停說著英雄、英雄，典禮之後，大家到波伊茲頓太太家共進晚餐，懷特牧師坐在主位，揮舞手中的火雞腿。

「艾瑪、艾瑪，妳知道他們怎麼稱呼一個娘娘腔的拳擊手嗎？」

波伊茲頓太太吃東西吃到一半，牙齒上沾了香菜。

「水果甜心！」

她咯咯輕笑；懷特牧師湊著酒杯咧嘴一笑。兩百個胖嘟嘟的陶瓷娃娃在他們周圍的置物架上睜大眼睛看著澤諾。

他十二歲時，康寧漢姐妹把他叫到借書櫃檯，遞給他一本書。那是一本八十八頁的四色印刷全彩《亞特蘭提斯的人魚》。「這是為你訂的。」康寧漢大姐說，眼角盈滿笑意，康寧漢二姐蓋上還書日期章，澤諾把書帶回家，坐到他的黃銅小床上。開頭第一頁，一位公主在海灘邊被一群穿戴青銅盔甲的陌生男人綁架。當她醒過來，她發現自己被囚禁在一座水下城市，一個巨大的玻璃圓頂罩住城市，城中這群穿戴青銅盔甲的男人腳趾帶蹼、耳朵尖長、喉頸上有個鰓裂、手臂上繫著金色的臂章，他們的三頭肌粗壯，雙腿強勁，大腿肌肉糾結，澤諾看了心裡撲撲跳。

這群奇異健美的男人能在水下呼吸，人人勤勉至極；他們的城市有著優美細緻的水晶塔樓、高聳入雲的橋梁、燦爛奪目的潛艇，細小的水泡沿著一柱柱迷濛的金色燈光漂浮上揚。到了第十頁，一群不怎麼靈光的水上男人前來討回他們的公主，與水下男人爆發大戰，水上男人以魚叉和毛瑟槍為武器，水下男人以三叉戟應戰，他們的肌肉強健，線條優美，澤諾看了全身發熱，但他移不開視線，不由自主地緊盯他們鮮紅的鰓裂和修長陽剛的四肢。故事進行到最後幾頁，戰爭愈來愈激烈，罩住城市的玻璃圓頂眼看著就要破裂，人人性命危在旦夕，書頁上卻說：待續。

他把《亞特蘭提斯的人魚》擱在抽屜裡三天，發光發熱，好像隱隱帶著威脅，即使人在學校，他也心神不寧地想著它。只有等到波伊茲頓太太睡了，家中安靜無聲，他才敢放心展讀：氣憤的水手們拿著魚叉猛敲保護城市的圓頂；優雅的水下戰士們手執三叉戟，身披酒紅色的戰袍，大腿的肌肉強勁糾結。睡夢之中，他們敲敲他臥室的小窗，但當他開口說話，水卻猛然灌進他的嘴裡，他驚醒，感覺自己好像墜入結冰的湖中。

這是爲你訂的。

第四個晚上，澤諾雙手顫抖地帶著《亞特蘭提斯的人魚》走下嘎嘎作響的樓梯，走過深紅色的窗簾、蕾絲桌巾、一盅香味令人窒息的乾燥花，推開壁爐的火網，用力把書塞進壁爐。

羞愧，孱弱，畏懼——他跟他爸爸兩個模樣。他避開市區，刻意不要經過圖書館，如果在湖邊或是店裡瞥見其中一位康寧漢姐妹，他馬上轉身，低頭躲藏。她們知道他沒還書，也知道他毀了公物；她們猜得出為什麼。

鏡中的他，雙腿太短，下顎太瘦弱；兩隻腳丫子讓他難為情。說不定在某個銀閃閃的城市裡，他可以找

---

14 Cribbage，撲克牌桌遊。

到歸屬。說不定在那些地方的其中一處，他能夠以嶄新的面貌現身，容光煥發、生氣勃勃地成為自己但願成為的男人。

有些時日，當他走路上學，或是僅僅躺在床上，他會忽然感覺一群人圍著他看，人人的襯衫被鮮血浸濕，臉上帶著指控的神情，那種感覺是如此強烈，讓他的腹胃一陣翻騰，幾乎穩不住身子。**娘炮**，他們說，而且朝著他指指點點。**娘娘腔**。**水果甜心**。

澤諾十六歲了，他在安斯雷土木建材行的機械廠見習打零工，同一年間，七萬五千名北韓大兵越過北緯三十八度線，韓戰因而開打。到了八月，週日下午圍坐在波伊茲頓太太桌邊的教徒們紛紛抱怨新生代美國大兵的種種缺失，他們說這些大兵是一群被寵壞的大孩子，過度溺愛的文化讓他們變得軟弱，讓他們染上半途而廢的惡習，他們的菸頭一閃一閃，烤雞上方飄著一圈圈煙霧。

「不像你爸爸那麼勇敢。」懷特牧師說，然後誇張地拍拍澤諾的肩膀，霎時之間，澤諾聽到遙遠的某處有一扇門滑動開啟。

韓國：學校地球儀上一個拇指印大小的綠色區塊。一個人若想遠離愛達荷州，韓國似乎再理想不過。

每天傍晚從鋸木廠下班之後，他繞著湖跑半圈。慢跑五公里到西城街轉個彎，再跑五公里回到原地，濺著水跑過細細的雨絲。鼻口已經灰白、豪勇依然如昔的雅典娜慢吞吞地尾隨其後。有些晚上，驍勇強健、絢爛奪目的亞特蘭提斯戰士們跟著他齊步前進，他更奮力往前奔跑，試圖把他們拋在身後。

滿十七歲的那天，他拜託波伊茲頓太太讓他開那部舊別克去一趟波伊西。她用快要抽完的香菸再點一支菸，繼續吞雲吐霧。咕咕鐘滴滴答答；她那一群陶瓷娃娃站在各自的架上；三尊不同的耶穌從三副不同十字架上往下凝視。她後方的廚窗外，雅典娜蜷伏在矮樹叢下。一公里半外，一隻隻小老鼠在他和他爸爸度過萊克波特第一個寒冬的小木屋裡打瞌睡。心會癒合，但永遠不會完全痊癒。

在開下峽谷的Z形彎道上，他兩度暈車。開到徵兵處之後，一位醫官把冰冷的聽診器貼在他的胸前，舔了舔鉛筆的筆尖，在表格的每個欄位打勾。十五分鐘後，他就成了二等兵澤諾．尼尼斯。

西蒙

雙車廂拖車屋的產權屬於邦妮，沒有抵押權等負擔，但拖車屋所在的這一英畝地，保爺爺依然積欠貸款，每個月必須繳交五百五十八美元。除此之外還有瓦斯費、水費、電費、垃圾費、床墊的銀行貸款、汽車保險和手機費，剷雪費也不可不付，不然車子開不出車道，再加上兩千六百五十二元三十一分卡債，喔，還有醫療保險費，哈哈哈，開開玩笑罷了，她從來付不起醫療保險。

她在白楊葉汽車旅館找到一份臨時清潔工的工作，時薪十美元六十五分，她還在小豬鬆餅餐館值晚班，時薪三美元四十五分，另加小費。如果沒有人點鬆餅，伯爾特先生就叫她清理大型冷凍庫，而清理大型冷凍庫可沒有小費可拿。

週間每一天，六歲大的西蒙獨自從校車下車，獨自沿著阿卡迪街往前走，獨自打開家裡的大門。吃一塊鬆餅，看一集《星星小子》，不要離開家裡。西蒙，你在聽嗎？你可以摸摸你的耳朵嗎？你可以發誓嗎？

他摸摸他的耳朵。他發誓。

說是這麼說，但他一回到家裡，不管天氣如何，也不管雪下得多深，他馬上丟下背包，拉開滑門，走到屋外，低頭鑽過鐵絲，越過山間的樹木，來到那棵矗立在半山腰空地上的枯松之前。

有些時日，他只感覺有個東西在那裡，脖子也微微酥麻。有些時日，他聽到低沉的嗚叫，呼哧，聲聲迴盪林中。有些時日，周遭毫無動靜。但運氣最佳的時日，忠友就在眼前，棲息在枝幹交錯之處，在那個距離地面三公尺，西蒙頭一次瞧見牠的老地方打瞌睡。

「哈囉。」

貓頭鷹盯視樹下的西蒙；風吹亂了牠臉上的羽毛；牠凝神的注視有如渦流般流轉，織紡出宛如時光般亙古的理悟與智慧。

西蒙說：「不只是桌子，米亞那股醃黃瓜的臭味也讓人受不了，尤其是下課時間結束後，鄧肯和衛斯理都滿身大汗，那股味道……」

他說：「他們說我很古怪。他們說我很嚇人。」

貓頭鷹在漸漸昏暗的日光中眨眨眼。牠的頭跟排球一樣大。牠看起來像是提煉一萬株樹木的靈魂的融合體。

十一月的一個下午，西蒙詢問忠友牠會不會也被噪音嚇到，牠會不會有時候覺得自己聽到太多聲響——此時此刻，百萬微小銀白的雪花靜悄悄地飄落在林中這塊空地，牠可曾但願整個世界跟這裡一樣寂靜無聲？——就在這時，貓頭鷹躍下枝頭飛過空地，落在遠遠的一棵大樹上。

西蒙尾隨而行。貓頭鷹悄悄鑽過林間，飛向雙車廂拖車屋，沿途不時鳴叫，好像邀他同行。當西蒙走到後院，貓頭鷹已經棲息在拖車屋的屋頂，牠朝著漫天雪花大叫一聲，轉頭凝視保爺爺的工具棚，然後看看西蒙，再看看工具棚。

「你要我進去那裡？」

工具棚塞滿東西，光線幽暗，西蒙在棚裡發現一隻死蜘蛛、一副俄國防毒面具、生鏽的工具箱，工作臺上方的吊勾上掛著一副步槍靶場的隔音耳罩，當他戴上耳罩，世間的喧囂漸漸褪逝。

西蒙拍一拍雙手，搖一搖裝滿軸承的咖啡罐，敲一敲鐵鎚——全都消了音，全都好極了。他走回雪地中，抬頭看看站在屋頂上的貓頭鷹。「這副耳罩？這就是你要跟我說的？」

奧涅金太太允許他在下課、點心、自習時間戴上耳罩。連續五天沒有受到申斥之後，她同意讓他換一張桌子。

輔導老師史賴特小姐獎賞他一個甜甜圈。邦妮買了一張新的《星星小子》光碟片給他。

全都好極了。

每當世界變得太吵雜、太混亂、太尖刻，每當他感覺怒吼聲逼得太近，他就閉上眼睛，戴緊耳罩，想像自己置身林間的那個空地。五百株花旗松輕輕搖擺；針葉人跳傘似地從空而降；枯死的北美黃松白森森地矗立在星空下。

這個地方很神奇。

你只需靜靜坐著、吸氣吐氣、耐心等候。

西蒙熬過感恩節選美會、聖誕節音樂祭，以及眾人稱之為「情人節」的笑鬧劇。他把吐司果餡捲、肉桂吐司口味的玉米穀片、麵包丁納入他的日常飲食。邦妮不必賄賂他，他也願意在隔週的星期四洗頭。邦妮的手指扣打方向盤時，他也努力不讓自己畏怯。

一個晴朗的春日，奧涅金太太帶著一年級的同學們走過一灘灘融雪，來到一棟萊克街和公園街轉角的屋宅，屋宅漆成淡藍，門廊歪歪斜斜，其他小孩蜂擁上樓；一位滿臉雀斑的圖書館員發現西蒙一個人在「小說區」。他得移開一只耳罩才聽得到她說話。

「你覺得牠多大隻？牠看起來是不是有點像是繫著領結？」

她從一個高高的書架上拿下一本田野指南。她翻開一頁讓他瞧瞧，書上竟是忠友。忠友翱翔天際，左爪緊捉著一隻老鼠，下一張照片裡，忠友再度露面，高踞在一根殘枝上，俯瞰白雪皚皚的田野。

西蒙的心猛然一跳。

「烏林鴞，」她唸道，「世界上體型最巨大的貓頭鷹。亦稱烏草鴞、須角鴞、灰林鴞、北方幽靈。」她對他微微一笑，笑意掩藏在宛若沙塵的雀斑中。「書上說牠們的翅膀張開超過一．五公尺。牠們聽得到田鼠在兩公尺積雪下的心跳聲。牠們跟圓盤一樣的大臉有助於採集聲音，就像你把手掌拱起來圈住耳朵。」

她把雙手手掌貼在耳朵旁。西蒙摘下耳罩，跟著她做。

那年夏天的每一天，邦妮一出去汽車旅館上班，西蒙就把Cheerios玉米穀片倒進一個小袋，拉開滑門走向屋外，走過蛋形的大圓石，從鐵絲底下鑽過去。

他用樹皮製作飛盤，撐竿跳高似地躍過積水，推著滾石衝下斜坡，跟一隻北美黑啄木鳥交上朋友。一株生氣勃勃的北美黃松矗立在林間另一端，黃松雄偉高聳，幾乎跟一部校車一樣巨大，樹頂有個魚鷹的鳥巢。林間還有一片白楊樹，樹葉窸窸窣窣，有如雨水滴落水面。每隔兩、三天，忠友就會露出蹤影，高踞在牠那棵枯松的枝幹上，宛如慈善的天神般朝著牠的領地眨眨眼，凝神秉氣地用心聆聽，比世間任何生物更專注。

西蒙在貓頭鷹吐在針葉間的食丸裡發現松鼠的下顎骨、老鼠的脊椎骨、數量驚人的田鼠頭殼。一截塑膠繩索。發綠的蛋殼。有次他還發現一隻鴨腳。在保爺爺的工作檯上，他拼裝著假想的怪獸：三頭殭屍田鼠，八足蜘蛛花栗鼠，每隻出於他的奇想。

邦妮發現他的運動衫上冒出跳蚤，地毯上沾了泥巴，他的頭髮裡黏著毛刺，她放了一澡缸的水跟他說：「你會害我被抓去坐牢。」西蒙把水從一個百事可樂的瓶裡倒入另一個瓶裡，邦妮哼唱伍迪・蓋瑟瑞的歌謠，唱著唱著在浴墊上睡著了，身上還穿著小豬鬆餅餐館的制服，腳上還套著大大的黑色球鞋。

• • •

二年級。他從學校走到圖書館，隔音耳罩掛在他的脖子上，坐到有聲圖書區旁邊的小桌旁。貓頭鷹拼圖、貓頭鷹著色簿、貓頭鷹電腦遊戲。那位一臉雀斑，名叫瑪麗安的圖書館員一有空就為他朗讀，而且一邊朗讀，一邊解說。

非小說類 598.27：

鄰近空曠地帶，可從高處遠眺，田鼠數量繁多的森林是烏林鴞最理想的棲地。

《現代鳥類學學報》：

烏林鴞極為獨特，而且容易受到驚嚇，致使我們對牠們的了解依然相當有限。但我們習知牠們在鼠類、林木、青草，甚至菌孢之間的網狀組織扮演穿針引線的角色，這個角色極為繁複，牽涉的面相極為寬廣，研究人員甚至才剛開始了解其中的一小部分。

非小說類 598.95：

十五顆烏林鴞鳥蛋，約莫只有一顆成功孵化，順利成年。剛孵出來的烏林鴞會被大烏鴉、貂鼠、黑熊、大角鴞吃下肚；雛鳥經常餓肚子。烏林鴞需要非常廣闊的行獵之地，因而對棲地流失格外敏感；牛群踐踏草地，獵物的數量因而大幅削減；野火燒毀巢區；成鳥吞食吃了毒藥的老鼠，在車輛衝撞的事故中身亡，飛入電線電纜之間。

「嗯，根據這個網站的預估，目前美國烏林鴞的總數大約是一萬一千一百。」瑪麗安取出她那個大大的計算機。「就說美國的人口大約三億。按三，再按八個零；好，西蒙，記得那個除法的符號嗎？一，一，一。你看看。」

27,027。

他們兩人盯著這個數字，試圖理解。每兩萬七千零二十七個美國人，一隻烏林鴞。每兩萬七千零二七個西蒙，一個忠友。

他坐在有聲書旁邊的桌前試著畫畫。一個橢圓，中間兩隻眼睛——那是忠友。然後繞著橢圓畫上兩萬七千零二十七個小圓點——那是人們。他勉強畫了約莫七百個小圓點，手就開始發抖，鉛筆也禿了，該回家了。

三年級。他的小數作業拿了九十三分。他將Slim Jim[15]和起司通心粉納入日常飲食。瑪麗安分給他一罐健怡可樂。邦妮說：「西蒙，你表現得真好。」微濕的雙眼映照著電視的螢光。

十月的一個下午，西蒙戴著隔音耳罩從學校走回家，他右轉走到阿卡迪街，早上空空蕩蕩之處這會兒冒出一個招牌，招牌架在兩支木桿上，長寬約一．二乘一．五公尺，上面寫著：

伊甸之門
即將推出
客製化連棟住宅與別墅
優質建地待詢

招牌上畫了一隻十叉角的公鹿在霧氣濛濛的水池邊喝水。招牌那一頭，回家的路看起來跟平常一樣，路面塵土飛揚，坑坑洞洞，左右兩側一叢叢野生的蔓越莓，莓葉已經綻放出豔紅的秋彩。

一隻啄木鳥低空飛過路面，彷彿畫出一道低矮的抛物線，而後消失無蹤。一隻松貂在某處饒舌。落葉松隨風搖擺。他看著招牌，再看看小路，心中開始浮現陰鬱的焦慮。

15 美國廣受歡迎的零食，類似肉乾，通常呈長條狀。

04

神奇國度塞薩利

《雲端咕咕國》，安東尼・迪奧金尼斯著，第∆頁

每個文化的民間傳說中，幾乎都有一個喜劇感十足的英雄前往遠方追尋魔法。雖然手抄本中數頁描述埃同塞薩利之行的篇章已經佚失，但故事進行到第∆頁時，埃同顯然已經抵達塞薩利。澤諾・尼尼斯譯。

……我急著找到魔法的蹤跡，所以我直接走向市區廣場。遮陽篷上的那些鴿子是不是巫師們披上羽毛假扮的？半人半馬的怪獸會不會大搖大擺地走在市場的攤子之間，當眾發表言論？我攔下三個提著籃子的女僕，詢問在哪裡找得到一個法力超強，可以把我變成一隻鳥的女巫，我說我想要變成一隻勇敢的老鷹，如果可能的話，甚至變成一隻聰明強健的貓頭鷹。

一個女僕說：「嗯，我們這裡有位卡妮迪亞小姐，她可以從西瓜裡提煉陽光，把石頭變成野豬，從空中摘下星星，但她沒辦法把你變成一隻貓頭鷹。」其他兩個女僕噗哧一笑。

她繼續說：「我們這裡還有一位蒙洛小姐。她可以讓河水停止流動，將山嶺化為塵土，把眾神從他們的寶座上拽下來，但她也沒辦法把你變成一隻老鷹。」然後她們三個全都笑得花枝亂顫。

我不死心，於是前去旅店。天黑之後，旅店老闆的女僕帕拉雅把我叫進廚房，悄悄對我說，旅店老闆娘在樓頂留了一個小房間，房裡儲放各種各樣施行魔法的器物，比方說鳥爪、魚心，甚至少許屍肉。「午夜之時，」她說，「如果你蹲在房間外面的鑰匙孔旁，說不定找得到你要找的東西……」

| 阿爾戈斯號 |

任務年 55 — 58

康絲坦斯

她四歲。十七號艙中，媽媽在她伸手可及的輪程機上走步，雙眼被目視器的金色箍帶矇住。

「媽媽。」

康絲坦斯輕拍媽媽的膝蓋，拉拉她的工作服。沒反應。

一個黑色的小東西在爬牆。牠跟康絲坦斯小拇指的指甲差不多大小，觸鬚微微揮動，足關節一伸一彎。牠的下顎呈鋸齒狀，又尖又細，若非極為微小，搞不好會嚇壞了她。她伸出一隻指頭擋住牠的行進，牠爬上指頭，然後爬過她的手掌，朝向她的手臂前進。牠東移西移，動作繁複精巧，令人目眩。

「媽媽，妳看。」

輪程機呼呼轉動。她媽媽沉醉於另一個世界中，踮起腳尖旋轉，然後伸長手臂，彷彿一飛衝天。

康絲坦斯一隻手貼上牆壁；小東西爬下她的手，繼續沿著原定的路線前進。牠往上爬過爸爸的床鋪，消失在牆壁和天花板的接縫中。

康絲坦斯專心凝視。媽媽在她後方揮舞著手臂。

一隻螞蟻出現在阿爾戈斯號上。不可能。大人們全都同意。別擔心，希柏跟媽媽說。孩童通常花好多年才區分得出幻想和眞實。有些孩子比其他孩子學得慢。

• • •

她五歲。十歲和不到十歲的孩子們圍成圓圈坐在教室裡。陳太太說：「希柏，請展示 Beta Oph2。」一個直徑三公尺的青黑色球體隨即出現在他們面前。「小朋友，這些褐色的區塊是赤道的矽石沙漠，我們相信緯度較高的地方可以看到一片片落葉林。我們預期南北兩極的海洋，也就是這裡和這裡，將會隨著季節結冰……」

影像旋轉飄過，幾個小朋友伸手想要碰一碰，但康絲坦斯把雙手緊緊壓在大腿下。綠色的區塊很漂亮，但邊緣幾個烏漆墨黑、參差不齊的區塊讓她害怕。陳太太解釋這些只是 Beta Oph2 尚未繪製的區域，Beta Oph2 還太遠，等到他們漸漸趨近，希柏將會拍攝更多詳細的照片，但在康絲坦斯眼中，這些區塊看起來像是裂口，一掉進去就永遠出不來。

陳太太說：「行星質量？」

「地球質量一點二六倍[16]。」孩子們念誦。

潔西．柯戳一下康絲坦斯的膝蓋。

「空氣中的氮？」

---

16 Earth mass，地球質量，天文學的度量衡單位，約合 5.976×10^{24} 公斤。

「百分之七十六。」

潔西．柯戳一下康絲坦斯的大腿。

「氧氣？」

「康絲坦斯，」潔西悄悄說，「哪個東西圓圓的、著了火、蓋滿了垃圾？」

「百分之二十，陳太太。」

「很好。」

潔西靠向康絲坦斯的大腿，她湊在潔西耳邊壓低聲音說：「地球！」

陳太太朝著她們兩人瞪了一眼，潔西趕緊坐直，康絲坦斯感覺臉頰一陣灼熱。Beta Oph2的影像在教室上空迴旋飄動，忽黑忽青，忽青忽黑。孩童們高唱：

你可以是一個人，
你也可以是一百零二個人，
人人必須一起努力，
一起努力，
前往 Beta Oph2。

阿爾戈斯號是一艘光碟形狀的世代星船，沒有窗戶，沒有階梯，沒有坡道，沒有電梯。八十六人以星船為家，六十人在星船上出生，其餘之中的二十三人年紀夠大，依然記得地球的模樣，康絲坦斯的爸爸即是其中之一。星船上每兩個任務年發放新襪子，每四個任務年發放新工作服。每個月的第一天，儲糧庫釋出六袋兩公斤裝的麵粉。

我們是幸運的一群，大人們說。我們有乾淨的水；我們種植新鮮的食品；我們從不生病；我們有希柏；我們有希望。如果我們小心配置，我們手邊的一切就是我們所需的一切。我們自己無法解決的問題，希柏都會幫我們解決。

最重要的是，大人們說，我們務必守護船壁。船壁之外是一片虛無，零重力，溫度僅有二點七三克耳文，還得當心宇宙輻射。在船壁之外待上三秒鐘，你的手腳就會膨脹一倍。你的舌頭和眼球的水分都會蒸發，你血液裡的氮分子會凝結成塊。你會窒息。然後你會凍結成冰塊。

康絲坦斯六歲半的時候，陳太太帶著她、拉蒙和潔西頭一次親眼瞧瞧希柏。他們沿著廊道往前走，行經一間間生物實驗室、二十四號、二十三號、二十二號艙，七彎八拐地朝著星船的中央前進，踏過標示著「一號艙」的艙門。

「我們不可以帶任何可能影響到她的物質進去，這點非常重要，」陳太太說，「所以入口的通道會幫我們除汙淨化。請閉上眼睛。」

外門封起，希柏大聲說。啓動除汙淨化。

船壁深處傳來類似風扇加速轉動的聲響。冷風颼颼貫穿康絲坦斯的工作服，一道耀目的白光在她緊閉的眼瞼前閃了三次，內門咿咿呀呀地開啟。

他們踏進一個寬四公尺，高六公尺，形若圓柱體的艙室。艙室中央，希柏懸掛在圓塔中。

「好高喔。」潔西悄悄說。

「好像幾千兆根金色的頭髮。」拉蒙悄悄說。

「這個艙室的保溫、操作、濾水系統都是全自動，」陳太太說，「跟阿爾戈斯號的其他區域無關。」

歡迎，希柏說。橙黃的星點沿著她卷鬚般的細絲閃動。

「妳今天氣色真好。」陳太太說。

我真喜歡訪客，希柏說。

「各位小朋友，這裡面是人類智慧的總結。每一張曾經繪出的地圖、每一次曾經進行的普查、每一本曾經出版的書籍、每一場足球賽、每一曲交響樂、每一份報紙的每一版、上百萬物種的基因圖譜——我們所能想像的一切、我們或許所需的一切，全部都在這裡面。希柏是我們的監護人、我們的導航員、我們的守護者；她讓我們穩穩前進，也讓我們永保健康，她保衛文明的傳承，讓我們免於遭到抹滅銷毀。」

拉蒙在玻璃上呼了一口氣，伸手摸摸霧氣，在上面畫個R。

潔西說：「等我大到可以上圖書館，我要直接走到電玩區，繞著花果山飛一圈。」

「我要打《銀王寶劍》，」拉蒙說。「澤克說這個遊戲已經衝到兩萬級。」

康絲坦斯，希柏問，當妳可以上圖書館，妳想要做什麼呢？

康絲坦斯轉頭一瞥，他們剛才走進來的那扇門已經封起，門和牆面緊緊密合，甚至看不到縫隙。她說：

「什麼叫做『抹滅銷毀』？」

•••

然後夜驚症發作。第三餐用餐完畢之後，大夥收拾碗盤，一家一家返回各自的艙室，爸爸回去四號農場繼續照顧他的植物，康絲坦斯和媽媽走回十七號艙，整理各種各樣等著媽媽縫綴的工作服——這個小桶收納故障的拉鍊、這個小桶收納碎布、這個小桶收納零散的縫線，物盡其用，絕不浪費。她們刷了牙，梳了頭髮，媽媽吃了一顆助眠劑，在康絲坦斯的額頭上親一下，然後她們爬上各自的鋪位，媽媽在下鋪，康絲坦斯在上鋪。

船壁漸漸昏暗，從紫色、灰色轉為黑色。她試著吸氣吐氣。她不要閉上眼睛。

但夜驚症照樣發作。獠牙閃閃的怪獸。滴著口水、頭上帶角的魔鬼。沒有眼睛的白色幼蟲蜂擁鑽進她的床墊。最可怕的是那些手腳有如白骨，沿著廊道急急竄來的食人魔。它們破門而入，爬上牆壁，咬穿天花板，康絲坦斯緊挨著她的床鋪，媽媽卻被吸入艙外的一片虛無；她試著眨眼，但她的眼睛灼灼發燙；她試著尖叫，但她的舌頭變成了冰。

「唉，」媽媽問希柏，「她怎麼會有夜驚症？我以為我們的認知推理比一般人強，所以才會入選。我以為我們應該具有壓制想像力的機制。」

希柏說：有時基因會帶給我們驚喜。

爸爸說：「幸好如此，真是謝天謝地。」

希柏說：她長大了就沒事。

她再過三個月就滿八歲。晝光暗下來，媽媽服用助眠劑，康絲坦斯爬上她的鋪位。她用指尖撐著眼皮，從零數到一百，再從一百倒數到零。

「媽？」

沒反應。

她悄悄爬下梯子，走過沉睡中的媽媽，踏出門外，一路拖著她的毯子。福利站裡，兩個大人在輪程機上走步，目視器罩住他們的眼睛，明天的日程表在他們後方的空中一閃一閃——晝光時間110圖書館太極課，晝光時間130生物工程會議。她沿著廊道前進。腳上只套著襪子，躡手躡腳地走過二號三號盥洗室和六間房門緊閉的艙室，在門緣閃閃發亮，標示著四號農場的艙門前停下來。

門內飄散著香料植物和葉綠素的氣味，灼灼的燈光照著一百個各式各樣的種植架，每個架子都是三十層，而且從上到下全都放滿植物。這裡種了米，那裡種了羽衣甘藍，青江菜和芝麻菜並排生長，香芹、水田芥、馬鈴薯疊架種植，她等著雙眼適應白花花的燈光，然後看到她爸爸站在四公尺半之外的折疊工作梯上，身邊圍繞著各式滴管，埋頭照顧西生菜。

康絲坦斯已經大到明瞭爸爸的農場跟其他三座農場不一樣；其他農場規模很小，空間規劃較有系統，四號農場管線和感應器密布，種植架朝向各個角度擺設，每個托盤種滿各式各樣的香料植物，百里香、櫻桃蘿蔔、胡蘿蔔排成一列，匍匐生根。爸爸的耳朵裡冒出長長的白毛；他至少比其他孩童的爸爸大二十歲；他始終種植一些不能吃的花朵，只為了看看它們長得什麼模樣，而且操著他古錐的口音喃喃自語地說著液態堆肥。他宣稱他吃得出來一顆西生菜這輩子是否過得好；他說他一聞到生長得宜的鷹嘴豆，整個人就回到兆萬公里之外，他自小生長的斯科里亞田野。

她小心翼翼地走向他，戳一戳他的腳。他拉高眼罩，微微一笑。「嗨，小傢伙。」

他銀白的鬍鬚沾了點點汙泥；髮間夾雜著葉子。他爬下梯子，拉起毯子裹住她的肩膀，帶著她走向遠遠一側的牆邊，牆邊陳列著三十個冷凍儲藏櫃，櫃子的不銹鋼把手閃閃發亮。

「好，」他說，「什麼是種子？」

「種子是一棵沉睡中的小植物，也是一個容器，專門保護沉睡中的小植物，小植物醒來之後還可以把它當作食物。」

「好極了，康絲坦斯。妳今天晚上想要叫醒誰？」

她看了看，想了想，一點都不急，最後選了從左邊數過來的第四個櫃子，伸手一拉。白花花的霧氣從抽屜裡冒出來；數百個冷若寒冰的鋁箔封套靜置在櫃裡。她選了第三排的一個封套。

「啊，」他讀了讀封套。「*Pinus heldreichii*，波士尼亞松。選得好。好，現在憋氣。」

她深深吸口氣，憋著不呼氣，他撕開封套，一顆小小的種子滑到他的掌中，種子長約六釐米，被淺褐色的翅膀緊緊包住。「一棵成熟的波士尼亞松，」他輕聲說，「可以長到三十公尺高，每年還可以結成千上萬個毬果。它們承受得了冰雪、強風、汙染，種子裡面是一整片荒野。」

他把種子湊到她的嘴邊，咧嘴一笑。

「還不可以。」

種子幾乎好像在期待中顫抖。

「好，呼氣。」

她呼氣；種子翩然飄起。父女倆看著它飄過擁擠的種植架。它微微顫顫地飄向室內的最前端，她幾乎看不到它的蹤影，然後它悄悄落在小黃瓜之間，她才又瞧見。

康絲坦斯用兩隻指頭捏起它，拔下它的翅膀。他幫她在一個沒有種植作物的托盤上戳個洞；她把種子放進去。

「我們好像是讓它睡一覺，」她說，「其實是把它叫醒。」

爸爸銀白濃密的眉毛微微一揚，眼中盈滿笑意。他幫她拉緊毯子，叫她坐到氣耕桌下，爬到桌下跟她坐在一起，請希柏調暗燈光（植物吃光線，爸爸說，但連植物都可能吃得過多）。暗影漸漸籠罩室內，她把毯子拉向下巴，頭緊貼在爸爸的胸前，她聽著他的心臟在工作服裡撲通跳，導管在牆壁裡嗡嗡響，水在白色的細管裡滴流，細管數以千計，布設於層層植物之間，水順著細管流進地面下的渠道，在渠道被重新集回用來灌溉；聆聽時，阿爾戈斯號又飛馳了一萬公里，航越一片虛無。

「爸，你可不可以再講一講那個故事？」

「小櫛瓜，已經很晚了。」

「講一講女巫把她自己變成貓頭鷹，拜託？」

「好吧，但只講那一段。」

「還有埃同變成一隻驢。」

「好吧。但是講完妳就乖乖睡覺。」

「好，講完我就睡覺。」

「而且妳不可以跟妳媽媽說。」

「我保證不跟媽媽說。」

父女倆微微一笑，開著他們熟悉的玩笑。康絲坦斯扭著身子鑽進毯子裡，滿心期盼，根莖滴滴答答，那種感覺好像他們一起在一隻溫柔巨獸的肚裡打了瞌睡。

她說：「埃同剛剛抵達神奇國度塞薩利。」

「沒錯。」

「但他沒看到任何雕像甦醒過來或是女巫飛過屋頂。」

「但是旅店女僕跟他說，」爸爸說，「如果他晚上跪在旅店頂樓房間的門邊，從鑰匙孔裡偷偷窺視，他說不定會看到某些魔法。所以埃同躡手躡腳走到門邊，看著旅店老闆娘點亮一盞油燈，朝著一個裝滿幾百個迷你玻璃罐的櫃子彎下腰，挑了其中一個。然後她脫下衣服，把罐子裡的東西塗在身上，從頭到腳抹上一層，拿起三塊沉香丟進油燈裡，唸著咒語——」

「什麼咒語？」

「她說『吞吞抓』、『動動裂』、『樂樂盯』。」

康絲坦斯哈哈大笑。「你上次說咒語是『晃晃轟』和『爆爆壓』。」

「噢，那些也是咒語。油燈變得好亮，然後噗！油燈忽然滅了。雖然不容易看得清楚，但在從窗外透入的月光中，埃同看著老闆娘的背部、脖子、指尖冒出羽毛，她的鼻子變硬、漸漸下彎，她的腳趾捲成黃色的鳥爪，她的手臂變成漂亮的褐色巨翅，她的眼睛——」

「——變得三倍大，而且顏色好像液態的蜂蜜。」

「沒錯，然後呢？」

「然後啊，」康絲坦斯說，「她展開翅膀，從窗子飛了出去，飛過花園，飛入黑夜。」

05

驢子

《雲端咕咕國》，安東尼．迪奧金尼斯著，第E頁

在自古流傳的西方典籍之中，人們無意間變成驢子的故事屢見不鮮，阿普留斯的浪子小說《金驢記》[17]即是其中之一，迪奧金尼斯大剌剌地借用這些故事，至於他是否寫得比其中任何一篇更好，則是見仁見智。澤諾．尼尼斯譯。

貓頭鷹一飛出窗外，我就從門邊衝進去。女僕打開保險櫃，翻遍女巫的瓶罐時，我脫下每一寸衣物，把她挑選的油膏從頭抹到腳，掐起三塊乳香，依樣畫葫蘆，把乳香丟進油燈裡。我重複咒語，油燈跟先前一樣驟然一閃，然後熄滅。我閉上眼睛等待。再過不久我就會轉運。再過不久我就會感覺手臂變成翅膀！再過不久我就會像是太陽神的神馬一樣從地面躍起，遨遊於星系之間，飛往那個天空中的城市。在那裡，街道上流著美酒，烏龜駝著蜂蜜蛋糕四處走動！在那裡，人人別無所求，時時刻刻吹著西風，人人也都睿智！

我感覺我從腳底開始改變。我的腳趾和手指漸漸併合。我的耳朵往外伸長，我的鼻孔變大。我可以感覺我的臉愈拉愈長，如我所願地長出羽毛……

17 阿普留斯（Lucius Apuleius，約 124-170），古羅馬作家暨柏拉圖學派哲學家，代表作為《金驢記》（*The Golden Ass*）。

| 萊克波特公共圖書館 |

2020 年 2 月 20 日
下午 5 點 8 分

西蒙

他的第一槍不聲不響地消失在羅曼史小說之間。他的第二槍擊中眉毛濃厚男人的左肩，男人打轉，單膝跪地，把背包像個容易破裂的雞蛋般擱在地毯上，慢慢從背包旁邊爬開。

動一動，西蒙腦袋裡冒出聲音。趕快跑。但他的雙腳不聽使喚。雪花飄過一扇扇窗。射出的子彈在字典架旁冒著煙。星點般的彈藥在空中閃爍放光，令人恐慌。隔壁的書架上，盧梭在一本綠色書脊，編號JC179.R的精裝書裡說道：倘若你忘了地球的果實屬於我們每個人，而地球本身不屬於任何人，你就會迷失[18]。

現在就走。

他把防風夾克打出兩個洞，尼龍布料沿著洞口融化。他弄壞了夾克；媽媽會失望。眉毛濃密的男人掙扎爬行，一手的指尖劃過小說區和非小說區之間的走道。背包靜置在地毯上，主要隔層的拉鍊拉到一半。

西蒙靜候隔音耳罩中傳出怒吼聲。他看著水滲過褪色的天花板磁磚滴進一個半滿的垃圾桶。劈哩。啪啦。劈哩。

18 本文出自尚—雅克．盧梭（Jean-Jacques Rousseau，1712-1778）的著作《論人類不平等的起源與基礎》。（編按）

澤諾

槍響？萊克波特公共圖書館裡？他怎樣都提不出解答。說不定謝里夫把一疊書掉到地上，或是那根百年歷史的地板梁柱終於斷裂，或是一個愛開玩笑的孩子在洗手間放鞭炮。說不定瑪麗安用力關上微波爐門。關了兩次。

不，瑪麗安出去拿披薩，一會兒就回來。

他和孩子們走進圖書館時，還有其他人在一樓嗎？下棋、坐在扶手椅上，或是使用電腦？他不記得。除了瑪麗安那部速霸陸，停車場一片空蕩。

是嗎？

澤諾的右側，克里斯多福嫻熟地調整伴唱機的燈光，把燈光全都打在女僕蕾秋身上，扮演埃同的艾力克斯以清亮明快的嗓音在黑暗中唸出臺詞：「我怎麼了？我腿裡長出來的毛——哎喲，這些不是羽毛！我的嘴巴——感覺不像是鳥嘴！這些不是翅膀——哎喲，這些是驢蹄！喔，我不是變成一隻聰明強健的貓頭鷹，我變成了一隻大笨驢！」

當克里斯多福又把燈光打在他身上，艾力克斯已經套上紙紮的驢頭，踉踉蹌蹌地走來走去，蕾秋憋笑，娜塔莉的手提式音響傳出貓頭鷹的叫聲，土匪奧莉薇亞戴著滑雪面罩，拿著鋁箔紙包覆的寶劍在臺下等候，一輪到她，她馬上就可以登臺。跟這些孩子合作製作這齣舞臺劇是澤諾畢生最美好的事，他這輩子做過最棒的事——但現在有點不對勁，那兩個問題在他腦子裡轉來轉去，不管他試圖設下什麼路障，它們都有辦法繞過。

那不是書掉到地上，也不是微波爐門。

他轉頭一瞥。他們在兒童區入口搭建的那道木板牆，牆的這面沒有上漆，只是一塊釘在牆上的三合板，板子布滿乾了的金漆，金漆捕捉了光，閃閃發亮。中央的小門已經關上。

「哎喲，」女僕蕾秋說，臉上依然帶著笑意，「我肯定搞混了女巫的瓶罐！但別擔心，埃同，我知道女巫的所有解方。你去馬廄等我，我會帶一些新鮮的玫瑰給你。你一吃下花朵，魔咒就會解除，你就會咻地從驢子變回男人，跟你搖尾巴一樣快。」

娜塔莉的音響傳出蟋蟀夜間摩擦翅膀的聲響。澤諾全身顫慄。

「這下糟了！」驢子艾力克斯說。「我試著講話，但嘴裡只發得出驢子的鬼叫聲！我究竟什麼時候才會轉運？」

臺下陰暗處，克里斯多福加入奧莉薇亞的陣營，套上滑雪面罩。澤諾搓揉雙手。他為什麼覺得冷？現在是夏夜，不是嗎？不，不，現在是二月，他穿著大衣和兩雙毛襪——只有在孩子們的舞臺劇裡才是夏天。神奇國度塞薩利時值盛夏，土匪們正要動手搶劫旅店，把變成驢子的埃同連同一袋袋贓物搬上車子，趕緊送他出城。

那兩聲巨響肯定說得通；沒錯，一定有個讓人心安的解釋。但他應該下樓看看。確定一下就好。

「哎喲，我根本不應該跟巫術有什麼牽扯，」艾力克斯說。「我真希望女僕趕快把那幾朵玫瑰送過來。」

西蒙

圖書館窗外，暴風雪的遠方，地平線吞噬了太陽。眉毛濃密、身受槍傷的男人掙扎爬到樓梯底，縮成一團靠著最底下的一階，鮮血漸漸浸溼運動衫的上邊角，沾汙了**我喜歡磚頭書**的「**磚頭**」二字，他的脖子和肩膀也被染成絢爛的緋紅。人體居然蘊藏如此豔麗的顏彩，西蒙看了膽戰心驚。

他原本只打算破壞圖書館牆外另一側的伊甸之門預售中心。做出聲明。點醒大眾。當個勇士。這會兒他卻做出什麼好事？

受傷的男人甩動右手，西蒙左側的暖氣爐嘶嘶作響，他終於從失神的狀態中清醒過來。他拾起背包，匆匆塞進非小說區的同一個角落，但這次把它藏在比先前高一層的書架上，然後快步走到大門口，透過貼在門上的告示往外看：

明日公演
僅只一晚
雲端咕咕國

他看著雪花飄落，感覺周遭好像被困在雪花玻璃球中，他望向成排檜柏的另一頭，隱約可看見還書箱、空蕩的人行道、他的龐帝克車子已被埋在十五公分的白雪下，遠遠望去只看得到車子的輪廓。十字路口的對面出現一個人影，那個人穿著櫻桃紅連帽外套，懷裡抱著一疊披薩盒，朝著圖書館走來。

瑪麗安。

他扣下門鎖，關掉電燈，衝過參考服務櫃檯，繞過受傷的男人，跑向圖書館最後頭的逃生門。門上寫著，**緊急出口，警鈴將會響起**。

他猶豫了一下。當他拿下隔音耳罩，種種聲響隨即灌入耳中。鍋爐嗚嗚嘎嘎，漏水滴滴答答，隱約之中似乎還有蟋蟀唧唧叫。有個聲音聽起來像是警車的警笛，好像在幾條街外，但急急逼近。

警笛？

他又戴上隔音耳罩，雙手用力一推鐵門的把手，電子警鈴聲頓時發出尖銳的聲響，他探頭到白雪之中，一道藍紅色的光瞬間襲入巷弄。

他把頭縮回門內，鐵門關上，警鈴聲歇止。等到他衝回大門門口，一輛閃著燈的警車已經快要開上人行道，幾乎撞倒還書箱。駕駛座的車門猛然一開，一個人影匆匆下車，瑪麗安扔下手中的披薩。

一道強光打上圖書館大門。

西蒙頹然跪地。他們會衝進來朝著他開槍，這事就會落幕。他趕緊衝向接待櫃檯，拖拉著櫃檯走過地氈擋住大門。接著他抓住有聲書的書架，卡帶和光碟片隨即散落一地，他視若無睹，只顧著拖拉書架擋住前窗。然後他靠著書架蹲下，試圖穩住呼吸。

他們怎麼這麼快就到這裡？誰打電話給警察？難不成那兩聲槍響傳到了五條街外的警察局？

他開槍打傷一個人；他還沒引爆炸彈；伊甸之門依然完好。他搞砸了一切。受傷的男人躺在樓梯底，緊盯著他的一舉一動。即使白雪遮擋了光，四下一片昏濛，西蒙依然看得出男人運動衫上的血跡漸漸漫開。男人的耳朵裡塞著檸檬綠的無線耳機；那對耳機肯定與電話連線。

澤諾

克里斯多福和奧莉薇亞戴著滑雪面罩，把寶物塞進驢背上的鞍囊。驢子艾力克斯說：「哎喲，好重，拜託你們住手。這是個誤會，我不是一隻驢，我是埃同，我只是一個來自阿卡迪亞的牧羊人。」一號土匪克里斯多福說：「這隻驢子怎麼發出這麼多難聽的噪音？」二號土匪奧莉薇亞說：「如果牠不閉嘴，我們都會被抓。」一說完就用裹著鋁箔紙的寶劍猛打艾力克斯，一樓逃生門的警鈴聲大作，然後歇止。

五個小孩全都瞄向坐在第一排的澤諾，顯然也認為這只是測試，於是兩個戴著滑雪面罩的小土匪繼續洗劫旅店。

澤諾起身，一股熟悉的疼痛竄過臀部。他朝著小演員們豎起大拇指，一跛一跛地往後走，輕輕推開小拱門。樓梯間的燈關著。

一樓傳來一連串砰砰聲，好像有個書架被推倒。然後再度安靜無聲。

四下一片漆黑，只有樓梯頂的緊急出口信號燈發出紅色的光芒，三合板的金漆變成陰森的青綠，看來嚇人。遠處傳來警笛聲，一道忽紅忽藍的光沿著樓梯的邊緣漫開。

漆黑之中，往事上心頭：韓國，一片破裂的擋風板，士兵們朦朧的身影沿著覆滿白雪的山坡蜂擁而下。

他摸到把手，慢慢走下兩階，然後察覺有個人蜷伏在樓梯底。

謝里夫抬頭張望，他的臉皺成一團，運動衫的左肩烏黑一片，或許是個黑影，或許被濺到了什麼，或許更糟。他舉起左手，伸出食指擱在嘴唇上。

澤諾遲疑。

走開、走開，謝里夫揮手。

他轉身，試圖安靜地走上樓梯；金色的牆上隱隱可見——

Ὦ ξένε, ὅστις εἶ, ἄνοιξον, ἵνα μάθης ἃ θαυμάζεις

——這些古老的希臘文突然看起來嚴肅而陌生，令人不寒而慄。一時之間，澤諾感覺自己像個來自未來的陌生人，宛如安東尼・迪奧金尼斯檢視百年箱櫃上的碑文，眼看就要踏入不可知曉、極度陌生的過去。陌生人啊，不管你是誰……他怎能假裝自己知道這些希臘文有何意義？想來真是荒謬。

他低頭穿過拱門，把門關好。舞臺上，土匪們拖拉著變成驢子的埃同沿著碎石小徑走出塞薩利。克里斯多福說：「哎呀，這肯定是我見過最沒用的驢子！牠每一步都在抱怨。」奧莉薇亞說：「我們一回到躲藏的地方，卸下這批金銀藏寶，就割斷牠的喉嚨，把牠扔到懸崖下。」艾力克斯抬高他的驢頭，仰起他的驢鼻，搔搔他的額頭。

「尼尼斯先生？」

伴唱機的燈光令人目眩。澤諾靠向一張折疊椅，藉此保持平衡。

克里斯多福透過他的滑雪面罩說：「對不起，我剛才忘詞了。」

「不，不，」澤諾試圖盡量壓低聲音。「你演得非常好。你們全都很棒。非常生動，精彩極了。大家都會非常喜歡。」音響裡傳出蟬和蟋蟀的嗡叫。硬紙板的雲朵在繩線上東旋西轉。五個小孩全都看著他。他該怎麼做？

「嗯，」土匪奧莉薇亞揮舞著塑膠寶劍說，「我們是不是應該繼續排練？」

06

土匪的巢穴

《雲端咕咕國》，安東尼．迪奧金尼斯著，第Z頁

……透過我的大鼻孔，我聞得到玫瑰花在城緣邊境幾座花園中生長，喔，那股香氣是多麼甜美，令人惆悵。但每次我想要轉頭瞧瞧，冷血的土匪們就用他們的棍劍打我，我背負的重物透過鞍囊戳刺肋骨，我未釘蹄鐵的驢蹄疼痛不堪，小路蜿蜒，漸漸攀升，直入塞薩利北方枯黃多石的山間，我再次詛咒自己時運不濟，每次我張開嘴巴想要啜泣，嘴裡卻只發出可笑又可悲的嘶叫聲，這些沒心肝的無賴只是打得更用力。

星星低垂，漸漸隱沒，太陽升起，花白熾熱，他們拉著我愈爬愈高，深入山間，直到周遭幾乎寸草不生。成群蒼蠅繞著我飛舞，我的背被曬得火燙，放眼望去，我只看得到岩石和斷崖，當我們停下來，我不得不咬嚙那些尖刺粗乾、刮傷我柔嫩嘴唇的蕁麻葉，我的鞍囊裡卻塞滿他們從旅店裡搶來的物品，不單只是鑲了珠寶的手鐲和旅店老闆娘的頭飾，還有香軟的白麵包、鹹香的醃肉、羊乳起司。

天黑時，我們走到一個洞穴的洞口，洞穴高踞於山口，更多土匪從洞穴裡走出來，擁抱把我帶到這裡的兩個傢伙，他們拖拉著我走過一個個小室，室內閃閃發光，全都堆滿搶來的金銀財寶，然後把我留在一個黑壓壓、髒兮兮的洞窟。我只有發霉的乾草可吃、石縫滲出的水可喝，整晚我卻都聽得見那群打劫的土匪們大吃大喝、高聲談笑，我卻泣不成聲，感嘆自己……

君士坦丁堡

1452年秋季

安娜

她滿十二歲了，即使沒有人記得她的生日。她不再穿梭於廢墟之間，假裝自己是尤利西斯偷偷溜進英勇之王阿爾喀諾俄斯的皇宮；當卡拉法提把李錫尼的羊皮紙扔進火裡，菲西亞人的王國幾乎也燒成灰燼。

「安娜，我看不見。」

寡婦席歐朵拉在她的板凳上皺起眉頭；其他女刺繡工抬頭一瞥，然後低下頭繼續工作。卡拉法提在樓下設宴款待某位教區主教。瑪麗亞手臂一伸四處摸索，桌上的東西被她推到地上，一捲袖線滾過她的腳邊，慢慢鬆開。

「那是煙嗎？」

「姐，沒有煙。跟我來吧。」

安娜帶著姐姐走下石階回到她們的小房間，無聲默禱。聖科拉里亞，助我做得更好，助我學會針法，助我彌補這個錯誤。又過了一小時，瑪麗亞才漸漸看得見在她眼前的雙手。傍晚用餐時，大夥提出各種各樣的診斷分析。婦人病？三日瘧？尤朵琪亞主動提供一個護身符；阿嘉塔建議用黃芪和藿香烹茶。但女刺繡工們心照不宣，她們都相信李錫尼那疊陳舊的手稿布下某種邪惡的巫術；即使已被摧毀，手稿依然折磨這對姐妹，持續對她們施加厄運。

這是什麼巫術？

妳滿腦子都是沒用的事情。

晚禱之後，寡婦席歐朵拉端著一個悶燒著藥草的火盆走進她們的小房間，她把火盆放在瑪麗亞旁邊，盤起修長的雙腿坐下。「好久以前，」她說，「我認識一個燒石灰的工人，他一下子什麼都瞧得見，一下子卻什麼都看不到。久而久之，他的世界愈來愈暗，變得跟地獄一樣漆黑，本地或是外來的醫生全都束手無策，但他太太誠心誠意信奉天主，她積攢每一分銀錢，帶他去了一趟天主護佑的西利夫里，參訪源泉聖母的神祠，神祠的修女們讓他喝了聖井的井水，燒石灰的工人回來之後——」

寡婦席歐朵拉在空中畫了一個十字，凝神回想往事，煙霧飄過一面面磚牆。

「然後呢？」安娜悄悄說。「燒石灰的工人回來之後怎麼了？」

「他看見了空中的鷗鳥、海中的船隻、探訪花朵的蜜蜂。在他的後半輩子，人們一看到他就說起這個奇蹟。」

瑪麗亞坐在簡陋的小床上，雙手搭在膝上，好像一隻無助的麻雀。

安娜問：「需要多少銀錢？」

一個月之後的黃昏，她在聖席歐芬諾修院旁的巷弄裡站定。看一看。聽一聽。攀上磚牆。爬到牆頂之後，她鑽過鑄鐵格柵，往下一跳就是儲藏室的屋頂，然後她暫且蹲下，靜靜聆聽。

廚房裡冒出白煙；小教堂傳出低聲的頌唱。她想著姐姐坐在她們簡陋的小床上、瞇起眼睛拆解線團、重繡一次安娜先前試圖繡出的圖案，夜幕漸漸低垂，她彷彿又看到卡拉法提抓著姐姐的頭髮，拉著她走過廳室，姐姐的頭撞上階梯，安娜覺得自己的頭也受到撞擊，視力所及之處金星點點。

她低下身子爬下屋頂，走進雞舍，抓起一隻母雞。母雞呱呱叫了一聲就被她折斷脖子，她把母雞塞進洋裝裡，爬上儲藏室的屋頂，回頭鑽過鑄鐵格柵，爬下布滿常春藤的磚牆。

最近幾星期，她已經在市場賣了四隻偷來的雞，掙到六個銅錢，而這一點錢連幫她姐姐在源泉聖母的神祠祈福都不夠。她的拖鞋一踏到地面，她馬上沿著修院的磚牆往前跑，衝出巷弄跑到街上，街上人聲鼎沸，人們和牲畜來來往往，穿梭於漸趨昏暗的日光中。她低著頭，一手抱著母雞，匆匆走進市場，有如影子般無形無蹤。忽然之間，有人伸手從後面抓住她的洋裝。

那人是個男孩，年紀跟她差不多大，雙眼圓鼓鼓，手掌粗大，光著腳，整個人瘦得似乎只剩下眼珠——她認得他；他是漁夫的外甥，名叫希邁里奧斯，廚娘克莉絲會說他這樣的男孩跟拔牙一樣可憎，也跟對著一匹死馬唱聖歌一樣沒指望。一簇亂髮垂落在他的額頭，短褲的腰際露出小刀的把手，笑起來的模樣讓人覺得他佔了上風。

「從天主的僕役那裡偷東西？」

她的心撲撲跳，聲音大到她訝異路人們怎麼聽不到。聖席歐芬諾修院近在眼前；他可以拖著她走到修院、指控她偷竊、叫她掀開洋裝，她看過小偷被押上刑臺：去年秋天，三個衣著像是無賴的小偷倒著騎在驢子上，被送到阿馬斯特里亞努姆廣場的絞架，最年輕的那一個跟安娜差不多大。

他們會因為她偷了一隻雞吊死她嗎？男孩轉頭看看巷裡那個她剛剛爬下的磚牆，仔細盤算。「妳知道岩石上那座小修道院吧？」

她謹慎地點點頭。他說的是都城邊緣的一處廢墟，離聖索菲亞大教堂的港口不遠，三面環海，令人生畏。數百年之前，小修道院或許讓人覺得親善好客，如今似乎是個可怕而荒涼的遺址。第四丘的男孩們曾經跟她說，那裡被吞噬靈魂的幽靈糾纏，幽靈的侍從扛著用白骨堆砌的王座，從一個房間走到另一個房間。

兩位裹著織錦外衣、噴了大量香水的卡斯提亞人騎在馬上經過他們身旁，男孩讓路退到一旁，朝著他們微微鞠躬。「我聽說啊，」希邁里奧斯說，「小修道院裡有很多寶貴的古物，比方說象牙杯、鑲滿藍寶石的手套、獅子的毛皮等等。我還聽說主教把一丁點聖靈供奉在閃閃發亮的金色小罐裡。」十二座聖殿開始緩緩敲鐘，他望向她的身後，眨了眨那對圓鼓鼓的眼睛，好像看到珠寶在暗夜裡閃爍。「都城裡有些外國人願意花大錢收購古物。我可以划船載我們過去小修道院，妳爬上去，裝滿一個麻袋，妳找到什麼，我們就賣什麼。等到下一個海面生煙的夜晚，妳就到貝利撒留城塔下找我，否則我就告訴修女們哪隻小狐狸偷了她們的雞。」

海上生煙：他的意思是起霧。她每天下午探看工坊的窗外，但秋高氣爽，日日好日，天空藍得讓人心痛，廚娘克莉絲說，天氣清朗到可以望見耶穌的臥室。安娜望向狹窄的巷弄，有時瞥見遠方的小修道院。修道院的石牆高聳，塔樓傾圮，窗戶被磚塊堵起，簡直是個廢墟。鑲藍寶石的手套，獅子的毛皮——希邁里奧斯是個笨蛋，只有笨蛋才會相信他說的話。但是在層層疑慮之下，一絲希望逐漸浮現，就像她多多少少希望海上會起霧。

一天下午，海上果真起霧；黃昏時分，白霧宛如迴旋的急流般從馬爾馬拉海升起，霧氣濃重，清冷沉靜，漫蓋整個都城。安娜站在工坊的窗邊，看著聖徒教堂的圓頂漸漸消失，聖席歐芬諾修院的石牆隨之隱沒，最後連下方的中庭也杳無蹤影。

晚禱之後，她從她和瑪麗亞共用的毯子裡爬出來，悄悄走到門口。

「妳要出去？」

「我只是出去上廁所，姐，睡吧。」

她沿著廊道往前走，穿過中庭的側邊躲閃守衛，踏入棋盤般的街道。白霧隱沒石牆、蒙蔽聲響，人們的身形也變換為暗影。她走得很快，試著不要去想近來每天晚上聽到的警告，諸如四處遊蕩的巫婆、空中懸浮的病菌、流氓、無賴、從陰暗之處偷偷鑽出來的黑夜惡犬。她悄悄走過鐵匠、鞋匠、皮貨商的屋宅，家家戶戶安居於上了閂的門後，人人聽服於他們的天主。她走下陡峻的小巷，來到城塔下，顫抖地等候。月光有如牛奶般從霧中流瀉。

她判定希邁里奧斯肯定放棄那個荒謬的計畫，她鬆了一口氣，卻也不免失望，但希邁里奧斯卻從暗處冒了出來。他右肩扛著繩索，左手拿著麻袋，一語不發地帶著她穿過漁夫的閘門，越過布滿鵝卵石的海灘，走過十幾艘上下顛倒的小船，來到一艘被拖曳到砂礫之上的划艇旁。

划艇的船身多處修補，船板極度腐蝕，幾乎稱不上是一艘船。希邁里奧斯把繩索和麻袋放在船頭，使勁把船拖拉到吃水線，雙腳踏入水中，海水漫過他的小腿。

「它浮得起來嗎？」

這話似乎冒犯到他。她爬上船，他把划艇推入海中，俐落地翻過船緣跳到船上。他鎖定船槳，稍待片刻，槳片滴滴答答，一隻鸕鶿飛過上空，他們兩人看著牠從霧中現形，再度消失。

他划船入港口時，她緊緊掐著坐板。一艘龐大的商船忽然隱隱逼近，商船定錨在港口裡，船身巨大，布滿藤壺，看起來髒兮兮，船緣的欄杆似乎高得不像話，漆黑的海水撲打著船殼，船錨的鏈條覆上一層海草，在她先前的想像中，船艇總是快捷迅速，莊嚴雄偉；就近一看，它們讓她寒毛直豎。

她每次吸氣都以為有人會攔下他們，但無人阻攔。他們航至防波堤，希邁里奧斯把船槳放入船內，從船艉拋下兩條沒有上餌的釣線。「如果有人問，」他輕聲說，「就說我們在釣魚。」然後用力搖搖其中一條釣線，彷彿驗證所言不假。

划艇搖搖晃晃；空中飄著魚貝的腥臭；防波堤之外，海浪濺打著岩石。她從來沒有離家這麼遠。希邁里奧斯不時往前傾，拿著廣口瓶把雙腳間的海水往外舀。帕拉蒂港消失在他們身後，港口的高塔沒入霧中，遠方的大浪打上岩石，船槳敲擊船身，除此之外寂靜無聲，她既感驚恐，卻也振奮。

當他們划到防波堤的一個缺口，希邁里奧斯下巴一揚，朝著起起伏伏的漆黑大海點頭。「當潮水的方向不對，湧進這裡的海水會直接把我們捲入大海。」他們又划了一會兒，然後他放平船槳，把繩索和麻袋遞給她。霧好濃，她剛開始甚至看不到牆，當她終於瞧見，那面牆似乎是世間最古老、最怪異的東西。

划艇起起伏伏，都城的某處鐘聲裊裊，彷彿來自世界的盡頭。她心中深處滲出驚恐，眼前赫然浮現失明的幽靈、白骨王座上的邪惡侍臣，侍臣唇上沾染孩童的鮮血。

「靠近屋頂那裡，」希邁里奧斯輕聲說，「妳看到排水孔了嗎？」

她只看到一面傾圮的高牆，牆基升出水面之處覆滿蛤貝，雜草與汙漬在牆面留下痕紋，高牆直入霧中，彷彿升向無窮無盡的穹宇。

「爬到排水孔之後，妳應該可以從其中一個鑽進去。」

「然後呢？」

漆黑之中，他圓鼓鼓的眼珠幾乎閃閃發亮。

「在麻袋裡裝滿東西，放低交給我。」

希邁里奧斯盡量讓船頭靠近牆邊；安娜抬頭一望，不禁發抖。

「繩索很棒。」他說，好像她抗議的是繩索的品質。一隻蝙蝠在划艇上空迴旋飛舞，翩然遠去。如果不是因為她，姐姐的視力會依然清晰。姐姐會是寡婦席歐朵拉旗下手藝最嫻熟的女刺繡工；天主會稱許她。坐不定，學不會，搞錯一切的是安娜。她看著漆黑光滑的海水，想像自己滅頂。難道她不是罪有應得？

她把繩索和麻袋套在脖子上，在腦海中書寫一個個字母 A = ἄλφα = alpha；B = βῆτα = beta。ἄστεα 是城市；νόον 是心目中；ἔγνω 是習知。當她站起，划艇晃得厲害，感覺極危險。希邁里奧斯先把一支船槳往前推，然後再推另一支，讓船艉穩穩抵著牆基，划艇一降低就刮擦、一升高就搖晃，安娜右手抓住一把從石縫中長出的海草，左手摸到一個小小的暗礁，一腳跨出划艇，讓自己貼上牆面，划艇從她身下悄悄滑開。

她緊貼著磚石，希邁里奧斯倒駛划艇離去。她腳下只是漆黑的海水，而只有聖科拉里亞知道大海有多麼深、多麼冷、進駐著怎樣的驚恐。她只能往上爬。

石匠和時光的刻鑿讓磚角東翹西翹，因而不難找到立足點，雖然滿心恐懼，但她很快就專注於攀爬的節奏與韻律。伸手抓住，再來一次；伸腳踏穩，再來一次。不一會兒，大霧就已抹去希邁里奧斯的身影和她下方的大海，她好像爬梯子似地攀入雲端。不夠害怕，你就會不夠留心；太過害怕，你就會不敢動彈。伸手，抓緊，推進，登高，伸手。除此之外，心中不容任何思緒。

她拉緊套在脖子上的繩索和麻袋，爬過隨著年代腐蝕的層層磚塊，不久就看到希邁里奧斯所說的排水孔。排水孔精雕細琢，形若獅頭，排成一列，全都跟她的個頭一樣大。她用力把自己往上一推，鑽過其中一個孔口。雙膝一落地，她就扭起肩膀，爬過一堆爛泥。

她渾身溼答答，沾滿了爛泥，下方有個大房間，數百年前說不定是個食堂，她放低身子走進去，前方某處，老鼠在黑暗中亂竄。

停。聽。原木天花板大多已經塌落，在白霧迷濛的月光中，她可以看到房間中央有張長桌，桌子跟卡拉法提的工坊等長，桌面布滿瓦礫木屑，甚至長出花園般的蕨類。一面牆上掛著一張被雨淋毀的織錦壁毯；她摸摸下襬，一些難以目視的小東西隨即從壁毯後面竄了出來，噗噗啪啪飛向暗影深處。她在牆上摸到一個鑄鐵架，說不定是為了擺置火炬而設，但已鏽跡斑斑。這東西可能值錢嗎？希邁里奧斯形容的情景讓人想到失落的寶藏——她已經想像英勇之王阿爾喀諾俄斯的皇宮——但這裡的一切都已被天氣和時光腐蝕，根本稱不上是個寶庫。這裡是老鼠的王國，無論哪一位侍臣曾經看顧打理，他肯定三百年前就過世了。

右側有個缺口，她原本以為跨出去就直墜地面，結果眼前居然有個樓梯。她沿著牆壁摸黑行進，一階一階往下走；樓梯東拐西拐，一再分岔。她小心翼翼地走進一個廳堂，看到一個個像是修士住所的小室，小室沿著廳堂兩側的廊道延展，感覺陰森。一堆雜物望似白骨，枯葉颼颼作響，地板上那道裂縫好像等著吞噬她。

她掉頭，跌跌撞撞地往前走，在昏暗的天光中，時間和空間都令人困惑。她在這裡待了多久？姐姐睡了嗎？說不定她醒著，而且心驚膽跳，依然等著安娜上了廁所回去？希邁里奧斯在等她嗎？他給她繩索夠不夠長？他和他那艘破爛的划艇是不是已被大海吞噬？

倦意席捲全身。她搏上一切，結果卻是徒然；再過不久，公雞就會啼叫，晨禱就會開始，寡婦席歐朵拉就會張開眼睛。她會伸手拿取她的念珠，跪到冰冷的石板地上。

安娜勉強摸黑走回樓梯口，爬到一扇小木門前。她推門而入，眼前是個圓形的廂房，部分天花板已經塌落，露出一方夜空，房裡帶著某種氣味，聞起來像是泥土、青苔、時光。嗯，還有……

羊皮紙。

僅存的天花板光滑樸素，未經裝飾，讓她覺得好像爬進一個被人鑿穿了孔的腦殼，小廂房的牆上都是櫥櫃，櫥櫃從地面延伸到天花板，全都缺了門，月光蒙上霧氣，櫥櫃幾乎讓人看不清楚。有些櫥櫃裡滿是瓦礫青苔，但有些櫥櫃裡擺滿了書。

她喘不過氣。東一落腐朽的羊皮紙，西一卷散落的卷軸，還有一疊裝訂成冊、被雨淋濕的手抄本。她記憶深處傳來李錫尼的話語：*但是書跟人一樣難逃一死。*

她把十二本手稿塞進麻袋，麻袋裝得下多少，她就塞進去多少，然後拖拉著麻袋走下樓梯穿過廊道，碰到轉彎也只能憑著記憶猜測。當她找到那個掛著織錦壁毯的大房間，她把麻袋的袋口綁在繩索的一端，手忙腳亂地爬上一堆碎石，先把麻袋推過排水孔，自己再鑽過去。

她沿著牆放下繩索，繩索繃得好緊，發出棘輪轉動般的尖銳噪音。她正判定他已經棄她而去，留下她在這裡等死，希邁里奧斯和他的划艇就出現在牆邊，一人一船皆被濃霧籠罩，比她預期中渺小多了。繩索鬆了，重物已被卸下，她拋下手中的一端。

現在她得爬下去。俯瞰腳下只會讓她覺得快要反胃，所以她只盯著她的雙手，然後看著她的腳趾，慢慢往下爬過常春藤、刺山柑、野生麝香草，過不了一分鐘，左腳就碰到划艇的坐板，接著是右腳，然後她就坐上了划艇。

她的指尖破皮，洋裝髒汙，神經緊繃。「妳去了太久，」希邁里奧斯低聲斥喝。「那裡有黃金嗎？妳找到了什麼？」

他們從防波堤的外緣入港時，夜幕已漸漸撤離，希邁里奧斯划槳划得非常用力，她幾乎害怕船槳會斷成兩截，她從麻袋裡拿出第一本手稿，手稿相當大本，膨脹變形，她試圖翻頁，一不注意撕破了第一頁。頁張上全是細小垂直的劃痕。下一頁看起來也一樣，全是一行行計數符號。整本手稿似乎都是這樣。收據？帳簿？某種名冊？她拿出第二本，這本比較小，但似乎也是一行行單調的符號，即使水漬斑斑，說不定也曾遭火吻。

她的心一沉。濃霧中瀰漫著淺紫羅蘭色的光影，希邁里奧斯暫時停手，他把船槳擱到船裡，從她手中把第二本手稿拿過去，聞了聞，皺起眉頭瞪著她。

「這是什麼？」

他預期尋獲花豹的毛皮和鑲嵌寶石的象牙酒杯。她搜尋記憶，看到了李錫尼，他蓄鬍，鬍鬚裡的雙唇好像兩隻蒼白的蠕蟲。「就算寫出來的東西沒什麼價值，用來寫字的羊皮紙可值錢囉。他們可以把字刮掉，重新用來——」

希邁里奧斯把手稿丟回麻袋裡，一臉懊惱地踢一下，繼續划槳。那艘定錨在港口的大商船似乎漂浮在鏡面，希邁里奧斯靠岸，拖著划艇走過漲潮線，把船翻過來，小心翼翼地捲起繩索掛在左肩上，扛起麻袋負在右肩上，邁步往前走，安娜落在後頭，兩人一前一後，好像童謠裡的食人魔和他的奴隸。

他們走過熱那亞人區，這一區的屋宅華美高聳，許多屋宅裝了窗玻璃，有些屋牆的正面鑲嵌馬賽克磁磚，陽臺裝飾華美，俯瞰金角灣的海堤。在威尼斯人區的入口，披甲戰士站在拱門下打呵欠，瞄了他們一眼就放行。

他們走過一排工坊，在一個閘門前停下來。「如果要妳開口說話，」希邁里奧斯說，「妳就叫我哥哥。但妳別開口。」

一個畸足的僕人帶著他們走到庭院，庭院裡一棵孤立的無花果樹努力擷取陽光，他們靠在牆邊，公雞咕啼，狗吠叫，安娜想像敲鐘人爬入霧中抓取鐘繩喚醒都城、羊毛商拉起百葉窗、扒手偷偷摸摸回家、修士遵行晨間的鞭笞苦修、螃蟹在船下打瞌睡、燕鷗俯衝入淺水中覓食早點、廚娘克莉絲燃材生火。寡婦席歐朵拉爬上石階走到工坊。

天主聖明，保佑我們切勿怠惰。

因爲我們已經犯下數不清的罪孽。

庭院另一頭那五個灰色的石頭竟然是五隻鵝，灰鵝醒了過來，拍拍翅膀，伸伸懶腰，朝著他們咯咯叫，不一會兒，天際一片灰濛，手推車陸續移到街上，姐姐會跟寡婦席歐朵拉說安娜感冒或是發燒，但這樣的欺瞞能夠持續多久？

一扇門終於緩緩開啟，一個披著半長袖天鵝絨外套的義大利人瞪了希邁里奧斯好一會兒，判定他無足輕重後，再度把門關上。安娜在瞬間璀璨的天光中翻看潮濕的手稿，她最先拿出來的那本發霉得厲害，污漬點點，她連一個字都辨識不出來。

李錫尼曾經力讚上等皮紙，這種皮紙是牛犢的牛皮所製，牛犢直接從母牛的子宮裡切取，甚至從未落地。他說用上等牛皮書寫就像聆聽最優美的音樂，但她手邊這些手稿觸感粗糙乾硬，聞起來像是發酸的湯汁。希邁里奧斯說得沒錯：這些手稿毫無價值。

一個女僕扛著一籃牛奶走過來，她亦步亦趨，以免牛奶灑出來，安娜餓得發昏，庭院似乎天旋地轉。她又搞砸了。寡婦席歐朵拉會用杖笞打她，希邁里奧斯會告發她偷雞，姐姐永遠籌不到足夠的銀錢前往源泉聖母的神祠祈福，當她的屍體在刑臺上東搖西晃，圍觀的眾人會盛讚天主。

一個人的命運怎麼會是這樣？她穿她姐姐的舊衣褲，身上這件洋裝補了三次，卡拉法提之類的人們卻穿金戴銀、四處溜達、一群僕人快步緊隨其後？眼前這些外國人卻有裝了牛奶的竹籃、灰鵝奔竄的庭院、一天三餐更換不同的外袍？她好想尖叫，那股衝動愈來愈強烈，叫聲八成震破玻璃，這時希邁里奧斯遞給她一本手稿，手稿的裝訂之處以扣環固定。

「這是什麼？」

她翻到中間的一頁。李錫尼教她的古希臘文一行接著一行呈現在眼前，有條有理地寫道：

他們說印度生產獨角馬，培育獨角驢。他們用這些獸角製造酒器，任何人若在這些酒器裡下毒，而且讓人喝了下去，那人肯定沒事，詭計也不會得逞。

下一頁寫道：

據說海豹從胃裡吐出凝乳，癲癇因而無法醫治。所以我說啊，海豹確實是一種邪惡的動物。

「這個，」她輕聲說，「給他們看看這個。」

希邁里奧斯接過手稿。

「換邊拿著。像這樣。」

男孩揉了揉圓滾滾的眼珠。手稿的字跡優美，顯然訓練有素。安娜瞄了一眼：我聽人們說，在所有鳥類之中，鴿子是最溫和、最矜持的性伴侶——這是關於動物的專書嗎？——但這時畸足的僕人呼叫希邁里奧斯，希邁里奧斯拿著手稿和麻袋，跟著僕人走進屋裡。

灰鵝看著她。

希邁里奧斯不到兩分鐘就又出來。

「怎麼了？」

「他們要跟妳談談。」

他們走上兩階石梯，經過一間堆滿木桶的儲藏室，來到一間帶著墨水味的房間。小蠟燭、鵝毛筆、墨水瓶、筆尖、筆袋、刀片、封蠟、蘆葦筆、壓住羊皮紙的小沙包散置在一張張大桌上，一面牆上列滿表格，捲紙軸並排豎立，到處都是一團團鵝糞，有些被人踩過，有些抹了一地。三個鬍鬚刮得乾乾淨淨的外國人圍在正中央的大桌旁研究她找到的手稿，人人連珠炮似地講著他們的語言，好像無比興奮的小鳥。膚色最黑、個子最小的那人一臉懷疑地看著她。「那個男孩宣稱妳看得懂這些？」

「我們應當精通古希臘文，但我們不是很在行。」個子中等的那人說。

她手指穩穩按上羊皮紙，毫不顫抖。「大自然，」她讀道：

已讓刺蝟精明嫻熟地為自己的生計打算。因此，既然牠需要食物度過整個冬天，而且既然每一……

三個外國人繼續像是麻雀般嘰嘰喳喳地講話。個子最小的那人央求她讀下去，她勉強再唸了幾行，先是某些關於鯷魚的生態觀察，然後是某種名為長嘴秧雞的鳥類，唸著唸著，個子最高、衣著最講究的那人請她別唸了，而後漫步於卷軸、布道書、書寫用具之間，站定凝視一個櫥櫃，好像望向遠方的地平線。

桌子底下，一片西瓜皮爬滿螞蟻。安娜感覺自己好像走進荷馬詩歌裡的世界，眾神似乎高踞於奧林帕斯山上跟彼此講悄悄話，然後彎下身子，從雲端伸手安排她的命運。個子最高的那人操著支離破碎的希臘文問：「你們在哪裡找到這些？」

希邁里奧斯說：「一個祕密的地方，很難到達。」

「一座修道院？」高個子問。

希邁里奧斯猶豫地點頭，三個義大利人看了看彼此，希邁里奧斯又點了幾下頭，不一會兒，所有人都點頭。

「修道院的哪裡？」個子最小的那個人邊問，邊從麻袋裡拿出其他手稿，「你們在修道院的哪裡找到這些？」

「一個廂房。」

「大間的廂房？」

「不大不小。」

三個外國人立刻開始講話。

「還有其他像這樣的手稿嗎？」

「它們怎麼放置？」

「疊著放？」

「或是豎著放在架上？」

「還有多少？」

「廂房有沒有裝飾？」

希邁里奧斯一手握拳頂著下巴，假裝努力回想，三個義大利人看著他。

「廂房不大，」安娜說。「我看不到任何裝飾。房間是圓形，天花板是弧形，但大多已經塌落，那裡還有其他書冊和卷軸，像是廚具一樣疊在壁凹裡。」

興奮之情有如洪水般席捲三個義大利人。個子最高的那人在他皮草滾邊的大衣裡翻尋，掏出一袋銀錢，倒了幾個錢幣在手心裡。安娜看著達克金幣、拜占庭銀幣、繕寫長桌上閃爍的晨光，忽然感覺頭昏眼花。

「我們的領主，」高個子義大利人說，「他把手指伸進每一道菜餚裡，你們聽過這句諺語嗎？船運、貿易、聖典、軍事，他全都想要參一腳。但他最感興趣的志業，可以說他的最愛，其實是尋覓古老的手稿。他認為世間最完善的哲學思想早在一千年前就已架構出來。」

他聳聳肩。安娜無法不看著錢幣。

「我們跟你們買這些書寫動物的手稿，」他邊說，邊遞給希邁里奧斯十二個錢幣，希邁里奧斯倒抽一口氣，中等個子的義大利人拿起一支鵝毛筆，用刀片削削筆尖，個子最小的義大利人說：「多帶些手稿給我，我們會付給你們更多錢。」

他們離開庭院時，晨光已經燦爛耀目，天空粉嫩，霧氣散盡，希邁里奧斯跨著大步往前走，安娜緊隨其後，兩人穿梭於一排華美高聳的木造房屋之間，如今房屋看起來似乎更高聳、更華美，因為喜悅在她心中滾滾翻騰。他們走過的第一個市場已經開始營業，一個攤販正在煎麵餅，扁平的麵餅夾了起司、蜂蜜、月桂葉，他們買了四個，一口氣塞進嘴裡，熱騰騰的油脂順著她的咽喉流下，希邁里奧斯點數錢幣，給了她該得的一份，她把銀閃閃、沉甸甸的錢幣藏在洋裝的腰帶裡，匆匆走過聖芭芭拉教堂，穿過另一個市場，這個市場比較大，到處都是手推車、布匹、盛滿油的廣口瓶，一個磨刀的小販正在架設磨刀輪，一個女人伸手拉下罩住鳥籠的綢布，一個孩童抱著一束束十月的玫瑰花，巷弄裡擠滿馬匹和驢子、熱那亞人和喬治亞人、猶太人和比薩人、執事和修女、兌幣商、樂手和信差、兩個已經開始擲骰子的賭徒、一位手執文件的公證人，一位權貴人士駐足於一個攤子前，一個僕人高舉著陽傘幫他遮陽。如果姐姐想要買天使，這下她就買得起；天使們會繞著她撲撲飛舞，揮著翅膀輕輕拍打她的雙眼。

｜通往埃迪爾內之路｜

同年秋季

歐米爾

離家行進了十四公里之後，他們經過他出生的村莊。車隊暫且停在路上，先鋒部隊騎馬穿梭於家家戶戶之間，試圖招募更多人馬。雨一直下，歐米爾披著牛皮斗篷發抖，看著河水轟轟隆隆地流過，河面波濤洶湧，水裡滿是泥沙，他想起爺爺曾說，山中深處一條條伸手即可阻攔的小溪終究會流入河中，河水雖然湍急凶猛，但從大海的觀點視之，不過是一滴清水，而大海環繞世間各處，蘊藏每一個人的每一個夢想。

天光從山谷中漸漸流逝。媽媽、姐姐，和爺爺怎麼熬得過冬天？他們儲存的食糧幾乎全都送進周遭這些騎兵的嘴裡。家中大半柴火和半數小麥都已裝載在小樹和月光的板車上。他們有老葉、老針、山羊、最後幾壺蜂蜜。他們也懷有希望，期盼歐米爾帶著戰利品返家。

月光和小樹套著牛軛耐心站立，兩頭小牛的牛角都滴著水，背部也都熱騰騰，歐米爾檢查牛蹄，看看有沒有卡著石頭，然後檢查牛肩，看看有沒有被割傷，牠們似乎只活在當下，毫不擔心接下來會如何，真讓歐米爾欣羨。

頭一夜，軍團在田裡紮營。喀斯特巨石沿著高聳的山脊矗立，好像一座座瞭望塔，瞭望塔守護的族裔卻早已絕滅。烏鴉在營地上空飛翔，嘎嘎叫嚷，好像一支喧嘩的部隊。入夜之後，雲層散盡，銀河有如飄渺的橫幅在空中開展。趕牲口的伕役們圍坐在最靠近歐米爾的火堆旁，操著各種各樣的口音述說他們前來征服的城市。他們稱之為「眾城之后」，是連結東西方的橋梁、世界的交叉口。根據其中一個版本，那裡是罪惡的溫床，城裡的異教徒生吃嬰孩，甚至跟自己的母親交媾；另一個版本則說，那裡富裕到令人難以想像，連乞丐都戴著金耳環，妓女的夜壺也都鑲著翡翠。

一個老傢伙說，他聽說城市被一座座無法攻破的高牆守護，眾人頓時靜默不語，直到一個名叫馬哈的年輕牧牛人說：「但城裡的女人喔。連跟他一樣醜怪的男孩在那裡都可以爽歪歪。」他指了指歐米爾，眾人哈哈大笑。

歐米爾慢慢走向暗處，瞧見月光和小樹在田裡遠遠的一端吃草。他揉揉牠們的側腹，叫牠們不要害怕，但他不太清楚他試圖安撫的是那兩頭公牛，還是他自己。

隔天早上，小路直下漆黑的峽谷，車隊堵在一座橋上，騎兵們下馬，車夫們大喊大叫，拿起棍棒和鞭子猛打牲口，小樹和月光嚇得拉屎。

一聲駭人的牛鳴飄過牲口之間。歐米爾慢慢地勸誘兩頭公牛往前走。當牠們走到橋邊，他看到橋沒有圍欄，也沒有扶手，只是一截截剝了皮、用鐵鍊牢牢繫在一起的圓木。剪力牆陡峭高聳，牆面穿插著不曉得從哪裡長出來的雲杉，幾乎直墜峽谷深處，圓木橋板之下，河水轟隆奔流，白浪滔滔，聲勢浩大。

遠遠那一頭，兩輛騾車好不容易過了橋，歐米爾轉身看著兩頭公牛，倒著跨步，踏上未知的路徑。圓木沾了馬糞而溼滑，透過圓木之間的空隙，他可以看到白花花的河水急急沖刷岩石。

小樹和月光蹣跚前進。橋面比板車的車軸寬不了多少。牠們慢慢往前走，車輪轉了一圈、兩圈、三圈、四圈，然後小樹這一邊的車輪打滑，板車一斜，兩頭公牛停下來，一截截柴火從車後滾了下來。

月光攤開牠的腿，自個兒承擔大部分重量，等候哥哥往前走，但小樹懼高，不敢往前走，牠睜著圓鼓鼓的雙眼，周遭眾人大聲喊叫，聲聲迴盪在岩石之間。

歐米爾吞了一口口水。如果車軸繼續傾斜，板車的重量會把車子拖下水，兩頭公牛也會跟著跌到橋下。

「拉一拉，你們兩個，拉一拉。」兩頭公牛動也不動。橋下水勢湍急，霧氣騰騰，小鳥飛撲於岩石之間，小樹氣喘吁吁，好像想要把整個情景吸進鼻孔裡。歐米爾伸手摸摸小樹的鼻口，輕撫牠褐色的長臉。牠的耳朵抽了一抽，結實的前腿抖了一抖，不知道是因為承受著壓力，或是因為恐懼，說不定兩者皆是。

歐米爾可以感覺重力拉扯牠們的軀體、板車、橋，橋下的河水。如果他從未出生，他爸爸說不定還活著。他媽媽還住在村裡。她可以跟其他女人聊天，交換蜂蜜和閒話，分享她的生活諸事。他的姐姐們說不定也還活著。

別往下看。讓這兩頭公牛瞧瞧牠們需要什麼、你全都給得起。如果你保持冷靜，牠們也會保持冷靜。他的後腳跟懸在橋緣，低頭躲閃月光的牛角，輕輕拍打月光的側腹，在這頭公牛的耳邊悄悄說：「來，小兄弟，為我拉一拉。你拉一下，你的雙胞胎哥哥就會跟著拉。」月光的牛角斜向一側，好像慎思這話有沒有道理，橋、懸崖、天空映現在他潮濕龐大的瞳孔中，好像一幅微小的複製畫，正當歐米爾堅信這下沒希望，月光就往前一靠，胸前的脈管明顯伸張，用力把板車的車輪拖回橋上。

「好孩子、好孩子，這就對了。現在慢慢來。」

月光往前拉，小樹跟著拉，一步一步走過濕滑的圓木，歐米爾扶著板車一起過橋，不一會兒，他們就走到橋的另一端。

峽谷從這裡豁然開展，山嶽變成山丘，山丘變成綿延的平原，泥濘的馬道變成正常的道路，月光和小樹輕鬆自若沿著寬闊的路面前進，壯碩的髖骨一起一伏，顯然很高興回到牢靠的平地。每經過一個村莊，先鋒部隊就招募到更多人馬。他們的遊說之詞始終如一：蘇丹王——願真主與他同在——徵召你們前往首都，他在那裡集結武力，準備攻下「眾城之后」，那裡的街道遍地珠寶、絲綢、美女，全都任君挑選。

離家之後的第十三天，歐米爾和他的兩頭公牛行至埃迪爾內。到處都是閃閃發亮、剝去樹皮、堆積如山的圓木，空氣中飄散著木屑的氣味，孩童們在路邊奔跑叫賣麵包和牛乳的乳皮，或是僅僅張口結舌地看著車隊隆隆駛過，入夜之後，公告傳報員騎著小馬會見先鋒部隊，舉著火炬分開牲口。

歐米爾、小樹、月光被指派隨同最壯碩、最強壯的牛馬前往首都外圍的田野，田野面積遼闊，沒有半棵樹，歐米爾看到另一頭有座帳篷，閃著亮光，龐大到讓他難以想像，你甚至可以在帳篷裡種植一片森林。人們舉著火炬在裡面工作，他們把物品扛到貨車上、切鑿溝渠、挖掘鑄坑，鑄坑又深又大，望似巨人的墓穴。鑄坑之中，成組的圓柱模具套放在一起，模具為黏土所製，各個長達九公尺。

每天天一亮，歐米爾就牽著兩頭公牛走到一公里外的煤坑，拖拉著一車車煤炭走回龐大的帳篷。載運過來的煤炭愈來愈多，帳篷裡的火光因而愈來愈熾熱，牛馬牲口一走近就因為熱氣而猶豫不前，趕牲口的伕役們不停把煤炭裝上車，鑄工不停把煤炭鏟入火爐，成群穆拉低頭祝禱，大風箱旁還有更多人幹活，他們三人一隊，裡裡外外都被汗水浸溼，使勁把風抽送到火爐裡。祝禱聲暫歇，歐米爾可以聽到火在燃燒，聲似某隻巨獸在帳篷裡咬嚼、咬嚼、咬嚼。

晚間時分，他走向那些受得了他顏面的車夫，詢問他們被帶到這裡幫忙建造什麼。一個車夫說，他聽說蘇丹王在建造鐵製的推進器，但他不知道推進器是什麼。另一個車夫說那是雷電彈弓。有人說是那是私刑刑具，有人說那是眾城摧毀者。

「蘇丹王在那個帳篷裡建造一種器械，」一個鬍鬚灰白、耳垂勾著一對金色圓環的男人解釋，「那種器械會讓歷史永遠改觀。」

「它能做什麼？」

「那種器械啊，」男人說，「它可以讓一個小東西摧毀一個大得多的東西。」

一隊隊牛車相繼抵達，公牛拖拉著一棧板一棧板的鍍錫，一車車的鐵石，甚至教堂的鐘鈴，趕牲口的伕役們悄悄說，鐘鈴全都是從數百公里外的基督徒城市洗劫拖運過來。整個世界似乎都獻上貢品：銅鑄的錢幣，黃銅棺材蓋，歐米爾聽說，蘇丹王甚至把他在東方征服的一個國家的財寶全都帶過來，財寶數量之多，足夠使五千人富裕五千世，而這些財寶也將共襄盛舉，所有金銀都將變成器械的一部分。

後方冰冷，前方燒灼，帳篷的布料在熱氣中盪來盪去，飄渺朦朧，歐米爾看得出神。胳臂和雙手都包著牛皮手套的鑄工們走向迷濛閃爍的烈焰，爬上鷹架，把生銅鏟進一個巨大的鍋爐，撇去浮渣。有些鑄工不停檢視熔融的金屬，看看鍋裡有沒有濕氣，有些鑄工抬頭看天空，有些鑄工專心祈求好天氣——歐米爾旁邊的男人說，一滴最小滴的雨水都可能讓整個鍋爐嘶聲爆裂、迸發出煉獄般的烈焰。

當鍍錫可被加進熔融的黃銅，纏著頭巾的士兵們驅走每個人。在這個敏感時刻，他們說，合金熔液不可受到不潔雙眼的注視，只有聖潔之人才可入內。帳篷的門全被拉下繫緊，歐米爾半夜醒來，看到田野遠遠的一端升起火光，帳篷底下的土地似乎也發光，好像從地心擷取驚人的能量。

月光側躺，一隻耳朵貼著歐米爾的肩膀，歐米爾蜷伏在潮濕的草地間，小樹站在另一側，背對帳篷，依然低頭吃草，彷彿覺得人們種種狂熱的行徑真是無聊。

爺爺，歐米爾心想，我已經看到了連作夢都夢不到的事物。

其後兩天，巨大的帳篷持續發光，權充煙囪的洞口冒出點點火星，天氣持續晴朗，到了第三天，鑄工們從鍋爐裡釋出熔融的合金，將之導入渠道，直到熔液消失在地面下的模具中。工人們沿著一列列流動的黃銅走來走去，拿著鐵棒打掉氣泡，其他一些工人把潮濕的沙土鏟進鑄坑，帳篷被拆除，堆堆沙土漸漸冷卻時，成隊成隊的穆拉輪流在旁祝禱。

黎明時分，人們挖除沙土，劈開模具，派遣隧道工人下去把鐵鍊纏繞在器械的中段，鐵鍊隨之接上繩索，牢牢繫緊，趕牲口的領隊聚集牛隻，分成五隊，每隊十頭，試圖把「眾城摧毀者」從土裡拉出來。

小樹和月光被派到第二隊。領隊下了命令，牛隻受到鞭策。繩索咿咿唉唉，牛軛吱吱嘎嘎，牛隻慢慢各就各位，地面被踩踏成一大片的淤泥。

「拉一拉，好孩子，使勁拉一拉。」歐米爾大喊。整隊公牛奮力邁步，牛蹄深陷淤泥之中。領隊再加一條鍊條，再加一條繩索，再加一個十頭公牛的小隊。到了這時，天色幾乎已經昏暗，一隻隻公牛氣喘吁吁地站定。齁！咳！吆喝之聲響徹雲霄，第六隊公牛開始往前拉。

牛群往前一傾，驚人的重量拖得牠們往後一退。牠們再度往前一傾，奮力跨出一步又一步，車夫們大喊大叫，鞭打他們的牛隻，公牛嘶聲怒吼，既是恐懼，也感困惑。

龐然的器械有如鯨魚般緩緩浮現在地面上。牛群用力拉了約莫四十五公尺，領隊下令暫停。兩頭小公牛的鼻孔噴出熱騰騰的白霧，當歐米爾查看小樹和月光的牛軛和蹄鐵時，工人們已經忙著擦拭器械，暮光陰冷黯淡，器械冒著白煙，鑄銅依然微溫。

馬哈細瘦的胳臂交叉，疊在胸前，喃喃自語：「他們必須建造一種完全不一樣的板車。」

他們花了三天才把器械從鑄造場拉到蘇丹王的測試場，行進途中，板車的輻條三度斷裂，車輪幾乎滾落；輪工們蜂擁而上，日夜不休地環繞監看；器械實在太重，重到它每在車上多擱一小時，車輪就又陷入泥裡兩公分。

在蘇丹王新宮視線所及的一片田野中，工人們用一臺吊車把器械的環狀巨管拉抬到木頭平臺上。一個即興市集因而湧現：商販叫賣粗麥粒、奶油、烤磯鶇、燻鴨、銀項鍊、羊毛帽、一袋袋蜜棗。到處都是狐皮皮貨商，好像世上的狐狸全被宰殺製成斗篷，有些男人穿著雪白的白貂禮袍，有些男人披著上等皮料的披風，雨水一打，披風上的滴滴雨珠飛掠滑落，歐米爾看得目不轉睛。

正午時分，群眾一分為二，各自佔據田野的一側。他和馬哈爬到測試場邊緣的樹上，以免被集結成群的人們擋住視線。一隊剪了毛的羊被載著駛向平臺，羊身漆上紅漆和白漆，裝飾得極為華麗，百位騎兵裸背騎乘黑馬相隨，後面跟著一群奴隸，模仿呈現蘇丹王生平的顯著事蹟。馬哈悄悄說，蘇丹王本尊肯定隱身在遊行隊伍某處——願真主保佑他、恭迎他——但歐米爾只看得到圍觀的人群、橫幅匾額、敲打鐃鈸的樂手、一面大鼓，大鼓體積驚人，甚至得讓兩個男孩各站一側打鼓。

爺爺鋸木，牛隻無時不刻嚼食牧草，山羊咩咩叫，狗喘吁吁，溪澗汩汩，椋鳥鳴叫，山鼠急竄——一個月前，他會認定溪谷裡的家中充滿各種聲響。但相較於此地，那些聲響形同靜默。鐵鎚、鐘鈴、小號、繩索咿咿唉唉、馬匹嗚嗚嘶鳴，聲聲皆是突襲的喧嘩。

午後時分，司號員吹了六聲響亮的號聲，人人望向龐大的器械，器械擦得閃閃發光，穩穩安置在平臺上。一個戴紅帽的男人爬進去，整個人消失無蹤，另一個男人拿著一張羊皮跟著爬進去，樹下有個人說，他們肯定在裝火藥，但歐米爾猜想不出這是什麼意思。兩個男人爬出來，然後眾人看到一塊巨大無比的花崗岩，花崗岩被削成一個圓球，擦得亮晶晶，九人一組的工作小隊把它滾到砲筒之前，小心翼翼地推進去。

花崗石球滑下傾斜的砲筒，發出尖銳詭異的巨響，聲響飄過集結成群的人們，連歐米爾都聽得一清二楚。一位伊瑪目率先祝禱，鐃鈸轟然一敲，小號奮然一響，戴紅帽的男人把望似乾草之物塞進器械後方的一個洞口，拿著一支點燃的小蠟燭碰觸乾草，然後跳下平臺。

圍觀的群眾靜了下來。夕陽悄悄西下，令人幾乎無法察覺，一股寒意漫過田野。馬哈說，他的村子裡曾經有個陌生人出現在山頂上，宣稱自己會飛。一群村民等了一整天，陌生人不時說「我待會兒就要飛」，然後指一指遠方各個他打算飛至之處，他走來走去，伸伸懶腰，晃晃胳臂，圍觀的村民愈來愈多，甚至多到不是人人都可瞧見，況且夕陽幾乎已經西沉，陌生人不曉得該怎麼辦，索性脫下褲子，讓大家看看他的屁股。

歐米爾微微一笑。平臺之上，工人們又圍著器械忙東忙西，空中飄下幾朵晶瑩的雪花，群眾騷動，焦躁不已，鐃鈸三度敲打，田野最前頭吹來一陣微風，吹動數以百計垂掛在橫幅下的軍旗，至於蘇丹王是否正在觀看，說不定是，說不定不是。歐米爾往前靠向樹幹，試圖保暖，兩個男人爬過圓柱形的鑄銅炮身，戴紅帽的那人凝視炮口之內，就在那時，巨大的火炮轟然開火。

那種感覺就像真主從雲端伸下一根指頭、啪地一聲把地球彈出軌道。重達千磅的花崗石球移動得太快，根本難以目視；四下只有石球劃破空中的聲響，轟隆地傳遍田野上空，但歐米爾還搞不清那是什麼聲響，田野另一端的一棵大樹就已四分五裂。

再過去半公里的第二棵大樹也自世間蒸發，而且似乎是同一時刻，一時之間，他猜想石球會不會一直往衝，推倒一棵又一棵大樹，搗毀一道又一道城牆，直到越過地平線的那一端，自地球的邊緣墜落。

遠遠那一頭，距此至少一公里半處，碎石泥巴朝向四面八方飛濺，好像一把隱形的鐵犁在地面耙出一道極深的畦溝。炮彈的爆炸聲迴響在他的骨髓深處。群眾的喝采聲不太像是歡慶凱旋，比較像是失神恍惚。火炮的炮口冒出白煙。兩位槍炮手之中，戴紅帽的那位已被轟得屍骨無存，另外一位雙手摀住耳朵，低頭望著僅存的少許屍骸。

白煙隨風飄過平臺。「對一樣東西的懼怕，」馬哈喃喃說道，彷彿自言自語，而不是對歐米爾說，「會比那樣東西本身更有威力。」

安娜

她和瑪麗亞在源泉聖母的神祠跟其他十二個患者一起排隊，在潔白的頭巾下，修女們面無血色、爬滿皺紋，有如乾枯的薊草，看起來至少一百歲。一位修女收下安娜的銀幣放進碗缽，另一個修女接下、斜斜塞入衣袖，第三位修女招手叫她們走下階梯。

四處可見燭光中的聖物箱，箱中供奉著聖徒們的指骨和趾骨。她們走到教堂最裡頭，擠過一座質樸陳舊、覆滿厚厚一層燭蠟的祭壇，一路摸索走到地底下的一個石窟。

一座水井汩汩而流；安娜和瑪麗亞的鞋底滑溜溜地踏著潮濕的石子地。修道院院長把一個鉛杯放進水池，再把鉛杯從池中拉上來，在杯裡倒進相當分量的水銀，動手搖了搖。

安娜把杯子拿給姐姐。

「味道如何？」

「涼涼的。」

禱告聲迴盪在陰冷之中。

「妳全都喝下去了嗎？」

「是的，妹妹，我全都喝了。」

回到地面上之後，又是一片彩色世界，微風吹拂，樹葉被吹著四散紛飛，沙沙地飄過墓地，城牆條帶狀的灰岩捕捉了低斜的日光，閃閃發亮。

「妳看得到雲嗎？」

瑪麗亞轉頭望向天空。「我想我可以。我覺得現在周遭亮多了。」

「妳看得到旗子在城門上空飄揚嗎？」

「可以，我看到了。」

安娜仰頭祈禱，把謝意送入風中。終於，她心想，我終於做對了一些事情。

其後兩天，瑪麗亞思緒清晰，心神寧靜，她埋頭刺繡，從天亮工作到天黑，但喝下聖水之後的第三天，她頭痛的症狀復返，無影無蹤的小鬼再度吞噬她的視力。到了下午，她的額頭布滿發光的汗珠，非得由人攙扶才有辦法從板凳上站起來。

「我肯定灑掉了一些，」安娜扶著她下樓時，她悄悄說。「說不定我喝得不夠多？」

晚餐時刻，人人心神不寧。「我聽說，」尤朵琪亞說，「蘇丹王又召募一千個石匠完成上游的要塞。」

「我聽說，」艾琳娜說，「如果他們手腳太慢，就會被砍頭。」

「這點我們倒是可以領會。」海倫娜說，但沒有人笑。

「妳們知道在那個異教徒的語言裡，他怎麼稱呼他的要塞嗎？」廚娘克莉絲轉頭一瞥，眼中閃閃發光，既是炫示，也是害怕。「割喉者。」

寡婦席歐朵拉說，講這些都無助於增進刺繡品質，她說都城的城牆堅不可摧，城門已經抵擋騎象的野蠻人、擲石的波斯人、保加利亞人悍將克魯姆汗的大軍，而這些兵將可是用頭蓋骨喝酒。她說五百年前，一支野蠻人的艦隊圍城五年，艦隊規模非常龐大，甚至延伸至地平線的另一端，市民們糧不繼日，人人餓到吃鞋底，直到有一天，我們的君王從金角灣的神殿取下聖母的聖袍，帶著聖袍繞著城牆走了一圈，然後把聖袍浸到海中，聖母因而呼風喚雨，迫使艦隊撞上岩石，所有不敬神的野蠻人全數滅頂，而城牆依然挺立。

信仰將是我們的護胸甲，寡婦席歐朵拉說，敬神將是我們的刀劍，刺繡女工們靜了下來。有家室的婦女們準備回家，沒有家室的婦女們慢慢走回她們的小房間，安娜站在井邊打水乘滿水壺，卡拉法提的驢子小口咬嚼一小堆乾草。白鴿在屋簷下撲打翅膀。夜晚的寒氣漸漸變濃。說不定姐姐說得沒錯；說不定她喝的聖水不夠多。安娜想到那幾位神情熱切，身穿絲綢罩衫和織錦外套，雙手沾了墨水的義大利人。

還有其他像這樣的手稿嗎？

它們怎麼放置？

疊著放？或是豎著放在架上？

一縷白霧悄然漫過成排屋舍，彷彿因應她的祈願而現形。

她再度躲閃守衛，走下蜿蜒的巷道來到港邊。她看到希邁里奧斯在他的划艇旁打盹，當她叫醒他，他眉頭一皺，好像試圖把眼前多重的身影凝聚成單單一個她。最後他終於伸手抹抹臉，點點頭，朝著海邊的石頭撒了一大泡尿，把划艇拖到水裡。

她把繩索和麻袋收放在船頭，四隻海鷗飛過上空，輕聲鳴叫，希邁里奧斯抬頭看了一眼，然後划向峭石上的小修道院。這次她比較決然。每爬上磚牆一步，她的畏懼就減低一分，她很快就只隨著軀體的韻律和記憶中的立足點攀爬，手指緊抓著冰冷的磚塊，雙腳不停把自己往上推，不一會兒就爬到排水孔，鑽過獅嘴，跳進寬闊的食堂。神靈啊，助我暢行。

四分之三的明月映射出更多光芒，滲穿白霧流洩而下。她找到樓梯，爬上階梯，穿過長長的廊道，踏過木門走進圓形的廂房。

到處都是灰塵，微小的蕨類植物從一團團潮濕的紙張裡冒出來，事事物物被黴菌腐蝕成碎片，放眼望去，有如鬼域。有些櫥櫃裡擱著修道院的記事本，本本厚重，她幾乎搬不動；其他櫥櫃裡擱著一冊冊磚頭書，書本的頁張被濕氣和黴菌黏合，果真如同磚頭般密實。她盡量塞滿麻袋，拖著麻袋走下階梯，降下麻袋擱到划艇上，希邁里奧斯扛著麻袋穿過迷濛的巷道，她緊隨其後，與他保持一步之距，兩人一起走向義大利人的屋宅。

畸足的僕人打了一個大大的呵欠，揮手叫他們進來庭院。工坊之中，個子較小的兩位繕寫師窩在角落的椅子上睡得正熟，但高個子的那位揉揉雙手，好像等了他們一整夜。「進來、進來，我們來瞧瞧這兩個在泥巴裡撿破爛的小毛頭帶來什麼。」

希邁里奧斯站在爐火旁取暖時，安娜看著這個外國人仔細檢閱一本本手稿。契約、遺囑、演講抄本；徵用通知單；一張望似詳列人名的清單，人人都曾參加許久之前的某個宗教聚會，諸如大統帥、副財長殿下、來自塞薩洛尼基[19]的訪問學者、皇家服飾的大臣。

他逐本翻閱發霉的手稿，拿著燭臺東照西照，安娜注意著先前沒看到的一些事情，比方說，他的長統襪膝蓋有個破洞，外套的肘部看來骯髒，衣袖上墨水點點。「不是這個，」他說，「不是這個。」然後用他的母語低聲嘟囔。室內聞得到櫟癭黑墨、羊皮紙、煙燻柴火、紅酒的氣味。角落一面鏡子反射出燭火的光芒；有人在麻質木板上釘上一排小小的蝴蝶標本；有人在角落一張長桌旁抄寫一張望似航海圖的圖表——室內洋溢著好奇與熱切的氛圍。

「全都沒用，」義大利人神情愉悅地做出結論，把四個銀幣疊在桌上。他看著她。「小傢伙，妳知道諾亞和他兒子們的故事嗎？他們在船裡裝載千萬生物，準備重新開創世界？一千年來，你們的都城，這個搖搖欲墜的首都」——他朝著窗外揮揮手——「就像是那艘方舟。但你們沒有把所有生物成雙成對地裝載上船，妳知道慈善的天主反而在你們這艘船上裝載了什麼嗎？」

百葉窗緊閉的窗外，第一批公雞開始咕咕叫。她可以感覺希邁里奧斯在爐火邊顫動，全副精神都在那疊銀幣上。

「書本，」那位繕寫師說。「在我們這個諾亞和書本方舟的故事裡，妳猜得到什麼等於洪水嗎？」

她搖搖頭。

「時光。日復一日，年復一年，時光把舊書從世間抹除。妳之前帶給我們的手稿？那些手稿是埃里亞努斯的作品，他是一位凱撒大帝時代的學者，手稿裡的每一行文字必須熬過十幾個世紀，才有辦法在此時此地出現在我們面前。一位繕寫師必須抄寫原稿，幾十年之後，第二位繕寫師必須抄寫那份副本，從卷軸謄錄到書冊上，第二位繕寫師下葬了多年之後，第三位繕寫師現身，從頭到尾再抄寫一次，而這本書冊自始至終岌岌可危。一位脾氣暴躁的修道院院長，一位笨手笨腳的修士，一個入侵的野蠻人，一支打翻的蠟燭，一隻飢

19 Thessalonica，塞薩洛尼基，又譯作薩洛尼卡、塞薩洛尼卡、薩羅尼加，舊譯作帖撒羅尼卡加，是希臘第二大城市。

餓的蠹蟲，這十幾世紀以來都沒得逞。」

小蠟燭的燭火一閃一閃；他的雙眼似乎凝聚室內所有的光。

「世間看來不變的萬物，小傢伙，諸如山嶽、財富、帝國，它們的恆久只是幻象。我們之所以相信它們會持續下去，只因為我們的生命是如此短暫。從天主的觀點來看，像是你們都城的各個市鎮起起落落，跟蟻丘沒什麼兩樣。年輕的蘇丹王正在招兵買馬，他建造新武器可以擊垮你們的城牆，好像城牆只是空氣。」

她心驚膽跳。希邁里奧斯悄悄走向放著銀幣的桌子。

「方舟撞上了岩石，小傢伙，而潮水正在湧入。」

她的生活一分為二。一是她在卡拉法提家的時刻：掃把和鍋盆，繡針和繡線，去拿水、去拿煤、去拿酒、再去拿一包麻布，單調無趣，沉悶乏味。似乎每一天都有關於蘇丹的傳言滲入工坊。他已經訓練自己不需要睡眠；他正帶領一群測量人員遊走於城牆外；他麾下的士兵已經啟動「割喉者」，擊沉一艘從黑海運送食糧和盔甲到都城的槳帆船。

安娜再次帶著姐姐前往源泉聖母的神祠，花了十一枚銀幣從佝僂乾扁的修女們手中買下聖水，瑪麗亞喝下那杯摻了水銀的聖水，感覺好多了，但只維持一天就又變糟。她的雙手顫抖，飽受抽筋之苦，有些晚上，她說她覺得好像惡魔伸出魔爪緊抓住她的手腳，試圖把她撕成碎片。

但她的生活中還有另外一些時刻：當白霧籠罩都城，她匆匆穿越回音裊裊的街道，希邁里奧斯划船繞過防波堤，讓她攀爬小修道院的高牆。如果被問起，她會說她之所以這麼做，在於舒緩她姐姐的病痛——但她難道不是受到內心另一股驅使，因而想要攀爬那道高牆？難道她不是想要把另一袋黴跡斑斑的手稿帶到繕寫師們滿室墨水的工坊？她又帶了兩趟滿滿一麻袋的書冊過去，兩次卻又都只是發霉的存貨清單。但那幾個義大利人請她和希邁里奧斯繼續帶來他們找到的任何書冊，義大利人還說，或許再過不久，他們就會發現一些跟埃里亞努斯的作品一樣珍貴的手稿，如果運氣好，他們說不定甚至會找到一部失傳已久的雅典悲劇、一位希臘政治家的系列演說，或是一冊揭露天氣和風向之謎的地震專著。

她得知那幾位義大利人不是來自威尼斯，也不是來自羅馬——在他們的口中，威尼斯是商賈和貪婪之人的皮貨庫，羅馬則是寄生蟲和妓女的巢穴——他們來自一個叫做「烏爾比諾」的城市，那裡啊，他們說，糧倉永遠豐足，榨油機永遠溢流，街道永遠閃爍著美德的銀光。烏爾比諾的城牆內，他們說，連最貧窮的孩童也研讀數學和文學，男孩女孩都一樣。那裡可不像羅馬，沒有任何季節流行致命的瘧疾；那裡也不像這個都城，沒有任何季節漫起淒冷的濃霧。個子最小的那人為她展示一組八件鼻煙壺，壺蓋繪上細密畫：一座宏偉的拱頂教堂；一座坐落於市鎮廣場的噴泉；正義女神手執桿秤；勇氣女神手執大理石柱棍；寬容女神用清水稀釋醇酒。

「我們的領主——賢德的爵爺、烏爾比諾的領主——從不失利，」他說，「打仗所向皆捷，其他也是無往不利。」中等個子的繕寫師補了一句：「他在各個方面都寬宏大量，任何人在任何時刻想要跟他說話，他都願意聽，」高個子說：「領主殿下用餐時，即使是在戰場上，他也請人為他朗讀古老的典籍。」

「他夢想著興建一座圖書館，」頭先開口的義大利人說，「館中收藏創世以來人類寫下的每一本書冊，規模超過教宗的圖書館，而且任何人都可以免費借閱，」他們的眼睛好像煤炭般閃閃發光；他們的嘴唇沾了酒漬；他們為她展示旅途之中已為領主收購的寶藏——一座以撒時代製造的赤陶半人半馬像，一個據稱羅馬賢君馬可斯．奧理略用過的墨盒，一本來自中國的書冊，書冊據說不是由一位繕寫師用鵝毛筆和墨水抄寫，而是由一位木匠轉動一部機器所製，機器像個輪子，而且裝了可以移動的竹木模塊，他們說一位繕寫師抄寫出一份副本的時間，這部機器可以產製出十份。

這一切都讓安娜屏息。她這輩子不斷被灌輸自己是末日之子；帝國、紀元、人類統御的世界，到了她這個世代就會畫下句點。但在繕寫師們興奮萬分、炯炯有神的目光中，她感覺遙遠的那一方、在一個諸如烏爾比諾的城市裡，一切依然有前景，她不禁做起白日夢，夢中的她飛越愛琴海，船隻、島嶼、風浪在遠遠的下方飄過，大風呼呼流過她攤開的手指，直到她降落在一座清朗明亮的宮殿，宮殿四處洋溢正義與寬容，各個廂房成排書冊，每一個讀得懂的人都可以免費借閱。

宮殿金光閃閃，光華璀璨，豪氣萬千，有若夜晚的明燈，或是白晝的豔陽般光明。

方舟撞上了岩石，小傢伙。

妳滿腦子都是沒用的事情。

•••

一天晚上，繕寫師們漫不經心地翻閱另一袋膨脹、帶著霉味的手稿，搖了搖頭。「這些東西，」個子最小的那人用希臘語隨口說了一句，「全都不是我們想要的。」一盤盤吃了一半的比目魚和風乾的葡萄散置在他們的羊皮紙和小刀之間。「我們領主最想要的是記載神奇事物的文集。」

「我們認為古人前往遙遠的地方遊歷——」

「——他們去過世界的四個角落——」

「——他們已經知道那些地方，但我們還不曉得。」

安娜背向爐火站在原地，心裡想著李錫尼曾在泥地上寫出Ὠκεανός。這些是已知。這些是未知。透過眼角的餘光，她可以看到希邁里奧斯偷拿葡萄乾。「我們的領主認為，」高個子繕寫師說，「世間某處，說不定就在這個古老城市的廢墟之下，靜靜藏著一本書，書裡涵載整個世界。」

中等個子的那人點點頭，眼中閃閃發亮。「還有遠方種種奧祕。」

希邁里奧斯抬頭一看，嘴巴塞得滿滿。「如果我們找得到呢？」

「我們的領主會非常高興。」

安娜眨眨眼。一本涵載整個世界和遠方萬象的書？這樣的書肯定非常巨大。她絕對不可能扛得動。

07

磨坊主和懸崖

《雲端咕咕國》，安東尼．迪奧金尼斯著，第H頁

……土匪們把我推到懸崖邊，還說我是一隻無用至極的驢子。一個土匪說，他們應該把我從懸崖邊推下去，讓我摔得粉身碎骨，這樣一來，禿鷹才可以剝食我在岩石上的血肉，另一個土匪建議在我的側腹刺一刀，第三個土匪最狠，他說：「何不兩樣一起來？」先在我的側腹刺一刀，然後把我推下懸崖！我俯視可怕的高度，嚇得尿濕我的驢蹄。

我讓自己惹上什麼麻煩喔！我不該身處高聳的懸崖邊，立足於岩石與刺草間，這裡不是我的歸屬；我應該身處藍天之中，遨遊於雲朵之間，前往那個雲端之上的城市，那裡沒有酷熱的太陽，也沒有淒冷的寒風，微風滋養每一朵鮮花，山嶺永遠覆上一層青綠，人人不虞匱乏。我眞是個大笨蛋。我究竟有著什麼渴求，才會讓我罔顧我已擁有，驅使我尋求更多？

一個富泰的磨坊主和他富泰的兒子正好在朝北的途中繞過彎道。磨坊主說：「這隻驢子看來疲憊，你們對牠有何打算？」土匪們說：「牠又瘦弱，又沒膽，而且不停抱怨，所以我們打算把牠推下懸崖，但我們還在討論是不是先在牠的肋骨刺一刀。」磨坊主說：「我的雙腳刺痛，我兒子氣喘吁吁，我們給你們兩枚銅錢買下牠，看看牠還有多少能耐。」

土匪們樂意收下兩枚銅錢打發我，我不會被推下懸崖，更是喜不自勝。磨坊主爬到我的背上，他兒子也是，雖然脊骨酸痛，但我滿腦子只想著磨坊主漂亮的小木屋、嬌美的老婆、種滿玫瑰的花園……

| 韓國 |

1951年

澤諾

擦一擦這個，刷一刷那個，把這個扛起來，有人叫你「娘兒們」你就咧嘴笑笑，睡得像個死鬼。自有記憶以來，澤諾頭一次不是一夥人當中膚色最黑的一個。橫越南太平洋的半路上，有人幫他起了「澤仔」的綽號，他喜歡當「澤仔」，因為「澤仔」是個來自愛達荷州的瘦小子，悄悄行走於轟轟作響、陰暗無光的底層甲板之間，放眼望去都是男體，各個年輕力壯、理個小平頭、腰身瘦窄、軀幹修長、前臂青筋糾結，有些男人的軀體像是倒三角形，有些男人的下巴像是火車頭的排障器。他讓自己遠離萊克波特，離得愈遠，他就感覺愈有希望。

在平壤，寒冰有如玻璃般覆蓋河面。後勤官發給他一件鋪棉的野戰外套、一頂絨線帽和一雙彈性襪底、綿類混紡、不怎麼牢靠的襪子；澤諾以兩雙Utah Woolen Mills毛襪取代。一位運輸官指派他和一個一臉雀斑，來自紐澤西州，名叫布萊威特的二等兵開一部道奇M37型卡車，從市區的空軍基地運送補給到各個前哨站。道路多半是沒有鋪柏油的單線道，而且覆滿白雪，幾乎稱不上是路。一九五一年三月初，他抵達韓國十一天後，澤諾和布萊威特載著一車口糧和新鮮蔬果開過羊腸彎道，跟著一部吉普車駛上陡峻的斜坡，布萊威特開車，他們兩人一起唱歌：

我永遠吹著泡泡，
半空中漂亮的泡泡，
它們飛得好高，
幾乎飄上天空[20]

唱著唱著，他們前方的吉普車忽然斷成兩截。其中一塊碎片滾到他們的左側，槍筒在他們的右側閃了又閃，一個人影慢慢在他們的前方現形，手中似乎握著一個老式的木柄手榴彈。布萊威特緊急煞車。白光炫目，接著是奇怪的轟轟聲，好像有人在水底下打鼓。澤諾覺得內耳每個脆弱部位瞬間全被扯了出來。

道奇卡車翻滾了兩次，側翻在一個路面開闊、半埋在白雪下的斜坡上，他趴在擋風玻璃上，感覺前臂灼熱酥麻，陣陣尖銳的嘶鳴堵塞耳朵。

布萊威特已經不在駕駛座。透過四分五裂的側窗，澤諾看到身穿綠色中國軍裝的士兵鬧哄哄地沿著碎石子路朝他走來，一袋袋脫水雞蛋從卡車後頭彈了出來，袋子已被戳穿，蛋粉懸浮在半空中，士兵一個接著一個走過，身上和臉上都是黃色的斑紋。

他心想：我就知道。大老遠跑到地球的另一端，我卻依然無法逃脫。我所有的不足將會一一呈現，大搖大擺地從我面前晃過：雅典娜把我從結冰的湖面拉開，《亞特蘭提斯的人魚》萎縮成一團暗影。安斯雷商行的經理麥科馬克先生有次跟他說他的拉鍊沒拉，當他面紅耳赤地低頭拉上，麥科馬克先生說，別拉上，這樣

20 出自美國經典流行歌曲〈*I'm Forever Blowing Bubbles*〉。

我喜歡。

怪胎，一些年紀比較大的男人如此稱呼麥科馬克先生。娘娘腔，搞同性戀。

澤諾叫自己找到步槍、爬到車外、奮力一搏、做他爸爸應當會做的事，但他還沒辦法說服自己的雙腿動一動，一個約莫中年、牙齒細小乳白的中國兵就把他從乘客座拖到雪地上，不到一秒鐘，他的身邊已經圍了二十個男人，他們的嘴巴一張一合，但他什麼都聽不到。他們有些人扛著蘇聯衝鋒槍，有些人的步槍望似四十年的古董，有些人的腳上只套著米袋權充鞋子，大多都忙著撕開他們從卡車後頭拿下來的口糧。有人握著一個印了「鳳梨翻轉蛋糕」的罐頭，另一人試著用刺刀劈開罐頭；有人嘴裡塞滿餅乾；有人咬了一大口高麗菜，好像那是一顆超大的蘋果。

車隊其他人在哪裡？布萊威特在哪裡？他們的掩體呢？說來奇怪，當他被推著走上斜坡，他並不驚慌，只是漠然。一塊金屬片從他的前臂突出來，刺穿外套的袖子，看起來像是一片柳葉，但他不痛，最起碼現在還沒感覺，他大多只是注意自己的心跳和耳鳴，除了嗚嗚嗡嗡，他什麼都聽不到，好像有人拿著枕頭包住他的頭，他覺得好像回到了波伊茲頓太太家裡的黃銅小床上，周遭一切只是一個令人不悅的夢。

他聽命過馬路，穿越一片冰天雪地的梯田，被推進一個畜欄，布萊威特已經被關在欄裡，鼻子和耳朵滲出血絲，比手畫腳地說他得抽支菸。

他們在冷冰冰的地上緊靠彼此縮成一團，整夜等著被槍決。夜裡的某個時刻，澤諾把柳葉般的金屬片從前臂裡拔出來，在傷口上方繫上衣袖，披上他的野戰外套。

黎明時分，他們走過一片凹凸不平的田地，加入其他幾隊零零散散的戰俘，朝北前進。戰俘有法國人、土耳其人、兩個英國人。飛越上空的戰機逐日遞減。一個男人不停咳嗽，另一人斷了兩隻胳臂，另一人輕輕托著一顆依然垂掛在眼窩旁的眼球。澤諾左耳的聽力漸漸恢復。布萊威特深受菸草戒斷之苦，甚至不止一次一看到衛兵扔掉菸屁股就衝進雪地裡撿拾，即使他始終撿不到一支還能抽的菸。

他們領到的水帶著糞味。中國兵一天擱一鍋水煮玉米粒在雪地上，他們其中幾個人不吃鍋底燒焦的那一層，但澤諾想起爸爸以前在湖邊木屋柴爐上加熱的罐頭，勉強吞下燒焦的玉米粒。

每次一停下來，他就解開靴子的鞋帶，脫下其中一雙毛襪，把襪子塞進外套裡緊貼著腋下，換上比較乾暖的那一雙，而這正是救了他這條小命的主因。

四月，他們行抵河畔的常駐營區，營區在河的南岸，河水的顏色像是加了奶油的咖啡。戰俘們被分成兩個小隊，澤諾和布萊威特被送在狀況較佳的那一隊。走過一排木造農舍就是廚房和物料間，再過去則是溪谷、河流、滿州國。四處矗立著細長的針葉樹，樹木飽經大風吹襲，樹枝全都被風塑形，朝向同一個方向伸展。沒有守衛犬、沒有警鈴、沒有鐵絲網、沒有哨塔。「他媽的，這整個國家就是一座冷冰冰的監獄，」布萊威特輕聲說，「我們能逃到哪裡去？」

他們的營房是茅草搭蓋的小屋，二十個飽受被蝨蟲之苦的男人並排躺在地上的草蓆上，沒有軍官，全都只是應徵入伍的大頭兵，而且都跟澤諾差不多大。黑暗之中，他們輕聲聊著老婆、女友、洋基隊、紐奧良之旅、耶誕節晚餐；在這裡待了最久的幾個人跟大家說，冬天一到、他們每天都失去多位弟兄，他們還說中國人從北韓人手中接管營區之後，他們的環境已有改善。他漸漸習知，任何人若是緊抓著某些事物不放，不管念叨的是火腿三明治、一個女孩，或是攸關家鄉的往事，下一個翹辮子的通常就是他們。

因為他走起路來沒問題，所以澤諾被指派擔任火夫，每天大多時間花在撿拾柴火，燒熱那些懸掛在戰俘廚房火爐上的焦黑鍋具。頭先幾星期，他們吃煮得黏答答的黃豆或是飼料玉米，晚餐說不定吃魚或是馬鈴薯，魚和馬鈴薯都帶蟲，而且比橡實還小。澤諾的前臂受了傷，有些時日，他只有力氣撿拾一落柴火、捆紮起來、使勁拖到廚房、找個角落躺下。

恐慌症在深夜發作：壓迫感慢慢襲來，澤諾無法呼吸，而在那些駭人的時刻，他不但驚恐至極，更擔心自己永遠無法康復。晨間時分，情報官用破爛的英文訓誡，揭示種種為資本主義者而戰的下場。你們是帝國主義者的卒子，他們說，你們的體制不及格，你們不知道紐約一半市民都餓肚子嗎？

他們分發山姆大叔的畫像，畫像中山姆大叔有對吸血鬼般的獠牙，雙眼是兩個大大的＄。誰想要洗個熱水澡、吃塊丁骨牛排？你只要擺姿勢拍幾張照片、簽署一份或是兩份聲明、坐到麥克風前、念幾句譴責美國的話，你就可以如願。當他們訊問澤諾美國在琉球有多少架 B-29 戰機，他說：「九萬架」，其實就算把有史以來美軍在琉球的軍機全都加起來，說不定也沒有那麼多。當他跟審問官解釋他住在湖邊，審問官叫他畫出萊克波特的船塢，過兩天，他跟澤諾說他們找不到那張圖、叫他再畫一次，藉此試探他是否兩次都畫一樣。

有天一個衛兵把澤諾和布萊威特從他們的營房叫出來，帶著他們從營區總部走到一個戰俘們稱為「石溝」的溪谷，他用卡賓槍的槍托指了指四個木箱的其中之一，然後掉頭走開。木箱各自孤立，看起來像是泥巴、小圓石、玉蜀黍莖桿建造的大棺材，一塊木板門扣在箱頂，木箱長約二公尺，高約一公尺，足夠讓人躺平，或許甚至跪著，但沒辦法站起來。

可憎，令人作嘔；他們漸漸走近，所有的辭彙都不足以形容那股味道。澤諾憋氣拉開鎖扣，成群蒼蠅飛了出來。

「天啊。」布萊威特低聲說。

箱內最裡頭似乎躺著一具屍體：瘦小、蒼白、淡金。他的制服——或說他所剩無幾的制服——望似英國的軍裝，胸前有兩個大口袋。他眼鏡的一個鏡片龜裂，當他舉起一隻手、用大拇指把鼻梁上的眼鏡往上一推，澤諾和布萊威特都嚇得跳起來。

「慢慢來。」布萊威特說，那人往上一瞥，好像瞧見來自另一個銀河的生物。

他的指甲烏黑龜裂，蒼蠅在他的上方騰騰飛舞，臉頰和咽喉布滿一條條汙泥。澤諾翻轉箱蓋擱到地上，這才看見箱蓋底面可以書寫的每兩公分半都寫滿了字，一半是英文，一半是其他文字。

ἔνθα δὲ δένδρεα μακρὰ πεφύκασι τηλεθόωντα，其中一行寫道，字跡怪異，斜向一側。

樹木在那裡生長，高聳又茂盛。

ὄγχναι καὶ ῥοιαὶ καὶ μηλέαι ἀγλαόκαρποι。

梨樹、石榴樹、蘋果樹，果實晶瑩豔麗。

他的心在胸腔裡砰砰跳。他認得這些詩句。

ἐν δὲ δύω κρῆναι ἡ μέν τ᾽ ἀνὰ κῆπον ἅπαντα。

那裡還有兩條溪泉，其中一條將它的泉水送往花園各處[21]。

「喂，小夥子？你又聾了嗎？」布萊威特已經爬進箱內，兩手攙著那人的腋下，試圖把那人抬起來，那

---

21 這三句全都出自荷馬史詩《奧德賽》第七卷。

人好臭，布萊威特不得不把臉轉開，但那人只是戴著他那副破眼鏡眨眨眼。

「澤仔？你打算挖鼻孔挖一整天？」

他盡可能收集消息。那個人是一等兵，名叫雷克斯·布朗寧，他來自東倫敦，是文法學校的老師，他志願入伍，因為試圖逃跑被判「心態再教育」，已經在那個木箱裡關了兩星期，每天只被放出來二十分鐘。

「這傢伙想要轉運，」有人這麼形容他。「他希望可以分身。」另一個人這麼說，因為啊，大家都知道，成功逃出第五營區是個幻想。戰俘們沒刮鬍子，營養不良瘦巴巴，而且比韓國人個子高，換言之，他們一看就知道是個西方人。就算有辦法逃過衛兵們的監看，你還得走過一百六十公里的山路，躲過數十個哨站，越過峽谷，渡過河流，而且不能被任何人發現，任何一個可能對你心生憐憫的韓國人幾乎肯定會被舉發槍殺。

但澤諾得知，這位名叫雷克斯·布朗寧的文法老師依然決定放手一搏。他在營區南方幾公里處被逮到，當時他爬到一棵松樹上，距離地面四·五公尺，中國兵把樹砍了，把他綁在吉普車後頭，一路拖回營區。

幾星期之後，澤諾在山坡撿拾柴火，離他最近的衛兵約莫幾百公尺，這時，他看到雷克斯·布朗寧沿著山下的小徑小心翼翼地往前走。雖然消瘦，但他沒有一跛一跛。他的步伐相當敏捷，不時停下來摘取植物的葉子塞進襯衫口袋。

澤諾扛起一捆柴火，匆匆穿過小樹叢走下山坡。

「哈囉？」

九公尺、六公尺、三公尺。「哈囉？」

那人依然沒有停步。澤諾氣喘吁吁地踏上小徑，一邊祈求老天爺別讓衛兵聽到任何動靜，一邊大喊：

「這些正是眾神在菲西亞之王阿爾喀諾俄斯宮殿中的贈禮。」

雷克斯馬上轉身，幾乎跌了一跤，然後站在原地眨了眨他那對戴著破爛鏡片的大眼睛。

「或是差不多就是這樣。」澤諾不好意思地說。

那人笑了笑，笑聲溫煦，難以抗拒。他脖子上的汙泥已經刷洗乾淨，長褲也工整地補好；他看來大概三十歲。他一頭米綢色的頭髮、一對淡黃色的眉毛、雙手秀氣——若在不同的景況、不同的時空，澤諾心想，雷克斯·布朗寧稱得上英挺。

雷克斯說：「澤諾·多托斯。」

「你說什麼？」

「亞歷山大圖書館的首任館員。他叫做澤諾·多托斯，由托勒密王任命。」

那個口音！*library* 成了 *lie-brury*。樹木在風中搖動，細枝掐進澤諾的肩膀，他放下背負的柴火。

「那只是個名字。」

雷克斯望向天空，好像等候指示。他咽喉的皮膚被撐得好薄，澤諾幾乎看得見血液流過他的動脈。他似乎承受不了這麼一個地方，好像隨時可能隨風飄去。

他突然轉身，再度跨步沿著小徑往前走。課上完了。澤諾扛起柴火，跟了上去。「以前我家鄉的兩位圖書館員唸給我聽。我是說《奧德賽》。她們唸了兩次，一次是我剛搬到那裡，一次是我爸爸過世之後。天知道為什麼。」

他們一前一後走了幾步，雷克斯停下來摘取更多葉子，澤諾屈膝蹲下，等著周遭不再天旋地轉。

「這就像是大家說的，」雷克斯開口，大風吹散了高高飄浮在兩人上空的一大片卷雲。「古書是為了圖書館員和學校老師編寫，這樣一來，他們才有飯吃。」

他把目光投注在澤諾身上，微微一笑，所以澤諾也對他微笑，即使他聽不懂這個笑話。一個站在山脊上的衛兵用中文喊了兩、三句，話語聲穿過林木飄下，他們兩人繼續沿著小徑往前走。

「那是希臘文，對不對？你在木箱蓋上刮的那些字？」

「我跟你說啊，我以前在學校讀書的時候不在意希臘文。我覺得它非常古老，而且過時。古典文學老師叫我們選四頁荷馬的作品背誦翻譯，我選了第七卷。我傷透腦筋，最起碼當時覺得如此。我經常邊走邊背，一字一字記下來。出門：我可以跟你說一個更長的故事，故事之中，我承受眾神加諸於我的種種苦難。下樓梯：至於我嘛，儘管心情沉重，但現在讓我好好吃一頓。上洗手間：因爲啊，飢腸轆轆的腸胃最不知恥。但當你一個人在黑暗裡待了兩星期」——他輕敲他的太陽穴——「你會訝異這個古舊的腦袋牢記了什麼。」

他們一語不發地走了幾分鐘，雷克斯愈走愈慢，兩人不久就走到五號營區的邊緣。柴火煙霧，隆隆作響的發電機，中國人的旗子。茅坑的臭味。周遭盡是微微彎曲、輕聲低語的小樹。澤諾可以看見雷克斯的臉上蒙上陰鬱，而後緩緩釋然。

「我知道那兩個圖書館員為什麼為你朗讀古老的故事，」雷克斯說。「因為如果故事講得夠精采，只要故事一直持續下去，你就能逃出樊籠。」

| 愛達荷州萊克波特 |

2014 年

西蒙

伊甸之門的招牌出現在阿卡迪街的路邊之後，幾個月來毫無動靜。魚鷹離開樹冠上最高處的鳥巢，飛往墨西哥，初雪從山上飛落，郡縣的鏟雪車鏟出一道道雪堤，萊克街到處都是開車前往滑雪坡道的週末旅客，邦妮忙著在白楊葉汽車旅館打掃他們的房間。

每天放學之後，十一歲的西蒙走過那個招牌。

即將推出

客製化連棟住宅與別墅

優質建地待詢

到家之後，他把背包扔在客廳的雙人沙發上，踏過深深的白雪，走向半山腰上那棵枯死的北美黃松，每隔幾天，忠友就會在出現在樹上，聆聽田鼠的尖叫聲、老鼠的刮擦聲、西蒙的心跳聲。

但四月第一個溫暖的早晨，兩部卸貨卡車和一部載著壓路機的平臺卡車停在他們的拖車屋前，氣動煞車器嗚嗚作響，加上無線電話機的噪音，卡車喇叭聲，星期五放學之後，阿卡迪街已經鋪上柏油。

西蒙蹲在新鋪的柏油路上，綿綿春雨似乎快下完了，周遭一切帶著柏油味，他用兩隻指頭捏起一隻受困的蚯蚓，蚯蚓跟一條浸水的粉紅線繩差不多大，牠可沒料到雨水會把牠從地底沖到柏油路上，是嗎？牠怎能料想到自己居然會置身在這個前所未見、無法挖穿的地面上？

兩朵白雲悄然分離，陽光流瀉在街道上，西蒙望向他的左側，朦朧之中，一團黑影捕捉了日光，黑影緩緩蠕動，原來是約莫五萬隻蚯蚓，他這才察覺整條柏油路都是蚯蚓，數以千計，成千上萬。他把剛剛捏起的那隻蚯蚓安放在一叢蔓越莓裡，動手解救第二隻、第三隻。松樹滴滴答答；柏油熱氣騰騰；蚯蚓翻滾扭動。

他救了二十四隻、二十五隻、二十六隻。雲朵封堵日光。一部卡車轉彎駛近，會輾過多少隻蚯蚓？手腳快一點。加快速度。四十三隻、四十四隻、四十五隻。他以為卡車會停下來，一個大人會下車揮手叫他過去，跟他提出解釋，但卡車繼續往前行駛。

測量員把白色的皮卡車停在街道盡頭，穿越屋子後面的林木架起三腳架，在樹幹上繫綁絲帶。到了四月底，沉悶的鋸木聲傳遍林間。

西蒙從學校走路回家，驚懼在耳中嗡嗡作響。他想像從空中俯瞰樹林：他們家那棟拖車屋、幅員日減的樹林、林間的空地。還有他的忠友——忠友端坐，望似一個橢圓，橢圓中間兩隻眼睛，周遭環繞著兩萬七千零二十七個小圓點。

邦妮坐在廚房的桌邊，失神地望著眼前一疊帳單。「喔，西蒙，那不是我們的地。他們想要怎麼做都行。」

「為什麼？」

「因為那就是規則。」

他把額頭貼在滑門上，她撕下一張支票，舔了舔信封。「你知道嗎？鋸掉那些樹說不定對我們有利。你記得汽車旅館那個葛先生嗎？他說伊甸之門最上方那幾塊地說不定可以賣到兩萬美金。」

夜幕漸漸低垂。邦妮又說了一次那個數字。

卡車載著砍伐下來的圓木轟隆地駛過拖車屋；推土機壓過阿卡迪街，挖出一條直通山丘的Z形道路。每一天，最後一部卡車一開走，西蒙馬上戴上隔音耳罩，走上新挖出來的道路。

汙水管有如倒塌的圓柱般閒置在一堆堆砂礫之前；四處都是一捲捲龐大的管線。空中飄散著碎木、木屑、汽油的味道。

針葉人癱倒在泥巴裡。我們的腳斷了，它們好像敲打木琴似地喃喃說道。我們的城市毀了。半山腰上，忠友的空地布滿亂七八糟的樹根樹枝，那棵枯死的北美黃松目前依然挺立。西蒙看著枯樹，目光緩緩移過每一根樹枝、每一節枝幹，直到脖子因為仰頭觀望而酸痛。

空蕩，空蕩，空蕩，空蕩。

「哈囉？」

毫無動靜。

「你聽得到我說話嗎？」

他已經四星期沒看到忠友。五星期。五個半星期。陽光日日流瀉林中，覆蓋更多曾經蔥鬱的林地。

房地產公司的招牌沿著新鋪的柏油路冒出來，其中兩個已經掛上「售出」。西蒙拿了一張宣傳單。盡享萊克波特生活風，宣傳單上寫著，如同你的夢寐以求。宣傳單上有住屋建地的地圖，還有一張無人機拍攝的照片，照片中隱隱可見大湖。

圖書館員瑪麗安跟他說，伊甸之門克服都市計畫法規的重重關卡，舉辦公聽會，發送可口至極的杯子蛋糕，蛋糕的糖霜上印著公司商標。她說他們甚至買下圖書館旁邊那棟破破爛爛、快要倒塌的維多利亞式老屋，打算重新裝修為展示中心。

「萊克波特的歷史，」她說，「始終跟都市發展息息相關。」她從「地方史料」的檔案櫃拿出幾張一世紀之前的黑白紙本，六個伐木工人並肩站在一截香柏的殘樁上。漁夫們抓著魚鰓高舉長達一公尺的鮭魚。數百張水獺的毛皮從小木屋的牆上垂掛而下。

西蒙瞪視這些影像，怒吼聲從他的脊柱喃喃竄升。他想像數以萬計的針葉人從林木的殘骸中奮起，昂首闊步地行走於承包商的卡車之上，即使勝算微乎其微，這群浩浩蕩蕩、無畏無懼的大軍依然揮舞著小小的針葉戳刺卡車的輪胎和工人的靴鞋。水電工的貨車付之一炬。

「萊克波特的市民，」瑪麗安說，「很多人都很期待『伊甸之門』。」

「為什麼？」

她朝著他露出哀傷的神情。「嗯，你八成聽過大家怎麼說。」

他咬嚼襯衫的衣領。他不知道大家怎麼說。

「金錢不是一切，而是唯一。」

她看起來好像以為他會哈哈大笑，但他不明白這話哪裡好笑。一個戴著太陽眼鏡的女人朝著圖書館最後方猛然伸出大拇指，喃喃地說了一句：「我覺得抽水馬桶的水滿出了。」瑪麗安聽了匆匆跑開。

非小說類 598.9：

美國每一年光是因為撞上玻璃而喪命的鳥類，總數約在三億六千五百萬與十億之間。

《鳥生物學文摘》：

多位旁觀者指出，一隻烏鴉死去之後，為數眾多的烏鴉友伴從樹上飛下來（部分人士指出甚至遠遠超過一百隻），繞著死去的烏鴉走了十五分鐘。

非小說類 598.27：

研究人員們親眼見證，貓頭鷹的另一半撞上電線桿之後，貓頭鷹回到窩巢，把臉轉向樹幹，動也不動地站立數日，直到死去。

•
•
•

六月中旬的一天，西蒙從圖書館回家的路上抬頭一看，赫然望見忠友那棵巨大的枯樹已被砍倒。今早拖車屋後面的山坡上還看得到殘枝，如今卻空空如也。

一個男人從卡車上鬆開一條橘色的水管；一部挖土機挖出一道道溝渠；有人大喊「麥可！麥可！」你若站在蛋形的大圓石上遠眺，如今可以一路望向山頂，整座山丘的林木幾乎已被砍伐殆盡。

他丟下書，拔腿飛奔。他衝過阿卡迪街和春泉街，沿著五十五號公路的路肩往南奔跑，車輛轟轟隆隆地駛過，他並非出於憤怒而奔跑，而是恐慌地往前衝。這一切都必須回復原狀。

現在是晚餐時間，小豬鬆餅餐館高朋滿座，西蒙氣喘吁吁地站在帶位臺前，掃描一張張臉孔。經理盯著他；等候帶位的人們觀望。邦妮從廚房裡走出來，兩隻手臂疊滿餐盤。

「西蒙？你沒事吧？」

即使端著五盤起司漢堡三明治和沾上麵衣油炸的薄片牛排，她依然有辦法蹲下來，他移開隔音耳罩的一個罩杯。

種種氣味：碎牛肉，楓糖漿，炸薯條。種種聲響：磨輾石頭，操作大錘，卸貨卡車倒車時嗶嗶示警。他離伊甸之門兩公里半，但不知道怎麼地，他依然全都聽得見，好像一座監獄繞著他興建，好像他是一隻受到蛛絲纏繞，困在蛛網裡旋轉的蒼蠅。

用餐的人們觀望。經理觀望。

「西蒙？」

字句交疊，哽在舌根。一個收拾餐盤的小弟推著一張空兒童高腳椅匆匆走過，輪子嘎嘎滑滾過地磚。一個女人大笑。有人大喊：「上菜囉！」林木枯樹貓頭鷹——震動一波波傳過他的腳掌，他感覺得到鏈鋸削砍樹幹，忠友赫然驚醒。沒時間多想：你像個影子似地沒入白晝的天光，在此同時，人們強取豪奪，世間又少了一個安全的棲息之地。

「西蒙，你把手插到我的口袋裡。摸到鑰匙了嗎？車子就在外頭。出去坐進車裡，那裡比較安靜，做一做呼吸練習，我會儘快過去。」

他坐進龐帝克汽車裡，夜幕漸漸低垂，漫過松木。吸氣四秒鐘，憋氣四秒鐘，吐氣四秒鐘。邦妮圍裙都沒脫就走了出來，她坐進車裡，伸手揉了揉額頭，她帶了一個外賣餐盒上車，盒裡裝了三張鬆餅、草莓、鮮奶油。

「直接拿著吃，甜心，沒關係。」

漸漸消逝的日光耍花招：停車場延伸開展；林木宛若夢中之樹。群星露面，而後悄悄隱沒。摯友摯友，我們永遠不分開。

邦妮撕下一塊鬆餅遞給他。

「我可以拿下你的耳罩嗎？」

他點頭。

「摸摸你的頭髮？」

當她的手指卡在他的髮間，他試著不要閃避。一組家庭走出餐廳，坐進卡車，開車離去。

「改變不容易，小傢伙，我知道，人生很艱苦，但我們還有房子，我們還有我們的庭院，我們還有彼此，對吧？」他閉上眼睛，瞧見忠友緩緩飛過寂寥荒蕪、無止無盡的停車場，無處可以獵食，無處可以停駐，無處可以休眠。

「附近有鄰居也沒什麼不好。說不定會有跟你同年齡的孩子。」

一個穿著圍裙的少年從後門衝出來，把一個撐得鼓鼓的黑色塑膠袋扔進垃圾桶。西蒙說：「牠們需要一個廣大的獵食場。牠們特別喜歡高高的據點，這樣才可以捉田鼠。」

「什麼是田鼠？」

「某種老鼠。」

她翻弄手裡的隔音耳罩。「北邊最起碼有二十個像那樣的地方，你的貓頭鷹可以飛過去。那裡的森林更大、更密，牠有得挑。」

「是嗎？」

「當然是呀。」

「還有很多田鼠？」

「好多好多。比你頭上的頭髮還多。」

西蒙吃了幾口鬆餅，邦妮看看後視鏡裡的自己，嘆了一口氣。

「媽，妳保證？」

「我保證。」

| 阿爾戈斯號 |

任務年 61

康絲坦斯

她十歲生日的早晨，十七號艙中，夜光轉亮為晝光，她上了洗手間，梳了頭髮，刷了牙，當她拉開簾幕，媽媽和爸爸站在那裡。

「閉上妳的眼睛，把手伸出來。」媽媽說，康絲坦斯照辦。即使還沒睜開眼睛，她已經知道媽媽幫她套上一件新的工作服。工作服的布料是鵝黃色，袖口和下襬密密縫合，媽媽還在衣領上繡了一棵小小的波士尼亞松，搭配那棵樹齡兩年半，在四號農場裡生長的幼樹。

康絲坦斯把工作服貼上她的鼻子；工作服聞起來好新，這正是最稀罕的氣味。

「工作服會愈來愈合身。」媽媽說，然後幫她拉上拉鍊。他們走進福利站，潔西、拉蒙、陳太太、泰凡·李、九十九歲的數學老師波利博士全都在那裡，大家合唱〈圖書館日之歌〉，莎拉·珍妮把兩張鬆餅擱在她面前，鬆餅好大，上下交疊，而且是用真正的麵粉調製。糖漿有如一道道小瀑布沿著邊邊滴流。

人人觀望，尤其是那些十幾歲的男孩，因為他們十歲生日之後就再也沒吃過真正麵粉調製的鬆餅。康絲坦斯把第一張鬆餅捲起來，四口就吃下去；第二張才慢慢享用。鬆餅下肚之後，她舉起盤子舔一舔，周遭響起掌聲。

然後媽媽和爸爸帶著她走回十七號艙等候。不知怎麼地，她的袖子沾了一團糖漿，她擔心媽媽會生氣，但媽媽太興奮，根本沒有注意到，爸爸只是跟她眨眨眼，用口水沾溼手指，幫她抹去糖漿。

「剛開始很難理解，」媽媽說，「但妳終究會迷上它，到時候妳就知道。妳得長大，也得懂事，這或許能夠幫妳——」但她話還沒說完，芙蘿爾太太就到了。

芙蘿爾太太患了白內障，雙眼霧濛濛，鼻息帶著濃縮紅蘿蔔膏的氣味，不太好聞，而且似乎天天縮水，個子愈來愈小。爸爸幫她把她帶過來的輪程機擱在媽媽的縫紉機旁邊。

芙蘿爾太太從工作服的口袋裡掏出一副金光閃閃的目視器。「這當然是二手貨，以前是莉嘉娃太太的，願她安息。看起來或許不太完美，但它通過了每一項診斷測試。」

康絲坦斯踏上輪程機，機器在她腳下嗡嗡作響。爸爸捏一捏她的手，看起來既高興又感傷，芙蘿爾太太說：「待會兒在那裡見。」然後步履蹣跚地走回她的艙室。康絲坦斯感覺媽媽幫她調整目視器，目視器擠壓她的枕骨，延伸到她的耳後，罩住她的雙眼。她擔心目視器會弄痛她，但她只感覺好像有人從背後悄悄迫近，伸出冰冷的雙手蒙住她的臉。

「我們都會在那裡。」媽媽說，爸爸補了一句：「從頭到尾都會在妳身邊。」十七號艙的牆壁緩緩崩解。

她站在一個巨大的中庭裡。三個樓層的書架沿著左右兩側延伸，每層高達四公尺半，取書梯數以百計。筒形拱頂的天花板聳立於第三樓層的書架上方，天花板由雙子拱形石柱支撐，一個長方形的孔徑貫穿中央，朵朵蓬鬆的白雲飄過上方澄藍的天空。

她的前面人影重重，有些站在桌旁，有些坐在扶手椅上。她抬頭一看，瞧見更多人影，有些仔細研究上層的書架，有些靠在欄杆上，有些在取書梯上爬上爬下。放眼望去都是書，有些跟她的手一樣小，有些跟她艙室的床墊一樣大，本本飄浮在空中，或飄出書架，或飄回書架，有些宛如鳴鳥般輕快掠過，有些宛如笨拙的白鸛般緩慢移動。

一時之間，她只是站定觀看，不知如何言語。她從未身處一個如此遼闊的空間。數學老師波利博士輕快地溜下她右邊的取書梯，但此時此刻的他頭髮濃密黝黑，而非銀白，髮絲看起來既濕漉，又毛躁，他兩階做一階，像個身手矯健的年輕人般跳下梯子，俐落地雙腳落地。他朝著她眨眨眼，牙齒如牛奶般乳白。

康絲坦斯的鵝黃色工作服甚至比在十七號艙裡更耀目，那團糖漿也不見蹤影。

芙蘿爾太太從遠遠的那一頭朝著她昂首闊步地走過來，一隻白色的小狗在她腳邊小跑步，這位芙蘿爾太太比較整潔、比較年輕、比較容光煥發，淡褐色的雙眼澄淨清明，棕紅色的鮑伯短髮，看起來頗為專業，她的裙子和外套是鮮豔的深綠色，胸前的口袋用金色的絲線繡著「圖書館館長」。

康絲坦斯朝著小狗彎下腰；小狗的鬍鬚微微抽動，黑色的雙眼炯炯有神，她伸手摸摸小狗，感覺好像摸到貂皮。她好開心，幾乎放聲大笑。

「歡迎光臨，」芙蘿爾太太說，「歡迎來到圖書館。」

她帶著康絲坦斯參觀中庭。她們走過各個工作小組，人人從桌邊抬頭跟她們微笑，其中幾個人變魔術般掏出氣球，氣球上寫著今天是你的圖書館日，康絲坦斯看著一個個氣球穿過孔徑飄入空中。

離她們最近的那些書有著藍綠、赭紅、寶紫的書脊，有些看來纖雅細緻，有些看來像是堆疊在架上的大型桌機。「妳可以碰一碰，」芙蘿爾太太說，「妳不會把它們弄壞。」康絲坦斯伸手摸摸一本小書的書脊，小書躍然升起，在她面前攤開，三朵雛菊從半透明的書頁中冒了出來，每一朵的中央都閃爍著同樣三個字母：MCV[22]。

「有些可能相當令人困惑。」芙蘿爾太太說。她輕拍小書，小書闔上，輕快地飛回原位。康絲坦斯沿著書架望去，看著中庭沒入遙遠的一端。

「中庭是不是一直延伸到——？」

芙蘿爾太太微微一笑。「只有希柏才能確定。」

李家兄弟和拉蒙三個十幾歲的男孩飛奔跳上階梯，芙蘿爾太太高聲警告：「拜託動作慢一點。」康絲坦斯看著眼前那個比較清瘦、比較整潔的拉蒙，試圖提醒自己依然身處十七號艙，穿著她那套新的工作服，戴著一副二手目視器，步行於塞在她爸爸床鋪和她媽媽縫紉機之間的輪程機上，她也必須提醒自己，芙蘿爾太太、李家兄弟和拉蒙都在各自的艙室裡，步行於各自的輪程機上，戴著各自的目視器，他們全都置身一艘飛快行進於星際之間的圓碟太空船中，所謂的圖書館只是數量龐大，聚積於希柏之內的數據，而希柏閃閃爍爍，有如一盞枝狀的水晶吊燈。

「歷史區在我們的右邊，」芙蘿爾太太說，「左邊是現代藝術區，然後是語言區；那幾個男孩正走向電玩區，而那一區當然非常熱門。」她在一張沒有人使用的桌邊停下來，桌子兩側各有一把椅子，她指指其中一張，請康絲坦斯坐下。桌上擺了兩個小盒：一個裝了鉛筆，另一個裝了長方形的紙張。盒子之間有個黃銅小槽，槽口的邊緣刻著：問題在此得到解答。

---

22 在波赫士的短篇小說集《*The Library of Babel*》中，敘事者的爸爸找到一本書，整本書只有「MCV」三個字，杜爾說，他提及「MCV」，藉此「跟波赫士的讀者們眨眨眼」，同時向波赫士致敬。

「孩子的圖書館日，」芙蘿爾太太說，「通常有好多東西必須吸收，我試著不要說得太複雜。我會提出四個問題，有點像是玩個尋寶遊戲。第一個問題，我們的目的地距離地球多遠？」

康絲坦斯眨眨眼，不確定如何作答，芙蘿爾太太的神情一緩。「妳不需要背，親愛的，圖書館就有這個功用。」她指指盒子。

康絲坦斯拿起一支鉛筆；鉛筆看起來非常逼真，她甚至想要咬咬看。喔，還有那些紙張！紙張好乾淨、好清脆；除了圖書館，整艘阿爾戈斯號都找不到這麼乾淨的紙張。她寫下：地球距離 Beta Oph2 多遠？然後看看芙蘿爾太太，芙蘿爾太太點點頭，康絲坦斯隨之把紙張塞進小槽。

紙張消失無蹤。芙蘿爾太太清清嗓子，指了一指，一本褐色的書從康絲坦絲後方的書架上飄下來，書很厚，高高放置在第三樓層的書架上，它飄過中庭，躲閃其他幾本飄在空中的書本，翱翔盤旋，然後緩緩飄下，攤開書頁。

一張表格橫跨雙重摺疊的書頁，表格的標題為「適居帶行星一覽表 B—C」，第一欄中，各種顏色的小小世界轉來轉去，有些崎嶇多石，有些被氣體環繞，有些附帶星環，有些拖拉著寒冰。康絲坦斯的手指滑過一列又一列，直到她找到 Beta Oph2。

「4.2399 光年。」

「很好。第二個問題：我們行進的速度多快？」

康絲坦斯寫下問題，塞入小槽，第一本書飄浮遠去時，一捆捲起來的表格從天而降，緩緩開展，橫跨桌面。一個銀閃閃的藍色整數從中央升起，飄入空中。

「每小時 7,743,958 公里。」

「沒錯。」這時芙蘿爾太太舉起三隻指頭，比了比「三」。「出任務的時候，一位遺傳基因最優良的組員可以活到幾歲？」問題被塞入小槽；六份各式各樣的文件從架上飛下，撲撲飄來。

「一百一十四歲。」其中一份標示。

「一百一十六歲。」另外一份標示。

「一百一十九歲。」第三份標示。

芙蘿爾太太彎腰搔了搔腳邊小狗的耳朵，目光自始至終停駐在康絲坦斯身上。「妳現在知道阿爾戈斯號的速率，必須航行多少距離，一位組員在這些情況的平均壽命。最後一個問題：我們的航程得花多久？」

康絲坦斯盯著桌面。

「親愛的，利用圖書館。」芙蘿爾太太又輕輕敲打小槽。康絲坦斯把問題寫在紙上，擲入槽中，紙一消失，一張紙片馬上出現在高聳的筒形拱頂，而後緩緩飄下，有如羽毛般東搖西晃，悄悄飄落在她面前。

「216,078 地球天。」

芙蘿爾太太看著她，康絲坦斯俯瞰遼闊的中庭，看著書架和取書梯在遠處聚合，她靈光乍現，似乎有所領悟，但靈光瞬間即逝。

「康絲坦斯，那是多少年？」

她抬頭探看。一群虛擬鳥飛過筒形拱頂，拱頂之下，數以百計的書冊、卷軸、文件交叉飛舞，飄浮在各個高度的空中，她可以感覺圖書館裡的其他人都看著她。她寫下 216,078 地球天是多少年？投入槽中，另一張紙片撲撲飄下。

592。

桌面的木紋開始翻騰，看起來好像如此，大理石地磚開始旋轉，她的胃也在騷動。

人人必須一起努力，

一起努力……

五百九十二年。

「我們會不會永遠——？」

「沒錯，小傢伙。我們知道Beta Oph2有跟地球一樣的大氣層，也有跟地球一樣的液態水，說不定還有某種森林，但我們永遠無法親眼瞧見，每個人都看不到。我們是個橋梁，也就是所謂的中介世代，我們做我們該做的事，為我們的下一代做準備。」

康絲坦斯雙手貼在桌面；她覺得自己說不定會昏倒。

「實情總是很難承受，這點我很清楚，正因如此，所以我們等到你們夠大才把你們帶到圖書館。」

芙蘿爾太太從盒中拿起一張紙，在紙上寫了幾個字。「來，我還想讓妳看一樣東西。」她把紙塞進小槽，一本破爛陳舊，長寬等同十七號艙艙門的巨書從第二樓層的書架上斜斜落下，巨書笨拙地翻轉，攤開落在她們面前，書本的頁張極黑，彷彿是個入口，通往漆黑的無底深淵。

「這本《地圖圖鑑》，」芙蘿爾太太說，「恐怕有點過時。我在每一個小孩的圖書館日都推薦這本書，但圖書館日之後，他們通常比較喜歡能夠更身臨其境、更討巧的東西。別怕，摸摸看。」

康絲坦斯戳一戳書頁，馬上伸回手指。芙蘿爾太太牽起她的手，康絲坦斯閉上眼睛，硬著頭皮跟著芙蘿爾太太一起踏穿巨書。

她們沒有墜落，而是懸浮在黑暗之中。星點般的光從四面八方戳穿黑暗，《地圖圖鑑》飄浮在康絲坦斯後方，彷彿是個閃閃發光的長方體，透過它，康絲坦斯依然可以瞥見圖書館裡的層層書架。

「希柏，」芙蘿爾太太說，「帶我們去君士坦丁堡。」

遙遠的下方，一個斑點擴大為一個圓點，圓點持續擴大，化為一個藍綠的球體；球體的一半隨著霧氣翻轉，迴旋飄過灼灼的日光，另外一半飄過深青的漆黑，燈光為它畫上格狀的花紋。「那是——？」康絲坦斯問，但這時她們朝向球體移動，或說球體急急逼向她們：它迴旋轉動，急遽擴大，盈滿她的視線。一個半島在她們下方不停擴展，她幾乎不敢呼吸；玉石般的青綠夾雜著乳白與鮮紅的斑點，色彩之豐饒令她的雙眼難以承受；急急向她逼近的一切比她所能想像，或是以為自己所能想像的更豐美、更繁複、更細緻，好像十億座四號農場集結為一，這時她和芙蘿爾太太從空中下降，不知怎麼地，天空似乎既是透明，卻也發光，她們在錯綜繁複的街道和屋舍上方持續下降，最後終於踏上地球。

她們在一塊空地上。天空萬里無雲，有如珠寶般湛藍。白色的巨石倒臥在雜草之間，望似巨人脫落的臼齒。她們的左側有道巨大的城牆，城牆高高低低，年久失修，沿著擁擠的街道無限延展，她往左往右都看不到盡頭。城牆處處野草叢生，約莫每隔五十公尺就冒出一座飽經風霜的寬闊塔樓。

康絲坦斯感覺腦中的神經元全都著了火。他們說地球是個廢墟。

「妳知道，」芙蘿爾太太說，「我們行進的速度太快，收不到任何新的資訊，所以妳現在看到的這些影像，說不定是六、七十年前的伊斯坦堡，時間早在阿爾戈斯號脫離地球軌道之前。」

野草！有些野草的葉片像是媽媽縫紉剪刀的刀刃，有些葉片的形狀像是潔西的眼睛，有些野草莖桿細小，長出細小的紫色花朵——爸爸已經多少次回想野草之美？她腳邊的石頭上布滿黑點——那是地衣嗎？爸爸總是講到地衣！她伸手摸摸，但她的手直接穿過去。

「妳只能看，」芙蘿爾太太說。「《地圖圖鑑》裡唯一的固體是地面。我剛剛說過，一旦孩子們嘗試更新奇的事物，幾乎很少再回來。」

她帶著康絲坦斯走向牆基。周遭萬物皆呈靜止。「小傢伙，」芙蘿爾太太說，「所有生物遲早都會死。妳，我，妳媽媽，妳爸爸，所有人，所有事物。即使這些用來建造城牆的岩塊絕大多數是由蝸牛、珊瑚等動物的骸骨構成，這些生物卻也早已滅絕。來，跟我來。」

離她們最近的塔樓之下矗立著幾個人影：一人抬頭仰望，一人正要爬上石階。康絲坦斯可以看到一件鑲了鈕扣的襯衫、一件藍色的長褲、一雙男士涼鞋、一件女士外套，但軟體程式讓他們的臉孔變得模糊。「保護隱私，」芙蘿爾太太解釋。她指了指一道繞著塔樓蜿蜒而上的階梯。「我們上去。」

「我以為妳說這裡唯一的固體是地面。」

芙蘿爾太太微微一笑。「在這裡逗留得夠久，小傢伙，妳會就發現一、兩個祕密。」

每往上走一階，康絲坦斯就看到城牆兩側冒出更多現代都會之跡：天線、汽車、天篷、一棟一千扇窗戶的建築物，所有東西在時間之中凝滯；她試圖承納一切，幾乎喘不過氣。

「自從我們進化為一個物種，不管是借助醫藥和科技，或是憑藉集結武力和踏上旅途，或是靠著講述故事，我們人類始終試圖擊敗死亡。我們全都辦不到。」

她們走到塔頂，康絲坦斯遠眺四方，頓感暈眩：鐵銹紅的磚塊，動物殘骸生成的石灰岩塊，宛若波瀾、沿著城牆攀爬的青綠長春藤，在在令人無法承受。

「但有些我們建造的事物確實持久不衰，」芙蘿爾太太繼續說。「公元四百一十年左右，這座城市的君王狄奧多西二世著手興建這些城牆，起初只建了六公里，用來連結原本就已興建的十二公里海牆。狄奧多西二世的城牆有一道兩米厚，九米高的外牆和一道五米厚，十二米高的內牆，誰猜想得到多少人因為築牆而殘廢？」

一隻小小的昆蟲卡在康絲坦斯正前方的欄杆間。牠的甲殼藍黑閃亮，腳足的關節令人稱奇。啊，原來是一隻金龜子。

「一千多年來，這些城牆防堵每一次攻擊，」芙蘿爾太太說。「書本在港口被沒收，直到被抄寫之後才歸還，而且當然都是手抄，有些人堅信，在不同的時間點，這個城市擁有的書本比世上其他各個圖書館加起來的藏書還多。在此同時，地震、洪水、戰亂接踵而來，即使雜草爭相攀爬牆側，雨水滴流滲入牆縫，市民們始終協力強化城牆，直到他們甚至想不起城市什麼時候沒有這些城牆。」

康絲坦斯伸手摸摸金龜子，但欄杆分解為一個個像素方格，她的手指再度輕易穿過。

「妳我都不可能抵達 Beta Oph2，聽來傷心，卻是實話。妳慢慢就會相信，參與一個妳離世之後依然持續下去的計畫，意義相當崇高。」

城牆沒動；下方的人們沒在呼吸；樹木沒在搖擺；車輛靜止；金龜子停滯於時間之中。她的心中忽然興起一個念頭，或說一個重新思考過的記憶：她這個世代之前的十歲孩童，比方說她媽媽，他們在阿爾戈斯號上出生，十歲生日，圖書館日的那天，他們心懷夢想起床，想像著踏上 Beta Oph2，吸一口艙外空氣的那一刻，猜想著他們將會建造的居所、將會攀爬的山嶺、將會發現的生物——啊，另一個地球！——圖書館日隔天，他們走出他們的艙室，神態卻不太一樣，他們的額頭多了深紋，肩膀頹然下垂，眼中的光采暗了下來。

他們不再沿著廊道奔跑，夜光亮起就服用助眠劑；有些時候，她注意到年紀稍長的孩童們盯著自己的手或是牆壁，或是垂頭喪氣、一臉疲憊地走過福利站，好像背負著石製的隱形背包。

妳，我，妳媽媽，妳爸爸，所有人，所有事。

她說：「但我不想死。」

芙蘿爾太太微微一笑。「我知道，親愛的。妳在世界上還有好長一段時間。妳將協助完成一段非比尋常的旅程。來，我們該走了；這裡的時間過得有點奇怪，第三餐的時間快到了。」她牽起康絲坦斯的手，兩人一起從塔樓升起，城市緩緩消失，海峽漸漸現形，然後海洋、洲陸、地球愈來愈小，直到又是如同星點，她們踏穿《地圖圖鑑》，回到圖書館裡。

中庭之中，小狗在康絲坦斯的腳邊搖搖尾巴，芙蘿爾太太慈祥地看著牠，巨大破舊的《地圖圖鑑》闔起，上升，飄回它的書架上。這時拱頂上方的天空已是如同薰衣草般淡紫。少數書本在空中飛翔，組員們大多也已離開。

她的手掌濡濕，雙腳發痛。如今當她想到年紀較輕的孩童沿著廊道飛奔，爭先恐後地跑去吃第三餐，她不禁感到一股辛酸，好像刀刃緩緩插入心中。芙蘿爾太太指了指難以計數的書架。「小傢伙，每一本書都是一扇門，一條通往另一個時空的過道，妳還有一輩子要過，而在妳一生之中，這些都是妳的。這樣就夠了，妳說是不是？」

08

兜兜轉轉

《雲端咕咕國》，安東尼．迪奧金尼斯著，第Θ頁

……北方、北方，接連幾個星期，磨坊主和他兒子騎著我朝著北方前進。夾鉗嚙啃我的肌肉，裂縫切劃我的驢蹄，我好想休息一下吃些麵包，說不定再來一、兩片羊肉、新鮮可口的魚湯、一杯葡萄酒，但我們一抵達他們那個崎嶇不平、冷得半死的農場，他們就把我牽到磨坊，把我跟石輪套在一起。

我拖著沉重的步伐繞著石磨走了一圈又一圈，無止無盡地輾磨大麥小麥，好像這整個冷得半死的鬼地方的每一個農夫都靠我磨麥，就算我只放慢一步，磨坊主的兒子也從角落拿起棍子痛扁我的後腿。當他們終於把我牽到外面的草地上，空中下起冰雨，寒風怒氣騰騰地吹嚎，馬兒不太樂意跟我分享牠們那一丁點牧草。更糟的是，牠們懷疑我勾引牠們的老婆，即使我毫無興趣！這裡還得再過幾個月才看得到玫瑰。

我看著鳥兒輕快地飛過空中，朝向更青綠的地方飛去，心中不禁升起一股強烈的渴望。諸位天神為什麼如此殘酷？我因為好奇而承受的痛苦還不夠多嗎？我在那個粗鄙的山谷裡只是成天推磨，兜兜轉轉，兜兜轉轉，暈眩得幾乎嘔吐，直到我覺得自己漸漸落入陰間，挺著肚子站在冥界苦難之河的滾燙河水中，直視冥王黑帝斯的臉龐……

| 通往君士坦丁堡之路 |

1453 年 1 月至 4 月

歐米爾

埃迪爾內的測試場和「眾城之后」相距二百二十五公里，他們把火炮拖拉過去，速度慢到連一個人爬著走都趕得上。拖拉火炮的車隊多達三十對公牛，牛軛套在中央的橫桿上，車隊極長，可能出錯的環節極多，致使一天停頓幾十次。在他們的前方和後方，另有公牛拖拉蛇炮、弩炮、火繩鉤槍，總數說不定多達三十座，還有公牛拖拉運載彈藥或石球的貨車，有些貨車甚至大到歐米爾無法環抱。

道路兩側，隊伍周遭，人們和牲口有如繞著大圓石奔流的河水般匆匆而過：背負沙包的騾子，駝峰上垂掛著數十個陶罐的駱駝，滿載民生物資、木板、繩索、衣物的手推車，這個世界真是形形色色！歐米爾看到算命師、托缽僧、占星師、學者、麵包師傅、軍火販、鐵匠、披著破爛禮袍的祭司、藥師、扛著各色旗幟的執旗手，有些人穿戴真皮盔甲，有些人把羽毛繫綁在小帽上，有些人赤足，有些人足蹬閃閃發亮、飾以波紋的及膝皮靴。他看到一群奴隸，人人的額頭上都有三道橫橫的疤痕（馬哈跟他解釋，一道疤痕表示一任主人過世）；他還看到一個男人的額頭因為長年伏地跪拜長了老繭，致使望似額頭上留有一大片上蠟的指甲。

一天下午，一個趕騾人低頭走過車隊，他披著熊皮，上唇有道裂縫，看起來幾乎跟歐米爾的上唇一模一樣。他走過時，兩人的目光相遇，趕騾人移開視線，歐米爾從此再也沒看到他。

他忽而稱奇，忽而沮喪，心情在兩者之間搖擺。他在火光旁入睡，在餘燼旁醒來，晨霜在他的衣服上閃閃發光，火苗漸漸重燃時，他跟其他趕牲口的伕役坐在一起，大家吃著碾碎的大麥，共享一鍋燒煮的馬肉，他從未感覺自己受到這樣的接納，也從未體會這樣的參與感，他們投入一場龐大而正當的征戰，人人東進前往那個偉大的城市，彷彿受到爺爺故事裡那位魔法吹笛人的召喚，使命的意義如此重大，甚至連一個顏面像他這樣的男孩都可以參上一腳。天亮愈來愈早，白晝愈來愈長，一群群遷徙的鳥飛過上空，先是鶴鳥，然後是雁鴨，隨之是鳴禽，暗夜似乎失去勢力，光明已經在望。

但其他時刻，他的熱忱卻一瀉千里。爛泥大團大團地黏在小樹和月光的牛蹄上，鍊條嘰嘰嘎嘎，繩索咿咿呀呀，哨聲四起，傳遍車隊，牲口受苦受難，四處都是紛擾的嘶叫。許多公牛套著固定式牛軛，而不是那種爺爺手製的滑動式牛軛，只有少數幾頭習慣背負如此沉重的貨物在崎嶇不平的路面走動，每小時都有牛隻受傷。

歐米爾天天開了眼界，見證人們多麼馬虎。有些人懶得幫他們的公牛釘上蹄鐵；有些人沒有檢查牛軛的裂縫，致使裂縫擦傷他們的公牛；有些人沒有一下工就幫公牛解下牛軛，致使公牛沒有機會喘息；有些人沒有幫公牛的牛角加蓋，以防牛角彼此纏勾。始終瞧見鮮血，始終聽見呻吟，始終察覺不安。

一隊隊築路工率先架設道路，強化路口，在泥濘的地面鋪上木板，但從埃迪爾內啟程八天之後，車隊行進到一條沒有架橋的溪河，河水高漲混濁，深處的急流滾滾翻騰，前方趕牲口的伕役們發出警告，河床裡可能潛藏濕滑的鵝卵石，但領隊說他們必須奮力前進。

車隊過河過到一半，小樹正前方的公牛滑了一跤，套在同一條橫桿上的另一頭公牛撐住了牠，但牠的腿卻折斷，骨折聲大到歐米爾感覺自己的心也碎了。受了傷的公牛斜斜一傾，另一頭公牛跟著轟隆倒下，整個車隊被拉得往左傾斜，兩頭公牛在急流中掙扎，歐米爾可以預期小樹和月光準備承受更多重量。一個趕牛人拿著長矛往前衝，先刺向受了傷的公牛，然後刺戳另一頭，兩頭公牛猛烈抽搐，鮮血不斷流入河中，鐵匠們趁機劈開鍊條讓牠們脫隊，趕牲口的伕役們沿著車隊跑來跑去，急忙安撫他們的牲口。不一會兒，騎兵們把馬套在兩頭一命嗚呼的公牛上，使盡全力把公牛拖出水中，以便人們屠宰，鐵匠們在泥濘的岸邊架設鍛爐和風箱修理鍊條，歐米爾牽著小樹和月光走向草地，心想牠們不知道是否理解瞧見了什麼。

夜幕漸漸低垂，他趁著小樹和月光吃草時幫牠們梳毛、清理牛蹄，他跟自己說，基於尊重，他絕對不吃那兩頭遭到宰殺的公牛，但稍後太陽下山，當冷冽的空中充滿香味，一碗碗牛肉傳來傳去，他忍不住還是吃了。他嚼著，感覺天空重重地壓在身上，心中隨之陰沉困惑。

日子一天天過去，他的兩頭公牛逐漸失去神采。小樹不時朝著歐米爾眨眨濡濕的大眼睛，好像表達牠的寬恕，晨間時分，被套上牛軛之前，月光依然好奇，要嘛看著蝴蝶或是兔子，要嘛抽抽鼻子試圖辨識空中哪些氣味隨風飄來。但大多時候，當頸上的牛軛被卸除，牠們只是低頭吃草，好像累得做不動其他事情。

歐米爾站在牠們身邊，汙泥深及他的腳踝，他把臉藏在兜帽裡，看著月光的眼睫毛緩慢溫和地一眨一眨。年幼時，月光的皮毛看起來幾乎銀白，陽光一照，虹彩瑩瑩，彷彿身上布滿一道道小小的彩虹，如今看起來卻是鼠灰色。一群蒼蠅繞著他肩上化了膿的傷口飛舞——歐米爾察覺這是春天第一批蚊蟲。

| 君士坦丁堡 |

1453 年 1 月至 4 月

安娜

鉛杯從滴滴答答、漆黑幽暗的水中浮現，杯中的水混入水銀，瑪麗亞喝下。回家的路上，層層白雪橫掃城牆，掩沒了路面。瑪麗亞肩膀一挺。「我可以自己走，」她說，「我覺得好極了。」但她不知不覺地晃到一位車夫行進的路徑，差點被輾死。

入夜之後，她在她們的小房間打寒顫。「我聽到他們在街上鞭打自己。」

安娜聆聽。整個都城靜悄悄。唯一的聲響雪花飄落在屋頂。

「姐，妳在說誰？」

「他們的哭喊真好聽。」

然後她開始劇烈顫抖。安娜抓起她們每一件衣物緊緊裹住她：亞麻裡衣、羊毛套裙、斗篷披風、圍巾、毛毯，全都派上用場。她用懷爐裝了煤火過來，但瑪麗亞依然顫抖。她這一輩子，姐姐始終在她身邊，但姐姐還能陪她多久？

都城之上，天空時時變換面貌。紫色，銀白，金色，黑色；霰雪，雨雪，冰雹。寡婦席歐朵拉望向百葉窗外，喃喃唸誦《馬太福音》的禱詞：那時，人子的兆頭要顯在天上，地上的萬族都要哀哭[23]。炊具室裡，廚娘克莉絲說，若是末世果真即將來臨，他們倒不如把酒全都喝光。

街上有人提及怪異的天氣，有人提及各個數據，話題在兩者之間搖擺。有些人說，此時此刻，蘇丹王正派遣兩萬大軍從埃迪爾內而來。其他人說不止兩萬，而是將近十萬。這個日落西山的都城能夠集結多少人防衛？八千？其他人預料頂多四千，而四千人之中只有三百人懂得操作十字弓。

十二公里的海牆，六公里的陸牆，一百九十二座塔樓，他們只有四千人防衛這一切？

君王的禁衛軍徵收武器重新配置，但在聖席歐芬諾修院前方的庭院裡，安娜望見一個士兵看管一堆看來可悲、鐵鏽斑斑的刀刃。這一個鐘點，她聽說年輕的蘇丹王是個奇人，他精通七國語言、吟誦古典詩詞、勤讀天文學和地理學，他是個溫和善良的仁君，寬厚包容各個宗教。下一個鐘點，她卻聽說他是個嗜血的惡魔，不但下令淹死他稚齡的小弟，而且他派去行凶的那人也被他斬首示眾。

在工坊裡，寡婦席歐朵拉不准女刺繡工們談論迫在眉睫的禍事；大家只准談論針線活和天主的榮耀。選取染色的繡線纏繞鐵絲，三條三條地聚攏，一針一線地繡上，翻轉繡框，再來一次。一天早上，寡婦席歐朵拉大肆讚揚瑪麗亞辛勤工作的成果，瑪麗亞繡了十二隻鳥，每一隻鳥象徵一位聖徒，鳥兒繡在綠色的織錦兜帽上，兜帽將被縫接在一位主教的法衣上。瑪麗亞的手指微微顫抖，埋頭工作，一邊喃喃禱告，一邊捻線穿針，在兜帽繡上亮綠的絲線，安娜看著姐姐，心中暗想：如果世人的末日將至，主教們何時何日穿得上織錦法衣？

23《馬太福音》第二十四章三十節。

降雪，結了冰，冰雪融化，寒霧籠罩都城。安娜匆匆穿過中庭走到港口，瞧見希邁里奧斯在他的划艇旁發抖，船緣和船槳覆上薄冰，宛如打了光，他的衣袖和幾艘依然繫泊在港口的船艇也結了冰，袖子的皺褶和船艇的鏈條閃閃發光。他把一個火盆擱在船的底部，引燃一塊煤炭，放出釣線，安娜看著火花飄入霧中，緩緩在他們的身後融化，心中升起一股哀傷的喜悅。希邁里奧斯從口袋裡掏出一串無花果乾，火盆在他們的腳邊灼灼發光，好像一個令人溫暖開懷的祕密，宛若一盆為了特殊場合而收藏的蜂蜜。船槳滴滴答答，他們吃著無花果乾，希邁里奧斯哼唱漁夫的歌謠，歌中的美人魚有著一對跟乳羊一樣大的胸脯。海水撲打船身，他口氣一變，聽來嚴肅。他跟她說，他聽說只要付得起錢，熱那亞人的船長就願意在薩拉森人進襲之前載你飄洋過海前往熱那亞。

「你會逃走？」

「他們會叫我去划船。你得不分日夜在甲板下層划槳，被自己撒的尿浸濕了腰，同時還有二十艘薩拉森人的船想要追撞你，或是放火燒你。妳說我逃不逃？」

「但是我們有城牆，」她說。「城牆挺過了好多次圍攻。」

希邁里奧斯又開始划槳，槳架嘎吱作響，防波堤消失在他們身後。「我叔叔說，去年夏天，一個匈牙利鑄工拜訪我們的君王，這傢伙以建造軍械著稱，據說他的武器可以把石牆轟成塵土。但匈牙利人索取的銅錢，比整個都城的銅錢多十倍。我叔叔說，我們的君王雇不起一百個來自色雷斯的弓箭手。他幾乎沒錢幫自己遮風擋雨。」

海水拍打防坡堤，希邁里奧斯高舉船槳，鼻息化為縷縷白煙。

「那又怎樣？」

「我們的君王付不起錢，所以匈牙利人就去找其他付得起錢的人。」

安娜看著希邁里奧斯：他的眼珠圓鼓鼓、膝蓋疙疙瘩瘩、走路外八，看起來像是七種不同生物的合體。她聽到那位高個子繕寫師的聲音：蘇丹王建造新武器可以擊垮你們的城牆，好像城牆只是空氣。

「你的意思是，那個匈牙利人不管他建造的機械有何用途？」

「只要拿得到錢，」希邁里奧斯說，「這個世界上有很多人並不在乎他們建造的機械有何用途。」

他們抵達牆邊；她動身攀爬，有如舞者；周遭漸漸迷濛，她只感覺得到軀體的韻律，也只記得手腳的立足點。最後她終於鑽過獅嘴，穩穩踏上堅實的地面。

在破落的圖書館裡，她花了比平常更久的時間翻尋缺門的櫥櫃，櫃裡看來有點價值的物品大多已被她搜刮一空，她挑了幾卷蛀孔斑斑的文件——她猜大概是買賣的收據——心不在焉地在黑暗中摸索，不抱任何期望。翻著翻著，她在幾疊被水黏成一團的羊皮紙後頭找到一本小小的手抄書，書冊黃褐，汙漬點點，感覺好像是羊皮裝訂，她把它拿出來塞進麻袋裡。

霧愈來愈濃，月光漸漸昏暗。鴿子在坍塌的屋頂上咕咕叫，她輕聲向聖科拉里亞祈禱，綁好麻袋，拖著麻袋走下階梯，鑽過排水孔，爬下高牆，一語不發地跳到船上。希邁里奧斯看來疲憊，冷得發抖，他划回港口，火盆裡的煤炭已經燒盡，寒霧將他們團團包圍，好像是個陷阱。威尼斯人區的拱門下方看不到披甲戰士，當他們走到那幾個義大利人的屋宅，周遭一片漆黑。中庭之中，無花果樹覆上亮晶晶的薄冰，鵝群不見蹤影。他們靠著牆發抖，安娜但願自己可以憑著意志力讓太陽升起。

希邁里奧斯終於伸手推門，發現門沒鎖。工坊之中，每張桌子都空蕩佇立。壁爐冷冰冰。希邁里奧斯拉開百葉窗，室內頓時盈滿灰濛黯淡的天光。玻璃鏡不見了，赤陶半人半馬像、釘著蝴蝶標本的木板、一卷卷羊皮紙、刮刀、尖錐、小折刀也都不見蹤影。僕役們被遣散，鵝群要嘛飛走，要嘛被煮食，幾支被削尖的鵝毛筆散置在地磚上；潑灑出的墨水沾汙了地板；室內望似一個被搬空的艙室。

希邁里奧斯扔下麻袋，一時之間，在黎明的天光中，他看起來衰老陰沉，像是那個活不到上了年紀的自己。一個男人在某個角落大喊：「你知道我討厭什麼嗎？」一隻公雞嘶聲啼叫，一個女人哭哭啼啼。世界末日將至。安娜記得廚娘克莉絲曾說：有錢人的屋子跟其他任何人的屋子燒得一樣快。

他們口口聲聲挽救古老的文獻，運用前人的智慧滋養新世代的種子，但這幾位烏爾比諾的繕寫師跟盜墓者有何不同？他們來到這裡，等候都城僅存的一切崩坍瓦解，好讓他們像甲蟲似地鑽進去，掠奪最後一批他們前來掠奪的物品，然後一走了之，保命撤逃。

在一個空空如也的櫥櫃最底層，某樣東西吸引了她的目光：那是一個小小的琺瑯鼻煙壺，繕寫師收藏一組八件，那是其中一件。在龜裂的壺蓋上，粉紅色的天空映照著一座宮殿，宮殿兩側各有一對雙子塔樓，正面的露臺約莫三層。

希邁里奧斯凝視窗外，迷失在失望之中，安娜悄悄把鼻煙壺塞進洋裝裡，濃霧之上，蒼白的日光在遠方漸漸浮現。她把臉轉向日光，但感受不到一絲暖意。

她帶著一麻袋濕淋淋的書回到卡拉法提的家宅，把麻袋藏在她跟瑪麗亞的小房間裡。沒人問她去了哪裡，或是做了什麼。女刺繡工們整天都像冬風中的小草一樣彎著身子默默工作，不時朝著雙手吹口熱氣，或是戴上連指手套取暖，一個個高大、繡了一半的聖徒在她們面前的絲布上漸漸成形。

「信仰是個通道，」寡婦席歐朵拉行走於桌間說，「經由苦難過渡眾生。」瑪麗亞窩在織錦兜帽前，手中的繡針來回移動，她的舌尖頂著牙齒，藉由針線和耐性勾勒出一隻夜鶯。午後時分，大風自海面呼呼吹來，聖索菲亞大教堂面海的各側黏上雪花，女刺繡工們說這是個預兆，傍晚時分，林木再度凍結，樹枝又覆上寒冰，女刺繡工們說這也是個預兆。

晚間餐點是清湯和黑麵包，有些女人說，如果有心出手相助，西方的基督教國家可以解救我們，她們說威尼斯、比薩、熱那亞共和國都可以派遣武裝艦隊和騎兵團打垮蘇丹王，但其他人說，這些義大利共和國只在乎公定航道和貿易路線，他們已經跟蘇丹王簽訂合約，我們寧可死在薩拉森人的箭尖下，也不願讓教宗來到這裡搶功。

基督再臨，末日將至。在聖喬治修道院中，阿嘉塔說，耆老們保存一個十二等分乘以十二等分的磁磚網格，每次一位君王駕崩，他的名字就印刻在相稱的格位。「整個網格裡，只剩下一塊磁磚還空著，」她說，「我們君王的名字一被刻上，網格就滿了，歷史之環也將圓滿。」

在壁爐的火焰中，安娜看到士兵的身影匆匆而過。她摸摸藏在洋裝裡的鼻煙壺，幫瑪麗亞把湯匙擱到碗裡，但瑪麗亞還沒把湯匙送到嘴邊，清湯就已潑了一地。

隔天早上，二十位女繡工全都坐在各自的板凳上忙活，卡拉法提匆忙跑上樓，上氣不接下氣，急得滿臉通紅，他衝到繡線櫃，把金線、銀線、小珍珠、一軸軸絲線掃進皮革箱裡，急急衝下樓，半句話都沒說。

寡婦席歐朵拉跟著他下樓。女刺繡工們走到窗邊觀看：下方的中庭裡，腳伕們把一卷卷包好的絲綢搬到驢背上，卡拉法提的靴鞋在泥裡打滑，寡婦席歐朵拉忙著跟僕役們說話，但她們聽不到她說些什麼。最後卡拉法提終於匆匆離開，寡婦席歐朵拉回到樓上，臉上沾了雨水，衣服上也沾了泥巴，她叫大家繼續刺繡，差遣安娜撿拾僕役們灑了一地的扣針，但她們的雇主顯然已經棄她們於不顧。

正午時分，傳呼員騎馬穿過街道，宣告都城的各個閘門將在日落封閉。君王將以鏈條為欄障，鏈條跟男人的腰圍一樣粗，從港口的一端拉到另一端，固定在加拉達塔的石牆上，意欲防止船艦沿著金角灣上岸自北方來襲。安娜想像卡拉法提弓著身子站在一艘熱那亞船艇的甲板上，都城緩緩消失在他的身後，他發瘋似地查看各個行李箱。她想像希邁里奧斯赤腳站在一群漁夫之間，已被都城的將領們強納旗下。他的髮型，他那把繫在腰帶上、把手是皮製的小刀——他費盡心思想要讓人覺得他身經百戰、勇敢無懼，其實他只是一個瘦高大眼、在雨中穿著他那件補釘外套的男孩。

到了午後，那些已婚、家有稚兒的女刺繡工拋下了她們的工作。街上傳來馬蹄的踏踏聲、車輪的颼颼聲、馬車夫的呼喊聲，安娜看著姐姐朝著手中的織錦兜帽瞇起眼睛，耳中響起那位高個子繕寫師說的話：方舟撞上了岩石，小傢伙，而潮水正在湧入。

歐米爾

人人端詳滾滾翻騰的天空；人人愈來愈煩躁。趕牲口的伕役們信誓旦旦地說，蘇丹王堅韌不拔、慷慨大方，他認可他們為他做出的犧牲，因他的智慧，他知道炮火將在最迫切的時刻抵達戰場。但歷經百般辛勞，歐米爾感覺一股沒有說出口的氣惱流竄在眾人之間。暴雨接二連三，沒完沒了；鞭子龜裂；怨恨蓄勢待發。有些時候，他可以感覺人們盯視他的臉，而且毫不掩飾目光中的多疑，他也已經習慣從火邊起身，悄悄移到陰暗處。

一段上坡路可能花上一整天，但下坡路才最麻煩。剎車斷裂，車輪歪折，牛群驚恐哀戚地咆哮；橫桿不只一次劈啪斷裂，公牛隨即應聲倒地，每隔幾天就又有一頭遭到宰殺。歐米爾告訴自己，種種辛勞奮鬥、條條為了運送火炮而斷送的生命，他們所做的一切都有意義。這是一場必須的征戰，也是真主的旨意。但鄉愁始終突如其來地掩蓋他：或許是一股嗆鼻的煙燻味，或許是某人的馬在夜裡嘶叫，忽然之間，一切再度歷歷在目：林木滴滴答答，溪水潺潺汩汩，媽媽就著爐火提煉蜂蠟，妮妲在蕨類之間哼歌，患了風濕、八隻腳趾的爺爺足蹬木鞋一拐一拐走到牛欄。

「但他怎麼可能找到太太？」妮妲曾經問道。「你看看他那張臉！」

「人們害怕的不是他那張臉，」爺爺說，「是他的臭腳丫，」然後他抓住歐米爾的一隻腳，湊到鼻子前面用力聞一聞，大家哈哈大笑，爺爺把歐米爾拉到懷裡，給他一大大的擁抱。

他們上路十八天之後，幾條把巨炮固定在推車上的鐵箍帶再也無法支撐，隨之滑動滾落，人人唉聲嘆氣，重達二十一噸的巨炮在淤泥中閃閃發光，好像一把遭到眾神棄置的樂器。

恰好就在此時，天空開始飄雨。他們花了整個下午設法把巨炮推回車上再度上路，那天晚上，聖明的學者們遊走於炊火之間，試圖提振士氣。都城裡的人們，學者們說，甚至不知道怎樣好好養馬，結果不得不跟我們買馬。他們成天躺在舒適的沙發上；他們訓練他們的迷你犬跑來跑去舔舐彼此的生殖器。圍城行動隨時可能展開，學者們說，他們拖運的巨炮將確保我方凱旋得勝，將命運之輪順著我方的運勢轉動。因為他們的努力，攻下都城會比剝雞蛋更容易，也會比從牛奶裡撈起一根頭髮更順手。

煙霧升入空中。人們墜入夢鄉時，歐米爾感覺心中漸漸湧起一股焦慮。他瞧見月光站在火光旁，繩索垂掛在他的身後。

「怎麼了？」

月光帶著他走向小樹，小樹孤零零地站在一棵樹下，舔舐自己的一隻後腿。

儘管蘇丹王殷殷企盼，真主也已恩准賜福，但將如此龐然的重物搬遷如此遙遠的距離，終究是個難以達成的使命。最後幾公里，每前進一步，車隊的公牛們似乎又下陷了一步，好像車隊不是行進於通往「眾城之后」的路上，而是斜斜地陷入冥界。

雖然歐米爾細心照料，但快要抵達終程時，小樹再也不願把重量放在左後腿，月光也幾乎抬不起頭。這對雙胞胎公牛似乎只是為了取悅歐米爾而拖拉，好像牠們只在乎他的意願，其他都不重要，也都無需了解；牠們使勁拖拉，只因為歐米爾想要牠們這麼做。

他噙著淚水走在牠們身旁。

四月的第二個星期，他們抵達君士坦丁堡城牆外的田野，軍號嘟嘟作響，歡呼響徹雲霄，眾人急於一瞥這座龐大的火炮。在歐米爾的白日夢裡，都城之中，趾若獸爪的惡魔在塔樓的塔頂踱步，地獄惡犬拖著鏈條在下方漫步，種種影像交疊呈現，一再重覆。但當他們最後再繞個彎，他首度親眼瞧見都城，不禁倒抽一口氣。前方滿是帳篷、軍備、牲口、營火、士兵，沿著一條跟溪流一樣寬的護城河擠成一團，看來淒涼。護城河遙遠的一端，城牆順著地勢左右延展，好像一連串沉靜而不可踰越的山嶺。

煙霧濛濛，天光詭異；在低垂灰暗的天空下，城牆似乎無止無盡、蒼白朦朧，宛若守護著一個白骨之城。即使巨炮相助，他們怎麼可能攻破這麼一道屏障？他們會是一群在大象眼前蹦跳的跳蚤。一群山腳下的螞蟻。

安娜

她跟其他數百名孩童受到徵召，協助補強城牆。他們使勁拖拉石塊、石板、甚至墓石，交由磚匠以砂漿塗抹堆砌，好像整個都城已被分解，重新建造為一道無止無盡的城牆。

她整天搬運石頭，扛抬罐桶；泥瓦匠們在她的上方搭設鷹架，其中包括她認得的一位麵包師傅和兩位漁夫。沒有人大聲說出蘇丹王的名號，好像一說出口，他的大軍就會出現在都城。白晝漸漸流逝，冷風吹起，太陽沒入層層雲朵之中，春天的午後感覺竟如冬天的夜晚。赤足的修士們端著一個聖物匣跟隨一位背負十字架的男人沿著壁壘緩緩而行，低聲頌唱陰鬱的聖曲。她心想：沙漿磚石或是祈禱頌唱？何者比較能夠防禦敵人進犯？

四月二日的晚上，當孩童們慢慢走回家中，饑寒交迫的安娜蹣跚穿過第五閘門附近的果園，走向老舊的弓箭手尖塔。

邊門還在，滿地瓦礫。轉彎六次，來到塔頂。她用力拔掉幾簇攀爬的常春藤，濕壁畫裡那座銀白黃褐的城市依然飄浮在雲朵之間，但已逐漸剝落。安娜墊起腳尖，摸摸那隻不該在大海的這一邊，卻永遠無法脫身的驢子，爬上面西的箭眼。

她望向比外側城牆和溝渠更遙遠的一方，眼中所見令她膽寒。那些一個月前她和姐姐參訪源泉聖母途中所見的樹林和果園，如今全被砍光，原先林木所在之處變成綿延的荒地，荒地邊緣架起木柱，柱子的末端削尖，用力捅入地面，遠遠望去，有如一根根巨大的梳齒。尖柱圍牆和柵欄之外，另一座城市隱隱現形，城市朝向兩側延展，直至她的視線所及之處，如同暈輪般環繞都城。

數以千計的薩拉森人的帳篷在風中撲撲拍打。火光、駱駝、馬匹、手推車、迴旋飄盪的沙塵、朦朦朧朧的人影，一切全都數額龐大，讓她根本不知道如何計數。老李錫尼如何描述聚集在特洛伊城外的希臘軍隊？

> 但在此之前從未見過數目如此龐大的軍隊進襲田野；
> 有如秋天的落葉或是狂暴的沙塵般密集，
> 行進中的部隊讓整個河岸黑壓壓[24]。

風向一變，千百炊火的火光更熾，千百軍旗的千百旗幟撲撲拍打，安娜頓時口乾舌燥。就算她有辦法溜出閘門，試圖逃跑，她怎麼可能避過障礙，小心謹慎地越過這一切？

她封存的回憶中浮現寡婦席歐朵拉說過的某句話：我們激怒了天主，小傢伙，現在祂將開裂我們腳下的土地。她輕聲念誦禱詞，請求聖科拉里亞賜予聖蹟，讓她知道世間畢竟仍有希望，她靜靜等待，不住顫抖，大風勁揚，沒有星星露臉，沒有聖蹟顯現。

24 語出荷馬史詩《伊里亞德》第二卷。

主子逃了，守衛走了。寡婦席歐朵拉的房門上了閂。安娜從炊具室的櫥櫃拿了一支蠟燭——這些東西現在歸誰所有？——就著壁爐的火點燃，自個兒摸索走進她們的小房間，房間之中，瑪麗亞靠牆躺著，瘦得有如一根繡針。她這一輩子，人們始終試圖勸服她，吃苦吃得夠多，賣命賣得夠久，她終究會抵達一個比較美好的境地，就像尤利西斯被沖到英勇之王阿爾喀諾俄斯統轄的岸邊。人們跟她說，我們會因為吃苦而得到補償，我們會因為死去而再度復生。她試圖相信，她也想要相信，因為最終而言，若是相信，日子說不定會好過一點。但安娜已經厭煩吃苦。她也還不想死。

聖科拉里亞小小的木頭聖像從壁龕看著她，在一閃一閃的燭光中，安娜裹上頭巾，把手伸到床墊下，拉出她跟希邁里奧斯幾天前收放東西的麻袋，從麻袋裡拿出團團微濕的紙張。收成紀錄，稅收紀錄，最後是那本羊皮裝訂、污漬點點的手抄書。

水漬弄髒了皮面；紙張的邊緣布滿黑點。但當她看到紙張上的字時，心中不禁一震：文字筆畫工整、斜向左側，好像撲入風中，描述一個生了病的姪女和以野獸之姿行走於世間的人們。

下一頁寫道：

……彷彿瞧見一座飄浮在雲端的宮殿，宮殿的高塔層層交疊，金光閃閃，獵鷹、赤足鷸、鶺鴒、紅冠水雞、布穀鳥環繞著城市翱翔，城中的栓口湧出河流般的湯品……

她繼續翻閱：

……我腿裡長出來的毛——哎喲，這些不是羽毛！我的嘴巴——感覺不像是鳥嘴！這些不是翅膀——哎喲，這些是驢蹄！

再翻十二頁：

……我越過高山的山口，繞過藏有琥珀的森林，跌跌撞撞地行經覆著寒冰的山嶽，來到天寒地凍的世界盡頭，在這裡，冬至一到，人們失去四十天的陽光，人人低聲啜泣，直到山頂的報信者瞥見重返的日光……

瑪麗亞在睡夢中呻吟。安娜不住顫抖，讀懂字句的驚喜流竄全身。一座雲端之城。一隻在大海邊緣的驢子。一部涵括整個世界的紀事。遠方的種種奧祕。

09

天寒地凍的世界盡頭

《雲端咕咕國》，安東尼．迪奧金尼斯著，第I頁

由於多冊佚失，我們因而不太清楚埃同如何從磨坊裡逃跑。在某些版本中，驢子被賣給一個巡迴佈道的邪教。澤諾．尼尼斯譯。

……始終繼續往北，無賴們一直逼我，直到大地變成一片雪白。屋舍都是野生兀鷹的白骨所建，天氣極冷，當那些毛茸茸、未開化的當地人開口說話，字字句句甚至全都凍僵，友伴們得等到春天才聽得到他們說了什麼。

我的蹄子、我的頭蓋骨、我的骨髓全都凍得發痛，我經常想到家鄉，在我的記憶中，家鄉再也不是一個泥濘的窮鄉僻壤，而是一個天堂，在那裡，蜜蜂嗡嗡叫，牛群悠閒地漫步於田野，日落時分，我跟其他牧羊人在群星的注視下一起飲酒。

一天晚上——在那個地方啊，夜晚持續了四十個白晝——人們生了一把熊熊的火，手舞足蹈，拚命讓自己陷入恍神，我嚼斷我的繩索，獨自漫步在繁星點點的黑暗中，一走走了好幾個星期，直到抵達世界盡頭。

天空如同冥界地穴般漆黑，巨大蔚藍的寒冰之船來回航行於海面，我覺得我看到全身滑溜、雙眼巨大的生物來回穿梭於緩緩流動的海水之中，我請求天神們把我變成一隻鳥、一隻

凶猛的老鷹，或是一隻聰明強健的貓頭鷹，但天神們靜默不語。我邁開驢蹄，沿著天寒地凍的海岸踱步，淒冷的月光照在我的背上，但我依然希望……

| 韓國 |

1952 年——1953 年

澤諾

冬季時分，凍僵的尿液好像鐘乳石般從茅坑裡冒升。河裡結了冰，中國兵供不起每間小屋的熱氣，美國人和英國人因而被併在一起。布萊威特嘟囔說，他們前胸貼後背，幾乎比兩層油漆更密合，但澤諾看著英國戰俘們魚貫而入，卻相當興奮。他和雷克斯互看一眼，即刻把各自的草蓆貼著牆並排擱放，每天早上，他一醒來就確知自己會看見雷克斯在伸手可及之處，而且兩人都沒有別的地方可去。

每天當他們攀爬天寒地凍的山丘，合力砍伐、撿拾，或是扛負樹枝作為柴火的時候，雷克斯就像致贈禮物似地為他上課。

Γράφω（*gráphō*）：塗寫、繪畫、刮寫、或是書寫；書法、地理學、攝影的字根。

Φωνή（*phōnē*）：聲響、聲音、語言；交響樂、薩克斯風、麥克風、擴音器、電話的字根。

Θεός（*theós*）：天神。

「你把你已經認識的字煮到只剩骨架，」雷克斯說，「通常就會發現古人們坐在鍋底抬頭瞪著你。」

誰會說這種話？但澤諾依然不時偷偷瞧著雷克斯：他的嘴唇、他的頭髮、他的雙手；凝視這個男人，就像凝視火光一樣令人心曠神怡。

痢疾找上澤諾，就像它襲向其他人。一從茅坑回來，他馬上就得哀求讓他再回去上廁所。布萊威特說他願意背著澤諾去營區醫院，但營區醫院只是一個棚子，所謂的醫生幫戰俘們「開刀」，把雞肝放進他們的肋骨為他們「治病」，他倒不如在這裡翹辮子，好讓布萊威特接收他的襪子。

他很快就虛弱到連茅坑都走不到。狀況最糟時，他在草蓆上縮成一團，因為缺乏硫胺素而全身麻木，堅信自己又是個八歲的小男孩，回到了家鄉，穿著參加葬禮的皮鞋，一吋一吋地步入迴旋的雪白。他瞥見前方有個城市，城市到處都是高塔，閃閃地發出微光。只要往前跨步，他就可以抵達閘門，但每次想要試試，雅典娜就把他拉回來。

有時他的意識夠清楚，察覺得到布萊威特坐在他身旁，一邊強餵他吃粥，一邊說「不行、不行，小老弟，你可不能死，我都沒死，你怎能死？」其他時候，坐在他旁邊的是雷克斯。他拿著毛巾擦擦澤諾的額頭，眼鏡的鏡框用生鏽的鐵絲固定起來。他伸出手指，在牆上的冰霜刮寫出一行希臘文詩句，似乎想要畫些神祕的圖像字符嚇走竊取生命的盜賊。

一有辦法走動，澤諾馬上被迫出去撿拾木柴。有些時日，他虛弱到扛不動一小把木柴，走了幾步就得擱下。雷克斯蹲到他身邊，拿起一塊煤炭在樹幹上寫下Ἀλφάβητος。

A = ἄλφα = alpha：倒轉過來的公牛頭。B = βῆτα = beta：衍生自屋子的平面圖。Ω = ὦ μέγα = omega：超大的O，好像一隻巨鯨的嘴巴，吞噬排序在它之前的每個希臘字母。

澤諾說：「字母。」

「沒錯。這個呢？」

雷克斯寫下 ό νόστος。

澤諾搜索記憶的各個角落。

「*nostos*。」

「*nostos*，沒錯。歸返，平安抵達。以一個英文單字對應一個希臘單字當然幾乎不精準。*nostos* 也可以說是一首關於歸返的歌謠。」

澤諾站起來，有點暈眩，扛起木柴。

雷克斯把煤炭收進他的口袋。「曾有一個時代，」他說，「人們幾乎時時受到疾病、戰亂、飢荒的干擾，許多人命不該絕就撒手西歸，屍身被大海或是大地吞噬，或是僅僅消失在地平線的一端，自此再不回返，命運未卜……」他遙望天寒地凍的遠方，凝視田野另一頭低矮漆黑的營地屋舍。「想像一下，你若聽到稱頌英雄歸返的古老歌謠，相信確實其來有自，心裡會有什麼感覺。」

山下遙遠的那一方，鴨綠江結了冰，風一吹，雪花迴旋飛舞，緩緩飄過冰滑的江面。雷克斯縮進衣領裡。「歌謠的內容其實無所謂。重要的是依然有人傳唱。」

單數和複數，名詞字根和動詞語法：雷克斯對於古希臘文的熱忱幫他們熬過最悽慘的時日。一個二月的夜晚，他們窩在廚房的火邊取暖，雷克斯用他那塊煤炭在板子上草草寫下兩行荷馬的詩句，把板子遞給他。

τὸν δὲ θεοὶ μὲν τεῦξαν，ἐπεκλώσαντο δ᾽ ὄλεθρον
ἀνθρώποις，ἵνα ἦσι καὶ ἐσσομένοισιν ἀοιδή

從柵子木牆的縫隙裡望出去，群星高懸在山嶽之上。澤諾感覺冷風吹上他的脊背，雷克斯的身軀輕輕貼著他；他們兩人幾乎都瘦得皮包骨。

θεοὶ 的意思是諸神，主格複數。

ἐπεκλώσαντο 的意思是他們紡織，過去式直說。

ἀνθρώποις 的意思是為了人們，接受格複數。

澤諾吸氣吐氣，火苗劈啪飛濺，屋牆消失無蹤；詩句的意涵飄過世世代代，進駐他記憶深處的間隙，衛兵、飢餓、苦楚全都難以達及。

「諸神就是這麼做。祂們把縷縷遺事紡入我們生命的錦緞中，爲無數後代譜出一曲。」

雷克斯看看板子上的希臘文，看看澤諾，再看看希臘文，搖了搖頭。「嗯，真是高明，真是太高明了。」

| 愛達荷州萊克波特 |

2014 年

西蒙

八月最後一個星期一，十一歲的西蒙從圖書館走路回家，剛要轉彎走向阿卡迪街，他瞥見十字街的路肩有個褐色的東西。他之前已經在這裡看過兩次浣熊被車撞死。還有一次是一隻被撞得稀巴爛的郊狼。

那是一隻翅膀：烏林鴞的斷翼。覆羽毛茸茸，主翼羽褐白相間，一截鎖骨依然連在關節上，後面拖著幾條筋肉。

一部豐田汽車呼嘯而過。他檢視路面，沿著路肩在野草間搜尋烏林鴞其餘的屍身。他在水溝裡找到一個印著「超怪獸能量飲料」的空罐，除此之外一無所獲。

他繼續走路回家。到家後，他站在車道上，肩上揹著背包，懷裡緊緊摟著斷翼。伊甸之門的空地上，一棟樣品屋幾乎竣工，另外四棟正在大興土木。一根衍架高懸在起重機上，兩位木工在下方走來走去。雲朵突現，雷電閃爍，一時之間，他似乎從百萬公里之外看著地球，宛如一粒沙塵，而後沙塵颼颼飛過空蕩荒蕪的真空，忽然之間，他又回到了車道，空中沒有雲朵，沒有雷電，而是亮晃晃的澄藍，木工們忙著固定衍架，釘槍啪，啪，啪。

邦妮去上班，但她把電視開著，螢幕上一對老夫妻拉著隨身行李走向郵輪。他們碰杯啜飲香檳，玩吃角子老虎，哈哈哈，他們說，哈哈哈哈哈。他們微微一笑，牙齒白得不像話。

斷翼聞起來像是舊枕頭。主翼羽帶著褐色、茶色、乳白色的條紋，紋理繁複，令人震懾。每兩萬七千零二十七個美國人，一隻烏林鴞。每兩萬七千零二七個西蒙，一個忠友。

這隻烏林鴞肯定是從路肩花旗松的樹梢飛出來捕獵。某隻獵物——說不定是隻田鼠——慢慢爬到十字街的路邊，田鼠東聞西嗅，搖頭晃腦，心跳聲在聽力超凡的忠友耳中有如浮標燈般一閃一閃。

老鼠邁步跨越柏油路；烏林鴞展開雙翼，俯衝而下。在此同時，一部汽車沿著路面朝西飛馳，車前燈劃穿暗夜，速度快到讓自然界的任何生物無法想像。

忠友：他會傾聽。他的聲音純淨明亮。他始終會回來。

電視畫面上，郵輪忽然爆炸。

深夜時分，西蒙聽到龐帝克汽車的聲音，然後是邦妮的開門聲。她走進客廳，聞起來像是漂白水，也像是楓糖漿。他看著她拾起斷翼。「喔，西蒙，我真抱歉。」

他說：「某人得付出代價。」

她伸手想要摸摸他的額頭，但他靠著牆搖晃。

「某人必須被抓去關。」

她把一隻手擱在他的背上，他全身頓時僵硬。透過關著的窗戶，透過四面屋牆，他可以聽到車輛沿著十字街行駛、萬惡的商業機制無止無休地運轉。

「你想要我明天待在家裡嗎？我可以請病假。我們可以做格子鬆餅？」

他把臉埋在枕頭裡。五個月前，鐵絲那一邊的山丘是紅松鼠、黑雀鳥、小香鼠、束帶蛇、啄木鳥、鳳蝶、狼苔蘚、溝酸漿、一萬隻田鼠、五百隻螞蟻的家。現在呢？

「西蒙？」

她說北邊有二十個忠友可以飛過去的地方。那裡的森林更大、更密。很多田鼠，她說，比西蒙頭上的頭髮還多。但那只是她的說詞。他頭都沒抬，伸手拿起隔音耳罩，直接戴上。

邦妮早上去上班。西蒙把斷翼埋在後院那顆蛋形大圓石旁邊，用小石頭裝飾墳墓。

幾年前，西蒙在保爺爺工具棚的板凳下發現一個凹洞，凹洞用防水油布蓋著，上面擺著三箱機油和一塊三夾板，凹洞裡擱放三十張印著「愛達荷自由民兵團」的泛黃傳單、兩盒彈藥、一把黑色的貝瑞塔手槍、一個板條箱，箱子有個粗繩把手，箱蓋上印著「M67型爆破手榴彈」。

他兩腳踏在凹洞兩側，探身進去，抓住其中一個把手，用力把箱子拉出凹洞，他用螺絲起子撬開箱蓋，箱裡有個五乘五的格盤，格盤共有二十五個小方格，個別都擱放著一顆橄欖綠的手榴彈，每顆握把朝下，插鞘插牢。

在圖書館的電腦螢幕上，一位頭髮灰白、酒糟鼻紅得嚇人的老傢伙解釋M67型手榴彈的基本原理。六點五磅強力炸藥。引爆時間四至五秒。致命半徑五公尺。「手榴彈一引爆，」老傢伙說，「內部的彈簧就會推開安全握把，擊針一鬆，撞擊火帽，然後點火……」

瑪麗安走過他身旁，微微一笑；西蒙把瀏覽器的分頁藏起來，等她走遠再重新打開。

一個男人站在路障後面，他壓按安全握把，拔掉插鞘，用力一丟，遠遠的另一側，塵土轟然噴向空中。

西蒙按下重播鍵。再看一次。

• • •

每個星期三，邦妮在小豬鬆餅餐館值雙班，過了十一點才會回家。她留了一些義大利通心麵在冰箱裡，還在冰箱上貼著一張紙條：一切都會沒事的。整個下午，西蒙坐在廚房的桌邊，大腿上擱著一顆已有四十年歷史的爆破手榴彈。

最後一輛卡車七點左右駛離伊甸之門。西蒙戴上隔音耳罩穿過後院，鑽過新蓋的圍欄，走過空曠的建地，手榴彈自始至終擱在他的口袋裡。樣品屋的後院新鋪上草坪，漆黑之中，草坪散發出油綠的光澤，感覺有點不祥。樣品屋兩側也蓋起了房子，房子的大門已經安裝妥當，但門上只有幾個小洞，準備日後裝設門把和門鎖。

房地產公司的招牌和公司的透明小盒矗立在每棟房子前，盒裡放著一張張宣傳單。盡享萊克波特生活風，如同你的夢寐以求。西蒙挑了左邊的那一棟。

在日後將是廚房的建地上，廚櫃的殼架空空盪盪地豎立。從樓上一扇依然貼著標籤和塑膠護膜的窗戶往外看，他可以透過杉樹殘餘的枝幹望見那個空地，曾有一時，空地上矗立著忠友的枯樹。

四下看不到卡車。沒有人聲，也無樂聲。漸漸漆黑的夜空中，一架飛機劃穿弦月。

他走回樓下，用一根寬四寸、厚二尺的木板撐開大門。他跨出門外，站在新鋪了水泥的人行道上，穿著長袖運動衫和短褲，隔音耳罩掛在頸間，手裡拿著手榴彈。

那不是我們的地。他們想要怎麼做都行。

那裡的森林更大、更密，牠有得挑。

他按壓安全握把，屏住呼吸，食指穿進插鞘的拉環。他只需動手一拔。他看到自己把手榴彈扔進房子裡：房子正面應聲爆裂，大門轟然飛起，窗戶碎裂，餘震傳遍萊克波特，越過山嶺，直通忠友的耳中，而在忠友棲息的殘幹上，單翼烏林鴞的鬼魅停歇暫定，眨著眼睛望向永恆。

拔掉插鞘。

他的膝蓋發抖，心臟猛跳，但手指卻不聽使喚。他記得那段影片：撲撲一聲，塵土噴濺到空中。五、六、七、八。拔掉插鞘。

他辦不到。他幾乎連站都站不穩。他的食指滑出拉環。月亮依然高懸空中，但隨時可能墜落。

| 阿爾戈斯號 |

任務年 64

康絲坦斯

十二歲和十三歲的孩子們做口頭報告。拉蒙描述在Beta Oph2大氣層中鑑識出哪些生物標記氣體。潔西推測Beta Oph2溫帶草原區的微氣候型態，康絲坦斯最後登場，一本書從圖書館的第二樓層飛向她，平攤在地板上，書頁裡長出一株一·八公尺高，花蕾朝下的植物。

其他小孩愁眉苦臉地嘟噥。

「這是雪滴花，」她說。「雪滴花是生長在地球上的小花，天冷開花。我在《地圖圖鑑》裡找到兩個地方，你在那裡可以看到好多雪滴花，整片田野甚至都變成白色。」她揮舞手臂，好像想要從圖書館的角落召喚出一片片雪滴花田。

「在地球上，每一朵雪滴花都會結出幾百粒微小的種子，每一粒種子都有一個圓滾滾，名為脂質體的小球粘附在上面，螞蟻非常喜歡——」

「康絲坦斯，」陳太太說，「妳報告的題目應該是Beta Oph2的各項生物地理指標。」

「而不是幾千億公里之外那些死掉的花。」拉蒙補充說，大家哄堂大笑。

「螞蟻，」康絲坦斯繼續說，「會把種子帶到牠們的堆積場，舔除脂質體，把種子清理乾淨，換句話說，雪滴花在螞蟻很難找到食物時，讓螞蟻好好吃一頓，而螞蟻幫雪滴花散播種子，讓雪滴花長出更多花朵，這叫做互利共生，這樣的循環可以——」

陳太太往前踏步，拍了拍手，雪滴花隨之消失，書也撲撲飛走。

「夠了，康絲坦斯，謝謝。」

第二餐是3D列印的牛排佐二號農場的韭菜。媽媽皺著臉，神情憂慮。「妳先是一天到晚待在《地圖圖鑑》裡，現在又說起螞蟻？我覺得這樣不好，康絲坦斯，我們的原則是往前看，難道妳想要變得像是——」

康絲坦斯嘆了一口氣，等著再聽一次「瘋狂艾略特」的警世故事。那個名叫艾略特・費斯巴勒的男孩在他的圖書館日之後就不肯離開輪程機，他白天晚上都不肯下機，忽略課業，違反每一個規章，只為了獨自在《地圖圖鑑》裡漫遊，直到他的腳底板龜裂，媽媽還說，到後來連神經都分裂了。希柏限制他使用圖書館，大人們沒收他的目視器，但艾略特・費斯巴勒鬆開廚櫃的一個支架，接連幾個晚上都試圖切開外牆，鑿穿阿爾戈斯號的船殼，危害艦上的每一人和每一切。謝天謝地，媽媽始終說，艾略特・費斯巴勒還沒鑿到最外層就被制止，監禁在他們家的艙室裡，但監禁期間，他偷偷藏積助眠劑，直到分量多到可以仰藥自殺，當他的遺體從氣閘艙被拋入太空，眾人甚至沒有唱首歌送別。媽媽不止一次指著二號和三號盥洗室之間的鈦金補片說，艾略特・費斯巴勒就是試圖幫自己從這裡劈出一條路、害死艦上的每一人。

但康絲坦斯再也聽不進去。以西結・李坐在桌子另一頭，這個性情溫和、年紀跟她差不多大的少年唉聲嘆氣，用手背猛揉眼睛，碰都沒碰他的餐點，臉色蒼白得嚇人。

坐在以西結左側的數學老師波利博士碰了碰他的肩膀。「以西結，沒事吧？」

「他只是看書看累了。」以西結的媽媽說，但在康絲坦斯眼中，以西結可不只是累了。

爸爸走進福利站，丁點堆肥黏在他的眉毛上。「你錯過了跟陳太太的會談，」媽媽說。「而且你臉上沾了泥土。」

「抱歉，抱歉。」爸爸說。他從鬍子上扯下一片葉子扔進嘴裡，跟康絲坦斯眨了眨眼。

「爸，我們那棵小松樹還好嗎？」康絲坦斯問。

「鐵定在妳二十歲之前就可以衝穿天花板。」

他們咬嚼牛排，媽媽開始進行振奮人心的精神喊話，她說阿爾戈斯號的組員們代表人類的前途，人人都是希望與探索、勇氣與毅力的表徵，他們拓展機會的窗口，將人類的集體智慧提升到新境界，康絲坦斯身為其中一分子，應該感到驕傲，但在此同時，康絲坦斯何不跟媽媽在電玩區多待一會兒？試一試《雨林奔馳》好嗎？妳可以用一根閃閃的仙女棒輕點飄浮在空中的硬幣。或是《弔詭的烏鴉座》？這個遊戲最適合訓練反射動作。但這時以西結已經把額頭緊緊壓向桌面。

「希柏？」陳太太邊問，邊從她的座位上站起來。「以西結怎麼了？」以西結往後一仰，呻吟一聲，從凳子上跌下來。

驚呼聲四起。有人說：「怎麼回事？」媽媽再度呼叫希柏，李太太扶起以西結的頭靠在自己的膝上，爸爸高聲叫喚賈醫生，就在這時，以西結吐了，他媽媽沾了一身黑色的穢物。

媽媽尖叫。爸爸把康絲坦斯從桌邊拖開。穢物黏在李太太的咽喉和頭髮上，波利博士工作服的褲管也沾到一些，福利站的每個人都從餐點旁退開，神情震懾。爸爸拉著康絲坦斯衝向廊道，希柏做出宣告：啓動一級隔離，所有非必要人員立刻返回艙室。

十七號艙中，媽媽叫康絲坦斯把整隻手臂消毒，連腋下都不可放過。她請希柏檢測她們的生命徵象，而且已經測了四次。

脈搏和呼吸穩定，希柏說，血壓正常。

媽媽跳上她的輪程機，碰了碰目視器，不到幾秒鐘，她已經急急地、悄悄地跟圖書館裡的人們講話：「——我們怎麼知道這是不是感染——」、「——希望莎拉．珍妮幫所有東西消毒——」、「——說真的，除了接生，賈醫生看過什麼病？幾個燒傷的患者、一個手臂骨折的病人、幾個因為上年紀而病逝的老人家？」

爸爸捏捏康絲坦斯的肩膀。「一切都會沒事。去圖書館、上完今天的課。」他悄悄出門，康絲坦斯靠著牆坐下，媽媽不停踱步、揚起下巴、皺起額頭，康絲坦斯走到門邊，推了推門。

「希柏，門為什麼打不開？」

現在只有必要人員才可以四處走動，康絲坦斯。

她眼前浮現以西結在燈光下抽搐、跌下凳子的景象。爸爸外出安全嗎？待在這裡安全嗎？

她踏上自己的輪程機，碰了碰目視器。

在圖書館裡，大人們圍在桌邊比手畫腳，高聲交談，文件有如颶風般在他們上方飄旋。陳太太把青少年們集中帶到第二樓層的一張桌子旁，把一本橘色的書放在桌子中央。拉蒙、潔西、歐麥康．菲利浦、以西結的小弟泰凡看著一名女子從書中現身。女子高約三十公分高，身穿亮藍的工作服，工作服胸前的口袋上繡著「特洛伊科技」。在這趟漫長的旅程中，她說，如果在某個時間點，諸位必須被隔離在自己的艙室裡，請務必遵循慣常的生活作息。天天運動，在圖書館裡找其他組員聊一聊……

拉蒙說：「你們聽說有人吐了，但你們真的看到了嗎？」潔西說：「我聽說不管如何，一級隔離持續七天。」歐麥康說：「我聽說二級隔離持續兩個月，」康絲坦斯說：「泰凡，我希望你哥哥趕快好起來。」泰凡眉毛一皺，每次專心解數學，他就露出這種表情。

他們下方，陳太太穿過中庭，加入圍在桌邊的大人們，細胞、細菌、病毒的影像在他們之間旋轉。拉蒙說：「我們來玩《九重黑暗》。」隨即衝上階梯跑向電玩區，康絲坦斯繼續盯了一會兒飛來飛去的書本，然後從桌子中央拿起一張紙，提筆寫下地圖圖鑑，塞進小槽。

「塞薩利。」她說，隨即墜過地球的大氣層，飄浮在希臘中部的山嶽之上，山景帶著橄欖綠和鐵鏽色的顏彩，下方可見條條道路，圍籬把大地分割為一個個多邊形，樹籬、城牆、一個熟悉的村莊漸漸浮現，煤渣磚砌成的私用圍牆、岩壁下的石板屋頂盡入眼簾，不一會兒，她已漫步於品都斯山脈一條路面龜裂的鄉間小徑上。

條條小巷左右分叉，由此衍生出道道塵土飛揚的小徑，小巷小徑繁複交錯，直上山坡，宛如繪出一幅精巧的窗飾。她走過一排蓋在路邊的房屋，其中一棟的屋前停放著一部只剩車殼的汽車，另外一棟的屋前有個老人坐在塑膠椅上。一扇窗戶的旁邊擺著一盆枯萎的盆栽；一個漆著骷髏頭的牌示釘在屋前的桿子上。

她右轉，沿著一條她熟知的路徑往前走。芙蘿爾太太說得沒錯：其他孩童覺得《地圖圖鑑》過時可笑：這裡不像電玩區有些比較尖端的遊戲可以讓你跑跑跳跳，鑽來鑽去，你只能步行。你不能飛翔、造物、打鬥，或是聯手，你感覺不到泥巴攫住靴鞋，或是雨點刺痛臉龐，你聽不到爆炸的聲響，或是瀑布的水流，你幾乎離開不了路面。在《地圖圖鑑》裡，道路旁邊的一切都跟空氣一樣無形；城牆、樹木、人們，在在虛渺，唯有地面牢靠堅實。

但這讓康絲坦斯心馳；她怎麼看都看不夠。她雙腳緩緩著地，造訪臺北、古巴外海小島的沙石小徑、孟加拉的廢墟；她檢視人們的身影，各個臉孔模糊，凝滯於老派的衣著之中；她觀看人車熙攘的圓環車道和城區廣場。鴿子，雨滴，戴著頭盔、手勢比到一半的士兵，塗鴉壁畫，捕碳封存的綠色植物，鏽跡斑斑的軍用坦克，供水卡車——伺服器呈現了整個世界，這些全都在她眼前。花園是她的最愛：哥倫比亞的一個行車安全島，芒果樹繁茂生長，迎向陽光；塞爾維亞的一家咖啡館，紫藤花累累，蓋住了涼棚；雪城的一處果園，常春藤爭相攀爬，布滿牆面。

攝影機捕捉到正前方的一個老太太，老太太穿著黑絲襪和灰洋裝，費力走上陡峭的山坡，暑氣之中，她駝著背，戴著一副防護型口罩，推著一臺娃娃車，車裡似乎裝了玻璃瓶裝水。康絲坦斯閉上雙眼穿過她。

一道高聳的圍籬，一道低矮的石牆，路面漸漸變窄，變成一條Z形小徑，小徑持續攀升，兩旁盡是各式各樣的植物，天空一片銀白，林木後方的畫面經過處理，隱隱只見隆起的地面和陰濛的暗影，感覺怪異。小徑愈攀愈高，路面愈來愈窄，地景也愈來愈寂寥，最後她走到盡頭，《地圖圖鑑》的攝影機只能拍到這裡；小徑漸漸消失，眼前只見一棵龐大的波士尼亞松，樹高約莫二十五公尺，扭扭曲曲迎向天空，似乎是她那棵四號農場小松樹的曾曾祖父。

她停步，吸口氣；她已經造訪這棵樹十二次，探尋某些她不明白的事物。透過瘤節重重的古老枝幹，攝影機捕捉到滾滾翻騰的白雲和山間的樹木，樹木緊緊依附在山的一側，好像自盤古開天就在那裡扎根。

她氣喘吁吁，在十七號艙裡的輪程機上滴下汗水。她拚命地往前傾，試圖觸摸樹幹，但指尖一碰，介面就化為模糊的光點，隱隱只見一個女孩站在一棵樹齡百年的松樹下，隻身處於神奇之境塞薩利豔陽高照的山間。

夜光亮起之前，爸爸走進十七號艙，他戴著一個氧氣頭罩，頭罩有個清晰的護目鏡和獨眼前照燈。「只是防範措施。」他說，聲音聽來模糊。艙門關上，他把三個蓋起來的餐盤擱在媽媽的縫紉機上，消毒雙手，拿下頭罩。

「綠花椰菜燴雞。希柏說我們會把食品列印機移到每個艙室，疏散餐點的分發，所以我們可能好一陣子吃不到像這樣的新鮮餐點。」

媽媽緊咬下唇，臉色有如牆壁一樣蒼白。「以西結還好嗎？」

爸爸搖搖頭。

「會傳染嗎？」

「目前沒有人知道。賈醫生陪著他。」

「希柏為什麼還沒解決這事？」

我正在處理，希柏說。

「拜託盡快處理。」媽媽說。

康絲坦斯和爸爸進餐。媽媽坐在她的床鋪上，餐點碰都沒碰。她又請希柏檢測他們的生命徵象。

脈搏和呼吸正常。血壓穩定。

康絲坦斯爬上她的床鋪，爸爸把餐盤堆在門邊，然後下巴靠在她的床墊上，拂去垂落在她眼前的捲髮。

「在地球上，當我還是個小男孩時，大多人都會生病。起疹子，莫名其妙就發燒，人們三不五時就會生病，但人類就是這樣，我們以為細菌相當惡毒，但其實只有少數細菌有害。生命通常尋求合作，而不是爭鬥。」

天花板的環形燈管暗了下來，爸爸把手掌貼在她的額頭上，她忽然感覺天旋地轉，好像站在《地圖圖鑑》裡狄奧多西城牆頂端，潔白的石灰岩全都在豔陽下化為砂土。自從我們進化爲一個物種，芙蘿爾太太說。我們人類始終試圖擊敗死亡。我們全都辦不到。

隔天早晨，康絲坦斯跟潔西、歐麥康和拉蒙站在圖書館第二樓層的欄杆前等候波利博士，準備上今天早上的微積分。潔西說：「泰凡也遲到了。」歐麥康說：「我也沒看李媽媽，昨天她被以西結吐了一身。」四個孩子頓時默不作聲。

潔西終於先開口，她聽說如果你覺得自己生病了，就應該跟希柏說：「希柏，我不太舒服。」如果希柏察覺你不太對勁，她就會派賈醫生和工程師柏格去你的艙室，而且他們都會穿上生化防護衣，然後希柏會打開艙門，讓他們把你帶到醫護室隔離。拉蒙說：「聽起來真可怕。」歐麥康悄悄說：「你們看看那裡。」陳太太正帶著六個不到十歲的小孩走過下方的中庭。

在高聳的書架下，孩子們看起來好小。幾個大人草草地朝著筒形拱頂放了今天是你的圖書館日的氣球，拉蒙說：「他們甚至沒有得到鬆餅。」

潔西說：「你覺得生病是什麼感覺？」歐麥康說：「我討厭多項式，但我真的希望波利博士趕快出現。」在他們下方，虛擬的孩子們手牽手，嘹亮的聲音響徹中庭。

我們一起行動，
事事攜手同心。
人人必須一起努力，

一起努力，

前往——

希柏同時做出宣告：所有非醫療人員返回艙室，絕無例外，啓動二級隔離。

澤諾

隨著天氣漸漸變暖，雷克斯愈來愈喜歡盯著五號營區周圍的山丘，而且邊看邊咬著下唇，好像仔細打量遠方某個澤諾看不到的景象。一天下午，雷克斯招手叫他過來，儘管方圓十五公尺之內沒有半個人，雷克斯依然壓低聲音說：「你沒有注意到星期五那些汽油桶？」

「他們開車把空汽油桶送去平壤。」

「誰把桶子搬到車上？」

「布里斯托和弗堤耶。」

雷克斯又盯了他一秒鐘，好像等著看看他們兩人之間心有靈犀到什麼地步。

「你有沒有注意到廚房後面那兩個桶子？」

點名之後，澤諾趁著經過廚房時查看一下，恐懼與焦慮流竄心中。這兩個桶子曾經用來儲放食用油，看起來跟汽油桶一模一樣，唯一的不同是它們的蓋子可以打開。每個桶子看起來似乎大到可以讓一個男人爬進去。但即使他和雷克斯勉強把自己塞進桶子裡——雷克斯似乎這麼建議——即使他們說動布里斯托和弗堤耶把他們封藏在桶子裡、抬上燃料運輸車，把桶子塞在空汽油桶之間，天曉得他們得在桶子裡待多久，更何況，開往平壤的山路出了名的危險，車子不能開車前燈，以免驚動在上空巡邏的美軍轟炸機。然後，他們這兩個因為缺乏維他命而夜盲的傢伙還得神不知鬼不覺地爬出桶子，穿著骯髒的衣服和破爛的靴子，臉沒刮，也沒東西吃，越過綿延的山路和村落。

稍晚天黑之後，他的心中又浮現新的焦慮：如果奇蹟出現，他們真的成功脫逃呢？如果他們沒有被衛兵、村民或是友國的B-12轟炸機格殺呢？如果他們一路逃到美軍的陣營呢？然後雷克斯會返回倫敦，與他的學生和朋友重聚，說不定甚至回到一個男人的身邊，那人自始至終等著他，而雷克斯太厚道，致使從沒跟澤諾提起，那人肯定比澤諾世故千萬倍，遠比澤諾值得雷克斯的愛。Νόστος，nostos：歸返家園，平安抵達；享受滿席佳餚時，為了那位船難餘生、終於尋獲返鄉之路的舵手所唱誦的歌謠。

但澤諾會去哪裡？萊克波特。波伊茲頓太太的家。

脫逃是電影裡的情節，他試著告訴雷克斯，只會發生在年代比較久遠、各方比較客氣的戰場。更何況他們的苦日子快要結束了，不是嗎？但雷克斯似乎天天設想愈來愈多細節。他勤做伸展操，讓自己的關節更靈活；他研究衛兵們的交接模式；他把錫罐擦得亮晶晶，說要製作一個「打信號的鏡子」；他深思他們如何把一丁點食物縫藏在帽子的襯裡，晚上點名時可以藏身何處，躲在桶裡時怎樣小便才不會被尿液浸溼、他們是否應該現在就跟布里斯托和弗堤耶談一談，或是等到動身之前的幾小時再說。他們會從亞里斯多芬的名著《鳥》裡想出代號：雷克斯的代號是「皮耶賽特洛斯」，意思是**忠誠摯友**；澤諾的代號是「尤瑞匹底斯」，意思是美**好希望**；當危險的狀況都已解除，他們就大喊*Herakles*！好像脫逃將會非常有趣，簡直是部上乘的喜劇。

夜晚時分，他可以感覺身旁的雷克斯腦子轉個不停，好像聚光燈一樣炫目，讓他擔心整個營區都看得見。每次澤諾思忖自己被塞進油桶，扛上卡車，載往平壤，焦慮感就有如繩索繞著他的咽喉，愈拉愈緊。

三個星期五過去了，白鶴成群飛過營區上空朝北遷徙，然後是彩鵐，雷克斯只是悄悄地提起計畫，澤諾鬆了一口氣。只要這一切是排演，只要排演絕對不會演變為登臺，他就放心。

但五月的一個星期四，營區的廚房盈滿銀白的微光，雷克斯前去參加「再教育課」的途中晃過澤諾身邊，輕聲跟他說：「我們今晚動身。」

澤諾舀了幾勺黃豆到碗裡，坐了下來。一想到吃東西，他就反胃；他擔心其他戰俘會聽到他太陽穴的脈搏砰砰跳動；他覺得自己似乎不該移動，好像雷克斯──說出「我們今晚動身」，周遭一切全都變成易碎的玻璃。

戶外種子滿天飛。不到一小時，那部引擎蓋布滿彈孔的蘇聯大卡車轟隆開進營區，車斗載滿汽油桶。到了傍晚，天空已經飄雨。澤諾撿拾最後一捆柴火，勉強扛到廚房，天光漸漸黯淡，他一身濕衣服，蜷縮在自己的草蓆上。

戰俘們魚貫而入；雨滴拍打屋頂。雷克斯的草蓆空空蕩蕩。他果真已經躲在廚房後面？蒼白、決然、點點雀斑的雷克斯──他果真把他瘦弱的身軀塞進生鏽的油桶？

夜色漸漸盈滿營房，澤諾叫自己趕快起來。布里斯托和弗堤耶隨時會把桶子抬上卡車，卡車會慢慢開走，衛兵會過來點人頭，澤諾就此錯失良機。他的大腦傳訊給他的雙腳，但他的雙腳拒絕移動。說不是他的雙腳傳訊給他的大腦──*叫我動一動*──拒絕移動的是他的大腦。

最後幾個戰俘走了進來，各自在草蓆上躺下，有人吹口哨，有人唉聲嘆氣，有人咳嗽，澤諾看著自己起身、悄悄溜入門外的暗夜之中。時間到了；或是時間過了？皮耶賽特洛斯在他的油桶裡等待，但是尤瑞匹底斯呢？

那是不是卡車引擎發動的隆隆聲？

他跟自己說，雷克斯絕對不會真的這麼做，他應該明瞭這個計畫太瘋狂，甚至會害自己喪命，但後來布里斯托和弗堤耶回到營區，雷克斯卻不見人影。他仔細端詳他們兩人的側影，試圖看出蛛絲馬跡，但他什麼也看不出來。雨停了，屋簷滴滴答答，漆黑之中，澤諾聽到戰俘們用指甲捏掐蝨子，他看到波伊茲頓太太的陶瓷娃娃，各個臉頰紅潤，鈷藍的雙眼眨也不眨，紅潤的嘴唇似乎做出指控。**操綿羊的**。**南歐佬**。**水果甜心**。**零鴨蛋**。

約莫午夜，衛兵們叫醒大家，拿著電池發電的小燈猛照大家的眼睛。他們威脅說要拷問、刑求、甚至處死，但語氣不怎麼迫切。隔天早晨，雷克斯沒有露面，隔天下午、後天早上，雷克斯也不見蹤影。其後幾天，澤諾被訊問了五次。你們是心腹知己、你們總是在一起、我們聽說你們總是在沙地上寫密碼暗號。但衛兵們看起來幾乎無聊，好像為了一群尚未抵達的觀眾表演。澤諾等著獲知雷克斯在幾公里之外被捕，或是被重新安置到另一個營區，他等著瞧見雷克斯清瘦的身影出現在轉角、把眼鏡推上鼻梁、微微一笑。

其他戰俘保持靜默，最起碼在澤諾面前什麼都沒說；那就好像雷克斯從來不存在。或許他們知道雷克斯死了，不想讓他傷心，或許他們以為雷克斯跟宣傳官合作、打算牽連他們一起說謊，或許他們太餓太累、根本不在乎。

中國兵終究不再訊問，他不確定這是否意味著雷克斯成功逃脫、他們覺得顏面盡失，說不定雷克斯遭到槍殺、入土為安，再也沒有問題需要解答。

布萊威特跟他一起坐在院子裡。「振作一點，小夥子，我們多活一小時就是萬幸。」但大多時候，澤諾再也不覺得自己活著。雷克斯的胳臂清瘦白皙，布滿斑點，草草書寫時，手背上的筋脈微微顫動，優雅細緻。他想像雷克斯安全返抵倫敦，距此八千公里之遙；他洗澡，刮鬍子，穿著便服，書本夾在腋下，走向磚瓦砌建、滿牆常春藤的文法學校。

他的渴慕是如此強烈，致使雷克斯雖已離去，他卻依然感覺到他的存在，好像一把解剖刀被留置在肝膽之間。晨光在鴨綠江的水面閃閃爍爍，徐徐漫過山丘，荊棘的棘刺染上晨光，璀璨耀目。戰俘們小聲說：我方的軍隊離這裡十六公里，十公里，就在山丘的那一頭。明天一早，他們就到了。

如果雷克斯死了，他是否孤零零地離世？當卡車隆隆駛去，他是否以為澤諾在他旁邊的桶子裡，在漆黑之中跟澤諾喃喃而語？或者他自始至終認定澤諾會讓他失望？

六月間，雷克斯失蹤三星期之後，衛兵們把澤諾、布萊威特和其他十八個年紀較輕的戰俘押到院子裡，一位翻譯官說他們獲釋了。在檢查站，兩位臉色紅潤的美國憲兵拿著一份名單核對澤諾的姓名；其中一位遞給他一張牛皮紙卡片，上面印著「ＯＫ拜拜」。大家坐上救護車越過軍事分界線，然後他被帶到一個除蝨帳篷，一位士官在帳篷裡在他全身噴灑ＤＤＴ。

紅十字會給他一把刮鬍刀、一管刮鬍膏、一杯牛奶、一個漢堡。漢堡包白得不像話。漢堡肉油亮亮，幾乎不像是真的。它聞起來不假，但澤諾確定其中必定有詐。

他搭乘兩年半前把他載往韓國的同一艘船艦返回美國。他十九歲，五十公斤。在船上的十一天，他天天都被審問。

「請舉出六個例子，說明你如何試圖破壞中國兵的軍力。」「哪個人受到的待遇比其他任何人都好？」「你可曾受到共產黨意識形態的吸引？」「他們為什麼給某某人香菸？」他聽說黑人士兵受到的待遇更糟。

一位軍方的心理醫生遞給他一本《生活》雜誌，雜誌攤開，上面有張只穿內衣和內褲的女人照片。「這張照片讓你感覺如何？」

「還不賴。」他把雜誌遞回去，倦意席捲全身。

他跟每一位審問他的軍官探聽一位名叫雷克斯．布朗寧，五月間在五號營區露面之後就消失的英國一等兵，但他們說，我們不是英國皇家陸戰隊，我們是美國陸軍，我們必須追查的人員已經夠多了。在紐約的碼頭，四下不見軍樂團、鎂光燈、啜泣的家人。在水牛城市郊的巴士上，他哭了起來。各個鄉鎮一閃而過，隨之而來的是一片片綿長的漆黑。六個廣告看板，各個相隔六公尺，泛光燈一照，一閃一閃地被拋在身後：

野狼
刮了臉
整齊又清爽
小紅帽
追著他跑
柏馬刮鬍膏[25]

25 這裡指柏馬刮鬍膏（Burma Shave）的廣告看板，一次大戰之後，公路廣告看板曾經盛極一時。柏馬刮鬍膏沿著公路接連架設六個廣告看板，在看板上寫下謎語或是妙句，吸引人們的注意。原文為：「THE WOLF／IS SHAVED／SO NEAT AND TRIM／RED RIDING HOOD／IS CHASING HIM／BURMA-SHAVE」。

西蒙

六年級的老師貝特先生的鬍鬚染了色，個性鮮明，毫不在乎學生們在課堂上戴著隔音耳罩。他每天早晨頭一件事就是打開那部「這臺很貴你們這些小孩可別亂碰」的ViewSonic投影機，在白板上秀出一段段時事新聞影片。同學們邋邋遢遢，哈欠連連，教室最前頭的白板上土石崩流，摧毀一個個喀什米爾的村落。

派蒂．葛斯—辛普森每天在她的午餐盒裡裝四塊炸魚條帶到學校，每天十一點五十二分，因為學校餐廳正在整修，所以派蒂就把那些可怕的炸魚條放進貝特老師教室裡那個可怕的微波爐，按下那個嗶嗶響的可怕按鍵，氣味直衝西蒙，讓他覺得好像被人一頭按進沼澤裡。

他儘可能坐得離派蒂遠遠地，摀住鼻子耳朵，試著想像忠友的森林重現生機：苔蘚從樹梢垂懸而下，雪花飄揚於枝幹之間，針葉人熱鬧歡騰的村落。但九月底的一個早晨，派蒂．葛斯—辛普森跟貝特先生說，西蒙午餐時間對她的態度傷了她的心，所以貝特先生規定西蒙坐到教室中間、投影機支架旁邊的桌前，跟派蒂一起吃午餐。

十一點五十二分。炸魚條進了微波爐。嗶嗶嗶。

即使閉著眼睛，西蒙依然聽得到炸魚條在轉盤裡轉動、派蒂啪地打開微波爐的門、炸魚條在她的小盤裡滋滋響、她又坐下。貝特先生坐在他的桌旁格格咬嚼迷你胡蘿蔔，在他的手機上看綜合格鬥的精采片段。西蒙蜷縮在他的午餐盒前，試圖同時摀住鼻子和耳朵。今天沒必要花精神吃飯。

他眼睛閉著，默默數到一百，這時，派蒂．葛斯—辛普森湊了過來，拿著一塊炸魚條碰了碰他的左耳。他猛然後退；派蒂咧嘴一笑；貝特先生從頭到尾都沒看見。派蒂眨了眨左眼，把炸魚條像是手槍般指著他。

「砰，」她說。「砰，砰。」

西蒙心中的最後防線頓時崩解。自從發現忠友的斷翼之後，怒吼聲就分分秒秒囓咬著他，試圖掙脫他的控制，這時怒吼聲如雷電般襲捲全校，橫掃過足球場，轟然衝向山脊，摧毀所經之處的一切。

貝特先生拿起一根迷你胡蘿蔔沾些鷹嘴豆泥。大衛．貝斯特打嗝；衛斯里．歐曼大笑；怒吼聲轟然穿越停車場。知了黃蜂鏈鋸手榴彈轟炸機盛怒尖叫。派蒂一口一口地咀嚼她的炸魚條手槍，學校的牆壁天旋地轉，貝特先生教室的門不翼而飛。西蒙雙手按住投影機支架，用力一推。

候診室的收音機說：愛達荷州現摘的蘋果最美味。檢查臺的襯紙皺巴巴，幾乎令人難以忍受。

醫生敲打鍵盤。邦妮穿著她那件胸前有兩個口袋的汽車旅館工作服。她朝著手機悄悄說：「我星期六會值雙班，蘇西，我跟妳保證。」

醫生拿著筆燈照了照西蒙的兩隻眼睛。她說：「你媽媽說你在樹林裡跟一隻貓頭鷹講話？」

牆上的一本雜誌寫道：「一天十五分鐘，當個更好的自己。」

「西蒙，你會跟貓頭鷹講些什麼？」

別回答。這是陷阱。

醫生說：「西蒙，你為什麼砸爛教室的投影機？」

一個字都別說。

結帳的時候，邦妮伸手探進皮包裡摸索。「可不可以先開帳單給我？」她說。「我稍後再結？」

醫院門口旁有個籃子，籃裡擺著帆船著色本。西蒙拿了六本。回家之後，他在房間裡著色，在每艘帆船周圍畫上漩渦。角形螺線，等角螺線，費氏螺線；六十個不同的超級漩渦吞噬了六十艘不同的帆船。

入夜。他凝視滑門門外，望過後院，看著月光漫過伊甸之門的建地。一盞小燈孤零零地懸掛在一棟半完工的房屋裡，點亮了樓上的窗。忠友的幻影緩緩飄過。

邦妮在桌上擺一包一．六十九盎司裝的原味M&M巧克力，旁邊還有一瓶瓶蓋是白色的橘色藥瓶。「醫生說這些藥不會讓你變笨，只會讓事情變得容易一點。平靜一點。」

西蒙用手掌猛揉眼睛。忠友的鬼魂一跛一跛地跳向滑門。牠的尾巴光禿禿；翅膀缺了一隻；左眼受傷。牠的臉是個大大的圓碟，在煙褐色的羽毛中，鳥嘴宛若一道黃色的閃電。西蒙似乎聽到說：我以為我們一起努力。我以為我們是一個團隊。

「早上吃一顆，」邦妮說。「晚上吃一顆。有些時候，小傢伙，我們只是需要一點幫助來應付這些他媽的鳥事。」

康絲坦斯

她走在奈及利亞拉哥斯的街道上，穿過一個灣畔的廣場，一棟棟白的發光的旅館出現在眼前，廣場上的噴泉正噴著水花，還有四十棵栽種在黑白方格盆器裡的可可椰子，她停下來仰望天空，感覺頸背微微刺痛；有些事情不太對勁。

爸爸有一顆椰子存放在四號農場的冷藏櫃裡。爸爸說，所有的種子都是探險家，但沒有一個比椰子更強悍。椰子落在海灘上，可以隨著漲潮，漂流入海，爸爸說，椰子經常飄洋過海，幼樹的胚胎安全地潛藏於纖維狀的外殼裡，殼內養分足以餵養胚胎十二個月。他把椰子遞給她，殼上冒出白花花的霧氣；他讓她看看殼底的三個芽孔——兩隻眼睛和一張嘴巴，爸爸說，望似小水手的臉蛋，吹著口哨環遊世界。

她左側的招牌上寫道：歡迎來到新國際。她站到椰子樹的樹蔭下，繼續仰望天空，但椰子樹緩緩消失，目視器收起，爸爸出現在她的眼前。

她走下她的輪程機，跟往常一樣忽然覺得有點暈。夜光時間已至。媽媽坐在她床鋪的床緣，在手掌上灑上消毒藥粉。

「抱歉，」康絲坦斯說，「我在那裡待得太久。」

爸爸牽起她的手。他白色的眉毛皺成一團。「不，不，沒這回事。」艙室裡唯一的燈光來自盥洗室。在他身後的暗影中，她可以看到媽媽通常折疊整齊的工作服和碎布東倒西歪，鈕扣袋也翻倒在地，床鋪下、縫紉椅下、馬桶那張生質塑膠簾布的簾軌裡，到處都是鈕釦。

康絲坦斯再看看爸爸，他還沒開口，她多少知道他會說什麼，她強烈感覺他們離開了他們的星球，拋下了他們的星系，以不可能的速度穿越寒冷寂靜的虛無，如今想要回頭也已太遲。

「以西結，」爸爸說，「過世了。」

以西結過世一天之後，波利博士也走了，以西結的媽媽據說失去意識。其他二十一人——亦即阿爾戈斯號四分之一的人員——出現症狀。賈醫生時時刻刻照料組員們；工程師柏格整晚待在生化實驗室，試圖解決這個問題。

一個密封的碟形太空船，過去六十五年跟其他生物完全沒有接觸——這樣的空間裡怎麼可能爆發瘟疫？病菌是經由觸摸、唾沫，或是食物散播？或是空氣？飲水？太空深處的輻射線是否貫穿船殼，對他們的細胞核造成傷害？或是病菌潛藏在某人的基因中，多年之後忽然甦醒？為什麼無事不知的希柏解決不了？

在康絲坦斯的記憶中，爸爸很少使用他的輪程機，現在他卻幾乎無時無刻踩踏輪程機，目視器扣住他的雙眼，研讀圖書館桌上的文件，媽媽回想隔離之前的時時刻刻。她有沒有在廊道上跟李太太擦身而過、以西結嘔吐的穢物有沒有濺到她的工作服上、穢物可不可能飛濺到他們口中？

一星期之前，一切似乎非常安全，非常可靠。人人穿著縫縫補補的工作服和襪子沿著廊道閒晃。你可以是一個人，你也可以是一百零二……星期二享用新鮮的生菜，星期三享用三號農場的青豆，星期五理髮，牙醫在六號艙，女裁縫師在十七號艙，一星期三個上午跟波利博士學習基礎微積分，希柏溫煦的目光關照大家。但即使在那些時刻，難道她潛意識的最深處不曾察覺一切可能說變就變？難道她感覺不到嚴寒無垠的太空一再拖拉、一再撞擊船艙的外殼？

她碰一碰目視器，從梯子爬上圖書館的第二樓層。潔西暫且擱下書本，抬頭看著她，書上一千隻鹿倒斃在雪地上，隻隻蒼白，鼻孔過大。

「我正在讀一本大鼻羚的書，書上說牠們感染了一種導致集體滅絕的病菌。」

歐麥康仰躺在地，凝視上方。

「拉蒙呢？」

他們的下方，大人們圍在桌邊，許久之前一場瘟疫的畫面在他們的頭頂上閃動飄浮。士兵們躺在床上，醫生們穿著防護衣。一個畫面不請自來地浮現在她腦海中：以西結的遺體被拋入太空沒過多久，距離幾十萬公里之外是被送出的波利博士的遺體，他們一前一後被留在虛無中，好像童話故事裡的麵包屑，感覺陰森。

「書裡說十二小時之內死了二十萬隻鹿，」潔西說，「而且始終沒有人知道為什麼。」下方的中庭裡，康絲坦斯依稀看到她爸爸獨自站在遠遠一頭的桌旁，一張張工程圖飄浮在他四周。

「我聽說，」歐麥康邊說，邊抬頭望穿筒形拱頂，「三級隔離持續一年。」

「我聽說，」潔西悄悄說，「四級隔離持續到永久。」

圖書館時間延長了；媽媽和爸爸幾乎沒有離開他們的輪程機。更不尋常的是，爸爸拆下那張保護隱私的生質塑膠簾布，在他們的艙室裡把簾布剪成一片片，用媽媽的縫紉機把碎布縫製成某個東西——她還不敢問那是什麼。他們被關在十七號艙，食品列印機的滋養膏撲撲噴出濕氣，康絲坦斯幾乎可以感覺眾人的恐懼悄悄滲過牆壁，來勢洶洶、不懷好意地流竄於阿爾戈斯號。

稍後在《地圖圖鑑》裡，她走在孟買近郊的一條慢跑小徑上，小徑蜿蜒於一座座乳白色的高樓之間，每座樓高四、五十層。她悄悄走過男男女女的身旁，女人穿著紗麗或是慢跑服，男人穿著短褲，人人靜止不動。在她的右側，紅樹林沿著小徑伸展，宛若一道一公里長的綠牆，她穿梭於靜止不動的慢跑者之間，忽然察覺有點不對勁，好像軟體跑得不太順，人們、紅樹林，或是大氣層的質感略為怪異，似乎有些微小的皺紋。她加快腳步，心神不安地穿過各個人影，好像人人都是鬼魂。她邁開大步，每步都感覺恐懼蔓延阿爾戈斯號即將掐住她的頸背。

等到她爬出《地圖圖鑑》，周遭已經漆黑。小小的燈臺在圖書館圓柱的柱基閃閃發光，月光照耀的雲朵急急飄過筒形拱頂。

幾張文件來回飄盪；幾個人影窩在桌前。芙蘿爾太太的小白狗蹦蹦跳跳跑到她跟前，尾巴搖來搖去，但芙蘿爾太太不見人影。

「希柏，現在幾點？」

夜光時間四點十分，康絲坦斯。

她關掉目視器，踏下輪程機，爸爸又坐在媽媽的縫紉機前，眼鏡低低地架在鼻梁上，就著檯燈工作。他隔離衣的頭罩擱在膝上，好像某隻斷了頭的巨大昆蟲。她擔心他會斥責她又熬夜，但他只是喃喃自語，似乎默默盤算什麼。她意識到自己寧願因為太晚睡而受到斥責。

她上洗手間，刷牙，梳頭髮。她爬到上鋪，爬到一半大驚，心跳怦怦響。媽媽不在她的床鋪上，不在爸爸的床鋪上，也不在洗手間。她根本不在十七號艙裡。

「爸？」

他畏縮。媽媽的毯子皺皺的。媽媽起床之後，始終把她的毯子疊成完美的長方形。

「媽媽在哪裡？」

「嗯？她出去找人。」縫紉機重新喀噠作響，線軸轉了又轉，她等它停下來。

「但她怎麼出得去？」

爸爸舉高簾布、對齊邊邊、擱在車針下，縫紉機再度喀噠作響。

她又問了一次。爸爸非但沒有回答，反而用媽媽的剪刀修剪線頭，然後說：「跟我說妳這次去了哪裡，小櫛瓜。妳肯定走了好多路。」

「希柏真的讓媽媽出去嗎？」

他站起來，走向她的床鋪。

「把這些吞下去。」

他聽起來鎮定，但眼神游移不定。他手掌裡擱著三顆媽媽的助眠劑。

「為什麼？」

「妳會睡得比較好。」

「三顆不是太多了嗎？」

「吃藥吧，康絲坦斯，這些很安全。我會把妳裹在毯子裡，好像蠶寶寶裹在繭裡。記得嗎？就像我們以前那樣？明天早上妳就會明白，我保證。」

藥丸在她舌頭下融化。爸爸拉起毯子裹住她的雙腳，然後又坐到縫紉機前，車針又開始啟動。

她探身看看媽媽的床鋪，還有她皺皺的毯子。

「爸，我怕。」

「要不要聽聽埃同的故事？」縫紉機喀噠喀噠，而後靜默無聲。「埃同從磨坊逃跑之後，他一路走到世界的盡頭，妳記得嗎？地面延伸到冰冷的海裡，雪花從空中飛落，周遭只有黑色的沙子和結冰的海草，方圓一千六百公里連一朵玫瑰花的花香都聞不到。」

檯燈一閃一閃。康絲坦斯背貼著牆，拚命想要繼續睜著眼睛。大家都快死了。希柏只有在一種狀況下才會讓媽媽離開十七號艙——

「但是埃同依然抱著希望。妳看看他，他被困在一個不是他自己的身體裡，離家非常遙遠，置身世界最遙遠的盡頭，他一邊在海邊踱步，一邊抬頭看著月亮，以為可以看到女神從夜空中盤旋而降幫助他。」

在她床鋪的上方的空中，康絲坦斯瞧見月光在層層寒冰上閃閃爍爍、驢子埃同在冰冷的沙上留下蹄印，她試圖坐起，但她的脖子忽然虛弱到支撐不了她的頭顱。雪花飛過她的毯子。她朝著雪花舉起一隻手，但手指悄然沒入漆黑之中。

兩小時之後，爸爸在夜光中傾身探過圍欄，扶她下床。助眠劑讓她昏昏沉沉，他把她的胳臂和雙腳塞進一件他用生質塑膠簾布縫製的套裝裡，套裝扁扁的，望似一個洩了氣的小人。腰部太鬆，也沒有套住手指，爸爸只把衣袖的袖口密密縫合。當他幫她拉上拉鍊，康絲坦斯好睏，幾乎沒辦法抬起下巴。

「爸？」

這會兒他把氧氣頭罩套在她頭上，把她的頭髮塞進頭罩裡，然後他用在農場裡維修滴灌水管的密封膠帶把頭罩黏貼在領子上。他打開開關，她感覺裹著她的套裝正不斷膨脹。

氧氣值百分之三十，頭罩裡響起數位語音，直接傳入她的耳中，然後頭燈亮起，白色的光束照過艙室的各項物品。

「妳可以走動嗎？」

「套裝裡熱死了。」

「我知道，小櫛瓜，妳做得好極了。讓我看看妳走動。」汗水從他的額頭上滴下，捕捉了頭燈的光，他的臉色跟他的鬍鬚般一樣蒼白。雖然又累又怕，她依然勉強走了幾步，怪裡怪氣、充了氣的袖子嘶嘶皺縮，爸爸蹲下來拿起康絲坦斯的輪程機，另一隻手奮力從媽媽的縫紉桌旁拿起那張鋁製的凳子，帶著它們走到門口。

「希柏，」他說。「我們其中一人不太舒服。」

康絲坦斯緊貼著爸爸的身側，又熱又害怕，她等著希柏表達異議，或是跟他們爭執；只要不說那句她肯定會說的話，希柏要說什麼都行。

有人立刻過來。

康絲坦斯可以感覺助眠劑讓她的眼皮、血液、思緒漸趨沉重。爸爸蒼白的臉龐。媽媽攤著沒折的毯子。潔西說：如果希柏察覺你不太對勁……

氧氣值百分之二十九，頭罩說。

艙門開啟時，兩個一身生化防護衣的人影沿著廊道重重踏步，穿過夜光而來，他們的手腕上繫著小燈，穿著充氣防護衣，因此看起來非常巨大，令人生畏。黃澄澄、亮晶晶的面罩遮掩了他們的臉，兩人的身後拖著一條長長的水管，水管裹著一層鋁箔膠帶。

爸爸急急朝著他們走去，康絲坦斯的輪程機緊貼在他胸前。他們跌跌撞撞地後退。「拜託別靠近我們。她不去醫護室。」他帶著她匆匆走過他們身邊，沿著廊道前進，四下一片漆黑，他們父女追隨她頭燈顫動的光束而行，她的雙腳在她那雙生質塑膠的靴子裡滑來滑去。

種種物品堆疊在牆邊：食物餐盤、毯子、某些望似繃帶的東西。他們匆匆走過福利站，她往裡面瞄了一眼，但福利社已不再是福利社。先前擺著三排桌椅之處，現在架起約莫二十個帳篷，導管和線材從每一個帳篷裡冒出來，醫療器材的燈光一閃一閃。有個帳篷的門鍊沒拉上拉鍊，她瞄了一眼，一個光禿禿的腳底板從毯子裡伸了出來，她還來不及反應，他們就轉了彎。

氧氣值百分之二十六，她的頭罩說。

生病的組員們在哪裡？媽媽是不是在其中一個帳篷裡？

他們走過二號和三號盥洗室，經過四號農場，農場的門被封了起來，她那株幼松就在裡頭，樹齡六歲，也已與她齊高。廊道東彎西拐，他們沿著廊道前進，走向阿爾戈斯號的正中央，爸爸沿途催趕她，這時已經上氣不接下氣，兩人都踉踉蹌蹌，她頭燈的光束猛烈晃動。「水電室」，一扇門上寫著；「八號艙」，另一扇門上寫著；「七號艙」——她覺得他們好像追隨螺綫奔向渦流的中心；她似乎被捲進了漩渦的渦眼。

他們終於在寫著「一號艙」的門前停下來。蒼白、氣喘吁吁、臉上閃著汗光的爸爸轉頭一瞥，然後手掌往門上一貼，輪子轉動，通道開啟。

希柏說：進入除汙淨化區。

他催促康絲坦斯進去，把她的輪程機擱在她旁邊，拿起凳子卡在門檻裡頂住門框。

「別動。」

她穿著皺巴巴的生質塑膠套裝坐在通道裡，雙手抱住膝蓋，頭罩說：氧氣值百分之二十五，希柏說：啓動除汙淨化。康絲坦斯透過頭罩哭喊：「爸爸。」外門滑動，緩緩關上，直到碰上凳子。

凳腳彎折，聲音刺耳，外門止住。

請移除堵住外門的物品。

爸爸抱著四袋滋養粉回來，隔著被壓得半垮的凳子一袋一袋丟進通道，然後又匆匆忙忙地跑開。

接著是環保馬桶、乾紙巾、尚未拆封的食品列印機、充氣式小床、防護薄膜密封的毯子、更多袋滋養粉——爸爸匆匆忙忙來回奔跑。請移除堵住外門的物品，希柏再說一次，凳子被壓得又彎折一公分，康絲坦斯開始劇烈喘氣。

爸爸又丟了兩袋滋養粉到通道裡——為什麼這麼多袋？——從外門的縫隙裡踏進來，靠著牆頹然坐下。希柏說：爲了啓動除汙淨化，你必須移除堵住外門的物品。

頭罩的語音傳入康絲坦斯耳中：氧氣值百分之二十三。

爸爸指指食物列印機。「妳知道怎麼操作？記得低壓線接在哪裡？」他雙手擱在膝上，胸部劇烈起伏，汗水從他的鬍鬚上滴下來，凳子被壓得發出尖銳的聲響，她勉強點點頭。

「外門一關上，妳就閉上眼睛，希柏會淨化空氣，幫所有東西消毒。然後她會打開內門。妳記得嗎？妳走進去的時候，別忘了把其他東西帶進去。每一樣都得帶。東西全都帶進去，內門一封上，妳數到一百，然後應該就可以安全移除頭罩。了解嗎？」

恐懼竄過她每一個細胞。媽媽空蕩蕩的床鋪。福利站的帳篷。

「不，我不了解。」她說。

氧氣值百分之二十一，頭罩說。請試著放緩呼吸。

「內門一封上，」爸爸再說一次，「數到一百，然後妳就可以把頭罩拿掉。」他整個人緊壓著門邊，希柏說：外門受堵，堵塞物必須移除，爸爸望向漆黑的廊道。

「申請離開的時候，」他說，「我十二歲大。我還是個小男孩，在我的眼中，一切都奄奄一息，而我心中有個夢想。我有個願景，我知道我希望生命是何種面貌。『既然可以去到那裡，我何必待在這裡？』記得嗎？」

暗影之中爬出一千個惡魔，她朝著他們晃一晃她的頭燈，惡魔退下，她的頭燈晃開，惡魔又衝回原位。凳子再度發出尖銳的聲響。外門又關上一公分。

「我當時真傻。」他伸手撫過額頭，看起來憔悴消沉；他咽喉的皮膚鬆垮；銀白的頭髮已是灰白。生平第一遭，她覺得爸爸看起來跟他的實際年齡一樣大，甚至更蒼老，好像他的暮年一點一滴地被榨乾。她朝著她頭罩的面罩說：「你以前說過，傻瓜之所以很有意思，原因在於傻瓜永遠不知道何時放手。」

他朝著她傾身，快快地眨眼，好像一個念頭竄過他眼前、速度快到他來不及抓取。「那是外婆講的。」他喃喃說道。

氧氣值百分之二十一，頭罩說。

一串汗珠緊貼著爸爸的鼻頭，銀銀閃閃，而後滴落。

「在斯科里亞，」他說，「有條灌溉用的水溝流過家裡後頭。即使水溝的水乾了，即使在天氣最熱的幾天，只要你蹲在溝邊夠久，始終會有東西帶給你驚喜。一顆隨風飄來的種子、一隻象鼻蟲，或是一朵小小的紫星花。」

睏意有如海浪般一波波襲向康絲坦斯。爸爸在做什麼？他試圖告訴她什麼？他站起來，跌跌撞撞地跨過歪曲變形的凳子，走向廊道。

「爸，拜託。」

但他的臉已在她的視線之外。他一隻腳頂住門框，用力抽開歪曲變形的凳子，通道關閉。

「不、不，不要——」

外門封起，希柏說，啓動除汙淨化。

風扇的噪音愈來愈強。她感覺寒冷的氣流襲上她的生質塑膠套裝，一道強光閃了三次，她閉上雙眼遮光，內門開啟，她好累、好怕，但她依然壓下心中的恐慌，把馬桶、一袋袋滋養粉、小床、原封包裝的食物列印機拖了進去。

內門封起。希柏在她的圓塔中一閃一閃，忽而澄黃、忽而粉紅、忽而鵝黃，室內只有這個光源。

氧氣值百分之十八，頭罩說。

哈囉，康絲坦斯。

我眞喜歡訪客。

一、二、三、四、五。

五十、六十、五十七、五十八。

氧氣值百分之七。

八十八、八十九、九十。媽媽攤著沒折的毯子。爸爸的頭髮被汗水浸溼。一隻光禿禿的腳丫子從帳篷裡伸出來。她數到一百。拆卸頭罩，從頭上扯下，躺到地上，隨著助眠劑的藥效愈沉愈深。

10

鷗鳥

《雲端咕咕國》，安東尼・迪奧金尼斯著，第K頁

……女神從夜空中盤旋而降。她的身軀白皙，羽翼灰白，鮮橘色的嘴巴望似鳥喙，即使她不像我設想的女神一樣高大，我依然害怕。她黃色的雙腳著地，走了幾步，小口小口地吃起一堆海草。

「尊貴的宙斯天神之女，」我說，「我求求妳說出那句神奇的咒語，把我從這個形體變成另一個形體，這樣一來，我或許可以飛到那個雲端的城市，在那裡，每一個需求都會得到滿足，每一個人都不會受苦，每一天都像世界初始的時日一樣光明璀璨。」

「你在嘶叫什麼？」女神問，她的鼻息帶著魚腥味，臭得幾乎讓人昏倒。「我已經飛越各個地區，從沒見過那樣的地方，雲端沒有，其他任何地方也沒有。」

她顯然是個冷血的天神，而且耍弄我。我說：「嗯，最起碼妳可以揮揮翅膀飛到某個明亮溫暖的地方，幫我帶回一朵玫瑰，好讓我變回先前的模樣，重新開始我的旅程？」

女神伸出翅膀指一指另一堆海草，海草結了冰，堆在碎石地上，她說：「那是北海的玫瑰，我聽說如果吃多了，你會不太舒服。但我現在就可以告訴你，像你這樣的蠢蛋永遠長不出翅膀。」然後她大喊啊、啊、啊，聽起來比較像是笑聲，不像神奇咒語，但我還是把那堆爛泥般的海草放進嘴裡嚼了嚼。

雖然味道像是腐爛的蘿蔔，但我的確感覺我在改變。我的腿縮小了，耳朵也變小，下巴後側冒出一道道裂縫。我感覺鱗片覆滿我的背部，兩隻眼睛緩緩流出黏液……

| 萊克波特公共圖書館 |

2020 年 2 月 20 日
下午 5 點 27 分

西蒙

他蹲在翻倒的有聲書書架旁，窺視窗外白光一閃，瞧見又有兩部警車各就各位，好像他們正圍著圖書館築牆。彎身的人影沿著派克街匆匆踏過白雪，針尖般的紅點隨著他們行進。熱掃描儀？雷射激光？檜柏上空，三道藍光來回盤旋，肯定是某種遙控的無人機。這些東西就是我們為地球引介的新物種。

西蒙爬回字典架旁，試圖壓制心中滾滾翻騰的焦慮，這時，接待櫃檯上的電話響了。他伸手緊緊摀住他的隔音耳罩。六聲，七聲，八聲，停了。過了一秒鐘，瑪麗安辦公室裡的電話也響了。電話在那個比樓梯下方雜物間大不了多少的辦公室裡鈴鈴響，七聲，八聲，停了。

「你應該接電話，」樓梯底那個受了傷的男人說。隔音耳罩讓他的聲音聽起來似乎好遠。「他們會試著找出一個和平的方式解決這事。」

「拜託別講話。」西蒙說。

接待櫃檯上的電話又響了。樓梯底的那個男人已經造成夠多麻煩，說真的，他已經搞砸一切。如果他閉嘴，事情說不定會單純多了。於是西蒙叫他拿下塞在耳裡的檸檬綠無線耳機，把耳機扔進小說區，但男人依然血流不止，滴滴鮮血流向陳舊的地毯，事事因而更加混淆。

西蒙趴到地上，爬向接待櫃檯，從牆上的插座扯下電話線，然後他爬進瑪麗安那個雜物間大小的辦公室，辦公室裡的電話又鈴鈴響，他把那條電話線也扯了。

「你不該這麼做。」受了傷的男人說。

瑪麗安桌上的一張貼紙寫著：別出聲，這裡是圖書館。她那張滿臉雀斑的面孔飄過他的眼前，他眨眨眼，試著抹去那個影像。

烏林鴞。世界上體型最巨大的貓頭鷹。

他在她辦公室的門口坐下，手槍擱在膝上。警車的燈光忽紅忽藍，濛濛掃過一本本青少年小說的書脊。他可以感覺怒吼聲在窗玻璃的另一側滾滾喧囂。狙擊手是否正在追蹤他？他們是否有些儀器可以看穿牆壁？再過多久他們就會衝進來射殺他？

他從口袋裡掏出那支背面寫著三個電話號碼的手機。第一個號碼引爆第一枚炸彈，第二個號碼引爆第二枚；如果碰到麻煩，他就撥打第三個號碼。

西蒙撥打第三個號碼，移開一耳的隔音耳罩，電話接通，鈴鈴鈴鈴，嗶，電話斷線。

這是否表示他們已經接獲信息？電話接通之後，他應該說些什麼嗎？

「我必須看醫生。」躺在樓梯底的男人說。

他又撥號。鈴鈴鈴鈴鈴，嗶。

西蒙說：「哈囉？」

但電話又斷線。說不定這表示他們已經派人前來支援。換言之，他們已經接獲信息、他們將會啟動支援系統。他必須拖延等候。拖延，等候，主教的人馬會回電或是前來支援，一切將會妥善處理。

「我口渴。」受了傷的男人大喊，某處隱隱傳來孩童的話語聲，還有狂風的呼嘯和碎浪般的耳語。大腦在騙人。西蒙又戴上隔音耳罩，從瑪麗安的桌上拿了一個畫了卡通貓咪的馬克杯，爬到飲水機旁盛滿水，放在男人拿得到的地方。

扶手椅旁邊那個接漏水的垃圾桶已經半滿，他正下方的鍋爐嗚嘎作響，令人憂心。我們都必須堅強，主教說，接下來的事件將以我們無法想像的方式考驗我們。

問題一個接著一個有如旋轉木馬般在他腦中追著跑。誰開槍打了謝里夫、他的傷勢多嚴重?謝里夫為什麼揮手叫他走開?如果圖書館外面的燈光是警車或救護車的車燈,為什麼警察沒有衝進來?是不是因為襲擊者還在館內?只有一個襲擊者嗎?他們通知家長了嗎?他該怎麼做?

舞臺上,驢子埃同沿著天寒地凍的世界盡頭踱步。娜塔莉的音響裡傳來浪花拍打碎石的聲響,奧莉薇亞套著柔軟巨大的鷗鳥鳥頭,穿著黃色緊身褲,舉起一隻她自製的翅膀指向舞臺上一堆綠色薄棉紙,「我聽說,」她說,「如果你吃多了,你會覺得不太舒服。但我現在就可以告訴你,像你這樣的蠢蛋永遠長不出翅膀。」

埃同艾力克斯拾起一些綠色薄棉紙,塞進紙紮的驢嘴裡,從舞臺上退下。

鷗鳥奧莉薇亞轉身朝向臺下的座椅。「一隻驢子追逐空中的城堡,簡直是白費工夫。理智行事就是所謂的腳踏『實地』,不是沒有道理。」

艾力克斯從臺下大喊:「嗯,不太對勁,我感覺得到。」克里斯多福把伴唱機的燈光從白色調成藍色,雲端咕咕國的塔樓在背景布幕上閃爍,娜塔莉把隆隆的波濤聲換成淙淙的流水聲,滴滴答答,咕嚕咕嚕。

艾力克斯抱著他的紙紮魚頭踏上舞臺。他流汗流得瀏海緊貼著額頭。「尼尼斯先生,我們可以休息一下嗎？半場？」

「他的意思是『中場休息』。」蕾秋說。

澤諾暫且不管顫抖的雙手，抬頭一望。「好，好，當然可以，我們安安靜靜地休息一下。好主意。你表現得好極了，你們都很棒。」

奧莉薇亞拿掉面具。「尼尼斯先生，你真的覺得我應該說『蠢蛋』嗎？教會的一些教友明天晚上會來看表演。」

克里斯多福走向燈光開關，但澤諾說：「不，不，暗一點比較好。明天你們在後臺準備的時候，燈光也不會太強。來，我們到後臺坐坐，大家坐到謝里夫擺設的書架後面，遠離臺下的觀眾，就跟明天晚上一樣。好，奧莉薇亞，我們來談一談。」

他把大家集中在三個書架後面，蕾秋把劇本一張張收好，坐到一張折疊椅上，奧莉薇亞把皺巴巴的綠色薄棉紙收進一個袋子裡，艾力克斯在一架戲服下緩緩移動，嘆了一口氣。澤諾站在他們中央，脖子上打著領帶，腳上穿著魔鬼氈靴鞋，一時之間，他腳邊那個微波爐紙箱製作的棺材變成五號營區總部後方的監禁木箱——他甚至多少以為雷克斯會從木箱裡冒出來，整個人瘦巴巴、髒兮兮，伸手調整他那副壞掉的眼鏡——然後木箱又變回紙箱。

「你們，」他悄悄說，「誰有手機？」

娜塔莉和蕾秋搖搖頭。艾力克斯說：「外婆說六年級才可以用手機。」

克里斯多福說：「奧莉薇亞有。」

奧莉薇亞說：「我媽媽拿走了。」

娜塔莉舉手。舞臺上、書架的另一頭，音響裡依然傳來咕嚕咕嚕的聲響，讓他有點迷惑。

「尼尼斯先生，『立刻』是什麼意思？」

「什麼是什麼意思？」

「瑪麗安小姐說她去拿披薩，『立刻』就回來。」

「『立刻』的意思是吵架。」艾力克斯說。

「『口角』才是吵架。」奧莉薇亞說。

「是花生醬[26]。」克里斯多福說。

「『立刻』的意思是很短的時間，」澤諾說。「也就是『一會兒』。」外頭傳來警笛聲，萊克波特某處的警笛響響停停。

「但尼尼斯先生，已經不只一會兒了，不是嗎？」

「娜塔莉，妳餓了？」

她點頭。

「披薩外送說不定因為下雪延遲了，」澤諾說。「瑪麗安很快就會回來。」

艾力克斯坐直。「我們可以喝『雲端咕咕國』麥根沙士嗎？」

「那些是留給明天晚上。」奧莉薇亞說。

「如果你們每個人喝一瓶，」澤諾說，「我想應該沒關係。安安靜靜過去拿，好嗎？」

---

26 「Jif」是美國知名的花生醬品牌。音近jiff（立刻）。

艾力克斯馬上跳起來，澤諾踮起腳尖把頭探過書架，留心監看艾力克斯，艾力克斯在舞臺上繞了一圈，鑽進背景布幕和牆壁之間的空隙。

「為什麼他得保持安靜？」克里斯多福說，蕾秋閱讀劇本，食指順著一行行臺詞移動，奧莉薇亞說：「尼尼斯先生，『蠢蛋』是髒話嗎？」

如果謝里夫因為失血過多而死呢？他應該趕快採取行動嗎？艾力克斯從背景布幕後面鑽出來，身上披著浴袍，穿著短褲，扛著一箱二十四罐裝的沙士。

「小心，艾力克斯。」

「克里斯多福，」艾力克斯一邊輕聲細語，一邊繞過舞臺，一心只想從箱子最上頭拿一罐沙士，「這一罐給——」他的腳趾忽然被木板夾住，跌了一跤，十二罐沙士鬆落，滾過舞臺。

西蒙

他瞪著手機，心想：響吧，現在就響。但手機依然毫無動靜。五點三十八分。

媽媽現在應該結束汽車旅館的工作。她肯定腳酸，背也痛，等他開車過去接她，載她過去小豬鬆餅餐館。警察的巡邏車疾駛過窗口嗎？她的同事們是不是正在討論圖書館出事了？

他試圖想像主教的戰士們集結在附近某處，拿著無線電話機用暗號傳訊，商量該如何解救他。但另一個疑慮悄悄溜進他心中：說不定警方不知怎麼地擾亂他的通訊？說不定主教的人馬沒有接到他的電話。他想到外頭雪地中閃動的紅點和盤旋在樹籬上空的無人機。萊克波特警察局有這樣的裝備嗎？

受了傷的男人橫躺在樓梯底，右手緊緊壓住流血的肩膀。他閉著眼睛，身旁地毯上的血跡漸漸乾涸，從棗紅色變為黑褐色。最好別看。西蒙轉而注意小說區和非小說區之間幽暗的走道。他怎麼把事情搞得一團糟？

他願意為難以計數、已經被人類從地球上消滅的物種發聲嗎？他願意力挺無法發聲的物種嗎？他願意因而賠上自己的性命嗎？一個英雄是不是應該保衛那些無法保衛自己的族群？

他困惑恐懼，全身發癢，腋下出汗，雙腳冷冰冰，膀胱脹得幾乎爆破，一個口袋裡擱著貝瑞塔手槍，另一個口袋裡擱著手機。四下漆黑，他移開隔音耳罩的罩杯，用防風夾克的袖子擦臉，望向走道盡頭的洗手間，這時，他聽到樓上傳來一連串怪異的重擊聲。

11

在巨鯨的肚裡

《雲端咕咕國》，安東尼・迪奧金尼斯著，第Λ頁

……我跟著我的魚兄魚弟游過無止無盡的深海，躲避又快又狠的海豚。一隻巨鯨毫無預警地襲向我們，巨鯨比世間任何生物都龐大，嘴巴跟特洛伊的城門一樣寬廣，牙齒跟大力神神廟的圓柱一樣高聳，齒尖跟柏修斯的寶劍一樣尖銳。

巨鯨下顎大張，一口把我們吞下。我等著翹辮子。我永遠到不了那個雲端城市。我永遠看不到陸龜、永遠嚐不到疊在陸龜背上的蜂蜜蛋糕。我將葬身冰冷的大海，一身魚骨消失在巨鯨的肚裡。我們這群魚兄魚弟全被掃進巨鯨深邃的嘴裡，但牠的尖齒太巨大，致使我們沒有被刺穿，而是毫髮無傷地湧過，直下牠的食道。

我們在巨鯨怪獸的肚裡搖晃，好像受困於另一個大海。我們呼嘯漂過千物萬物，每次牠一張嘴，我就浮上水面，瞥見新奇事物：衣索比亞的鱷魚，迦太基的宮殿，一座座環繞世界白雪皚皚的穴居人洞穴。

我終於感到疲乏：我已經走了好長一段路，但終點似乎跟我啓程一樣遙不可及。我是一隻海中的魚，這片海如今在一隻更大的魚之內，這魚也在一片更大的海之內，我不禁心想，世界是否也在一隻更龐然的巨魚之內，漂游在牠的魚腹中，我們全部都是魚中之魚的魚中之魚，我想了又想，愈想愈累，所以閉上我的魚鱗眼睛，墜入夢鄉……

君士坦丁堡

1453年4月至5月

歐米爾

左右兩邊一公里半，鐵鎚轟轟敲打，斧頭砰砰砍伐，駱駝嘶叫、狗吠牛叫。他走過造箭工、鞍具工、鞋匠、鐵匠的營帳，裁縫工在超大的帳篷裡裁製帳篷，男孩們扛著一籃籃米飯東奔西跑，五十個木匠用剝去樹皮的圓木建造攻城的雲梯，沖除人畜糞便的污水溝已經建妥，飲水也已儲存於疊架得跟小山一樣高的木桶裡，營區最深處正在興建一座移動式的巨大鑄造廠。

人們從營區的四面八方前來觀看火炮，火炮矗立在手推車上，龐然巨物閃著銀光，人人看得目不轉睛。歐米爾的兩頭公牛形影不離，慎防各種騷動；月光似乎吃草吃得睡著了，連頭都抬不起來，小樹在他旁邊找個地方躺下，一隻耳朵急急抽動。歐米爾碾碎幾片金盞花葉，用口水和一和，敷在小樹的左後腿，爺爺就會這麼做，但他還是擔心。

黃昏時分，把火炮從埃迪爾內運至此地的人們聚集在冒著熱氣的大鍋爐旁，一個小隊長爬到講臺上高聲宣揚蘇丹王誠摯的謝意。都城一旦攻陷，他說，人人都可以選擇自己想要哪棟屋子、哪座花園、哪些娶來作為妻妾的女人。

木匠們徹夜建造支撐火炮的支架和藏匿火炮的柵欄，歐米爾被吵得無法入眠。隔天一整天，趕牲口的伕役們和牛群奮力把火炮拉抬就位。偶爾有支十字弓的鋁箭從都城的外牆射出，颼颼插入木板或是泥地。馬哈握拳，朝城牆揮了揮。「我們有一樣更大的玩意回敬你。」他大喊，每一個聽到這句話的人都哈哈大笑。

那天傍晚，馬哈在他們餵牛吃草的田野裡看到歐米爾坐在一堆落石上，他蹲到歐米爾旁邊，摳弄膝蓋上的結痂。他們遙望營區另一頭的護城河和高塔，高塔粉白，赭紅的磚塊在塔上添加條條紋理。落日之中，遠方高高低低、參差不齊的屋頂，看來好像快要燒起來。

「你覺得明天這個時候，這些會不會全都是我們的？」

歐米爾什麼都沒說。他不好意思說這個都城大得嚇人。人們怎麼可能建造得出這種地方？

馬哈口沫橫飛地說著他打算幫自己挑選的屋子，屋子會有兩層樓和灌溉花園的渠道，花園裡會種著梨樹和茉莉花，他會娶個黑眼睛的太太、生五個兒子，家裡最起碼會擺十二張三腳凳——馬哈總是提到三腳凳。歐米爾想著溪谷中的石砌小屋、他媽媽製作凝乳、爺爺烘烤松子，鄉愁頓時洋溢心中。

他們的左側有座低矮的山丘，丘頂四周布滿盾牌、溝渠，布牆內的帳篷在風中撲撲飄動，那就是蘇丹王的大營。營區設有為了近身侍衛、御前大臣、財務大臣、聖物、獵鷹、星象官、學者、測食師搭建的帳篷，除此之外還有御廚帳篷、盥洗帳篷、默禱帳篷。蘇丹王的私人帳篷在瞭望塔旁，紅金雙色的帳篷有如一片樹林般廣大。歐米爾聽說篷內漆著天堂的顏彩，他真想瞧一瞧。

「我們的君王睿智無比，」馬哈追隨歐米爾的目光說道，「他已經察覺都城有個弱點。你看到河水從哪裡流進都城嗎？看見城門旁邊的城牆下沉的地方嗎？打從先知在世，河水就在那裡流，願主保佑他，不停匯集、滲透、侵蝕。那裡的地基相當脆弱，磚石的斜切處已經開始迸裂。我們打算從那裡攻城。」

哨兵的火炬沿著城牆亮起。歐米爾試圖想像游過護城河、爬過遠處的廢墟、不知怎麼地爬上外牆、攻穿城垛、直入內牆前方的無人地帶，內牆堅實高聳，塔樓與十二個男人齊高。你需要翅膀；你非得是個天神。

「明天晚上，」馬哈說。「明天晚上其中兩棟屋子就是我們的。」

隔天早晨，行了淨身禮、誦唸晨禱詞之後，護旗手行走於帳篷之間，小心翼翼地走到隊伍最前方，在晨光中舉起鮮豔的旗幟。戰鼓、鈴鼓、響板的聲響傳遍軍營，喧嚷之聲意在恫嚇，卻也期盼激勵士氣。歐米爾和馬哈看著火藥工匠備妥巨大的火炮，工匠們當中不少缺了指頭、頸部和臉部曾遭火吻，他們操持不穩定的火藥，時刻處於恐懼之中，因此人人神情緊張，一身硫磺臭味，他們以奇怪的方言低聲交談，聽起來像是巫師唸咒，歐米爾懇請真主別讓他們瞧見他，默默祈求即使出了錯，他們也不會歸咎於他殘缺的臉。

他們沿著不到六公里長的陸牆架設十四座炮臺，但沒有一座比得上歐米爾和馬哈幫忙拉抬至此的巨炮。重力投石機、彈弓、弩炮等比較常見的攻城武器也一一就位，但這些相較於擦得發亮的大炮、漆黑的馬匹、手推車、炮手被火藥弄髒的戰袍，顯得古舊粗糙。春天明亮的雲朵急急飄過他們上方，好像一艘艘航向另一個戰場的船艦。屋頂上空，日光節節進逼，一時之間，城牆外的軍隊被照得睜不開眼，最後蘇丹王終於下令，丘頂閃爍的帳篷中隱隱傳出信號，戰鼓和鑼鈸靜了下來，護旗手也放下旗幟。

炮手們在六十多座火炮旁放置起爆火藥。先鋒部隊裡拿著棍桿鐮刀的赤足牧羊人、伊瑪目和高官大臣，隊伍之中的僕役、侍從、伙夫、箭工和頭飾潔白無瑕的禁衛軍菁英兵團，整個軍團都在觀看。都城之內的人們也專注凝視：弓箭手、騎兵、僧侶、好奇之人、輕率之人，三三兩兩沿著內牆和外牆列隊而立。歐米爾緊緊閉上眼睛，前臂摀住耳朵，感覺巨炮正在集結它邪惡的能量、壓力漸漸高漲，一時之間，他但願自己睡著了，當他睜開眼睛，他會發現自己回到家鄉，靠著那棵半中空的紫杉休息，正從一場大夢中醒來。

火炮陸續發射，炮管冒出白煙，炮身被後座力震得猛然後退。天搖地動，六十多顆石球朝向都城飛去，速度快到肉眼難以跟隨。

城牆各處塵土密布，碎石飛濺。磚塊和灰岩應聲迸裂，碎片有如雨珠般落下，連一公里之外的人們都逃不了，如雷的歡聲傳遍軍團。

白煙漸漸消散，歐米爾看到外牆的一座塔樓部分崩塌，除此之外，城牆似乎依然如故。槍炮手把橄欖油倒在巨炮上幫它降溫，一名軍官帶領部下備妥另一個重達千磅的石球，馬哈不可置信地眨眼，歡聲漸息，過了好久，歐米爾才聽到尖叫聲。

安娜

她正在庭院裡劈砍從瓦礫間撿來的木頭，這時，槍炮再度開火，一連十二響，遠處磚石迸裂成碎片。幾天前，蘇丹王的兵器聲響如雷，嚇哭工坊裡半數的女刺繡工，今天早上，她們卻只是在她們的白煮蛋上方畫個十字，架上的一個水罐搖搖晃晃，克莉絲把手往上一伸，穩住水罐。

安娜把木頭拖進炊具室，動手生火，先前離座用餐的八個女刺繡工慢吞吞地走回樓上工作。天冷，沒有人趕著刺繡。卡拉法提已經帶著金線、銀線、小珍珠奔逃，工坊裡沒剩多少絲綢，更何況現在哪有神父修士會買織錦刺繡的法衣？人人似乎同意世界末日將至，目前唯一必要的課題是在末日之前清滌你的心靈。

寡婦席歐朵拉拄著手杖站在工坊的窗前。瑪麗亞悄悄地繡著織錦兜帽，繡框幾乎貼在眼前。

夜晚時分，她把瑪麗亞安頓在她們的小房間裡，然後跋涉一公里半到內牆和外牆之間的田野，加入其他婦人和女孩。她們分成小組幹活，在木桶裡裝滿草皮、泥土、石塊。她看到修女們連修女服都沒換下就幫忙把木桶接上滑輪；她看到母親們輪流抱著新生兒，好讓其他母親出手支援。

木桶被驢子拉動的支架升抬到外牆的城垛，入夜之後，英勇非凡的士兵在敵軍的注視下爬過草草築成的圍柵，把木桶放在木寨中，在木桶周圍的空地鋪上樹枝和乾草。安娜看著整排灌木叢和小樹被放進木寨裡，甚至還有地毯和織錦，而這一切都是為了減輕石球驚人的震撼力。

她人在現場，緊靠著外牆，當蘇丹王的槍炮隆隆響起，她感覺爆炸聲竄過她的筋骨、搖撼她的心。有時石球失準、飛得太遠、颼颼直逼都城，她聽見它們墜入果園、廢墟或屋宅，沒入泥地之中，有時石球擊中木寨，木寨非但沒有應聲碎裂，反而將石球完全吞沒，防衛軍沿著壁壘高聲喝采。

沉靜的時刻更讓她害怕：當大家暫且不幹活，她可以聽到薩拉森人在城牆的遠方引吭高歌，他們圍城的兵器嘎嘎作響、他們的馬匹嘶嘶吼叫、他們的駱駝嗚嗚哀鳴，順風時，她甚至聞得到他們烹煮的食物。這些想要置她於死地的異教徒離得好近。她知道他們之所以無法得逞，原因只在於這道阻隔雙方的城牆。

她不停幹活，直到雙手不見五指才停歇，步履蹣跚地走回卡拉法提的屋宅，從炊具室拿一支蠟燭，爬到瑪麗亞旁邊的床墊上，她的指甲斷了一截，雙手沾滿汙泥，她低頭看一眼，隨後拉起毯子裹住她和姐姐，翻開那本黃褐色的羊皮手抄書。

閱讀進度緩慢。有幾頁被青黴遮了一大半，抄寫這本小書的繕寫師沒有留下空行間隔字句，脂燭的燭光微弱不清，她經常累得半睡半醒，字句似乎在眼前迴旋飛舞。

故事中的牧羊人似乎意外地把自己變成一隻驢，然後不知道為什麼又變成一隻魚，這會兒他游過一隻巨鯨的肚裡，一邊觀光攬勝，一邊躲避試圖想把他吃下肚的野獸，真是愚蠢又荒謬；那幾個義大利人不可能想要找這種書，是嗎？

但是啊，當古希臘文愈讀愈流暢，她爬進故事裡，就像先前攀爬岩石上那座小修道院的高牆——一手抓住這裡，一腳踏住那裡——房裡的淒冷漸漸消散，埃同那個銀閃閃、傻呼呼的世界漸漸現形。

我們這隻海中巨獸跟另一隻更巨大、更可怕的海獸格鬥，周遭的海水劇烈震動，一艘艘載著上百個水手的船艇在我面前沉沒，無根無基的島嶼隨波漂流，我閉上眼睛，滿心驚恐，把思緒專注於那個雲端的金色城市……

翻頁，遊走於字裡行間：詩人踏出書頁，變戲法似地在你的腦海中召喚出一個充滿顏色與聲響的世界。

蘇丹王啊，有天晚上克莉絲跟大家說，他不但啟動他的「割喉者」、部署他的艦隊封鎖西方海域、動員一支人數無限、兵械駭人的軍隊，如今他甚至引進一隊隊塞爾維亞隧道工，這些工匠是全世界最優秀的礦工，將為蘇丹王挖掘貫通城牆的地道。

一聽到這個消息，瑪麗亞馬上被這些工匠嚇得魂不守舍。她在她們小房間的各個角落擺上水碗，蹲在碗前端詳水面，查看有無跡象顯示地底下起了動靜。夜晚時分，她把安娜叫起來聽一聽地底下的挖鑿聲。

「聲音愈來愈大。」

「姐，我什麼都沒聽到。」

「地板在動嗎？」

安娜伸手抱住她。「姐，試著睡吧。」

「我聽到他們的聲音。他們在我們正下方講話。」

「那只是壁爐裡的風聲。」

但即使不合情裡，安娜依然感覺懼意悄悄潛入心中。她想像一群穿著長袍的男人蹲在她們床墊正下方的小洞裡，人人一臉汙泥，雙眼在黑暗中格外圓鼓。她屏住氣息；她聽到他們的刀尖刮過石板地的底面。

當月月底的一個傍晚，安娜走遍都城的西區尋覓食物，當她繞過宏偉壯麗、飽經風霜的聖索菲亞大教堂，她停下腳步，望向港口，岩石上的小修道院若隱若現地出現在海面，而且著了火。火苗在崩塌的窗戶中一閃一閃，一道高聳的黑煙迴旋飄入空中。

鐘鈴響起——這是激勵人們努力救火，或是別有用意？她聽不出來。說不定他們敲鐘，只是為了勸誡人們繼續過日子。一位修道院院長閉著眼睛，捧著神像，慢吞吞地走過，兩位修士尾隨其後，各自捧著一個香爐。小修道院的黑煙飄盪在薄暮之中，她想到陰暗腐朽的廳室、天花板坍落的圖書館、發霉的書冊。她小房間裡的手抄書。

日復一日，高個子義大利人曾說，年復一年，時光把舊書從世間抹除。

一個臉上有道疤痕的女傭在她前面停下來。「回家吧，小女孩，鐘鈴召喚修士們埋葬死者，現在不是外出的時候。」

當她回到家中，她看到瑪麗亞動也不動坐在她們的小房間裡，房裡伸手不見五指。

「那是煙嗎？我聞到煙味。」

「那只是蠟燭。」

「我覺得快要昏倒了。」

「姐，妳八成餓了。」

安娜坐下，拉起毯子裹住她們，把織錦兜帽從她姐姐的膝上移開，瑪麗亞已經繡了十二隻小鳥之中的五隻，諸如象徵聖靈的白鴿、象徵復活的孔雀、試圖從被釘在十字架上的耶穌手中撬開鐵釘的交喙鳥。她幫姐姐把頂針和剪刀收好，從角落拿起那本陳舊的手抄書，翻到第一頁：獻給我最親愛的姪女，祈願這齣劇作帶給妳希望和光明。

「姐，」她說，「妳聽聽。」她從頭開始朗讀。

醉醺醺、有勇無謀的埃同誤以為戲裡的神奇城市真有其事，於是他啟程前往神奇之境塞薩利，意外地把自己變成一隻驢。這次她唸得比較順，朗讀時，她也注意到一個有趣的狀況：只要她不停將字句灌注到姐姐的耳裡，姐姐似乎就比較舒坦。她的肌肉漸漸放鬆；她的頭慢慢垂到安娜肩上。驢子埃同被土匪綁架、被磨坊的小東家逼著磨麥、邁著他那疲憊龜裂的驢蹄走到世界的盡頭，瑪麗亞不再痛苦呻吟，也不再悄悄哀嘆無影無形的礦工在地下挖鑿。她坐在妹妹身邊，朝著燭光眨眨眼，露出饒富趣味的神情。

「安娜，妳覺得這是真的嗎？一隻大到可以把一艘艘船全都吞下的魚？」

一隻老鼠慌張跑過石板地，在她面前站定，老鼠抬起身子、抽一抽鼻子、頭一歪，好像等著她做出答覆。安娜想到她最後一次跟李錫尼坐在一起，Μῦθος，他寫道，*mythos*，一番對話，一則故事，一個來自耶穌降臨之前那段黑暗時光的傳說。

「有些故事啊，」她說，「可能是真的，也可能是假的。」

走廊另一頭，寡婦席歐朵拉在月光中輕撫她的玫瑰念珠項鍊。隔壁的小房間裡，只剩半口好牙的廚娘克莉絲啜飲壺裡的紅酒，龜裂的雙手擱在膝上，夢想著在城牆外度過一個夏日，在那一日，她會在櫻桃樹下漫步，滿天都是烏鴉。向東一公里半，一艘武裝商船的船腹裡，少年希邁里奧斯受到徵召加入倉促成軍的海防艦隊，隨同其他三十名槳手靠著一支巨大的船槳休息，他的背部隱隱抽痛，雙手手掌血流不止，只剩八天可活。聖索菲亞大教堂下方的地下蓄水池，三艘小船漂浮在明鏡般的漆黑水面，艘艘滿載春天的玫瑰，此時，一位神父吟誦著聖歌，暗夜裡回音裊裊。

歐米爾

當他頭一次朝北繞過城牆，看見金角灣的河口，水面銀白，一公里寬，滾滾翻騰，緩緩入海，簡直是世間最令人驚奇的景觀。鷗鳥盤旋上空；跟天神一樣巨大的濱鳥從蘆葦叢揚身；兩艘蘇丹王的駁船悄然航過，好像以魔法駕馭。爺爺說大海廣闊到容納得下每個人做過的每個夢，但直到此時，他才了解爺爺的意思。

河口西岸廣設浮動碼頭，異常忙碌。牛車隊朝向碼頭前進時，歐米爾可以看見支架和絞盤、裝卸工卸下木桶和火藥、役用馬在推車旁等候，他確信自己絕不可能再次目睹如此輝煌的場面。

但日子一天天過去，幾週後，他最初的讚嘆漸漸消散。他和他的兩頭公牛被派去運送花崗石球，花崗石開採自黑海北岸，八輛牛車把岩石從金角灣岸的浮動碼頭運往城牆外的臨時鑄造廠，石工們那裡敲鑿岩石，將之製成一顆顆符合槍炮口徑的閃亮石球。一趟路六公里，多半是上坡，槍炮對彈丸的需求更是永無止盡。牛車隊從早操勞到晚，僅有少數幾頭已從漫長的旅途中恢復元氣，大多牲口露出疲累的跡象。

月光每天幫牠瘸腳的哥哥承擔重量，每天傍晚，兩兄弟一卸下牛軛，小樹勉強走一走，但沒走幾步就躺下。歐米爾大半夜都忙著幫小樹拿水拿草料。小樹的下顎巴靠在地上，脖子歪到一邊，肋骨起起伏伏；一隻健康年輕的公牛絕對不會這樣趴下。人們看著牠，心想又有肉可吃。

先是下雨，然後起霧，接著出太陽，天氣熱到蚊蟲有如奔騰的雲朵般飛舞。蘇丹王的軍團在颼颼作響的彈丸中幹活，把砍倒的樹木、毀損的兵器、任何一樣他們找得到的東西丟進護城河，試圖填滿河道，每隔幾天就有一批人馬被折騰得熱衰竭，而後總有另一批人馬替代上陣。

死傷人數以千百計。許多人甘冒一切風險為死者收屍，卻在收屍時喪失性命，結果造成更多遺體等著被收屍。大多早晨，當歐米爾幫兩頭公牛套上牛軛，火葬的柴火濃煙滾滾，直升天際。

通往金角灣畔浮動碼頭的小路劃穿一個基督徒的墓園，而墓園已被改造成露天野戰醫院，人們躺臥在墓石之間，或身受重傷，或奄奄一息；馬其頓人、阿爾巴尼亞人、瓦拉幾亞人、塞爾維亞人，有些人承受劇痛，看起來幾乎不成人形，好像疼痛是一波移平一切的浪濤、一鏟塗蓋一切的石灰，消弭了一個人往昔的樣貌。江湖郎中拿著一束束悶燒的垂柳遊走於傷者之間，醫療術士牽著驢子帶來陶土罐，從罐中取出大把蛆蟲清理傷口，人們痛得扭動尖叫，甚至昏厥，歐米爾想像垂死之人的正下方埋著已死之人，死者的血肉發青腐爛，骸骨的牙齒緊緊閉合，想了淒涼。

驢車來來回回匆忙經過牛車隊，車夫們的臉皺成一團，可能出於不耐、恐懼、或是憤怒，也可能三者皆是。歐米爾看得出來，恨意會傳染，有如疾病般在隊伍中散播。圍城至今不過三星期，有些人已經不再為了真主、蘇丹王，或是戰利品而戰，而是出於懼意與恨意。趕盡殺絕。一了百了。有些時候，這股恨意也在歐米爾的心中燃燒，他只願真主暴怒的拳頭從天而降，砸爛一棟又一棟屋宅，直到希臘人全都死光光，他就可以返鄉。

五月第一天，空中雲朵纏結。金角灣的海水遲緩漆黑，海面布滿千百萬痲點般的雨滴。車隊等候裝卸工把一個個巨大渾圓、帶著石英紋理的花崗石球滾下坡道，搬上運貨的馬車。

遠方一部重力投石機轟轟啟動，石塊在空中畫個大大的弧線飛越都城上空，而後消失無蹤。車隊堵在距離鑄造廠一公里的路上，路面的車轍有如深溝，公牛們淌著口水、氣喘吁吁、舌頭垂掛在嘴邊，小樹忽然腳步蹣跚，東搖西晃，牠勉強穩住腳步，但沒走幾步又開始搖晃，牛車隊頓時停下，車夫趕緊制住貨車，其他人馬依然疾行而過。

歐米爾在牲口間閃閃躲躲，走到小樹旁邊。當他摸摸小樹的後腿，小樹顫慄發抖，兩道黏液從熱氣騰騰的鼻孔滴流而下，龐大的舌頭一再舔著上顎，雙眼在眼眶裡緩緩滾動。牠的眼睛似乎蒙上一層白霧，黯淡無光，好像白內障般迷濛。過去五個月，牠似乎老了十歲。

歐米爾手執刺棒，足蹬破鞋，沿著氣喘吁吁的牛群往前走，站到軍需官的下方，軍需官高坐在貨車運載的貨品上，一臉怒容。

「牲口需要休息。」

軍需官目瞪口呆地低頭一看，神情半是困惑，半是輕蔑，然後伸手拿取他的長鞭。歐米爾感覺一顆心搖蕩在漆黑的虛無之中。一樁往事浮上心頭：幾年之前，爺爺帶他登上深山看樵夫們砍樹。那是一棵古老的銀杉，與二十五人齊高，自成一個國度。樵夫們低聲哼歌，聽來意志決然，他們拿著楔釜劈砍樹身，動作整齊劃一，節奏感十足，望似把釘子捶入巨人的腳踝，爺爺逐一解釋他們使用的工具，諸如火絨、伐木叉、立木，但當軍需官揮舞長鞭往後一挺，歐米爾卻只記得銀杉傾倒時，樹幹轟然迸裂，樵夫們高喊哈嘍，周遭忽然充滿林木爆裂的濃烈香氣，他感到的不是喜悅，而是哀傷。樵夫們似乎因為眾志成城而歡騰，但歐米爾看著一根根世世代代只知星光、白雪、峽谷的樹枝轟然橫倒於林下植物之間，心中升起某種近似絕望的感受，他也察覺即使在人們眼中、他是一個年幼無知的孩童，但人們依然會覺得他不該這麼想，他甚至最好不要讓爺爺知道他的感受。爺爺八成會說，幹嘛為了人們辦得到的事情傷心？這孩子同情其他生物，而不憐憫自己人，肯定哪裡不對勁。

軍需官長鞭的末梢劃破歐米爾的耳朵。

一個蓄了白鬚，從埃迪爾內就一路同行的伕役說：「隨他去吧。就算他很在乎牲口，那又如何？我們的先知也曾切斷他的一截長袍，而不願吵醒睡在長袍上的貓。」

軍需官低頭眨眼。「如果我們不把這批東西運過去，」他說，「我們全都會挨打，我也不例外，而我跟你保證，我絕對會讓你和你那張臉吃最多苦。趕快叫你的牲口往前走，不然我們都會成了烏鴉的嘴上肉。」

人們回到他們的牲口旁，歐米爾爬過車轍累累的路面，蹲到小樹旁邊，輕聲呼喊牠的名字，小樹站了起來，他拿起刺棒頂一頂月光肩胛骨的隆起處，兩頭公牛挨向牛軛，又開始拖拉。

12

巨鯨肚裡的巫師

《雲端咕咕國》，安東尼・迪奧金尼斯著，第M頁

……巨鯨肚裡的水面平靜無波，我愈來愈餓，當我抬頭一望，一隻小小的、閃亮的沙丁魚停駐在水面，宛若可口的零食。牠先是上下漂浮，然後左右晃動，跳起最誘人的舞蹈，我尾巴一閃，直接朝牠游過去，儘量張大我的嘴巴……

「哎喲，哎喲，」我大喊，「我的嘴唇！」漁夫們的雙眼有若燈籠、雙手有若魚鰭、雞巴有如林木，聚居在巨鯨肚裡的一座小島上，島中央是一座白骨山。「放開我，」我說，「你們這麼壯，把我當作一餐怎麼吃得飽？更何況我甚至不是一隻魚！」

漁夫們看看彼此，其中一人說：「是你，還是那隻魚在講話？」他們把我抬到山中高處的洞穴裡，洞穴裡住了一個蓬頭垢面、遭逢船難的巫師，巫師高齡四百歲，自學學會了魚語。「偉大的巫師，」我目瞪口呆。時間一秒秒過去，我似乎愈來愈說不出話。「拜託把我變成一隻鳥，一隻凶猛的老鷹，或是一隻聰明強健的貓頭鷹，這樣一來，我說不定可以飛到那個雲端的城市，那裡永遠沒有痛苦，始終吹著西風。」

巫師哈哈大笑。「你這隻笨魚喔，就算長了翅膀，你還是飛不到一個不存在的地方。」

「錯！」我說，「那裡確實存在。就算你不相信眞有此地，但我相信。不然我幹嘛吃這些苦？」

「好吧，」他說。「你秀給這些漁夫看看哪裡捕得到大魚，我就給你一對翅膀。」我拍動魚鰓，表示同意，巫師喃喃唸咒，把我拋到空中，我越過山頂，直衝巨鯨的血盆大口，一顆顆陰森巨大的鯨牙劃破明月……

| 阿爾戈斯號 |

任務年 64

一號艙中第 1 日至第 20 日

康絲坦斯

她在地板上醒來，身上穿著她爸爸幫她縫製的生質塑膠套裝。希柏在她的塔裡一閃一閃。

午安，康絲坦斯。

她的四周散置著她爸爸先前扔進通道的物品。輪程機、充氣式小床、環保馬桶、乾紙巾、一袋袋滋養粉、尚未拆封的食品列印機。氧氣頭罩擱放在她身旁，頭燈已經熄滅。

懼意一點一滴地竄入她的意識。兩個一身生化防護衣的人影，亮晶晶的面罩上反映出大門敞開十七號艙扭曲變形的影像。福利站的帳篷。爸爸憔悴的臉龐、布滿血絲的雙眼，頭燈的光束一掃過他，他就怯懦退縮。

媽媽不在床上。

她用了環保馬桶，感覺缺乏隱私。她工作服的下半截被汗水浸溼。「希柏，我睡了多久？」

妳睡了十八小時，康絲坦斯。

「生命徵象？」

妳的體溫非常理想。脈搏和呼吸都很完美。

康絲坦斯在艙室裡走了一圈，尋找出口。

「希柏，請讓我出去。」

我不能讓妳出去。

「妳不能？這是什麼意思？」

我不能打開艙室。

「妳當然可以。」

我的最高指導原則是關照全體組員的福祉，我確信妳待在這裡比較安全。

「請爸爸過來接我。」

好，康絲坦斯。

「跟他說我現在就想要見到他。」小床、氧氣頭罩、滋養粉，她感覺懼意流竄全身。「希柏，十三袋滋養粉可以讓一個人用食品列印機印出幾餐？」

假設卡路里的消耗均量，食品列印機可以產製六千五百二十六份營養均衡的餐點。妳休息了好久，現在餓了嗎？妳要不要我幫妳準備一份營養的餐點？

爸爸在圖書館用心研究一張張工程圖。縫紉機的凳子承受外門的壓力，發出尖銳的聲響。我們其中一人不太舒服。潔西說，只有告訴希柏你不舒服，你才可以離開你的艙室。如果希柏察覺你不對勁，她就會派遣賈醫生和工程師柏格護送你去醫護室。

爸爸不舒服。當他這麼說，希柏打開十七號艙的門，好讓他被帶到那個他們隔離生病組員的區域，但他先把康絲坦斯帶到希柏的艙室，而且幫她準備了足以支撐六千五百頓餐點的滋養粉。

她用顫抖的雙手碰了碰目視器，地上的輪程機颼颼啟動。

去圖書館嗎？希柏問。當然、當然，康絲坦斯。妳可以之後再吃——

桌旁沒有人，階梯上沒有人。沒有書本在空中飄浮。放眼望去沒有半個人。拱頂的孔徑上方，天空藍得亮晃晃，令人愉悅。康絲坦斯大喊：「哈囉？」芙蘿爾太太的小狗從桌子底下蹦蹦跳跳地跑出來，眼睛亮晶晶，尾巴高高翹起。

沒有老師在授課。沒有青少年在階梯爬上爬下，跑向電玩區。

「希柏，大家都到哪裡去了？」

大家都在其他地方，康絲坦斯。

不計其數的書本各自在原處等候。一塵不染的長方形紙張和鉛筆各自擺放在盒裡。幾天前，媽媽曾在其中一張桌子的桌旁大聲唸道：最難纏的病菌能夠在物體表面存活數月，比方說桌面、門把、盥洗室配件。

她打了一個寒顫。她拿起一張紙片，寫下問題：一個人花多少年才吃得完六千五百二十六份餐點？

答案飄下：五．九五九八年。

六年？

「希柏，拜託請爸爸跟我在圖書館碰面。」

好的，康絲坦斯。

她坐到大理石地板上，小狗爬到她的膝上。它的毛摸起來像是真的。腳掌小小的粉紅色肉墊感覺溫暖。

一朵銀色的雲孤零零地飄過她上方的高空，看起來像是小孩的畫作。

「他怎麼說？」

他還沒回覆。

「現在幾點？」

晝光時間十三點六分，康絲坦斯。

「大家都在吃第三餐嗎？」

不，他們沒有在吃第三餐。妳想不想玩個遊戲，康絲坦斯？拼圖？妳可以召喚《地圖圖鑑》呀。我知道妳喜歡待在那裡。

數位小狗眨眨數位眼睛。數位雲朵靜靜飄過數位薄暮。

等到她踏下輪程機，一號艙的牆壁已經昏暗。夜光即將亮起。她把額頭貼在牆上，大喊一聲：「哈囉？」

更大聲一點：「哈囉？」

隔著阿爾戈斯號的牆壁很難聽到聲音，但並非不可能：從她在十七號艙的小床上，她可以聽到水滴滴答答流過水管，十六號艙馬瑞先生和馬瑞太太偶爾吵嘴。

她用手掌猛拍牆壁，然後拿起依然包裝完好的充氣式小床扔過去，聲勢驚人。她等了等，再扔一次。每次心跳都觸動另一波懼意。她又看到爸爸在圖書館用心研究工程圖。她又聽到陳太太幾年前曾說：這個艙室的保溫、操作、濾水系統都是全自動，跟阿爾戈斯號的其他區域無關……爸爸對此肯定極有把握。他把她送進這裡，目的在於保護她。但他為什麼不加入她？為什麼不把其他人跟她一起送進來？

因為他病了。因為其他人可能已經感染致命的傳染病。

室內從昏暗變成漆黑。

「希柏，我的體溫幾度？」

妳的體溫很理想。

「不會太高？」

每個徵象都很正常。

「拜託現在就把門打開，好嗎？」

艙室會持續封閉，康絲坦斯。對妳而言，這裡是最安全的地方。妳最好調理一份健康的餐點。然後妳可以組裝妳的小床。妳希望亮一點嗎？

「請妳問問我爸爸會不會改變主意。我會組裝小床，妳叫我做什麼都可以。」她拆解小床的包裝，拴緊鋁製床腳，打開充氣閥門。室內非常安靜。希柏置身層層管線的深處，閃閃發光。

說不定其他人安全躲藏在存放麵粉、新工作服、零件備分的艙室。說不定那些艙室也有自己的保溫系統和濾水系統。但話說回來，為什麼他們不在圖書館裡？說不定他們沒有輪程機？說不定他們睡了？她爬上小床，撕開毯子的包裝紙，拉起毯子蓋住眼睛。數到三十。

「妳問了他嗎？他有沒有改變主意？」

妳爸爸還沒改變主意。

•••

其後幾小時，她摸了額頭二十次，檢查自己有沒有發燒。她是不是有點頭痛？她是不是想要嘔吐？體溫正常，希柏說。呼吸率和心跳率絕佳。

她在圖書館裡踱步，沿著各個樓層大聲呼叫潔西，打了幾局《銀王寶劍》，蜷縮在桌子底下啜泣，讓小狗舔乾她臉上的淚水。她沒看到半個人。

艙室之中，希柏銀閃閃的管線高懸在她的小床上方。康絲坦斯，妳可以繼續上課了嗎？我們持續前進，航程之中，最重要的是維繫日常——

大家是不是奄奄一息地躺在距離他們艙室九公尺之處？她認識的每一個人是不是都死了？他們的遺體是不是等著被從氣閘艙拋入太空？

「讓我出去，希柏。」

艙門恐怕必須繼續封閉。

「但妳可以打開。門由妳控制。」

我無法確定艙外安不安全，所以我不能開啓艙門。我的最高指導原則是關照全體組員的——

「但是妳沒有。希柏，妳沒有關照全體組員的福祉。」

我愈來愈確定妳在這裡會安然無恙。

「但是，」康絲坦斯說，「如果我再也不想安然無恙呢？」

接下來是憤怒。她旋開一支鋁製床腳的螺絲，用力扔向牆壁，床腳因而刮痕累累。當這麼做依然難弭憤怒，她把目標轉向環繞著希柏的透明圓柱，她用力拍打，直到感覺兩隻手都快斷了。

大家都到哪兒去了？她憑什麼還活著？爸爸究竟為什麼離開他的家，害她難逃這個悲慘的命運？天花板的環狀燈管好亮。一滴血從指尖滴到地上。保護希柏的圓柱連一道刮痕都沒有。

妳感覺好點了嗎？偶爾表達憤怒是正常的。

療傷為什麼不可能跟受傷一樣快？你扭傷腳踝、折斷骨頭——你可能一瞬之間就受了傷。時復一時，週復一週，年復一年，你體內的細胞孜孜不倦地重製修復，試圖讓你回復到受傷前那一刻的樣貌。但就算如此，你也永遠不可能是昔日的樣貌；再怎樣都不完全是。

八天獨處，十天、十一天、十三天：她已忘了今夕是何夕。門沒開。沒有人在牆壁的另一側用力拍打。一號艙的供水管只有一條，而且流速遲緩，她輪流把它接上食物列印機或是環保馬桶。接一杯水喝得花好幾分鐘，而她始終口渴。有些時候，她把手貼在牆上，感覺自己像是被困在種子外殼裡的幼樹胚胎，潛伏休眠，靜待甦醒。有些時候，她夢想著阿爾戈斯號緩緩降落在Beta Oph2的河流三角洲，船壁開啟，人人踏出船外，走入雨中，澄淨清潔的雨水從陌生的天空傾注而下，嘗起來微微帶著花香。微風吹拂他們的臉龐；群群奇怪的鳥盤旋飛翔；爸爸把泥巴塗在臉上，開開心心地看著她，媽媽抬頭仰望、張大嘴巴、掬飲從天而降的雨水——從這樣的夢中醒來，感覺最是寂寥。

晝光夜光晝光夜光；在《地圖圖鑑》裡，她走遍沙漠、高速道路、農場小徑、布拉格、開羅、馬斯開特、東京，尋找她說不出是什麼的事物。在肯亞，一個男人站在路邊，背上垂掛著一把槍，攝影機掠過時，他正好握著刮鬍刀。在曼谷，她瞧見一個寬闊的店面，店裡有個女孩蹲在桌子後面，她背後的牆上掛了最起碼一千座時鐘，有些時鐘的鐘面是張貓臉，有些時鐘以熊貓圖案報時，有些時鐘是木製，有些時鐘的指針是黃銅，不約而同全都停擺。她始終最受樹木吸引：印度的一棵橡膠樹，英國的紫杉，亞伯達省的一棵橡樹，但《地圖圖鑑》裡的各個影像，甚至塞薩利山間那棵古老的波士尼亞松，沒有一個比得上爸爸農場的一片菜葉，或是她那棵栽種在小小盆器裡的幼松。菜葉的紋理細緻繁複，令人稱奇，幼松的質地與結構，更是充滿驚喜。它的針葉細長青綠，葉尖微黃，生氣盎然；它的毬果紫中帶藍，它的木質部將礦物和水從根部往上運輸，它的韌皮部將針葉的糖分運往別處儲存，但速度慢到肉眼無法查視。

她終於疲倦地坐到小床上，全身發顫，天花板上的環形燈管暗了下來，陳太太說希柏是一本含括整個世界的書；一千種不同的起司通心麵食譜，北極海四千年的溫度紀錄，孔子的著作，貝多芬的交響樂，三葉蟲的基因組——文明的種種傳承、城堡、方舟、發源地，我們所能想像的一切、我們或許所需的一切。芙蘿爾太太說這就夠了。

每隔幾小時，各個問題就浮到她的嘴邊：希柏，只剩下我一個人嗎？妳願意駕駛一艘僅存一個生靈、宛若空中墳場的太空船嗎？但她問不出口。

她爸爸只是等待。他等待大家安然無恙。然後他就會開門。

| 愛達荷州萊克波特 |

1953 年——1970 年

澤諾

公車把他載到Texaco加油站，波伊茲頓太太站在外頭抽菸，倚著她的別克轎車。

「你好瘦。有沒有收到我的信？」

「妳寫信給我？」

「頭一個月，天天都寫。」

「信裡說什麼？」

她聳聳肩。「新信號燈，輝銻礦場關了。」

她的頭髮梳得整整齊齊，雙眼炯炯有神，但當她走向路邊的小餐館，他注意到她一隻腳的步伐比正常速度慢了半秒鐘，看來不太對勁。

「沒事、沒事，」她說。「我爸爸以前也是這樣。我跟你說，你的狗死了。我把牠送給查理·戈斯，他說牠走得沒有痛苦。」

雅典娜在圖書館的壁爐旁打瞌睡。他累得哭不出來。「牠老了。」

「牠是老了。」

他們坐在包廂裡點了煎蛋，波伊茲頓太太點了第二支菸。女侍把眼鏡接上鍊子掛在脖子上。她的圍裙白得嚇人。她說：「他們有沒有對你洗腦？大家都說你們這些小夥子上了戰場，有些人回來之後變成叛徒。」

波伊茲頓太太把菸灰撣進一個菸灰缸。「海倫，妳去幫我們端杯咖啡。」

湖面日光閃爍，有如銀白的刀刃。船艇轟隆來回，劃破無波的水面。在加油站，一個裸著上身、小麥色肌膚的男人看著營業員幫他的凱迪拉克加油。這些個月，世事始終這番樣貌，想來不可置信。

波伊茲頓太太看著他。他知道人們會想聽些什麼，但大家想聽的不是真話：人們會想聽一聽堅忍不拔的故事、善良終將戰勝邪惡、將光明引入黑暗的英雄、凱旋返鄉的頌歌。女侍正在清理他旁邊的那一桌：桌上三個盤子裡的東西都沒吃完。

波伊茲頓太太問：「你在那裡有沒有殺人？」

「沒有。」

「一個都沒有？」

煎蛋送上，黃澄澄的太陽蛋。他拿起叉子劃破其中一顆太陽蛋，蛋黃汩汩流出，油亮得不像話。

「那就好，」她說。「這樣最好。」

家裡還是老樣子：一個個陶瓷娃娃，每一面牆上都有一位承受苦難的耶穌。同樣的深紅色窗簾，同樣的檜柏——往昔那些最寒冷的夜晚，雅典娜經常徐徐走過這幾棵檜柏。波伊茲頓太太倒了一杯酒。

「來一盤克里巴奇？」

「我想我得躺一躺。」

「當然、當然。慢慢來。」

在五斗櫃的抽屜裡，塑膠玩具兵懶洋洋地躺在它們的錫盒裡。四〇一號士兵拿著步槍奮力爬坡。四一〇號士兵跪在反裝甲機炮的後方。他爬上那張他小時候睡的黃銅小床，但床墊太軟，日光也愈來愈耀目。最後他終於聽到波伊茲頓太太出門，他悄悄下樓，鬆開家裡的每一扇門的門栓。最起碼他必須確定每一扇門都沒上鎖，最好是全都打開。然後他躡手躡腳走進廚房，找到一條麵包，對半撕開，半條藏在他的枕頭下，半條撕成一塊塊放進口袋裡。以防萬一。

他躺在床邊的地上睡著了。他還不滿二十歲。

懷特牧師幫他在州郡的公路局找到一份差事。秋陽燦燦，山腰的落葉松一片豔黃，絢爛奪目。澤諾跟一組年紀較大的養路工一起工作，開著一輛RD6覆帶車拖運壓路機，用泥巴或碎石修補被雨水沖毀的道路，改善山間各個小鎮的路況，而這些小鎮比他居住的市鎮更荒僻。當冬季來臨，他主動要求駕駛那部老舊的硬頂軍用旋轉式除雪車，執行這項最孤單的差事。除雪車三個巨大的旋鏟把雪堆到擋風玻璃上，感覺好像碰上了雪崩，只不過雪不是往下傾壓，而是往上噴飄，長夜漫漫，車前燈的燈光照亮漫天噴飄的雪花，經常讓他昏昏欲睡。這個差事怪誕孤單：雨刷只把冰霜抹過擋風玻璃，除此之外派不上用場，暖氣只有百分之二十的時間管用，所謂的除霜設備是一把架在儀表板上的風扇，開車時，他得一手擱在方向盤上、一手拿著沾了酒精的破布擦拭玻璃，不然看不到前方的路。

每個星期天，他寫封信給英國的榮民機構，探詢一位名叫雷克斯．布朗寧的一等兵的下落。

時光流逝。雪融了，雪又下了；一座鋸木場被火燒毀，又再重建；養路工程小組修補被雨水沖毀的道路，強化橋梁，而後雨水或落石沖毀道路橋梁，他們又再重建。冬季又再來臨，旋轉式除雪車催眠似地把一鏟鏟積雪堆到駕駛室的玻璃窗前。車子始終會凍得發不動、始終會滑出路面陷入雪堆爛泥之中，他也始終把車子拖回路上：鍊條、拖吊、打倒檔。

波伊茲頓太太偶爾出狀況。她的心情忽好忽壞。她在店裡忘了該買什麼。她無緣無故跌跤；她試著塗口紅，唇膏卻一路抹過一邊臉頰。一九五五年夏天，澤諾開車載她去波伊西，一位醫生診斷她患了「亨丁頓舞蹈症」。醫生請他留意她講話會不會丟三落四、她會不會不由自主地抽動。波伊茲頓太太點支菸，說了一句：「你別亂講話。」

他致函駐韓大英國協軍。他致函大英國協佔領軍的搜救小隊。他致函英國每一位名叫雷克斯·布朗寧的民眾。回函通常誠摯懇切，但沒有具體結果。戰俘、狀況不明、我們很遺憾目前沒有進一步消息。雷克斯是哪個連隊？他不知道。指揮官是哪一位？他不清楚。他知道名字。他知道東倫敦。他想要寫說：打呵欠的時候，他會揮揮手遮住嘴巴。他的鎖骨讓我真想咬一口。他曾經告訴我，考古學家在數以千計的古希臘壺罐上發現題詞「ΚΑΛΟΣΟΠΑΙΣ」，這些壺罐是年長男子送給男孩的禮物，而「ΚΑΛΟΣΟΠΑΙΣ」的意思視「καλός ὁ παῖς」：「這男孩真是俊美」。

一個思緒如此繁複、精力如此充沛、心中如此燦爛的人，怎麼可能被抹滅？

其後的冬季，約莫五、六次，當他在山間小路傾身查看結凍的引擎，或是取下車鍊，有個男人會輕拂他的手肘，或是把一隻手擱在他的尾椎骨和骨盆之間，他們會在霧氣濛濛的深夜走進一個修車廠，或是爬進除雪車的駕駛室，緊緊抓牢彼此。有個牧場工人設法跟他私會了幾次，好像故意把車子開進雪堤。但到了春天，那人就不見蹤影，沒有留下隻字片語，澤諾從此再也沒見過他。

公路局的調度員亞曼達．柯爾垂跟他提起鎮上的幾個女孩——殼牌加油站的潔西卡？小餐館的麗姿？——他無法逃避跟女孩子約會。他打上領帶；女孩們親切無比；其中幾位已被告誡務必當心這個據說已被洗腦、背信忘義的韓國戰俘；沒有一位了解他為什麼久久不開口。他試圖擺出男子漢的架式使用刀叉；他聊到棒球和船艇引擎；但他依然猜想他每件事情都做錯了。

一天晚上，困惑一波波襲向他，他幾乎想跟波伊茲頓太太告白。她今天的狀況不錯，梳了頭，目光清朗，烤箱裡烘烤著兩條葡萄乾麵包，電視上正值廣告時間——先是桂格即食燕麥片，繼而 Vanquish 頭痛藥——澤諾清清嗓子。

「妳知道爸爸走了之後，我——」

她站起來，調低音量，沉默在室內轟然作響，有如日光般耀目。

「我不是——」他再試一次，她閉上眼睛，好像準備承受重擊。在他眼前，一部吉普車被轟成兩截。槍管一閃一閃。布萊威特撲打蒼蠅收放在錫罐裡。人們刮食鍋底燒焦的玉米粒。

「有話直說，別吞吞吐吐，澤諾。」

「沒什麼，妳的節目又開始了。」

醫生建議藉由拼圖維持波伊茲頓太太的肌肉技能和手眼協調，於是他每星期從藥妝行訂購一組新的拼圖，他已習慣在家中各處看到一片片拼圖：水槽的槽盆、他的鞋底、他用來清掃廚房的小畚箕，處處貼黏小小的圖塊。一朵不成形的白雲，一段鐵達尼號的煙窗，一截牛仔的大手巾。他的心中漸漸浮現一股恐懼：難道事事永遠就是如此？難道事事就只能如此？早餐，工作，晚餐，碗盤，餐桌上一幅拼了一半的好萊塢標誌，四十片拼圖散置在地。過過日子。淒冷的暗夜。

通往波伊西的公路日漸繁忙，州郡大多把剷雪的班次排定在晚上，他緊隨他除雪車頭燈的白光駛過一片漆黑，逆襲漫天的白雪，有些早晨，他下班之後沒有直接回家，反而把車停在圖書館前，逗留於一排排書架之間。

圖書館新來的館員雷奈太太多半不管他。起先他只讀《國家地理雜誌》。金剛鸚鵡，北極原住民因紐特人，駱駝車隊，張張照片勾動潛伏在他心中的騷動。接著他擴展到「歷史區」。腓尼基人，蘇美人，日本的繩紋時代。他晃過數量微薄的希臘和羅馬書冊——《伊利亞德》，幾本索福克里斯[27]的劇作，檸檬黃的《奧德賽》已不見蹤跡——但他鼓不起勇氣從書架上取下任何一本。

偶爾他會打起精神，跟波伊茲頓太太分享他讀到的趣聞，諸如古利比亞人的鴕鳥狩獵、塔基尼亞的墳墓壁畫。「邁錫尼文化崇尚螺旋紋，」有天晚上他跟她說。「他們把螺旋紋畫在酒杯、磚石建築、墓碑墓石、君王們的護胸甲。但沒有人知道為什麼。」

波伊茲頓太太的鼻孔中噴出兩道白煙。她放下酒杯，翻檢一片片拼圖。「哎喲，」波伊茲頓太太說，「怎麼會有人想要知道為什麼？」

廚房窗外，漫天白雪飀飀飄過薄暮。

---

27 索福克里斯（Sophocles，西元前 496/497-405/406），古希臘劇作家的代表人物之一，與埃斯庫羅斯、歐里庇得斯並稱古希臘三大悲劇詩人。

一九七〇年十二月二十一日

親愛的澤諾：

同時收到你的三封信，真是百分之百的奇蹟！當局肯定多年以來都把信件歸錯了檔。我很高興你平安脫困。我設法打聽營區的獲釋名單，但如你所知，許多事情已被湮埋，我必須讓自己重新專注於現存的一切。我很高興你找到了我。

我依然跟那些古書瞎混——我無意成為一位鑽研陳年典籍的老學究，但我依然專注於那些已經沒有人使用的語言，像個老學究似地到處搜尋它們的遺跡。說來難以置信，但我現在甚至更投入。我檢視奧西林克斯[28]的廢墟裡出土的莎草紙，研究那些已經不存在於世間的書。我甚至去了一趟埃及，結果嚴重曬傷。

這些年一眨眼就過去了。希拉瑞和我打算在五月辦個小小的聚會為我慶生。我知道這趟路非常遙遠，但如果可以，你願意過來拜訪嗎？就當是度假。我們可以用紙用筆隨手寫些希臘文，而不像當年那樣用木棍和泥巴亂塗。不管你決定怎麼做，我依然會是你可靠的朋友。

雷克斯

28 Oxyrhynchus，埃及古城。

| 愛達荷州萊克波特 |

2016 年—— 2018 年

西蒙

八年級世界史：

請寫出三件你學到關於阿茲特克的事情

我在圖書館學到阿茲特克的神父們每隔五十二年就得防止世界滅亡。他們熄滅鎮上每一把火炬，把每一個懷孕的女人關進石頭糧倉，這樣一來，她們的寶寶才不會變成魔鬼，每一個小孩都不可以上床睡覺，以免一醒來就變成老鼠。然後他們把一個受難者——而且必須是個一點罪孽都沒有的受難者——帶到一座叫做「荊棘樹之地」的聖山山頂，當特定的星星移過空中（非小說區編號F1219.73的那本書猜測或許是織女星，也就是亮度排名第五的星星），一個神父就剖開受難者的胸膛，狠狠掏出她血淋淋、熱騰騰的心臟，另一個神父同時用一塊粗斜紋布生火焚燒心臟，然後他們把燒起來的心臟放到碗裡帶到山下的城裡，用心臟之火點亮火炬，大家都想要讓火炬燒一下，因為被心臟之火燒到算是好運。幾千支火炬很快就被心臟之火點燃，城裡再度閃閃發光，世界就又得救五十二年。

九年級美國歷史：

我不想傷害任何人的感情，但你指定的那一章？整章都在講「哥倫布真偉大」、「印地安人肯定喜歡感恩節」、「我們來幫大家洗腦」。我在圖書館找到的東西強多了，比方說，你知道英國人離開英國去收購奴隸種植的菸草之前，在他們的空船裡裝滿泥巴以防碰到暴風雨傾斜嗎？當他們抵達新世界（其實那裡一點都不新，也不是叫做「亞美利加」，「亞美利加」之名是來自一個賣酸黃瓜的商人，而這個人之所以出名，原因在於他扯了一堆關於跟原住民上床的謊[29]），英國人把他們的泥巴倒到岸上，挪出空間裝菸草，你猜泥巴裡有些什麼？蚯蚓。但蚯蚓自從冰河期就已經在亞美利加絕種，最起碼已經一萬年，所以，這些英國蚯蚓到處亂竄，改變了土質，而且，英國人還帶來亞美利加從沒聽過的東西，比方說：蠶、豬、蒲公英、葡萄、山羊、老鼠、痲疹、水痘，還有英國人的信念，而英國人相信所有動植物之所以存在，只是為了讓人類宰來吃。所謂的「亞美利加」也沒有蜜蜂，所以這些新來的蜜蜂沒有敵人，迅速繁衍。有本書說，當原住民的家家戶戶看到蜜蜂，大家都哭了，因為他們知道死期不遠。

29 這裡所謂的「賣酸黃瓜的商人」係指義大利航海家亞亞美利哥・韋斯普奇（Amerigo Vespucci，1454-1552）。

> 十年級英文課：
>
> 特維迪太太，妳叫我們寫一寫我們夏天做了哪些「有意思的事」，藉此鍛鍊一下我們的「文法肌肉」，好吧，我這就寫一寫。科學家們在夏天宣布，過去四十年，人類殺害了地球上百分之六十的野生哺乳動物、魚類、鳥類。這樣算不算有意思？還有喔，過去三十年來，我們融化了百分九十五北極圈最古老、最深厚的冰層。當我們融化了格陵蘭所有的冰層——只是格陵蘭的冰層，不包括北極，也不包括阿拉斯加，而只是格陵蘭——特維迪太太，妳知道接下來會怎樣嗎？海洋會上升七公尺。邁阿密、紐約、倫敦、上海都會被淹沒，特維迪太太，這就像是妳帶著孫子孫女坐船，妳會問他們要不要吃零嘴，他們會問說，外婆，妳看看水底下，哇，自由女神像，哇，大笨鐘，哇，一些屍體。這樣算不算有意思？我的「文法肌肉」鍛鍊了嗎？

特維迪太太的桌上有張汽車保險桿貼紙，貼紙上寫道：過去式、現在式、未來式走進一家小酒館。時態可真緊張。她的頭髮看起來非常柔軟，似乎可以當作眠床。西蒙以為他會受到懲戒；但她說「環保意識社」幾年前解散，西蒙想不想重振？

窗外，九月的秋光斜斜漫過足球場。十五歲的他已經大到可以理解一點：他之所以每天早上每天服用六十毫克的怡必隆錠[30]遏止隆隆的怒吼聲，原因不只在於他從小沒有爸爸，或是他只穿得起二手成衣店的牛仔褲，他與其他人的不同之處更加根深蒂固。其他十年級的男孩獵殺麋鹿、從超市偷竊能量飲料、在滑雪坡道抽大麻，或是偕同素未謀面的網友投入電玩大戰，西蒙則是研讀消融中的西伯利亞永凍土含有多少甲烷。他閱讀烏林鴞的數量為什麼日漸減少，因而習知人為毀林；他閱讀人為毀林，因而習知土壤沖蝕；他閱讀土壤沖蝕，因而習知海洋汙染；他閱讀海洋汙染，因而習知珊瑚白化。事事物物正在暖化、消融、死去，速度比科學家們預期得更快。地球各個生態系統藉由不計其數、無影無形的脈絡緊密相連：德里的板球選手因為中國飄來的空汙而嘔吐，印尼的泥炭大火把數十億噸的碳推入加州上空的大氣層，澳大利亞叢林大火蔓延百萬英畝，把紐西蘭殘存的冰山染上粉紅的顏彩。地球暖化＝大氣層的水氣增加＝地球更暖＝水氣更多＝地球持續暖化＝永凍土消融＝更多困鎖在永凍土裡的碳和甲烷被釋入大氣層＝氣溫更高＝永凍土更少＝更少北極冰層可以反射太陽的能量，這些實證、這些研究、這些數據，全都存放在圖書館，人人皆可搜尋，但據西蒙所知，只有他在關注。

有些夜晚，伊甸之門的燈光在他臥室的窗簾外閃閃發亮，他幾乎可以聽到各個龐大的回饋循環繞著地球運作，喀擦喀擦，嘎啦嘎啦，好像空中各個無影無形的巨型磨坊水輪。

特維迪太太用她鉛筆末端的橡皮擦輕敲桌面。「哈囉？地球呼喚西蒙？」

他畫了一張海嘯淹沒城市的海報。一個個簡筆小人衝出大門，從窗裡跳下來。他在海報頂端寫下**環保意識社**、**星期二**、**午休時間**、**一一四教室**，然後在底端加上**混蛋飯桶們**，**覺醒得太遲囉？**特維迪太太叫他刪掉**混蛋飯桶們**，然後幫他用教職員的影印機複印。

30 buspirone，一種抗焦慮的藥物。

隔週星期二，八個學生出席。西蒙站在一張張桌子前，朗讀手中一張皺巴巴的筆記紙。「電影讓你們覺得文明世界快要完蛋，比方說外星人進攻、大爆炸等等，但是說真的，文明世界其實是慢慢完蛋。我們的世界正在完蛋，只不過太慢，沒有人注意到。我們已經殺死大多動物、讓海洋溫度上升、把大氣層的含碳量升到八十萬年的最高點，即使我們現在把一切叫停，比方說今天吃午餐時全都死亡，或是再也沒有汽車、沒有軍隊、沒有漢堡，接下來的幾百年，世界依然繼續暖化。等到我們二十五歲？大氣層的含碳量將會再度加倍，這表示森林大火的溫度會更高、暴風雨會更強、水災會更嚴重。舉例來說，十年之後，玉米不會像現在這麼盛產。你們猜猜百分之九十五的牛和雞吃什麼？沒錯，玉米。所以肉會愈來愈貴。更何況當大氣層的含碳量過高？人類沒辦法想清楚，所以囉，當我們二十五歲，世界上會有更多飢餓、慌張、困惑的人們堵在車陣裡，試著從淹大水、起大火的城市裡逃出來。你們覺得到了那時我們會坐在車裡解決氣候問題？或是幹架打鬥、強姦對方、吃掉對方？」

一個低年級的女孩說：「你剛剛是不是說強姦對方，吃掉對方？」

一個高年級的男孩高舉一張紙，紙上寫著See-More Stool-Guy[31]，哈哈哈，眾人哄堂大笑。

特維迪太太從教室後頭說：「那些都是令人擔憂的預測，西蒙，但或許我們可以討論一些朝向永續生活邁進的措施？比方說高中社團的成員們可以採取哪些行動？」

一位名叫珍娜的高二女孩提議，或許學校餐廳可以禁用塑膠吸管，發給大家印有萊克波特獅子會字樣的環保水瓶？說不定他們可以改進資源回收桶的標示？珍娜的牛仔外套上縫著青蛙貼布繡，雙眼有如烏鴉般漆黑，上唇一層薄薄的汗毛，依稀宛若一道鬍鬚，西蒙站在黑板前，手裡拿著他那張皺成一團的筆記紙，鈴聲響了，特維迪太太說：「下星期二，我們每個人都動動腦，想出更多點子。」然後西蒙就去上生物課。

當天稍晚，他從學校走路回家時，一部綠色的奧迪在他身旁緩緩停下，珍娜搖下車窗。她的牙套是粉紅色，烏黑的雙眼參雜著深藍，而且已經去過西雅圖、沙加緬度、猶他州的帕克市。帕克市酷斃了，他們一家泛舟、攀岩，還看到一隻豪豬爬樹，西蒙可曾看過豪豬？

她說她可以載他回家。如今伊甸之門已經蓋了三十三棟屋宅，沿著阿卡迪街兩側散布，曲曲折折地延伸到他們雙車廂拖車屋後方的山坡上。屋主大多來自波伊西、波特蘭、奧瑞岡州西部，把屋宅當作他們的度假屋：他們把露營拖車停在車道盡頭，開兩萬美金的多功能越野車到鎮上，把大學足球隊的隊旗懸掛在陽臺上，週末晚間圍著後院的營火坑談笑，尿急了就在蔓越莓叢裡撒泡尿，他們的孩子放煙火，朝著天空發射羅馬煙火筒。

「天啊，」珍娜說。「你家後院的雜草真多。」

「鄰居們也在抱怨。」

「我很喜歡，」珍娜說。「這樣很自然。」

他們坐在拖車屋的臺階上啜飲檸檬沙士，看著大黃蜂在薊草間飛舞。珍娜聞起來像是衣物柔軟精和學校餐廳的墨西哥塔可餅，講的話比西蒙多五十倍，嘰嘰喳喳閒聊國際同青會和夏令營，她說她想要去念一所離

---

31 西蒙的全名是：Seymor Stuhlman，他的同學以諧音「See-More Stool-Guy」來嘲笑他。作者解釋，See-more 是 Seymore 的諧音，Stool 是 Stuhl 的諧音，而 stool 的意思是糞便，Guy 的意思是 man，所以「See-More Stool-Guy」的意思是「See more feces, guy」（多看點糞便吧）。

她爸媽遠一點、但又不會太遠的大學，好像她的未來是一條事先畫好、不斷上揚的指數曲線。一個住在隔壁退休的白髮老先生推著他五十加侖的垃圾桶到車道盡頭，老先生看了他們一眼，珍娜舉手打招呼，老先生轉身進屋。

「他討厭我們。每個人都希望我媽媽會賣掉拖車屋，好讓他們多蓋幾棟房子。」

「他看起來人還不錯。」珍娜說，然後接了一通手機電話。

西蒙低頭看著他的鞋子。「你知道每一天網路儲存的碳排放量等於全世界每一班飛機加起來的總合？」

「你真是個怪人。」她帶著笑意說。入夜前的最後一刻，一隻黑熊從暮光中現形，珍娜緊緊抓住他的胳臂，用手機錄下黑熊漫步於街燈的圈圈光影之間。黑熊遊走在六個住戶放置在車道盡頭的輪式垃圾箱之間，不停嗅聞，最後看上其中一個。黑熊舉起前掌用力一拍，垃圾箱隨即倒下，然後牠伸出爪子，小心翼翼地從箱口拖出一個鼓脹的白色塑膠袋，袋裡的垃圾撒了一地。

| 阿爾戈斯號 |

任務年 64

一號艙中第 21 日至第 45 日

康絲坦斯

她碰一碰目視器，踏上輪程機，毫無動靜。

「希柏，圖書館出了問題。」

圖書館一切正常，康絲坦斯。我限制妳的使用時間。妳必須恢復妳的日常課程。妳必須洗澡，好好吃一頓飯，半小時之後到中庭上課。妳爸爸幫妳準備的盥洗包裡有一塊免沖水肥皂。

康絲坦斯坐在小床的床緣，把頭埋在雙手之間。如果一直閉著眼睛，說不定她可以把一號艙變成十七號艙。媽媽的床鋪在她床鋪的正下方，毯子疊得整整齊齊。再走兩步就是爸爸的床鋪。縫紉桌和凳子在這裡。媽媽的鈕扣袋在那裡。爸爸曾跟她說，時間都是相對：由於阿爾戈斯號的行進速度，星船裡由希柏負責維繫的時間因而比地球上的時間快。人體各個細胞裡的時計告訴我們現在應該想要睡覺、現在應該想要生小寶寶、現在應該變老——這些時計，爸爸說，全都可能因為速度、軟體，或是環境而變更。有些休眠種子，比方說四號農場抽屜裡的樹籽，它們可以讓時間停止數百年，讓自己的新陳代謝慢到幾乎停滯，在睡夢中度過一個個春夏秋冬，直到碰上理想的溼度和氣溫，陽光的角度也剛好穿透土壤，然後就像說出「芝麻開門」的密語似地，種子一個個打開，自此發芽生長。

呑呑抓、動動裂、樂樂盯。

「好，」康絲坦斯說。「我會洗澡吃飯。我會繼續上課。但妳得讓我進去《地圖圖鑑》。」

她把滋養粉倒進食品列印機，匆匆吞下一碗七彩麵條，擦擦臉，草草梳理一頭捲髮，坐到圖書館的一張桌子前，希柏規定她做什麼作業，她全都照做。何謂宇宙常數？解釋「trivial」的字源。用加法公式簡化下列表達式。

$$\frac{1}{2}[\sin(A + B) + \sin(A - B)]$$

然後她把《地圖圖鑑》從書架上叫下來，悲傷與憤怒有如彈簧般盤繞在她的胸口，踏上地球上的各個道路。辦公大樓在晚冬的天光中一閃而過；一輛布滿汗垢的垃圾車停在紅綠燈前；她往前再走一公里半，繞過一座山坡，行經一個閃閃發亮被柵欄圍起的園區，前方警衛駐守，園區另一頭一片模糊，因為《地圖圖鑑》的攝影機拍不到那裡。她拔腿飛奔，好像追逐一首遠方的歌謠，各個音符就在她前方，卻永遠捕捉不到。

在一號艙獨自待了將近六星期之後，一天晚上，康絲坦斯夢見自己回到福利站。桌子和長椅都不見了，色若鐵鏽、深及小腿的塵土迴旋飄渺，橫掃地面。她跌跌撞撞地走出福利站，踏入廊道，行經六個房門緊閉的艙室，直到來到四號農場的入口。

農場之中，牆壁不見蹤影，取而代之的是飽受日曬的山丘，放眼望去一片褐黃，四處塵土飛揚，赭紅的薄霧滾滾翻騰，漫過上空，數以千計的種植架綿延無盡，半掩在沙丘中。她看到爸爸跪在其中一個山坡的坡底，背對著她，塵土從他的指間滑落，她正想拍拍他的肩膀，他就轉過身來。他的臉上布滿汗紋，眼睫毛沾滿塵土。

在斯科里亞，他說，有條灌溉用的水溝流過家裡後頭。即使水溝的水乾了——

她驚醒。斯科里亞——以前爸爸講到他的家，她聽過他提到這幾個字。貝克林路的斯科里亞。她知道爸爸在那個叫做「斯科里亞」的農場長大，但他總是說這裡的日子比那那裡的日子好，所以她從沒想過藉由用《地圖圖鑑》找到它。

她進餐，梳理一頭亂髮，謙恭有禮地上完該上的課，客客氣氣地說著拜託妳，希柏，我馬上就做，希柏。

康絲坦斯，妳今天眞是討人喜歡。

「謝謝妳，希柏，我現在可以去圖書館嗎？」

當然可以。

她直奔一個裝著紙片的小盒，提筆寫下：斯科里亞在哪裡？

斯科里亞，Σχερία：菲西亞人的領地，荷馬史詩《奧德賽》中一個富饒神祕的島嶼。

大惑不解。

她又抽出一張紙片，提筆寫下：讓我看看圖書館裡所有關於我爸爸的資料。一小疊文件從三樓的書架上飄下來。一張出生證明，一份學校成績單，一封師長推薦函，一個澳州西南部的郵政信箱地址。當她翻到第五頁，眼前赫然出現一個三十公分高的男孩，男孩比康絲坦斯年紀小一點，慢條斯理地走過桌面。妳好！他一頭紅色的捲髮，穿著自家縫製的粗紋牛仔裝。我是伊森，我來自楠立[32]，我喜歡植物，來，我帶妳參觀我的溫室。

他的身旁隨即冒出一棟建築物，建築物的骨架是原木，包覆在數百個五顏六色被壓扁攤平、黏合起來的塑膠瓶中，屋裡擱放一個個氣耕架，看起來頗似四號農場裡的架子，成打的托盤中長出各種蔬果。

在這個我奶奶說是鳥不生蛋的地方啊，我們的問題一大堆，過去十三年，只有一年青綠。三個夏天之前，枯枝病害得我們的作物全都枯死，然後牛群被壁蝨感染，說不定妳都已經聽說，而且去年一整年都沒下雨。妳在這裡看到的每一株植物都是我種的，每一個架子的用水都少於四百毫升，比一個人流的汗還少……

他微笑時，你看得到他的門牙。她認得那個步伐、那張臉龐、那雙眉毛。

……妳在各地徵募各個年紀的志願者，妳八成心想：這小子有什麼資格？我外婆說我絕不氣餒，這是我最亮眼的特質。我喜歡新的地方、新的事物，最重要的是，我喜歡探索植物和種子的奧祕。如果能夠參與像這樣的計畫，肯定帥斃了。一個新世界！請給我一個機會，我絕不會讓妳失望。

32 Nannup，西澳大利亞省的一個小鎮。

她抓起一張紙片，召喚《地圖圖鑑》，踏入《地圖圖鑑》之中，孤寂的感覺有如長長的縫針般刺穿她。當爸爸講話講到興頭上，他的神情之中依然流露出那個小男孩的光采。他愛極了光合作用。他可以接連一小時滔滔不絕地講述真菌。他說植物蘊含著人類活得再久也無法理解的智慧。

「楠立，」她朝向一片空無說。「澳大利亞。」

地球朝向她飛來，大地迴旋，上下翻轉，南半球翻旋到她的眼前，她從天而降，踏上一條尤加利樹林立的道路，遠方的山坡受到烈日曝曬，一片焦黃；白色的藩籬沿著道路兩側延伸，三幅褪色的旗幟在上空飄揚，旗幟上寫著：

盡你應盡的責任
擊潰缺水倒數日
一天十公升，你也活得下來

瓦楞鐵皮屋鏽跡點點。幾棟無窗的房屋。木麻黃被烈日曬得枯黑。當她走近望似市中心之處，她瞧見一座公會堂，公會堂漆成紅色，屋瓦潔白，矗立在巨朱蕉的樹蔭下，周遭的草地變得青綠，比她先前經過的任何地方青綠三倍，豔麗的秋海棠從窗臺的花壇垂掛而下，一切看起來都像是剛剛上了漆。十棵不知名的大樹繁花盛開，花朵橙黃，燦然耀目，樹蔭下是個草坪，草坪中央有座閃閃發亮的圓形泳池。

康絲坦斯再度感到困惑不安。有些事情不太對勁。為什麼四下無人？

「希柏，帶我到附近一個叫做斯科里亞的農場。」

根據我的資料庫，這附近沒有一個叫做斯科里亞的地方或是農牧場。

「那就請妳帶我到貝克林路。」

路面攀升數公里，經過一座座農場。四下不見車輛、腳踏車、牽引機。她走過無蔭的田野，田裡說不定曾經種植鷹嘴豆，但早已被烈日烤焦。輸電塔聳立，纜線已被截斷，懸吊在半空中。極度乾枯的樹籬；處處焦黑的森林；上鎖的閘門。路面塵土飛揚，草地一片枯黃。求售的招牌一再而三地出現在眼前。

她花了好幾小時搜尋貝克林路，自始至終卻只看見一個孤孤單單的男子，那人穿著外套、戴著防護口罩、前臂遮著雙眼抵擋塵土或是日光，她在他面前蹲下。「哈囉？」但他只是一個輪廓、一個影像。「你認識我爸爸嗎？」男子往前一傾，好像被風吹彎了身子。她伸手想要扶住他，雙手卻直接穿過他的胸膛。

她花了三天搜尋楠立附近一座座焦黃的山丘，沿著貝克林路前前後後走了不知道多少趟，終於在一片她已經走過三、四次的尤加利樹枯林中看到一個牌子，牌子是手寫的，用鐵絲綁在一個閘門上。

Σχερία

閘門後方矗立著兩排乾枯的桉樹，樹幹脫皮，露出白色的樹身。一條塵土飛揚、路旁雜草叢生的小徑通往農場的主屋，屋子的壁板和圍籬覆滿忍冬，但已全都枯死。

窗裡窗外懸掛著黑色的百葉窗，一片太陽能板歪斜地架在屋頂，爸爸的溫室矗立在屋側，乾枯的桉樹為它遮蔭，溫室蓋到一半，原木屋框的一部分被混濁的塑膠包覆，溫室旁邊擱著一堆骯髒的塑膠瓶。

塵土瀰漫的天光，寸草不生的田野，毀損的太陽能板，一層薄薄的灰塵有如米白的雪花般蒙蓋一切，事事物物有如墓穴般沉寂靜默。

我們的問題一大堆。

過去十三年，只有一年青綠。

她爸爸十二歲申請加入這個星航小組，花了一年過了一關又一關，八成在十三歲——也就是康絲坦斯現在這個年紀——接到入選的電話。他肯定知道自己絕對不可能活到航抵 Beta Oph2，是嗎？他肯定也不曉得自己會在一艘機械星船裡度過餘生，是嗎？但他依然選擇離開。

她擺動手臂放大畫面，眼前的數位影像隨即彎曲，屋子的畫質也退化成一格一格，但當她挑戰《地圖圖鑑》解析度的極限，她注意到在屋子的最右側，或許由於日光照射的角度，她可以望穿兩塊玻璃，看到屋裡的一角。

她勉強辨識出一截被太陽曬得褪色、印著飛機圖樣的窗簾。兩個自製的星球從天花板垂掛而下，其中一個被圓圈環繞。一張雙人床，床頭板缺了一角。一個床頭小桌。一盞檯燈。那是一個男孩的房間。

如果能夠參與像這樣的計畫，肯定帥斃了。

一個新世界！

窗邊的床頭小桌擺著一本藍色的書，書的書脊磨損，封面朝上，封面上成群鳥繞著一個城市飛翔，城市塔樓櫛比，彷彿矗立在層層雲朵之上。

她扭著身子，拚命探向那個畫面，瞇著眼睛檢視一格一格扭曲的像素。城市下方的書封底端寫著：安東尼・迪奧金尼斯。書封頂端一排大字：**雲端咕咕國**。

13

逃出巨鯨的肚裡，一頭栽入暴風雨

《雲端咕咕國》，安東尼．迪奧金尼斯著，第N頁

……我是一隻鳥。我有了一對翅膀，我飛上了天！一艘戰船整個串掛在巨鯨的尖牙上，當我拍拍翅膀飛過，水手們對著我咆哮怒吼。我逃出來了！我飛了一天一夜，飛越無止無盡的大海，上方的天空始終蔚藍，下方的海浪始終澄藍，放眼望去不見洲陸，也無船隻，我沒有任何地方可以落腳，讓我歇歇翅膀。到了第二天，我愈來愈累，海面漸漸陰沉，海風呼呼吹起，宛若令人恐懼的鬼魅歌謠。銀白的火光自四面八方襲來，雷暴雲砧劈裂天空，我黑色的羽毛煥發出白光。

我吃的苦還不夠多嗎？下方的大海冒出一個巨大的水柱，迴旋奔騰，轟轟隆隆，島嶼、牛群、船隻、屋舍全都跟著衝上天空，我微小的翅膀也陷入水柱之中，我再也無法往前飛，而是隨著水柱愈升愈高，直到銀白的月光灼傷我的嘴喙。我迴旋飛過明月，距離近到可以看見明月牲畜沿著鬼魅的平原奔馳，從浩大潔白的明月大湖裡啜飲牛奶。牠們被低頭俯瞰的我嚇了一跳，就像我被抬頭仰望的牠們嚇了一跳。我又夢見阿卡迪亞的夏夜，山坡上的三葉草繁茂生長，我那群母羊的銅鈴叮叮作響，愉悅的鈴聲響徹雲霄，牧羊人叼著菸斗圍坐，唉，我但願沒有踏上這趟……

| 君士坦丁堡 |

1453 年 5 月

安娜

圍城邁入第五週，說不定是第六週，今日黯然沒入昨日，日日如此。安娜靠牆坐著，姐姐把頭倚在她的膝上，一支新點的蠟燭固著在地，擱放在燃盡的殘端之間。外面的巷子傳來砰砰咚咚的聲響，有匹馬嗚嗚叫，有個人冒粗口，騷動還得好久才會平息。

「安娜？」

「我在這裡。」

瑪麗亞的世界如今已經完全陷入黑暗。想要講話的時候，她的舌頭不聽使喚，每隔幾小時，她的脊背和頸脖就無法動彈。女刺繡工還有八個留在卡拉法提家，她們一下子專心工作，一下子恍恍惚惚，神情憂煩地發呆。安娜幫廚娘克莉絲整理遭受霜害的花園，或是在依然營業的市場撿拾殘餘的麵粉、水果、豆子，其他時間她都坐著陪伴姐姐。

她讀通了那本古老的手抄書，她愈來愈善於辨識書中微微左傾的工整字跡，如今朗讀文句已經不成問題。每次碰到一個不認識的生字，或是被黴菌啃噬而留下的空白，她就發揮創意，自行添補。

埃同終於設法變成了飛鳥；但他沒有如願變成輝煌睿智的貓頭鷹，只是一隻濕淋淋的小烏鴉。他飛越一個無止無盡的海洋搜尋世界的盡頭，結果卻只是被水柱吞沒。只要安娜不停朗讀，瑪麗亞似乎就陷入沉靜，她神情平和，好像她不是坐在受到圍攻之城的一個陰暗小室聆聽一個荒誕的故事，而是置身來世的花園聆聽天使們頌唱聖詩，安娜不禁想起李錫尼曾說：你可以藉由故事把時間拉長。

在過去那些時日，他說，吟遊詩人們把古老的歌謠收納在回憶之中，帶著歌謠雲遊一個個鄉鎮，為任何一個想要聆聽的村民表演，他們經常盡量拖延故事的結尾，即興編出最後一句歌詞、最後一道英雄們必須克服的關卡，因為啊，李錫尼說，如果歌手們能夠抓住聽眾的注意力，讓大夥多聽一小時，他們說不定就能夠多喝到一杯酒、多吃到一塊麵包、多躲過一個雨夜。安娜想像那個名叫安東尼．迪奧金尼斯，天曉得他是誰的傢伙將小刀挨近鵝毛筆，鵝毛筆挨近墨水，墨水挨近紙軸，在埃同面前多設下一道關卡，為了另一個目的把間拉長，因為這樣一來，他的姪女就可以在世上多待一會兒。

「他吃了好多苦，」瑪麗亞喃喃說，「但他堅持下去。」

說不定卡拉法提說得沒錯；說不定巫術確實停駐在古老的書本裡。說不定只要她還有句子可以唸給姐姐聽，說不定只要埃同堅持他那趟輕率的旅程，拍拍翅膀飛向他在雲端的夢境，各個城門就守得住；說不定死神會停留在她們的房門外，多待一天再入內。

五月的一個早晨，天氣清朗，花香四溢，不合時令的寒意似乎終於放了大家一馬，都城最受尊崇的聖像畫《聖母子》[33]被人抬出那座為了供奉它而興建的教堂，聖像畫據稱出自聖徒路加之手，畫作由重達一百三十六公斤的一塊塊小石板鑲嵌而成，一面是聖母和聖子，另一面是耶穌受難圖，安娜出生之前的一千年，一

33 *Hodegetria*，一名 Virgin Hodegetria，西元五世紀的聖畫像。

位女皇將之從聖地迎送到都城。

《聖母子》是聖像畫之最，擁有浩大的威力，千年以來，都城屢屢克服圍城之難，原因就在於《聖母子》的護佑。若有任何一物可以解救都城，那就非《聖母子》莫屬。克莉絲扶起瑪麗亞，背著她走到市中心的廣場，加入遊行的行列，當聖像畫被抬出教堂、迎向戶外的天光，散發出光芒是如此耀目，安娜的眼前甚至金光點點。

六個神父抬著聖像畫，把它扛到一個修士的肩上，修士體格壯碩，一身酒紅色的天鵝絨聖袍，他赤足扛著聖像圖遊街，從一個教堂走到下一個教堂，聽命於《聖母子》的指引。聖像畫壓得他搖搖晃晃、步履蹣跚，兩位執事緊隨在後，高舉金色的棚罩遮蓋聖像畫，接著是高官顯要，最後才是信徒修女和平民士兵，許多民眾手執蠟燭，喃喃唸誦怪異悅耳的頌詞。孩童們拿著玫瑰花環或是花球跟著隊伍奔跑，希冀有幸觸摸聖像畫。

安娜、克莉絲、癱伏在克莉絲背上的瑪麗亞隨著遊行隊伍前進，跟隨《聖母子》左彎右拐，徐徐走向第三丘。整個早晨，都城光采奪目。野花有如氈毯般覆蓋廢墟，栗樹揮舞著白蠟般的繁花，但隊伍走向山丘上那座搖搖欲墜的大噴泉時，天空漸漸暗了下來。氣溫驟降，烏雲驟現，鴿子不再咕咕叫，狗開始狂吠，安娜抬頭仰望。

空中沒有半隻飛鳥。雷電閃過屋舍。一陣大風吹熄隊伍裡的半數蠟燭，唸誦之聲聽來遲疑。在其後的靜默中，安娜可以聽到一個鼓手在薩拉森人的戰營裡敲打戰鼓。

「安娜？」瑪麗亞的臉頰緊貼著克莉絲的脊背。「發生了什麼事？」

「暴風雨。」

道道閃電鞭笞聖索菲亞大教堂的圓頂。樹木劇烈晃動，百葉窗劈啪作響，陣陣冰雹襲擊屋頂，遊行隊伍一哄而散。隊伍最前方，大風吹翻了遮蓋聖像畫的金色棚罩，罩布隨風飄搖，飛舞於屋舍之間。

克莉絲急著躲雨，但安娜多待了一會兒。她看著隊伍最前方的修士試圖繼續扛著《聖母子》走上山丘。大風吹得他往後退，磚瓦碎片刮過他的腳踝，但他依然奮力向上。幾乎登頂時，他腳步不穩，跌了一跤，畫齡一千三百年的聖像畫滑了下來，耶穌受難圖倒臥在被雨水淋得溼答答的街上。

•••

阿嘉塔把頭埋在雙手裡，坐在桌邊東搖西晃；寡婦席歐朵拉朝著冰冷的壁爐喃喃自語；克莉絲唾罵她的菜園毀了。神聖的《聖母子》敗北；聖母拋棄了他們；啟示錄之獸從海中升起。天主的敵人兵臨城下。時間是個圓圈，李錫尼曾說，而每一個圓圈最終都必須封合。

夜幕低垂，安娜爬上馬毛床墊，跟姐姐坐在一起，姐姐把頭倚在她的膝上，那本古老的手抄書攤放在她們面前。暴風雨把變成烏鴉的埃同推過月亮，他滾入群星之間的一片漆黑。他已經沒有多少地方可去。

歐米爾

同一天下午，牛車隊轟轟隆隆地前往金角灣載運另一批石彈。河口一片青藍，水面點點日光，行至距離浮動碼頭約莫一百碼之處，月光——而非小樹——停了下來，牠把前腿蜷曲到身下，壓低身子趴到地上，就這麼走了。

車隊繼續前進，牠被拖了約莫一個牛身的距離，車隊才停下。

小樹站在原地，頸上套著牛軛，三隻健全的牛腿微微歪斜，軛桿被牠弟弟的重量壓得翹起。鮮紅的泡沫從月光的鼻孔流滲而出；一片小小的白色花瓣隨風飄來，黏貼在牠張開的眼睛上。歐米爾靠向牛軛，試圖將自己的微小之力傾注於月光龐大的身軀，但月光的心臟已經停止跳動。

其他趕牲口的伕役早就看慣公牛套著牛軛一命嗚呼，大夥或蹲或坐在路邊等候。軍需官朝著碼頭大喊大叫，四個腳伕隨即從船塢後面跑出來。

小樹彎下身子，以便歐米爾卸下軛桿。腳伕們和四個趕牲口的伕役齊心協力，兩人一隊，各拉一隻牛腿，把月光拖到路邊，最年長的一人默禱謝天，拔刀割開月光的咽喉。

歐米爾一手拿著韁繩和繩索，牽著小樹沿著小路往前走，踏入博斯普魯斯海峽岸邊的蘆葦叢。陽光燦燦，往事歷歷，月光幼時的身影似乎在空中飄動。牠喜歡靠著牛欄旁邊的某棵松樹搔癢。牠喜歡涉水踏入溪中，半個身子埋在水裡，開心地朝著牠哥哥哞哞叫。牠不太會玩捉迷藏。牠很怕蜜蜂。

小樹微微顫抖，牛背起起伏伏，一群蒼蠅飛起，而後又回到牛背上。由此遠眺，都城和環繞都城的城牆看起來微小，宛若晴空下一塊蒼白的岩石。

幾百步之外，兩個腳伕生了火，另外兩個腳伕動手支解月光，他們砍下牛頭，割下牛舌，炙烤牛心、牛肝、兩個牛腎。他們把牛腱包在肥肉裡，穩穩地叉在矛上，放在火上炙烤，船夫、裝卸工人、趕牲口的伕役三兩成群沿著小路走來，蹲在路邊等著肉被烤熟。數以百計小小的藍蝴蝶在歐米爾的腳邊飛舞，啜食海埔一灘淤泥中的礦物。

月光：牠那粗壯的尾巴，牠那毛茸茸的蹄子。真主在美女的子宮裡造就了牠，讓牠跟牠哥哥相繼出生，牠活過了三個冬天，在離家數百里之處辭世，為了什麼呢？小樹在蘆葦叢中躺下，四周瀰漫著牠的異味，歐米爾心想，牲畜知道什麼？月光那兩隻漂亮的牛角怎麼辦？他一呼吸，心中就再度刺痛。

那天晚上，槍炮聲似乎無止無休，痛擊塔樓和城牆。人們受命全力點燃火炬、蠟燭、廚火，歐米爾幫兩個趕牲口的伕役砍倒橄欖樹，把樹拖到熊熊的營火旁，蘇丹王的烏拉瑪遊走於營火之間，傳達鼓勵的話語。「基督徒，」他們說，「人人邪惡傲慢。他們崇拜白骨，為了木乃伊而死。除非有張羽毛床，否則他們睡不著，若是沒喝酒，他們連一個小時都撐不下去。他們認為都城歸他們所有，其實都城屬於我們。」

夜晚有如白晝。月光祭了五十個男人的五臟廟。歐米爾心想，爺爺會知道該怎麼做。他肯定早就看得出跡象，他會好好照顧月光的蹄子，他會曉得使用哪些藥草、油膏、蜂蠟。爺爺可以在歐米爾什麼都看不到的時候發現野禽的蹤影；爺爺咂咂舌頭就可以指揮老葉和老針。

他在煙霧中閉上眼睛，想起一個趕牲口的伕役在埃迪爾內的田裡說過一個故事。故事裡有個男人下了地獄，地獄裡的魔鬼啊，趕牲口的伕役說，每天早上在男人身上劃了幾千刀，但傷口很淺，男人不會因而身亡。傷口花了一整天結疤，隔天早上，傷口剛剛開始癒合，魔鬼們就拿刀再把傷口劃開。

晨禱之後，他走向牧草地看看小樹，小樹被他繫在一根木樁上，這會兒站不起來。牠側躺，一支牛角朝向天空。世界吞噬了牠弟弟，小樹已經準備好跟弟弟同行。歐米爾跪下，雙手撫過小樹的側腹，看著天空的倒影在牠顫動的雙眼中晃動。

這個早晨，爺爺是否抬頭看著同樣的雲朵？爺爺、妮妲、媽媽、小樹、他自己，他們五個是否全都仰望這朵緩緩飄浮的白雲，靜觀雲朵飄過？

安娜

教堂的鐘聲不再整點報時。她晃過炊具室，飢餓的感覺在她的腹胃裡竄動，好像一條蛇鬆開盤繞的蛇身，然後她走到門口，看著中庭上方的天空。希邁里奧斯曾說，只要月亮愈來愈大，世界就絕對不可能滅亡。但這會兒月亮變小了。

「起先，」寡婦席歐朵拉朝著壁爐悄悄說，「戰爭肆虐人間，然後假先知竄起，再過不久，各個星球將從空中墜落，接下來就是太陽，人人都將化為灰燼。」

瑪麗亞的雙腳都已變色，連上個洗手間都得有人扛著她去。她們已經朗讀到手抄本的最終章，部分書頁毀損得非常厲害，安娜甚至每三行才認得出一行。為了姐姐，她讓埃同繼續他的旅程。烏鴉拍拍翅膀飛過空無，跌跌撞撞地越過黃道帶。

在伊卡利亞的高空，我的羽毛沾滿群星的塵埃。我俯瞰遠遠之下的大地，看出大地的真面目；它是寬廣遼闊之中的一小堆泥土，它的各個王國只是蛛絲，它的軍隊只是碎屑。我歷經風吹雨打、烈日曝曬，我筋疲力盡、被風吹得暈頭轉向，我半數羽毛都已脫落，飄浮在各個星系之間，幾乎已無指望，就在這時，我瞥見遠方閃爍的金塔林立，白雲蓬鬆……

文句漸漸消失，一行一行隱沒於水漬之下，但為了姐姐，安娜發揮想像力，召喚出雲端之城。城市之中，白銀與青銅的塔樓櫛比林立，窗戶閃閃發光，屋頂上的旗幟撲撲飄搖，大大小小、形形色色的鳥迴旋飛翔，這隻疲憊的烏鴉盤旋而下，飛出群星之外。

遠方炮火隆隆作響。蠟燭的燭火哈腰欠身。

「他一直不忘初衷，」瑪麗亞輕聲說，「即使他好累。」

安娜吹熄蠟燭，闔上手抄書。她想到尤利西斯被沖到菲西亞人的島國。「他聞得到群星之間的茉莉花香，」她說，「還有紫羅蘭、月桂、玫瑰、葡萄、梨子、一堆又一堆蘋果、一層又一層無花果。」

「我聞到了，安娜。」

聖科拉里亞的聖像旁擺著一個她從義大利人棄置的工坊裡取得的小鼻煙壺，缺了一角的壺蓋上繪著一座塔狀的迷你宮殿。烏爾比諾有些工匠，義大利繕寫師們說，他們製造的鏡片可以讓你看到五十公里之外的景物。他們手繪的獅子非常逼真，看起來甚至好像會從畫紙上走下來吃了你。

我們的領主夢想著建造一座比教宗的藏書庫更宏大的圖書館，他們說，館內收藏創世以來人類寫下的每一本書，而且萬世不衰，永存不朽。

瑪麗亞於五月二十七日辭世，工坊的女人們圍著她祈禱，安娜把掌心貼在姐姐的額頭上，感覺暖意漸漸離開姐姐的身軀。「當妳再看到她，」寡婦席歐朵拉說，「她將一身燦爛的金光。」克莉絲抬起瑪麗亞，好像拿起一塊被陽光曬僵了的亞麻布一樣不費力，抱著她穿過庭院，走向聖席芬諾修院的閘門。

安娜捲起織錦兜帽，兜帽上已經繡了五隻盤繞在藤蔓中的雀鳥。或許在另一個時空，一群銀閃閃的人們正在啜泣：她們的爸爸媽媽、姑姑阿姨、表哥表姐，眾人群聚於小教堂，教堂裡擺滿春天的玫瑰花，一千座管風琴的樂聲裊裊，瑪麗亞的靈魂飄浮在天使、葡萄藤、孔雀之間，正如一幅她繡製的畫。

在聖席芬諾修院的教堂裡，修女們不停祈禱頌唱，聲聲直升天主的王座。其中一位指示克莉絲把遺體放在何處，另一位為瑪麗亞覆上壽衣，安娜坐在姐姐旁邊的石板地上，等候神父到來。

歐米爾

小樹和月光走了之後，他感覺時間漸漸碎裂。他受命幫軍隊焚燒屎糞，隨同一群印度奴隸和被強行徵召的基督徒男孩一起幹活。他們把屎糞倒入土坑，澆上火熱的瀝青，他和幾個年紀較大的男孩用木棍攪拌熱騰騰的穢物，木棍從棍尖開始燒起，因而全都愈燒愈短。惡臭浸透他的衣服、頭髮、皮膚，不久之後，除了他那張臉，大家又多了一個理由對他怒目相視。

猛禽迴旋上空；狠毒的大蒼蠅成群來襲；帳篷之外，夏天的腳步漸漸逼近，四下已無蔭影。他們千辛萬苦運至此地的巨炮終於龜裂，抵禦大軍放棄修護他們飽受摧殘的木寨，人人感覺戰局的勝負有如搖擺的槓桿，誰也不知道傾向何方。要嘛餓得發慌的都城會豎起白旗，要嘛鄂圖曼人會在疾病絕望橫掃營區之前撤兵。

歐米爾營隊裡的男孩們說，蘇丹王——願真主護佑他的王國長存——認為決定性的時刻已經到來。城牆多處已經動搖，抵禦大軍筋疲力竭，只要予以最後一擊，勝利就將傾向我方。他們說，最精良的戰士將在後方壓陣，最欠裝備、最欠訓練的人們會被派去打頭陣，率先渡過護城河攻打都城。一個男孩輕聲說，石頭會像冰雹雨一樣從壁壘上落下，蘇丹王的戰士會揮舞著長鞭走在後方，而我們會被卡在中間，進退不得。但另一個男孩說，真主會幫助他們度過難關，如果他們死了，來世的酬賞將難以計數。

歐米爾閉上雙眼。當好奇的人們停下腳步、張口結舌地看著壯碩的小樹和月光，感覺是多麼稱心；當群眾數以千計地前來、希望摸一摸那座閃閃發亮的巨炮，感覺是多麼宏大。它可以讓一個小東西摧毀一個大得多的東西。但他們究竟摧毀了什麼？

馬哈在他旁邊坐下，抽出小刀，用指尖刮刮刀刃的鐵鏽。「我聽說我們明天天黑會被派上戰場。」馬哈的兩頭公牛也早就走了，深邃的雙眼流露出無比的空洞。「肯定會很棒，」他說，但聽起來不怎麼確定。「我們會讓他們嚇破膽。」

他們周遭坐著農家子弟，人人拿著盾牌、棍棒、標槍、斧頭、馬伕的鐵鎚、甚至石頭。歐米爾好累。死了才是解脫。他試想基督徒端坐在城牆上、人們在都城的教堂和屋舍裡祈禱，他真想知道一位天神怎麼應付得了這麼多人的思緒和驚恐。

安娜

夜晚時分，她又加入婦人和女孩的小隊，在內牆與外牆之間的田野裡辛勤幹活，她們把石頭拖拉到城牆上緣的城垛矮牆，這樣一來，薩拉森人攻城時，石頭就可砸落到他們頭上。人人飢腸轆轆，沒有足夠的時間休息；再也沒有人哼唱聖詩或是喃喃打氣。快要半夜時，修士們把一座水壓管風琴拖拉到外牆牆頂，吹奏出刺耳哀戚，有如貓咪叫春般的樂聲，好像一頭垂死的巨獸在黑夜中嗚咽呻吟。

人們如何說服自己：其他人必須一死，自己才保得住性命？她想到姐姐，姐姐幾乎身無長物、不聲不響地離開人間；她想到李錫尼跟她說，希臘大軍在特洛伊城外紮營十年，困在城內的特洛伊婦女一邊織布，一邊擔憂，不知道自己是否還有機會再度漫步於田野、潛游於大海，也不知道城門是否將會失守、她們是否非得親眼瞧著自己的嬰孩被拋過壁壘、一命嗚呼。

她一直忙到黎明，當她回到工坊，克莉絲叫她在庭院裡等候，然後又從炊具室冒出來，一手拿著一張木椅，一手拿著席歐寡婦的骨柄剪刀。安娜坐下，克莉絲把她的頭髮往後一拉，張開剪刀，一時之間，安娜擔心這位老廚娘是不是打算割斷她的咽喉。

「今晚或是明天，」克莉絲說，「都城就會淪陷。」

安娜聽到剪刀沙沙作響，感覺她的髮絲落地。

「妳確定？」

「小傢伙，我已經夢到了。當都城淪陷，士兵們會拿走每一樣他們拿得走的東西。食糧、銀錢、絲綢，但最有價值的是女孩。」

安娜想像年輕的蘇丹王跟他的大臣們群聚在某個帳篷，蘇丹王坐在地毯上，都城的模型擱在他的膝上，他伸出一隻手指細細探究，輕撫每個塔樓、每個槍眼、城牆每一個飽受毀損之處，試圖找出攻城的入口。

「他們把妳剝得只剩一層皮，要嘛自己留下妳，要嘛把妳帶到市場上賣掉。我們這一邊，他們那一邊，碰到戰爭，兩邊始終沒兩樣。妳知道我怎麼曉得嗎？」

剪刀一閃一閃，離她的眼睛好近，安娜怕得不敢轉頭。

「因為我已經碰過這種事。」

她頂著剛被剪短的頭髮，吃了六顆青澀的杏果，胃不舒服躺了下來，昏昏沉沉地入睡。惡夢之中，她走在一個遼闊的中庭裡，中庭的拱頂極為高聳，甚至似乎撐住了天空。中庭兩側是一層層書架，架上疊了成千上百本書，有如眾神的圖書館，但每翻開一本，她就發現書裡的文字是她看不懂的語言，一字又一字、一本又一本、一架又一架，她全都無法理解。她走了又走，情況卻始終相同：書冊難以辨讀，數量無窮無盡，她的腳步聲迴盪在浩大的圖書館中，聽來格外微弱。

圍城第五十五天的傍晚，暮色漸漸降臨。在金角灣畔的皇宮裡，君王召集將領們圍著他祈禱。外牆各處，哨兵們點數箭頭，撥弄焦油油桶的火苗。護城河的遠方、蘇丹王的私人帳篷裡，一位僕人點燃七支小蠟燭，一支代表一個天堂，然後悄悄退下，年輕的蘇丹王跪下祈禱。

都城的第四丘上，一群鷗鳥飛過曾經顯赫一時的卡拉法提刺繡工坊，鷗鳥盤旋在工坊的屋頂上空，越飛越高，捕捉了最後一縷天光。安娜從她的床墊上坐起，驚覺自己整整睡了一個白天。

炊具室裡，幾個留下來的女刺繡工從壁爐邊走開，以便克莉絲把劈砍成一塊塊的刺繡桌扔進火裡。寡婦席歐朵拉走進來，手裡抱著一堆安娜覺得是顛茄的植物。她拔掉葉子，摘下一顆顆漆黑閃亮的莓果丟進盆裡，把根莖放進研缽。碾磨時，她跟大家說，她們的軀體只是塵土，終其一生，她們的靈魂始終渴望前往一個更遙遠的地方。現在她們接近了，寡婦席歐朵拉說，一想到即將拋下這副皮囊、回到天主的懷抱，她們的靈魂就高興地顫抖。

白晝最後一縷藍光被黑夜吞沒。火光之中，女人們的臉龐顯露陳年的苦難，看來幾乎聖潔；好像她們始終料想世界會像這樣滅絕，而她們只得無奈接受。克莉絲把安娜叫進儲藏室，點燃一支蠟燭，遞給她幾片鹽漬鯖魚和一條用布包起來的黑麵包。

「世上若有哪個孩子比他們機靈、比他們撐得久、讓他們追趕不上，」克莉絲輕聲說，「那肯定就是妳。妳還有一輩子可過。今晚就走吧，我會祈求天主跟著妳上路。」

她可以聽到寡婦席歐朵拉在炊具室裡說：「我們把我們的軀體留在這個世界，好讓我們飛翔遁入下一個人生。」

歐米爾

夜幕漸漸低垂，一個個圍坐他身旁、依然不熟悉自己軀體的男孩低頭默禱，人人暗自擔憂、磨利刀刃，或是閉目養神。這些男孩因為憤怒、好奇、迷思、信仰，或是貪婪而來，有些夢想著今生來世的榮華富貴，有些純粹只想發洩心中的憤恨，對那些他們覺得造成自己痛苦的人施暴。成年男子們也有夢想；他們夢想為真主爭光、受到戰友們的敬愛、回返熟悉的家園。洗個澡，見一見心愛的人，掬飲一口冰涼的清水。

歐米爾坐在炮手們的帳篷外，從這裡望去，他只看得到月色漫過聖索菲亞大教堂的絕美圓頂；他和都城似乎也只能靠得這麼近。烽火在塔樓裡燃燒；一縷白煙從都城的最東邊升起。在他身後，傍晚的星辰閃閃發光。他想起爺爺不疾不徐地講述牲畜的美德、氣候、牧草的品質，爺爺始終像是大樹一樣有耐性。他已經大半年沒見到爺爺，但今夜與往昔的那些夜晚，感覺卻像是隔了天長地久。

他靜靜坐著，想像媽媽悄悄在帳篷之間走動，一隻手貼上他的臉頰、久久沒有移開。城市、皇室、歷史，她輕聲說，我幹嘛在乎這些？

他只是個小男孩，爺爺跟旅人和他的僕人說。

你現在這麼想，但他遲早會露出本性。

說不定僕人說得沒錯；說不定歐米爾的心中確實窩藏著魔鬼。或是惡鬼。或是巫師。某個令人生畏的角色。他感覺它動了動醒過來、伸伸懶腰、揉揉眼睛、打個哈欠。

起來，它說，回家。

他捲起月光的繩索，把韁繩套在肩上，站了起來。他踏過席地而眠的馬哈，小心翼翼地穿過人群，走過一個個驚慌害怕的男孩。

回到我們身邊，媽媽輕聲說，成群蜜蜂繞著她飛舞。

他避開一隊手執叻板、朝向最前線移動的鼓手，經過一群繫著圍裙、捧著鐵砧的鍛工，走過製造弓箭和弓繩的工匠。那種感覺就像長久以來，他始終被套上軛桿、拖拉著一部滿載石球的貨車，如今他一步一步遠離都城，石球也一顆一顆滾落在他的身後。

馬匹，貨車，殘破的攻城器械——黑暗之中，陰影濛濛。誰都別看。你善於隱藏你的臉。

他被帳篷的繩索絆倒，再度站起，迂迴躲閃營火的火光。任何時候，他心想，我都可能被人攔下，問我屬於哪個連隊、負責哪些差事、為何朝著錯誤的方向前進。任何時候，蘇丹王的衛兵都可能在我身邊勒馬停下、揮著長長的彎刀、說我是個逃兵。但人們呼呼大睡、低頭默禱、喃喃自語，或是悶悶沉思，似乎沒有人注意到他。說不定他們認為他正走向畜欄查看牲口；說不定，他心想，我已經死了。

他繼續前進。在營區的邊際，春天的野草已經及胸，金雀花鮮黃繁茂，行進的時候，他很容易就可以躲進花叢。在他身後，鼓手們已經抵達最前線，人人高舉雙頭鼓棒，甩弄各種花式，然後奮力擊鼓，鼓聲急速，毫無間斷，聽起來有如經久不衰的怒吼。

士兵手執刀槍，敲擊盾牌，鏗鏗鏘鏘的聲響傳遍鄂圖曼人的軍營。歐米爾等待真主從雲層的縫隙中賜下一道閃電，揭露出他的真面目。歐米爾——叛徒、逃兵、懦夫；一個面容有若惡鬼、心中窩藏惡魔的男孩；

一個殺了他自己父親的男孩；一個原本該被留在深山自生自滅，卻對他自己的爺爺下咒，蠱惑爺爺抱著他回來的男孩。村民們憑著直覺對他的種種感知，果然全都應驗。

黑暗之中，他沒有引起任何人的注意。在他身後，鑼鼓愈來愈喧嘩，人聲愈來愈鼎沸。第一批人馬隨時會被派去渡過護城河。

安娜

即使相隔一公里半，鼓聲依然貫穿卡拉法提的屋宅。鼓聲隆隆，襲向大街小巷，一再偵測，一再打探，彷彿是蘇丹王的先導，幾乎已是攻城的利器。安娜回頭探望，炊具室裡，寡婦席歐朵拉捧著研缽，缽中盛滿碾碎的癲茄。暗影之中，她彷彿看到卡拉法提抓著姐姐的頭髮，拖著姐姐走過她的腳邊，李錫尼那一張張斑駁的羊皮紙化為灰燼。

一位脾氣暴躁的修道院院長，高個子繕寫師曾說，一位笨手笨腳的修士，一個入侵的野蠻人，一支打翻的蠟燭，一隻飢餓的蠹蟲，這十幾世紀以來都沒得逞。你可以緊緊依附這個世界，一千年也不放手，但依然可能一瞬之間就被連根拔除。

她把陳舊的手抄書和鼻煙壺包在姐姐的織錦兜帽裡，放到希邁里奧斯麻袋的最底下，然後把麵包和鹹魚擱在上頭，綁緊麻袋。她在世間擁有的一切，全在這個麻袋裡。

戶外的街道上，鼓聲夾雜著遠方的怒吼：最終決戰已經登場。她匆匆走向港口。多棟屋宅已無人跡，但也有多棟屋宅燈火通明，好像住戶們決定耗盡家中一切、什麼都不留給入侵者。燈火之中，街景細膩鮮明，清晰可見：兄弟之愛紀念柱前方的石板地印蝕著二輪戰車的車轍，道道皆有千年歷史；木匠工坊的綠門油漆剝落，有如片片魚鱗；微風吹拂一朵盛開的櫻花，花瓣微微顫顫地飄過月光。自此之後，她可能再也看不到這些景象。

一支塗滿瀝青的利箭從屋頂彈跳下來，鏗鏗鏘鏘打上石板，發出濃煙。一個不到六歲的小孩從門口衝了出來，拾起利箭看一看，好像考慮可不可以咬一口。

蘇丹王的巨炮開火，三發五發七發，遠方一陣騷動。就是這一刻嗎？他們正在攻破城門嗎？她與希邁里奧斯會面的貝利撒留城塔一片漆黑，小小的漁夫閘門無人看管，每個守衛都被派去抵禦城牆。

她緊緊抓住麻袋。西方，她心想；她也只知道西方。太陽在西方落下，朝西越過馬爾馬拉海；她的腦海中浮現受到天主護佑的斯科里亞島、烏爾比諾油亮的榨油和柔軟的麵包、埃同口中的雲端之城，幅幅美景交融為一。*那裡確實存在，變成了魚的埃同在巨鯨的肚裡對巫師說。不然我幹嘛吃這些苦？*

她在多石的海灘上找到希邁里奧斯的划艇，划艇簡陋粗拙，怎麼看都不像耐得住風浪。她頓時感到驚恐：如果船槳不在船上呢？但船槳藏在船底，收放在希邁里奧斯向來收放之處。

她把划艇推向吃水線，船身刮過岩石，聲音大到讓人覺得危險。水淺之處漂著物件，看起來像是一具具屍體；別看。她把划艇推入海中，跳進船裡，拿著麻袋跪在前方的坐板上，先划右槳，再划左槳，斜斜地划向防波堤。四下依然漆黑，真是萬幸。

三隻鷗鳥在漆黑的海面上下晃動，看著她悄悄划過。三是幸運數字，克莉絲總是這麼說。聖父，聖子，聖靈。出世，過活，離世。過去，現在，未來。

她似乎無法讓划艇直直前進，划槳撞擊槳架的聲音也太大聲；直到此刻，她才欽佩希邁里奧斯的技術。但岸邊似乎分分秒秒愈離愈遠，她不停划槳，大海在她的後方，城牆在她的前方，迎向難以預料的未知。

快要划到防波堤時，她用陶罐把划艇裡的水往外舀，就像希邁里奧斯以前一樣。都城之內，金光乍現：

朝陽極不湊巧地緩緩升起。倘若離得夠遠，苦難看來也可能璀璨華美，想來不可思議。

她牢記希邁里奧斯所言：當潮水的方向不對，湧進這裡的海水會把我們直接捲入大海。現在她只能寄望潮水流向她所希冀的方向。

船頭旁邊、防波堤之外的滔滔海浪間，她瞄到一個長長的黑影。一艘船艦。那是薩拉森人或是希臘人的船艦？船主是否正在喝斥划槳手、槍炮手是否已經準備射擊？她拚命蹲低，讓自己貼著船身，麻袋頂著她的胸膛，冰冷的海水滲過她的脊背，此時此刻，她終於漸漸喪失勇氣。恐懼有如觸鬚般從划艇兩側的幽暗之中升起，由數以千計的縫隙鑽入。卡拉法提兀鷹般的雙眼在無星的夜空中一眨一眨。

女孩子不上學。

妳幹的？從頭到尾都是妳幹的？

潮水攔截小小的划艇，帶著它漂浮游動。她心想，埃同被困在各個不同的形體裡、講不出自己的話、遭人欺侮、飽受嘲諷，肯定就是這種感覺。他的命運真是可悲，她卻哈哈大笑，真是無情。

沒有人高聲喊叫，沒有弓箭颼颼飛過。划艇轉向，搖搖晃晃，悄悄漂過防波堤，沒入漆黑。

14

雲端咕咕國之門

《雲端咕咕國》，安東尼．迪奧金尼斯著，第[I]頁

迪奧金尼斯手抄本的後半部比前半部毀損得更厲害，遺漏的內容對譯者和讀者都形成極大挑戰。第[I]頁最起碼有百分之六十已遭磨損。譯者以刪節號標明無法辨識的部分，括弧之中是譯者的推測與詮釋。澤諾．尼尼斯譯。

……在昴宿星團，我看到一大群天鵝大啖鮮豔的水果，在太陽遙遠的彼岸，我從（涓涓汩流的酒泉裡？）掬飲一杯，即使我的嘴喙被燙傷。我探訪了一千個奇異的國度，但始終沒有找到那個陸龜馱著蜂蜜蛋糕、戰爭前所未見、苦難前所未聞的國度。

……在這個令人膽寒的高空，我的羽毛沾滿群星的塵埃。我俯瞰遠遠之下的大地，看出大地的眞面目；它是寬廣遼闊之中的一小堆泥土，它的各個王國只是蛛絲，它的軍隊只是碎屑。

……我（瞥見？）遠方閃爍的金塔林立，白雲蓬鬆，正如那天我在阿卡迪亞廣場上的想像……

……但那裡更宏偉、更燦爛、更神聖……

……被獵鷹、赤足鷸、鶺鴒、紅冠水雞、布穀鳥環繞……

……風信子和月桂樹，繡球花和蘋果樹，梔子花和香雪球……

……我欣喜若狂，疲憊不堪，直直墜下……

| 阿爾戈斯號 |

任務年 64
一號艙中第 45 日至第 46 日

康絲坦斯

她孤零零地站在圖書館裡。她從離她最近的桌上拿起一張紙片，提筆寫下：雲端咕咕國，安東尼．迪奧金尼斯著，投入小槽。文件從不同樓層凌空飛來，在她面前自行疊成十二落，其中多半是德文、中文、法文、日文的學術文獻，似乎全都是二一二〇至二一三〇年間的論述，她翻開手邊一本最先看到的英文書《古希臘小說選》。

> 二〇一九年，學者們在梵蒂岡圖書館一卷嚴重毀損的古抄本之中發現古希臘散文體故事《雲端咕咕國》，一時之間，古希臘羅馬學界為之喧騰。卷宗保管員從中修復二十四頁對開本，每頁破損程度不一，順序混亂，空白之處甚多，但這些短簡殘篇的文本已足使學者們心醉神迷。

下一本書冒出三十公分高的投影，兩個男人出現在影片中，各自走向面對面的講臺。這一份文本只爲了一位讀者而寫，一位戴著領結、鬍鬚銀白的男人說，讀者是個垂死的年輕女孩，因此，文本的敘事攸關死亡焦慮……

不對，另一位講者說，他也留了銀白的鬍鬚，也戴著領結。迪奧金尼斯顯然有意嘗試「僞紀錄片」，他將小說置於一端，非小說置於另一端，宣稱他在墳墓裡發現了原作，而這個故事是他據實抄錄的手抄本，換言之，他試圖與讀者達成共識，立約聲明這個故事當然是虛構。

她用力闔上書，男人們隨即消失。下一本書花了三百頁探索古抄本使用的墨汁來自何處、色調有何特質。另一本書探究部分頁面沾染的樹液。還有一本提及各種排列組合，試圖將這本倖存的手抄書回歸原始順序。

康絲坦斯把頭埋在雙手裡。她在堆積如山的資料裡找出的英譯本多半令人困惑；譯本要嘛附帶長串注釋，無聊至極，要嘛非常支離破碎，讀不出所以然。她在行文之中讀到爸爸說的故事——埃同跪在一個女巫的門口、埃同變成一隻驢子、驢子被搶劫客棧的土匪們綁架——但是傻呼呼的咒語、啜飲月亮牛奶的野獸、喝了會燙嘴的太陽酒河在哪裡？講到埃同把鷗鳥誤認為女神，爸爸就嘎嘎大叫；講到巨鯨肚裡的巫師，爸爸就低聲怒吼。這些聲響又在哪裡？

幾分鐘前，她心懷希望。現在卻開始動搖。這些書本、這些知識，究竟有何用途？沒有隻字片語可以幫她了解她爸爸為什麼離家、她又是為什麼淪落到目前的境地。

她從盒裡取出一張紙片，提筆寫下：讓我看看那本封面畫了雲端城市的藍色小書。

一張紙片撲撲啪啪飄下。圖書館沒有這樣一本藏書。

康絲坦斯望向一排排無邊無際的書架。「但我以為妳什麼都有。」

另一個夜光時間，另一頓列印的第一餐，更多堂希柏教導的課程。然後她又跳上輪程機，踏入《地圖圖鑑》，降落在楠立郊外烈日曝曬的山坡上，沿著貝克林路走到她爸爸的家。Σχερία，一個牌子上寫著這字。

她蹲下，扭動身子，盡量貼近那個屋子，從臥室窗戶看進去的影像漸漸變質，變成各色微微晃動的顏彩，床頭小桌上的書是寶藍色，書封中央的雲端城市似乎被太陽照得褪色。她踮起腳尖，瞇著眼看。迪奧金尼斯的名字下面有一行她上次沒看到的小字。

澤諾．尼尼斯譯。

她升入空中，踏出《地圖圖鑑》，回到中庭。她從最近的桌上拿了紙片，寫下：誰是澤諾．尼尼斯？

| 倫敦 |

1971年

澤諾

倫敦！五月！雷克斯！他檢視了雷克斯的信紙上百次，深深吸進信紙的氣味。他熟悉信紙上的字跡——字字扁平，好像被人一行行踩過。當年在韓國，他已經多少次看著這樣的字跡草草書寫在白霜和泥地間？

同時收到你的三封信，眞是百分之百的奇蹟！

如果可以，你願意來訪嗎？

每隔幾分鐘，一股無比的輕盈就掃過澤諾心中。信裡提到一個名字：希拉瑞，但這人是誰？就算雷克斯碰到一個希拉瑞，那又何妨？他已平安脫困。他安然健在。他邀請澤諾參加「一個小小的聚會」。

他想像雷克斯穿著羊毛西裝、坐在寧靜的花園裡寫了這封信，鴿子咕咕叫，樹籬沙沙響，鐘塔比橡樹還高，矗立在雨後的藍天下。優雅賢淑的希拉瑞端著陶瓷茶具組走出來。

不，沒有希拉瑞比較好。

我很高興你安全脫險。

就當是度假。

等到波伊茲頓太太出去超市，他才打電話給波伊西的旅行社。他拿著話筒，壓低聲音提問，好像在做什麼壞事。當他跟公路局的亞曼達·柯爾垂說他五月打算度個假，她的眼睛睜大了兩倍。

「哇，澤諾．尼尼斯，想不到喔，如果不是夠了解你，我說不定以為你在談戀愛。」

波伊茲頓太太這一關比較麻煩。每隔幾天，他就把這事插入在他們的談話裡，好像在她的咖啡裡加上一匙糖。倫敦、五月、一個戰時的朋友。每隔幾天，波伊茲頓太太總有法子把餐點翻倒在地上，或是說她頭暈頭痛，或是又在左腿摸到一個腫瘤，他們的談話也就因而終止。

雷克斯回信：太好了。看來你似乎在上課時間抵達，希拉瑞會去接你。三月過了，四月也過了，澤諾攤平他唯一一套西裝、他那條綠紋領帶，波伊茲頓太太穿著睡袍站在樓梯底，微微顫抖。「你該不會真的想讓一個生了病的老太太自己待在這裡吧？你算是什麼男人？」

臥室窗外，晴空定駐於松樹上方，有如藍色的護罩。他緊閉雙眼。如今年年一晃眼消逝，雷克斯寫道。他的字裡行間隱藏哪些沒說的話？要嘛現在就上路，要嘛永遠都別提。

「前後只有八天，」澤諾扣上他的皮箱。「我在櫥櫃裡裝滿了雜貨，也多買了幾條菸。翠西已經答應每天過來看妳。」

飛往倫敦途中，他的腎上腺素狂飆，等到抵達希斯洛機場，他幾乎已經興奮得神智不清。通關之後，他望尋一位英國紳士，但一個身高兩百公分、少年白、穿著一件杏黃色喇叭褲的男子抓住他的胳臂。

「哎喲，你真是袖珍，」巨人般的男子一邊說，一邊作勢親吻澤諾的臉頰。「我是希拉瑞。」

澤諾緊抓他的皮箱，試著理解。「你怎麼知道我是誰？」

希拉瑞咧齒一笑。「運氣好，猜對了。」

他從澤諾的手裡搶過行李箱，帶著他穿過人群。希拉瑞穿著一件望似農夫衫的上衣，衣袖隨意繡上亮片，上衣外面套上一件綠色的背心。他是不是塗了綠色的指甲油？在英國，一個男人可以穿成這樣嗎？但當希拉瑞踢踢躂躂走過航廈，帶著他迂迴行進於喧嚷的公車與計程車之間，大家似乎不怎麼注意到他。他們走向一部酒紅色的雙門車，車型袖珍，車款是Austin 1100。希拉瑞堅持幫澤諾開門，然後繞過小車，把自己高大的身軀塞進右方的駕駛座，踩踏油門時，他的膝蓋幾乎抵著下巴，頭髮也幾乎掃過車頂，澤諾盡力別讓自己焦慮失控。

倫敦煙塵密布，一片灰白，似乎無邊無際。希拉瑞一路喋喋不休：「布倫特福德[34]在你右邊，我那個愚笨的前男友住在那裡，他啊，年紀大，脾氣怪，小氣的不得了。雷克斯再過一小時就下課，所以我們在家裡等他、給他一個驚喜。那是古納斯伯利公園，你看到了嗎？」

停車計時器、龜速前進的車潮、被煙塵染黑的外牆；箭牌薄荷口香糖、金葉菸草、世界頂級菸草、啤酒、烈酒、葡萄酒。他們停在康登區一棟磚砌房屋外，房屋光線欠佳，沒有花園、沒有樹籬、沒有嚶嚶鳴叫的歐金翅雀、沒有端著陶瓷茶具組的賢淑伴侶。一張淋了雨，貼在人行道上的傳單寫著：付款簡易。「我們上樓。」希拉瑞邊說，邊像一棵會走路的大樹般彎腰走過門口，他扛著澤諾的皮箱爬上四樓，修長的雙腿一跨就是兩階。

他們走進公寓，公寓裡似乎被隔成兩邊，一邊是一排排整齊的書櫃，一邊是掛毯、腳踏車車架、蠟燭、菸灰缸、黃銅大象雕像、灰濛的抽象畫、枯死的盆栽，全都像是被巨風吹得堆疊。「別拘束，把這裡當成你的家。我得抽支菸。」希拉瑞說。他就著爐火點菸，吞雲吐霧，非常大聲地嘆了一口氣。他的額頭沒有皺紋，臉頰滑潤，鬍子刮得乾乾淨淨；雷克斯和澤諾在韓國參戰時，希拉瑞肯定還不到五歲。

唱盤傳出嘹亮輕快的歌聲，澤諾聽著「Love Grows Where My Rosemary Goes」，心裡忽然明白了：雷克斯和希拉瑞同居。這是一棟一房的公寓。

「坐、坐。」

澤諾坐在桌旁，唱片繼續播放，困惑與倦意有如疾風般襲向他。希拉瑞低頭避過天花板上的燈座，走過去幫唱片翻面，隨手把菸灰彈進一個盆栽裡。

「雷克斯的朋友來訪，真是太棒了。雷克斯從來沒有朋友來找他。有時我覺得我遇見他之前、他沒有半個朋友。」

大門鑰匙叮噹作響，希拉瑞朝著澤諾揚起眉毛，一個男人走進公寓，那人身穿雨衣，足蹬膠鞋，臉色乳白，小腹微凸，胸部微凹，眼鏡霧氣濛濛，雀斑雖已褪色，但數目依然驚人。啊，雷克斯。

澤諾伸出一隻手，但雷克斯上前擁抱他。

萬般情緒湧上心頭，澤諾的雙眼不禁微濕。「時差。」他邊說，邊擦擦臉頰。

「當然、當然。」

希拉瑞高高站在他們的身後，用他塗了綠色指甲油的手指，拭去臉頰的一滴淚珠。他倒了兩杯紅茶，端出一盤小餅乾，關掉唱機，披上一件大大的紫色雨衣，說了一句：「好了，我出去走走，讓你們兩個老傢伙好好聊聊。」澤諾聽著他跑跑跳跳窸窸窣窣地下樓，宛若一隻五顏六色的大蜘蛛。

雷克斯脫下雨衣和膠鞋。「所以囉，你的工作是剷雪？」公寓似乎懸置在懸崖邊，搖搖欲墜。「我嘛，還是老樣子，依然朗讀古文詩詞給那些不想聽的男孩聽。」

---

34 Brentford，倫敦西郊的市鎮。

澤諾小口小口地吃著小餅乾。他想問一問雷克斯可曾但願自己回到五號營區、可曾眷戀那些坐在廚房暗處、陽光斜斜映射、兩人在沙土裡書寫圖畫般的字母的時刻——那樣的念頭可說是病態的鄉愁，而他也明白，祈願自己回到戰俘營，聽起來真瘋狂。在此同時，雷克斯興致高昂地說他去了幾趟埃及北部，試圖在斷瓦殘垣中搜尋古物。這麼些年，這麼些路，這麼些期盼與擔憂，此時此刻，雷克斯完全屬於他，但不到五分鐘，他卻已不知所措。

「你在寫書？」

「我已經寫了一本。」雷克斯從一個書櫃上拿下一本褐色的精裝書，書封極簡，只有幾個藍色的大字。《佚失之書大全》。「我想我們賣了四十二本，其中十六本賣給了希拉瑞。」他笑笑。「書裡講到已經不存在的書，結果發現沒有人想要閱讀這樣的書。」

澤諾輕撫雷克斯印在書封上的名字。對他而言，書始終像是雲朵或是樹木，它們就是在那裡，總是存在於萊克波特公共圖書館的書架上。但結識一位寫書的人？「光說悲劇吧，」雷克斯說，「據我們所知，西元五世紀前，最起碼有一千部悲劇劇作在希臘上演。你知道現在剩下幾部嗎？三十二部。艾斯奇勒斯[35]的八十一劇作剩下七部，索福克里斯的一百二十三部劇作剩下七部，亞里斯多芬據稱寫了四十部喜劇，如今只剩下七部，而且全都不完整。」

澤諾翻頁時，看到了阿伽通、阿里斯塔克斯、卡利馬科斯[36]、米南德[37]、迪奧金尼斯、亞歷山大的卡里曼[38]的名字。「當你手邊只有一小片寥寥數語的莎草紙，」雷克斯說，「或是只有一行被其他人引用的句子，你會一直思考我們可能失去了什麼，就像那些在韓國喪生的男孩，我們之所以悼念他們，原因在於我們永遠看不到他們可能成為怎樣的人。」澤諾想到他爸爸：當你不再行走於世間，人們若是想要把你視為英雄，也就容易多了。

但這時倦意襲來，有如另一股重力，幾乎讓他跌下椅子。雷克斯把書擺回架上，微微一笑。「你累壞了，來，希拉瑞幫你鋪了床。」

深夜時分，他在一張沙發床上醒來，深切感知二公尺之外的那一扇門後，兩個男人同床共寢。當他再醒來，已是午後，他腰酸背痛，可能是因為時差，也可能是因為壞情緒，雷克斯幾小時之前就去上課，希拉瑞站在燙衣板旁邊、披著一件望似真絲和服的外衣，半彎著腰翻閱一本好像寫著中文的書，他遞過來一杯茶，頭也沒抬，澤諾接下，依然一身皺巴巴的旅行便服，站在窗邊看著外面的磚牆和防火梯。

他踏進澡缸，拿著蓮蓬頭沖個澡，水不夠燙，只是微溫，當他走出浴室，雷克斯已經站在公寓裡井然有序的那一邊，拿著一面鏡子檢視日漸稀疏的頭髮。他朝著澤諾微笑，打個呵欠。

「操了太多英俊的小夥子，累壞了這個老頭子囉。」希拉瑞悄悄說，還跟他眨眨眼，他頓時感到驚恐，然後才察覺希拉瑞在跟他開玩笑。

---

35 艾斯奇勒斯（Aeschylus，西元前 525-456），西洋悲劇劇作之父。
36 卡利馬科斯（Callimachus，西元前 310-240），古希臘詩人，擅寫短詩。
37 米南德（Menander，西元前 342-291），古希臘劇作家，被認為是古希臘新喜劇的代表人物。
38 亞歷山大的卡里曼（Chaeremon of Alexandria，西元一世紀），希臘斯多葛派哲學家暨史學家。

他們參觀恐龍化石，搭了雙層巴士，希拉瑞到百貨公司的化妝品專櫃逛逛，回家時，雙眼畫了色調一致的絢爛眼影，雷克斯請澤諾品嘗不同品牌的琴酒，希拉瑞始終跟他們在一起，他抽自己捲的細菸，足蹬厚底鞋，披著鮮豔的休閒外套，有時甚至穿著誇張到極點的洋裝。不久就是他在倫敦待的第四晚，他們過了半夜在一家小餐館吃酥皮肉派，希拉瑞說雷克斯在書裡寫道，每一本佚失的書到頭來都是只剩下一本，然後就永遠消逝，他問澤諾讀到那段了嗎？他說那段讓他想到曾在捷克的動物園看過一隻白犀牛，根據牌示，這隻白犀牛是世上僅存的二十隻之一，也是歐洲僅存的一隻，白犀牛只是透過獸欄的欄杆看著他，悲戚地叫了一聲，渾然無視成群蒼蠅在牠眼前飛舞，說著說著，希拉瑞看一看雷克斯、擦一擦淚水，他說每次讀到那段想起白犀牛，就想哭，雷克斯輕輕地拍了拍他的手臂。

星期六，希拉瑞去「畫郎」，但澤諾不曉得是藝廊？還是射擊場[39]？他和雷克斯坐在咖啡館，四周都是推嬰兒車的女士，雷克斯穿了一件黑色的斜紋軟呢背心，背心上依然沾著前幾天授課的粉筆灰，讓澤諾看了心跳加速。一位個子瘦小、走動無聲無息的服務生幫他們送上一壺繪滿覆盆莓的茶壺。

澤諾希望他們會聊到五號營區的那晚，就是布里斯托和弗堤耶把雷克斯藏在油桶抬上平板卡車的那個晚上，他想聽聽雷克斯逃跑的過程，他是否原諒澤諾留下，但雷克斯只是興致勃勃地講述他探訪羅馬梵蒂岡圖書館的旅行，在館中細細檢視一堆從埃及俄克喜林庫斯遺址出土的古莎草紙，這些希臘文本碎片在沙底埋藏兩千年。「其中百分之九十九是證書執照、農場收據、稅單，當然無趣，但是若在其中找到一句前所未知的詩文，讓它不會遭到遺忘？澤諾，就算只有幾個字，這是最令人興奮的事。我無法形容心中的感覺，那就像是挖到一條埋在地底的纜線，赫然察覺纜線與一個十八世紀的先人相通。或許那就是所謂的『歸返』，

nostos，你記得吧？」他揮動敏捷的雙手、眨眨靈活的雙眼，眉宇之間又見多年之前在韓國流露出的溫煦親和，澤諾真想縱身橫越桌面，在雷克斯的頸間印上一吻。

「總有一天，我們會拼湊出某些意義非凡的文獻，比方說尤瑞匹底斯的悲劇劇作，或是遺失的政治史書，說不定甚至是某部古老的喜劇，比方說一趟傻氣來回世界盡頭的旅程，那些是我的最愛，你知道我的意思嗎？」他眉毛一揚、眼睛一亮，澤諾的心中燃起熊熊的火光。一時之間，他假想雷克斯和希拉瑞的未來：某天下午，雷克斯和希拉瑞大吵一架，希拉瑞板著臉，雷克斯叫他走人，澤諾幫忙清空希拉瑞的雜物，扔掉一箱箱沒有用的雜物，在雷克斯的臥室裡打開他自己的行李箱，在雷克斯的床緣坐下；他們一起散步、一起到埃及旅行，兩人隔著一壺茶，靜靜坐著看書。一時之間，澤諾覺得他或許可以藉由話語讓假想成真：此時此刻，如果他說對了話、一字一句毫無差池，說不定就像是唸對魔咒，凡事都可能成真。我無時無刻都想著你，你脖子上的青筋、你手臂的細毛、你的眼睛、你的嘴巴，我當年愛你，我現在也愛你。

雷克斯說：「我讓你覺得無聊。」

「不、不，」事事傾側。「剛好相反。我只是——」他看到山谷間的道路、除雪車的刮板、迴旋飄渺的白雪。上千棵漆黑的樹木一閃而過。「琴湯尼、晚睡晚起、地下鐵，你的……嗯，希拉瑞，這些對我而言都很新奇。他讀中文書，你花時間尋找遺失的古希臘手稿，我覺得……有點嚇人。」

「哎呀，」雷克斯揮了揮手。「希拉瑞有太多虎頭蛇尾的計畫，沒有一項完成。至於我嘛，我只是一所普通男校的老師，我在羅馬連從旅館走到計程車站都會被太陽曬傷。」

---

39 原文是「art gallery? shooting gallery?」。

咖啡館熙熙攘攘，一個小寶寶鬧脾氣，服務生不聲不響地來回走動，雨水滴滴答答地順著遮陽篷流下。澤諾感覺時機漸逝。

「但是愛一個人，」雷克斯說，「不就是這樣嗎？」他揉揉太陽穴喝口茶，瞄了一下手錶，澤諾覺得自己好像走到結了冰的大湖中央，從冰上墜入湖底。

生日派對剛好是澤諾在倫敦的最後一天。他們搭一部黑色的計程車到一間叫做「Crash」的夜店。雷克斯倚在希拉瑞的臂彎裡說：「我們今晚試著低調一點，好嗎？」希拉瑞眨了眨假睫毛，他們走下樓梯，行經一個個相連的小室，每間小室都擠滿足蹬銀色長靴、穿著豹紋褲襪、戴著大禮帽的男孩和男人，而且一間比一間更奇怪、更像地牢。大多男人似乎都認識雷克斯，神情熱絡地緊握他的手臂、親吻他的臉頰，或是朝著他吹彩紙捲笛，其中幾位試著跟澤諾攀談，但音樂太大聲，所以他多半只是點點頭，穿著他那套人造纖維的西裝一直冒汗。

最後一間小室在俱樂部的最底層，希拉瑞端著三杯琴酒冒出來，他足蹬高跟皮靴、披著寶綠色的輕便大衣，搖搖擺擺地走過人群，宛如行走中的樹神，琴酒讓澤諾全身發燙，他試圖引起雷克斯注意，但音樂的音量加倍，人人好像接收了信號，開始引吭高歌。「嗨嗨嗨嗨嗨嗨。」牆上的炫光燈一亮，周遭頓時變得好像手翻書，瘋狂舞動的雙手、挑逗示愛的嘴唇、膝蓋、手肘，場景變換如跑馬燈，急急閃過他的眼前，希拉瑞把酒杯抛向空中，伸出樹幹般的手臂抱住雷克斯，人人以不同的舞姿跳著同一支舞，兩隻手臂輪流指向天花板，好像跟彼此打信號。人聲鼎沸，樂聲喧囂，處處騷動。與其抛開一切盡情狂歡，澤諾反而覺得鬱悶至極。他那只單薄的皮箱、他那套怎麼看都不對的西裝、他那雙伐木工人般的靴鞋、他那副愛達荷州的模樣、他一廂情願地以為雷克斯寄望他付出感情，因而邀他來訪——他怎麼這麼傻、這麼天真？我們可以用紙用筆隨手寫些希臘文，而不像當年那樣用木棍和泥巴亂塗。這會兒他看出來了：他是個不折不扣的鄉巴佬，幾乎可說是個野蠻人。在奔騰跳動的樂聲、變化莫測的人影中，他察覺自己居然嚮往穩穩當當、一成不變的萊克波特，想來訝異。波伊茲頓太太午後的威士忌、動也不動的陶瓷娃娃、空中飄散著菸味、湖面瀰漫著沉靜，在在勾動他的思念。

他爬上樓梯，奮力穿過各個小房間，回到街上。然後他在沃克斯豪爾[40]遊蕩了兩小時，又心慌又羞愧，完全不知道自己身在何處。當他終於鼓起勇氣攔下計程車，詢問可不可以把他載到康登區金葉菸草廣告招牌旁邊的一棟磚屋，司機點點頭，直接把他載到雷克斯的公寓。澤諾爬上四樓，發現門沒鎖。桌上留著一杯茶。幾小時之後，當希拉瑞叫他起床，以免他錯過班機，他摸了摸澤諾的額頭，舉動是如此溫柔，澤諾甚至不得不把臉轉開。

離境大廳外，雷克斯把Austin 1000停好，從後座拿起一個包裝精美的盒子，擱在澤諾的膝上。盒裡是一本雷克斯寫的《佚失之書大全》和一本更大更厚的書。「《希英辭典》，如果你還想試一試翻譯希臘文，這本辭典不可或缺。」

車外人來人往，各個行色匆匆，一時之間，澤諾覺得他座位下的地面大開，他被吞噬，然後他又回到座位上。

---

40 Vauxhall，位於倫敦市中心，以同志夜生活而聞名。

「你在這方面很有一套。澤諾，你不只很有一套。你知道嗎？」

澤諾搖搖頭。

有人按喇叭，雷克斯回頭一瞥。「別這麼快就藐視自己，」他說，「有些時候，我們認為已經佚失的事物只是隱藏起來，等著被重新發現。」

澤諾下車，右手提著皮箱，左手手臂夾著兩本書，某種情緒在他內心翻轉，好像有人拿著矛槍戳他的筋骨、截斷他的肌肉。那是悔恨？或是遺憾？雷克斯探身到車外，伸出右手，澤諾伸出左手用力一捏，再也沒有比這樣更古怪的握手方式。然後雷克斯的小車隨後被車陣吞噬。

| 愛達荷州萊克波特 |

2019 年 2 月至 5 月

西蒙

二月，他和珍娜擠在學校餐廳的角落，肩並肩窩在珍娜的手機前。「我得警告你，」她說，「他有點可怕。」螢幕上一個個頭矮小，身穿黑色牛仔服，戴著羊頭面罩的男人在講臺上走來走去。他自稱「主教」；一把衝鋒槍斜掛在他的背上。我們從「創世紀」說起，他說：

要生養眾多，遍滿地面，治理這地，也要管理海裡的魚、空中的鳥，和地上各樣行動的活物[41]。

影片跳接到一張張焦慮不安、模糊不清的臉孔。兩千六百年來，男人繼續說：

在西方傳統中，我們始終認定人類應當主宰地球，世間萬物都是為了讓我們收割獵食而創造。兩千六百年來，我們僥倖逃脫，大致上無需承擔後果。氣溫向來維持穩定，季節向來可以預知，我們砍伐森林，捕光海中的魚類，把一個神提升到其他諸神之上，將之稱為進步。擴大你的地產，添增你的財富，增建你的邊牆，倘若牆內的眾多財寶減輕不了你的痛苦？你就動手再拿一些。但現在呢？現在人類開始自食惡果——

上課的鈴聲響起，珍娜輕輕點一下螢幕，畫面凍結，螢幕上的主教話講到一半、手臂大張，螢幕最底下的連結一閃一閃：**加入我們**。

「西蒙，手機還我。我得去上西班牙文。」

他坐到圖書館新進購置的「特洛伊科技」終端機前，戴上耳罩式耳機，搜尋更多影片。主教戴著唐老鴨面具、浣熊面具、夸扣特爾人面具[42]；主教在奧瑞岡州的一個皆伐林、莫三比克的一個村莊：

芙蘿拉嫁人的時候，年紀才十四歲。現在她是三個孩子的媽，村裡的水井乾涸，她必須走兩小時才走得到離家裡最近的水源。在芳阿盧羅區[43]，像芙蘿拉這樣的未成年媽媽每天約花六小時找水和運水。昨天她走了三小時從湖裡採集水蓮，好讓她的孩子們有東西吃。我們這些思想開通的意見領袖建議我們怎麼做？改用電子付款。購買三個LED燈泡，獲贈一個免費的帆布包環保袋。地球必須餵養八十億人，滅絕率比類人猿時代高出一千倍，而這些問題都不是帆布環保袋能解決。

41《創世紀》第一章二八節。
42 Kwakiutl Nation，北美西北太平洋沿岸的印第安部落。
43 Funhalouro，莫三比克的行政區，位於該國東南部。

主教說他們在徵召戰士，趁著一切太遲之前摧毀全球產業經濟。他說他們會依據全新的思想體系架構一個資源由大眾共享的社會；他說他們會重拾先人的智慧，尋求解答商業文化無法解答的疑惑，滿足金錢無法滿足的需求。

西蒙在聽眾們的臉上看到耀然的使命感。他記得那種感覺，全身為之緊繃；當年他頭一次撬開保爺爺那個裝了手榴彈的板條箱，心中就升起那樣的激情、那股潛藏的力量。從來沒有人像這樣明白闡述他的憤怒與困惑。

「等一等，」他們說。「耐著性子。」他們說。「科技會解決碳危機。」在京都、哥本哈根、巴黎、杜哈，他們說：「我們會降低排碳量，我們會戒絕石油。」話一說完，他們就坐上配備防彈玻璃的加長型禮車前往機場，搭乘巨無霸飛機返國，在四千八百公里的高空大啖生魚片，在此同時，貧窮的人們在自家附近因爲空汙而喘不過氣。我們不能再等。我們不能再耐著性子。我們現在就必須起而反抗，以免整個世界起火燃燒。我們必須——

當瑪麗安在他眼前揮揮手，一時之間，西蒙記不得自己身在何處。

「喂，你在發什麼呆？」

連結一閃一閃：**加入我們**、**加入我們**、**加入我們**。他拿下耳機。

瑪麗安晃了晃繞在指間的車鑰匙。「閉館時間到了，小夥子。拜託你幫我關掉『開館』的號誌，好嗎？對了，西蒙，你星期六有空嗎？中午左右？」

他點點頭，收拾他的背包。戶外下起雨，雨水落在積雪上，街上到處都是淤泥。

「星期六中午，」瑪麗安在他後面大喊。「別忘了，我有個驚喜讓你瞧瞧。」

他回到家裡，邦妮坐在廚房的桌前，對著支票簿皺眉頭。她抬頭看看，重拾飄到遠方的注意力。

「你今天還好嗎？外面下雨，你一路走回家？你有沒有跟珍娜一起吃午餐？」

他開冰箱。芥末醬。蘇打汽水。半瓶田園沙拉醬。空空如也。

「西蒙？看著我，好嗎？」

在廚房燈泡白晃晃的燈光中，她的臉頰有如粉筆般灰白，脖子的皮膚鬆弛，髮根發白，上半身已經開始彎駝。她今天刷了多少個馬桶、更換了多少套床單？眼見歲月一年一年剝奪媽媽的青春，就像從頭到尾又看了一次拖車屋後的樹木倒下。

「甜心，你聽好，『白楊葉汽車旅館』要關了，戈爾夫說他們再也沒辦法跟連鎖旅館集團競爭。他要解雇我。」

信封散置桌上。桶裝瓦斯公司，汽油公司，銀行，水電單位。他知道光是他的藥，一星期就得花美金一百一十九元。

他翹數學課，拿著珍娜的手機蹲在停車場。

地球溫度若是升高攝氏兩度，光是空汙，世界會再多一億五千萬人死亡，而且大多是窮人。死因不是暴力，不是洪水，只是劣質的空氣。那是美國內戰死亡人數的一百五十倍，等同十五次猶太人大屠殺，或是兩次二次世界大戰。我們採取行動，試圖阻撓市場經濟，過程之中，我們希望沒有人因而喪生。但若能阻止十五次猶太人大屠殺，就算只有幾個人喪生，不是依然值得嗎？

有人拍拍他的肩膀。珍娜站在路邊打顫。「西蒙，你很煩耶。我今天已經跟你要我的手機要了五次。」

星期五，他放學回家，看到媽媽坐在雙人沙發上啜飲塑膠杯裡的紅酒。她神情愉悅，幫他拿下肩上的背包，微微一鞠躬。她說她貸了一筆「發薪日貸款[44]」，足以讓他們度過難關，直到她找到新工作。回家途中，她經過伐木場旁邊的電腦專賣店，忽然覺得非得進去瞧瞧。

然後她從沙發椅墊後面拿出一個全新原裝的「特洛伊」筆電。「你瞧！」

她咧嘴一笑。她啜飲的紅酒讓她的牙齒看起來好像沾染了墨汁。

「記得店裡那位達德．海頓嗎？他還送我這個！」她接著從椅墊後面拿出一個「特洛伊」智慧音箱。「這玩意可以預報氣象、玩益智遊戲、列購物清單，你跟它講話，它就可以幫你訂披薩！」

「媽。」

「我看到你跟珍娜在一起，我好開心，西蒙，你最近表現好極了，我知道現在的孩子若是沒有最新的科技產品，肯定不好過，所以我想，嗯，你值得受到獎賞。我們都值得，對不對？」

「媽。」

滑門門外，伊甸之門的燈光微微發亮，好像沿著地下電流發送。

「媽，這些東西需要無線網路才可以用。」

「什麼？」她啜飲她的紅酒，肩膀垂了下來。「無線網路？」

星期六，他走到溜冰場，坐到一張俯瞰溜冰客的長椅上，打開新的筆電，登錄到溜冰場的無線網路，花了半小時下載所有更新，然後他看了十二段主教的影片，網路上找得到什麼，他就看什麼。等到他想起瑪麗安的邀約，已經過了三點，他趕緊衝到街道另一頭；萊克街和公園街的轉角多了一個全新的還書箱，還書箱用螺絲固定在水泥地上，箱上漆著一個望似貓頭鷹的圖案。

圖樣圓滾滾，漆成灰、黃、白三色，側面似乎貼著一對翅膀，雙腳看起來像是鷹爪，黃色的雙眼在臉蛋中央閃閃發光，而且繫著小小的領結：啊，一隻烏林鴞。

還書口印著一行字：**請將書本歸還在此處**。烏林鴞的胸前印著：

萊克波特公共圖書館

你需要的只是書！[45]

圖書館的館門一開，瑪麗安拿著包包和車鑰匙衝出來，她穿著一件桃紅色的外套，扣子扣得歪七扭八，看來氣憤、傷心、或是惱怒，說不定三者皆是。

---

44 payday loan，小額短期融資，供借款人在領到薪水前短期調度資金之用，貸款利率極高，甚至可說是高利貸。

45 「OWL」（貓頭鷹）是「ALL」的諧音，原文為「LAKEPORT PUBLIC LIBRARY "OWL" YOU NEED ARE BOOKS!」。

「你錯過了揭幕典禮。我叫大家等你。」

「我——」

「我提醒了你兩次，西蒙。」瑪麗安豎直衣領，還書箱上的貓頭鷹目不轉睛地盯著他，眼神之中帶著責備。「你知道吧，」她說，「世界上不是只有你一個人。」然後坐進她的速霸陸，開車離去。

四月不該這麼暖。他不再上圖書館，不再參加「環保意識社」的聚會，刻意躲避特維迪太太，放學後，他坐在溜冰場後頭，無線網路涵蓋範圍之內的一道矮牆上，觀看一段段主教的影片，追隨主教深入網路世界愈來愈可疑的角落。將人類視為殲滅者最為適切，他說，我們每到一個適居之處就大開殺戒，如今我們已經蹂躪地球，下一步就是殲滅我們自己。

一顆扔進馬桶，一顆扔進水槽——西蒙不再服用怡必隆錠。其後幾天，他整個人好像當機。然後清醒過來。種種感覺隆隆回返；他的心靈好像變成天文望遠鏡那個超大的弧形鏡面，萃集來自宇宙最遙遠一方的光芒。每次踏出戶外，他都聽得見雲朵嘎嘎輾過天空。

「我不明白耶，」有天開車載他回家時，珍娜問他，「你為什麼始終不想跟我爸媽見面？」

一部卡車轟隆駛過。世間某處，主教的戰士們集結成軍。西蒙感覺自己準備蛻變；他幾乎可以感覺自己從分子開始分裂，正在塑造出一個全新的自己。

珍娜把車停在雙車廂拖車屋前。他雙手握拳。

「我在講話，」她說，「但你沒在聽。你到底是怎麼回事？」

「我沒怎樣。」

「你給我下車，西蒙。」

• • •

他們說我們是激進分子和恐怖分子。他們辯稱改變需要時間。但我們已經沒有時間。現今這個世界，有錢人認定他們的生活方式無需承擔後果、他們想用什麼就用什麼、他們想丟什麼就丟什麼，他們不受生態浩劫影響，我們不能讓他們這麼想，也不能繼續生活在這樣的世界。我知道擦亮眼睛並不容易，也不有趣。我們都必須堅強。接下來的事件將以我們無法想像的方式考驗我們。

連結一閃一閃：**加入我們、加入我們、加入我們**。

他研究伊甸之門最靠近雙車廂拖車屋的洋房，看看哪幾棟的屋主顯然住在其他地方、屋裡冷冷清清。五月十五日，當邦妮在小豬鬆餅餐館值晚班，他穿越後院，繞過蛋形圓石，跳過圍籬，匆匆走過暗處，試了一扇又一扇窗戶，終於找到一扇沒有上鎖，他爬過百葉窗的葉簾，站在昏暗的屋內。

烤箱的電子鐘從廚房另一頭傳來柔和的綠光。

數據機在玄關的櫥櫃裡。網路名稱和密碼用膠帶貼在牆上。有那麼幾秒鐘，他棲身於另一個人的生活中：冰箱上貼著一個「有了啤酒，我下午才願意醒來」的磁鐵，餐具櫃上擱著一個加框的全家合照；咖啡的氣味揮之不去，上個週末燉煮的餐點餘味猶存；食品儲藏室旁邊擺著一個空空的狗碗。大門旁邊掛著四個孩童滑雪面罩。

在超市裡，人們推著一車車包裝精美的食品，渾然不知自己站在一座隨時可能因為承受不了壓力而崩塌的水庫之下。一個盒裝蛋糕，藍黃雙色的糖霜星星羅棋布，排列出「蘇，恭喜」的字樣，而且打了二五折。結帳時，他依戴著隔音耳罩。

稍後邦妮下班回家，她脫下鞋子，問了一句：「這是什麼？」

西蒙把兩塊蛋糕擱在盤子上，隔著藍色的特洛伊智慧型音箱端給她。「我以為——」

「試試看。」

她靠向音箱。「哈囉？」

一道微弱的綠光繞著音箱亮起。哈囉。聽起來帶點英國口音。我叫做麥克斯威爾。請問妳叫做什麼？

邦妮雙手托住臉頰，神情驚喜。「我叫做邦妮。」

很高興認識妳，邦妮。生日快樂。今晚我可以爲妳做些什麼？

她張口結舌地看著西蒙。

「麥克斯威爾，我想訂披薩。」

沒問題，邦妮。什麼尺寸？

「一個大披薩，加蘑菇和香腸。」

請稍後，音箱說，綠色的光點隨之滾動，她露出她那美麗而滄桑的微笑，西蒙感覺周遭的世界又崩塌了一點點。

一星期之後，珍娜把奧迪停在市中心，他們排隊買冰淇淋，珍娜跟櫃檯後面的女孩說店裡應該提供環保湯匙，而非塑膠湯匙，女孩問她：「妳要不要加料？」

他們坐在俯瞰湖面的圓石上吃冰淇淋，珍娜掏出她的手機，在他們的左側，一部超大露營車停在港灣停車場，露營車車長九．七尺，兩側各有滑動式臺階，車頂加裝兩個空調冷凝器，一個男人走出車外，把一隻小小的貴賓狗放到地上，牽著小狗繞著湖邊走一圈。

「等到一切全都垮了，」西蒙說，「像他那樣的傢伙會最先完蛋。」

珍娜戳點手機螢幕。西蒙坐立不安。怒吼聲今天很接近；他可以聽到它像野火一樣劈啪作響。從他們所坐之處，他可以望穿市中心，一眼瞧見圖書館旁，伊甸之門新近整修的辦公室。

露營車有個蒙大拿州的車牌。液壓千斤頂。一個衛星電視接收器。

「他牽著狗出去散步，」他說，「卻讓車子的引擎空轉。」

珍娜在他旁邊拍了一張自拍，然後刪除。湖面之上，忠友張開雙眼，有如兩輪黃色的明月。

西蒙瞧見港灣停車場邊緣的草地上有塊花崗石，石頭渾圓，跟嬰孩的頭顱差不多大小。他走向它。它比看起來重。

珍娜依然盯著她的手機。一個真心投入的戰士，主教說，不會感到愧疚、畏懼或是懊悔。一個真心投入的戰士乃是人上之人。

西蒙想起他帶著手榴彈走過伊甸之門空曠的建地，手榴彈擱在他的口袋裡，感覺沉重。他想起他把手指穿進插鞘的拉環。拔掉插鞘。**拔掉**、**拔掉**、**拔掉**。

他扛著石頭走向露營車。在隆隆的怒吼聲中，他彷彿聽到珍娜大喊：「西蒙？」

不愧疚、不畏懼、不懊悔。我們和他們的差別在於行動。

「你在做什麼？」

他把石頭高高抬起。

「西蒙，如果你動手，我這輩子都不會——」

他瞄了她一眼，然後再望向露營車。我們不能再耐著性子，主教說。

| 阿爾戈斯號 |

任務年 64

一號艙中第 46 日至第 276 日

康絲坦斯

文件從書架上撲撲飛下，自行按照年代順序在桌上疊成一落落。一張奧瑞岡州的出生證明。一張泛白，叫做「西聯電報」的紙片。

WUX Washington AP 20 551 PM

艾瑪・波伊茲頓

431 FOREST ST LAKEPORT

本處甚為遺憾地通知您二等兵澤諾・尼尼斯在韓國履行軍事任務時自四月一日失蹤至今細節不明。

然後是戰俘獲釋的訪談紀錄，時間標示為一九五三年五月。一本護照，護照上只蓋了一個入境章：英國倫敦。一張一棟愛達荷屋宅的地契。一紙嘉獎他在瓦利縣公路局服務屆滿四十年的感恩狀。其餘文件多半是訃聞和新聞報導，全部寫著二〇二〇年二月二十日，八十六歲的澤諾・尼尼斯為了保護五名被一個恐怖分子困在圖書館裡的孩童而喪生。

勇敢的韓戰榮民拯救孩童們和圖書館，一個標題寫道。悼念愛達荷州的英雄，另一個標題寫道。

她找不到任何關於《雲端咕咕國》的資訊。她知道這是一部古老的喜劇劇作，但沒有文件提及出版日期，亦無跡象顯示澤諾．尼尼斯曾經翻譯、改編，或是發表任何作品。

一名戰俘，一位愛達荷州的郡縣公務員，一名成功制止炸彈客炸毀小鎮圖書館的老先生。為什麼一本寫著這人名字的書擱放在爸爸的床頭小桌上？她提筆寫下：還有另一個澤諾．尼尼斯嗎？然後把問題塞入小槽。一秒鐘之後，答案撲撲飄下：圖書館的紀錄中沒有其他人叫做澤諾．尼尼斯。

夜光時間，她躺在小床上，看著希柏在圓塔裡一閃一閃。她年紀還小的時候，大人們跟她保證了多少次希柏儲存她所能想像、所該需要的一切？君王們的記憶；一萬首交響樂；一千萬齣電視劇；各個棒球球季；拉斯科洞穴壁畫[46]的3D掃描；一套完整的合作紀錄，詳實記載製造阿爾戈斯號的始末；推進，水合，重力，氧合，樣樣記載於斯。人類文明的集體智慧與科學成就，全都儲存在希柏怪異的細絲之中，安置在星船的正中央。大人們說，這是人類有史以來最偉大的成就，致使人類的記憶不會遭到抹滅銷毀。當初她的圖書館日，她頭一次站在中庭低頭凝視似乎無止無盡的一排排書架，她不也如此相信嗎？

但這不是真的。希柏阻止不了組員們受到感染。她解救不了澤克、波利博士、李太太，或是其他任何人。希柏依然不知道康絲坦斯是否可以安全待在一號艙之外。

46 Lascaux cave paintings，位於法國西南部多爾多涅（Dordogne），內有六百餘幅石器時代的岩洞壁畫，據測完成於一萬五千年前，一九四〇年被四個孩童發現，是當代最重要的考古資產之一。

有些事情希柏也不知道。希柏不知道妳被爸爸抱在懷裡、身處四號農場的青綠晨光中，那是怎樣的感覺？希柏不知道妳仔細查看媽媽的鈕扣袋，想像每個鈕扣打哪裡來，那是怎樣的心情？圖書館的紀錄裡沒有一本藍色書封，由澤諾．尼尼斯翻譯的《雲端咕咕國》，但康絲坦斯在《地圖圖鑑》裡看過，那本小書封面朝上，擱在爸爸的床頭小桌上。

康絲坦斯坐直。她腦海中浮現出另一個圖書館，它的規模小多了，藏匿在她腦袋的各道牆壁之間，館內只有幾十個書架，儲存著一個個祕密。這個圖書館的一切事物康絲坦斯都知道，但希柏一無所知。

•
•
•

她填飽肚子，用免沖水肥皂洗頭，做了希柏交代的仰臥起坐、呼吸運動、代數習題。然後她開始工作。她清空一袋滋養粉，扯破袋子，撕成長方形的紙片，她從食品列印機的修理包裡取出備用尼龍管，把管子咬得尖細。這下她有了紙，也有了筆。

她先前試圖使用合成醬汁、合成葡萄汁、合成咖啡豆糊調製墨水，結果太稀、太淡、太慢乾，成效不佳。

康絲坦斯，妳在做什麼？

「我在玩遊戲，希柏，別管我。」

但試了幾次之後，她成功寫出她的名字，而且沒有把名字寫糊。在圖書館裡，她告訴自己：讀一次，再讀一次，好像拍張快照一樣複印在腦袋裡。然後她碰了碰目視器，踏下輪程機，一五一十地寫下來。

她拿著姑且可稱之為筆的尼龍管書寫，花了十分鐘才寫下這十幾個字。但熟能生巧，繼續練習幾天，她的速度快多了，她記住圖書館裡的整句句子，踏下輪程機，匆匆寫在紙片上。其中一張寫著：

經蛋白質體分析，迪奧金尼斯的手抄本顯露出樹液、鉛粉、煤灰之跡，還有用來添增墨水濃度的黃著膠，中世紀的君士坦丁堡經常使用這種天然增稠劑。

另一張寫著：

但手稿說不定挺過了中世紀，就像其他眾多收藏在君士坦丁堡一座修道院圖書館的古希臘書籍，若是如此，它怎麼離開君士坦丁堡，來到烏爾比諾？我們肯定只能憑空想像。

電流紅光閃閃，有如水波般漫過希柏。康絲坦斯，妳在玩遊戲嗎？

「我只是做筆記，希柏。」

妳爲什麼不在圖書館裡做筆記？那樣有效率多了，妳愛用什麼顏色都可以。

康絲坦斯伸手抹抹臉，在臉頰上留下一道墨水。「我這樣也很好，謝謝妳。」

時間一周一周流逝。生日快樂，康絲坦斯，希柏一個早晨說。妳今天十四歲了。妳要不要我幫妳列印一個蛋糕？

康絲坦斯從她的床邊看過去。床邊的地上散置著將近八十張紙片，其中一張寫著：誰是澤諾．尼尼斯？另一張寫著：Σχερία？

「不了，謝謝妳。妳可以放我出去。妳何不在我過生日的時候，放我出去一天？」

我不行。

「希柏，我在這裡已經待了幾天？」

妳已經在一號艙平安度過兩百七十六天。

她從地上撿起一張紙片，紙片上她已寫著：

在這個我奶奶說是鳥不生蛋的地方啊，我們的問題一大堆。

她眨了眨眼，眼前浮現爸爸帶著她走進四號農場，拉開一個裝了種子的抽屜。霧氣湧出，沿著地面漫開；她的手往下一伸，選了一個鋁箔封套。

希柏說：我有幾個生日蛋糕的食譜，我們可以試一試。

「希柏，妳知道我想要什麼生日禮物嗎？」

跟我說，康絲坦斯。

「我要妳別吵我。」

在《地圖圖鑑》裡，她飄浮在轉動的地球之上，重重疑問在黑暗中悄悄發聲。她爸爸楠立家中的床頭小桌上，為什麼擱著一本澤諾．尼尼斯翻譯的埃同歷險記？這代表著什麼？

而我心中有個夢想。我有個願景，我知道我希望生命是何種面貌，爸爸在他們相處的最後一刻說。

「既然可以去到那裡，我何必待在這裡？」埃同離家之前，正是這麼說。

「帶我去，」她說，「愛達荷州的萊克波特。」

她從雲端直墜而下，來到一個冰蝕湖南岸的山城，她走過港灣、兩間旅館、一個船用斜坡道，一列電動觀光列車開上一座鄰近的山坡，主要幹道行車擁擠：卡車拖拉小艇，面貌模糊的人們騎乘自行車。

公共圖書館是一座鋼筋和玻璃的建築物，方方正正，坐落在距離市中心約莫一公里半的田野間，四周雜草叢生，一排熱泵在圖書館的一側閃閃發光。沒有標示牌、沒有紀念花園、沒有任何澤諾．尼尼斯的跡象。

她回到一號艙，穿著破爛的襪子踱步，一張張紙片在她腳邊微微飄動。她拾起四張排成一排，在它們前面蹲下。

勇敢的韓戰榮民拯救孩童們和圖書館

澤諾．尼尼斯譯

圖書館的紀錄中沒有這樣一本書

二〇二〇年二月二十日

她遺漏了什麼？她想起芙蘿爾太太站在伊斯坦堡坍塌的狄奧多西城牆下：妳現在看到的這些影像，說不定是六、七十年前的伊斯坦堡，時間早在阿爾戈斯號脫離地球軌道之前。

她再碰一碰目視器，爬上輪程機，從圖書館的桌上拿了一張紙片，讓我看一看，她寫道，萊克波特公共圖書館二〇二〇年二月二十日是什麼模樣。

一張張舊式的2D平面照片飄落到桌上，照片中的圖書館跟《地圖圖鑑》裡那棟鋼筋和玻璃的建築物完全不一樣；那是一棟屋頂尖細高聳的淡藍色樓房，坐落在萊克街和公園街的轉角，樓房的一部份被蔓生的灌木叢遮掩，屋頂的瓦片脫落；壁爐的煙囪歪斜；門前的小徑龜裂，縫隙之中冒出蒲公英。一個漆得像是一隻貓頭鷹的箱筒矗立在角落。

地圖圖鑑，康絲坦斯寫出這幾個字，巨書隨即笨拙地從書架上挪到她面前。

她自行摸索到萊克街和公園街的轉角，暫且停步。照片之中，年久失修的圖書館坐落在西南角，如今同一個地點卻是一棟三層樓的旅館，四個面貌模糊的少年出現在轉角，人人穿著無袖上衣和游泳短褲，停滯在跨出腳步的那一瞬間。

一個遮陽蓬，一個冰淇淋小店，一家披薩餐館，一個停車場。船艇和小舟如星點般遍布湖面，車輛停滯在繁忙的車陣中。沒有任何跡象顯示這裡曾有一座公共圖書館在一棟年久失修的藍色老房子裡。

她半轉身，站到那幾個少年旁邊，絕望如潮水般襲上心頭。她一張張留置在艙室地上的筆記、她一次次沿著貝克林路探尋、她發現了斯科里亞、她爸爸床頭小桌上的藍色小書——這些都應當將她引至某處，她卻依然在原地踏步。她覺得自己應當解開某個謎團。當初她爸爸把她關進艙室，她不明白他為什麼這麼做，但到了現在，她依然想不透。

正打算離開時，她注意到十字路口的東南角有個矮胖的箱筒，箱筒漆得像隻貓頭鷹，側面貼著一對翅膀。請將書本歸還在此處，還書口標示著。貓頭鷹的胸前印著：

萊克波特公共圖書館

你需要的只是書！

她走近，貓頭鷹那雙琥珀色的大眼睛幾乎跟隨著她。他們拆毀舊圖書館，在市鎮邊緣新蓋一座，但為什麼留下一個箱筒讓大家還書？而且一留留了幾十年？

從某個角度看過去，轉角其中一個少年似乎直直走進箱筒，好像少年們被數位化時，箱筒並不在那裡。真奇怪。

貓頭鷹的羽毛非常細膩雅緻，雙眼看起來濕漉漉，活力盎然。

……她的眼睛變得三倍大，而且顏色好像液態的蜂蜜……

她忽然意識到，還書箱就像奈及利亞那幾棵讓她停下腳步的可可椰子，或是楠立那座公會堂周遭的青綠草坪和繁花大樹，它看起來比後面那棟建築物更鮮活，也比《地圖圖鑑》的鏡頭捕捉到的冰淇淋小店、披薩餐館、四個少年更生動。當康絲坦斯伸手探向貓頭鷹，貓頭鷹的羽毛幾乎微微顫動。她的指尖碰到某個固體，心中一震。

還書口的把手感覺像是金屬：冰冷，堅固，真實。她抓住把手，輕輕一拉。空中飄起雪花。

15

城門的守衛

《雲端咕咕國》，安東尼・迪奧金尼斯著，第O頁

……透過城門的門柱，我可以瞥見鋪路的珠寶金光閃閃，河裡似乎流著熱騰騰的湯品。一群群亮綠、紫藍、深紅的鳥繞著高塔飛翔，宛若七彩霓虹。我在做夢嗎？我真的抵達了嗎？走了這麼多路、（想了？）這麼多回，我心中依然質疑我眼中所見。

「停，小烏鴉，」一隻貓頭鷹說。牠飛到我的上方，身形比我大五倍，鳥爪各抓著一支黃金長矛。「你若想穿過城門，我們必須確定你真的是一隻鳥，尊貴的天空生靈，比克羅諾斯[47]更古早，比時間更久遠。」

「而不是那些卑鄙狡詐、泥沙塵土所造、佯裝僞善的人類。」另一隻貓頭鷹說，身形甚至比先前那一隻更大。

牠們後方的城內，一隻陸龜慢吞吞地爬過結實累累的李樹下，背上的蜂蜜蛋糕疊得跟杜子一樣高，陸龜離得好近，幾乎一伸手就摸得到，我往前一傾，但兩隻貓頭鷹怒氣騰騰地豎起羽毛。我千辛萬苦地越過半個銀河，難道這下果眞會被兩隻如此雄偉的猛禽撕成碎片？

……我盡可能挺直身子，猛揮我的翅膀。「我只是一隻謙卑的烏鴉，」我說。「而且我遠道而來。」

「解開我們的謎題，小烏鴉，」第一位貓頭鷹守衛說。「然後你就可以進去。」

「起先看似簡單，」第二位貓頭鷹守衛說，「其實……」

47 Kronos，古希臘文為「Χρόνος」，英文為「Chronos/Khronos」，是古希臘神話中的超原始神。

| 萊克波特公共圖書館 |

2020年2月20日
下午5點41分

西蒙

他把隔音耳罩掛在脖子上，專注聆聽。一座暖氣爐在非小說區的某處鏘鐺作響；受傷的男人在樓梯底咻咻喘氣；警方的無線電話機在外面的雪地裡劈啪作響。血液滴答滴答流過他的耳道。此外，別無其他聲響了。

但他先前聽到樓上傳來重擊聲，不是嗎？他記得警車開上了人行道，瑪麗安手中的披薩掉落到雪地上。她為什麼在快要閉館時捧著一疊披薩走向圖書館？

館內還有別人。

他右手握著貝瑞塔手槍，躡手躡腳地向樓梯底，受傷的男人側躺在地，雙眼緊閉，不知道是睡著了，或是狀況更糟。他手臂上的金粉閃閃發光。西蒙忽然意識到他說不定故意躺在這裡用身體擋路。

他屏住氣息，跨過男人和一灘愈來愈濃稠的鮮血，邁步上樓。十五階，每一階的邊緣都貼上止滑膠布。兒童區的入口被一道木板牆擋起，這倒是出乎意料。木板牆漆成金色，在出口指示燈閃爍的光影照耀下，金色的牆面幾乎變青綠色。牆的中央是座拱門，拱門上方用他不認識的文字寫了一行字：

Ὦ ξένε, ὅστις εἶ, ἄνοιξον, ἵνα μάθης ἃ θαυμάζεις

西蒙把手貼在小小的拱門上，輕輕一推。

澤諾

他跟著孩子們蹲在書架排成的 L 形屏障後方，依次看著每個孩子：蕾秋、艾力克斯、奧莉薇亞、克里斯多福、娜塔莉。別出聲。昏暗之中，他們的臉蛋讓他想起有天他和雷克斯在五號營區附近的雪地撿拾柴火時，無意之中碰見的三隻韓國小鹿；小鹿的黑眼一眨一眨，鹿角和鼻子從白雪中冒了出來，大大的耳朵微微抽動。

他們一起聽著木板牆的小門嘎一聲關上。腳步聲穿過一排排摺疊椅。澤諾的食指始終緊貼著嘴唇，示意大家別出聲。

一塊地板吱嘎作響；娜塔莉的手提式音響傳出水底氣泡的咕嚕聲。只有一個人？聽起來只有一個人。拜託是警察。拜託是瑪麗安。拜託是謝里夫。

艾力克斯雙手捧著一罐麥根沙士，好像罐裡裝滿硝酸甘油。蕾秋蜷縮在她的劇本前。娜塔莉閉上眼睛。奧莉薇亞緊盯著澤諾。克里斯多福張開嘴巴——一時之間，澤諾堅信那個小男孩會哭叫，他們都會被發現，他們都會被殺害。

腳步聲停止。克里斯多福沒有發出聲響就閉上嘴巴。澤諾試圖回想他和孩子們把什麼東西散置在椅子之間，讓人一看就可瞧見。那箱滾落的麥根沙士，一罐罐滾到椅子底下的汽水。一個個背包。一張張劇本。娜塔莉的筆電。奧莉薇亞的鷗鳥翅膀。講臺上那本噴上金漆的百科全書。伴唱機的彩燈——謝天謝地，燈已經關了。

這時腳步聲落在舞臺。尼龍夾克沙沙作響。澤諾覺得好像有雙冷冰冰的手擠壓他的胸膛，他痛得眉頭一皺。θεοὶ的意思是諸神。ἐπεκλώσαντο的意思是他們織紡。ὄλεθρον的意思是死亡、瘟疫、摧毀。滅亡。

諸神就是這麼做。祂們把縷縷遺事紡入我們生命的錦緞中，爲了無數後代譜出一曲。諸位神祇，拜託別是現在。別是今晚。且讓這些孩子保持童稚再活一夜。

西蒙

小小的舞臺剛剛粉刷，油漆味還很重；氣味哽在喉頭。一個個架子擋住窗戶，燈都關了，奇怪的水底氣泡聲讓他不安——那些咕嚕咕嚕的聲音來自何處？東一件小孩的厚大衣，西一雙雪靴。汽水罐。卡通雲朵懸掛在他的上方。一個講臺靠著舞臺背板，一本厚厚的書攤開放在講臺上。這是什麼？

一張張影印的筆記紙散置在他腳邊，紙上寫滿了字。他撿起一張，拿到眼前：

二號守衛：起先看似簡單，其實相當複雜。
一號守衛：不，不，起先看似複雜，其實相當簡單。
二號守衛：小烏鴉，準備好了嗎？我們的謎題是：一個人讀遍世間所有的書，只學習一件事[48]。

西蒙站在舞臺上，一手握著槍，一手拿著紙，盯著垂幕上的圖。高塔飄浮在雲端，樹木穿過雲朵直升天際——很久以前，這幅景象似乎曾經出現在他夢中。他想起圖書館館門那張手寫的告示：

這個世界有他所想要的一切。阿卡迪街後面的樹林，匆匆疾行的蟻群，奔騰飛揚的蜻蜓，沙沙作響的白楊，七月初熟的蔓越橘甜中帶酸，高聳入雲的黃杉比他所知的一切更古老、更堅韌，而忠友烏林鴞在他的枝頭俯瞰一切，掌控全局。

這時炸彈在其他城市、其他國家引爆了嗎？主教的戰士們正在動員嗎？是否只有西蒙功敗垂成？

他踏下舞臺走向角落，角落的三個書架排成L形，望似某種屏障。這時，受傷的男人從樓梯底大喊大叫。

「喂，小夥子！你的背包在我手裡。如果你不馬上下樓，我就把它帶到外面交給警察。」

48 語出英國女作家艾佛拉・班恩（Aphra Behn, 1640-1689）的名言：He that knew all that learning ever writ, Knew only this - that he knew nothing yet。意思是：一個人讀遍世間所有的書，只學會一件事。那就是：他依然什麼都不知道。

16

貓頭鷹的謎題

《雲端咕咕國》，安東尼・迪奧金尼斯著，第Ⅱ頁

雖然後世諸多猜測，但守衛城門的貓頭鷹提出的謎題已隨著時間失佚。這裡的解答乃是譯者補加，而不在最初的文本之中。澤諾・尼尼斯譯。

……我心想：「起先看似簡單，其實相當複雜。或是起先看似複雜，其實相當簡單。」（一個人讀遍世間所有書冊？答案是不是水？一顆雞蛋？一匹馬？）

……雖然駝著蜂蜜蛋糕的陸龜已經慢吞吞地走遠，我依然聞得到香味。我邁著我的烏鴉腳（踱步），鳥爪陷進有如枕頭般柔軟的雲朵，城門遠遠的一端飄來肉桂、蜂蜜、烤豬肉的濃郁香氣，我翻遍腦袋裡的各個角落，從頭到尾想了一回，但什麼都想不出來。

其他牧羊人說我是白癡、笨蛋、飯桶，其實一點也沒錯。我轉向那兩隻身形巨大、抓著黃金長矛的貓頭鷹說：「我（什麼都）不知道。」

兩隻貓頭鷹（挺直身子，第一個貓頭鷹守衛說：「小烏鴉，你猜對了，答案正是如此，」第二個貓頭鷹守衛說：「『一個人讀遍世間所有的書，只學會一件事。那就是：他依然什麼都不知道』。」）

……牠們站到一旁，（好像我說出了通關咒語），金色的城門緩緩開啓……

| 君士坦丁堡西方六公里 |

1453年5月

安娜

海面偶爾湧起長浪，她可以從波頂瞥見都城遠遠出現在西北方，隱約若現，微微發光，除此之外，四周是一片無邊無際、起伏不定的漆黑。安娜全身濕淋淋，暈船又疲憊，她把麻袋緊抱在胸前，放下船槳，不再往外舀水。海洋太廣大，划艇太微小。姐姐，我們兩個之中，妳始終比較睿智、比較優秀，而妳在世界瀕臨崩垮時邁步走向下一個世界，但我該怎麼辦？*一個孩子像是天使*，她想起寡婦席歐朵拉曾說，*另一個孩子像野狼*。

她陷入比夢境更深沉的冥思，她似乎又匆匆穿過一個遼闊的中庭，中庭的地面鋪了磁磚，兩側是一層層書架。她拔腿飛奔，但無論跑得多遠，前方似乎永無止盡，光線漸漸昏暗，她也愈來愈驚恐。最後她終於跑到一個明亮之處，在那裡，一個女孩孤零零地蜷縮在桌邊，桌上只有一支蠟燭和一本書，女孩拿起書本，安娜正想看看書名，希邁里奧斯的划艇就撞上一塊岩石，猛然斜向一側。

她趕緊把麻袋摟在懷裡，下一刻，她就被拋入海中。

她拚命划水，吃了幾口海水，一陣大浪湧來，她順勢漂流，感覺膝蓋碰到一塊浸沒在水中的石頭：啊，原來水深僅僅及膝。她噗噗浮上水面，逼自己漂向岸邊，麻袋已經濕透，但她依然緊緊抱在胸前。

安娜爬上一個多石的海灘，揉揉抽痛的膝蓋，解開麻袋的袋口。織錦兜帽、手抄書、麵包：全都濕透。

她遙望滾滾翻騰的海浪，漆黑之中，希邁里奧斯的划艇已不見蹤影。

晨曦有如弧光般漫過海灘，一切無所遁形。她爬過一堆被暴風雨吹到漲潮線旁的浮木，踏入一片飽受蹂躪的地域：房屋皆被焚毀，橄欖林園的每一棵樹都被砍倒，地面車轍累累，好像天神伸出雙手耙犁大地。

天一亮，她就爬上一個坡度平緩、葡萄園遍布的山丘。轟隆的浪濤聲漸漸消逝。她脫下洋裝，擰乾海水，又再穿上，然後她吃一小片鹹魚，伸手順一順剪短的頭髮，朝陽已為地平線抹上一道粉紅的彩光。

她原本希望昨晚大海會在夜裡帶著她漂向一個新的國度，熱那亞、威尼斯、斯科里亞島，或是英勇之王阿爾喀諾俄斯的領地，在那裡，一位女神將為她蒙上魔幻的水霧，護送她前往皇宮。但她只是沿著海岸漂流了幾海里，都城依然隱隱可見。高高低低的家宅望若鋸齒，聖索菲亞大教堂的圓頂矗立其間，縷縷煙霧迴旋飄散到空中。此時此刻，攜帶槍械的人們是否橫掃鄰里，破門而入，把大家趕到街上？她腦海中浮現一個不請自來的影像：寡婦席歐朵拉、阿嘉塔、莎珂拉、尤朵琪亞猝死在炊具室，餐桌中央擱著顛茄茶；她強迫自己別多想。

葡萄園裡傳來鳥鳴。她瞥見一隊士兵騎在馬上，距此約莫半公里，隊伍朝著都城的方向前進，身影濛濛地映著天光。她盡量貼著地面躺平，潮濕的麻袋擱在她身邊，成群小蟲籠罩著她，繞著她的頭飛舞。

當士兵們消失在視線之外，她躡手躡腳地走過葡萄園，涉水踏過一條小溪，匆匆爬上另一座山丘。山丘之上，榛樹環繞著一座石牆生長，株株緊緊相依，彷彿受驚害怕。地面只見一道車轍。她爬到低垂的大樹枝下，在落葉堆裡等候，晨間的靜默直逼田野。

寂靜之中，她幾乎可以聽到聖席歐芬諾修院的鐘聲響起，人們在街上嘰嘰喳喳；掃地燒飯，穿針刺繡。寡婦席歐朵拉爬樓梯走上工坊，拉開百葉窗，打開上了鎖的繡線櫃。天主聖明，保佑我們切勿怠惰。因為我們已經犯下數不清的罪孽。

她把手抄書和織錦兜帽擱在晨光下晾乾，吃下僅剩的鹹魚，蟋蟀在她上方的樹枝間引吭高歌。手抄書的頁張濕透了，但最起碼墨水沒有暈開。她坐在明亮的天光下，膝蓋頂在胸前，睡睡醒醒，醒醒睡睡，度過一日。

陰影漸漸漫過林梢，她也愈來愈渴。她不見任何人走到井邊，她心想：井水是不是被下了毒，藉此抵禦入侵者？她最好不要冒險飲用。黃昏時刻，她重新收拾麻袋，躲在低垂的大樹枝下走下山丘，穿過沿海的灌木叢，始終確保大海在她的左方。當她笨手笨腳地爬過一道道石牆，一弦明月始終跟隨著她，她只願夜色更加漆黑。

每隔幾百英碼，路面就被水阻隔，或許是一灘她必須繞行的積水，或許是一條滾滾翻騰的小溪，每每妨礙她前進。她掬飲幾口溪水，避開兩個村落，村裡沒有炊煙、沒有人影，似乎已遭棄置，說不定最後幾戶人家依然藏匿在村裡，蹲踞在地窖之中，但沒有人出聲呼叫她。

她的後方是奴役、驚恐，甚至死亡。她的前方呢？薩拉森人、山脈、非得付錢才可乘坐過河的小船。明月漸漸下沉，克莉絲稱為「群鳥路徑[49]」的繁星宛若一條又寬又長的飾帶，金光閃閃地橫越天際。一步、一步、又一步：總有一時，恐懼終將毫不留情地穿透理性，身軀也將自外於心智，機械式地往前挪移。那就像是攀爬小修道院的高牆：站穩、抓牢、登高。

天亮之前，她已經奮力穿過一座林木稀疏的森林。正要繞過一座望似水勢豐沛的湖泊，她看到樹枝之間火光一閃。她正想躲開，空中卻傳來烤肉的香味。

香味勾住了她的腸胃。再走近幾步：看一看就好。

林木之間生起一把小火，火焰至多只及她的腳踝。她小心翼翼地穿過樹間，鞋子吱吱嘎嘎踏過落葉，走近時，她看得出一隻去了頭的鳥被叉在火上炙烤。

她試著別吸氣。沒有人影晃動；沒有馬匹嘶鳴。她數到一百，看著火光漸漸熄滅。依然沒有人影，四下依然毫無動靜；沒有人料理食物。只不過是一隻鳥；說不定是鵪鶉。她心想：這是幻覺嗎？

她可以聽到油脂嘶嘶響。如果不幫它翻面，面朝餘火的那一側會烤焦。說不定某人被嚇跑了。說不定生火的那人聽說都城淪陷，跳上馬匹馳騁而去，留下了他的餐點。

一時之間，她變成烏鴉埃同，疲憊至極，蓬頭垢面，透過金色的城門窺視，看著陸龜巍巍顫顫地駝著高塔般的蛋糕走過。

起先看似簡單，其實相當複雜。

不，不，起先看似複雜，其實相當簡單。

理智背棄了她。如果她只是把那隻烤鵪鶉從炭火上移開呢？她已在腦海中勾勒出如何品嚐，想像著鵪鶉肉在她的齒間，烤肉汁噴濺在她的口中。她把麻袋藏在一棵樹的後面，衝過去從炭火上搶下炙叉。她左手拿著烤鵪鶉，依稀察覺火旁擱著韁繩、繩索、牛皮斗篷，但她不管三七二十一彎腰大嚼，這時，她聽到後方有人深深吸了一口氣。

---

49 巴爾幹半島或是土耳其語系的國家，曾將「銀河」稱為「群鳥路徑」（Way of the Birds 或 Birds' Path）。

她感覺後腦杓受到重擊，眼前隨即閃過一道白光，天空似乎裂了口，即使如此，她依然繼續把烤鵪鶉送到嘴邊——人飢餓就會如此——然後她的眼前一片漆黑。

17

雲端咕咕國的奇觀

《雲端咕咕國》，安東尼·迪奧金尼斯著，第P頁

……適口，芬芳……

……鮮奶油河流……

……緩緩下斜的峽谷和（果園？）……

……一隻豔麗的戴勝鳥相迎，牠的羽冠一垂，叩首說道：「我是膳食住宿部總督的副機要祕書。」然後在我的脖子掛上一個長春藤花環。每一隻鳥都在我的上空盤旋飛舞，以示歡迎，高唱最悅耳的曲調……

……永遠不變，恆久如一，沒有月分，沒有年歲，每個鐘點都像是春天最晴朗、最清澄、最璀璨的早晨，露珠有如（鑽石？），高塔有如蜂巢，西風僅是輕輕吹拂……

……最飽滿的葡萄，最細緻的卡士達，鮭魚和沙丁魚……

……陸龜緩緩到來，蜂蜜蛋糕，罌粟花和藍鐘花，（接著？）……

……我吃得（撐破肚皮），然後繼續再吃……

| 愛達荷州萊克波特 |

1972年—— 1995年

澤諾

晚餐是開水煮滾的牛肉，餐桌的另一頭是波伊茲頓太太那張神情陰沉、籠罩在煙圈中的臉龐。一部電視立在她身旁，螢幕上一把刷子梳理著一隻大眼睛的上睫毛。

「食品儲存櫃裡有老鼠屎。」

「我明天會擺幾個捕鼠器。」

「買『維克多捕鼠器』，別買你上次那些爛貨。」

這時一個穿著西裝的演員信誓旦旦聲稱他那部 Sylvania 彩色電視機音效驚人。波伊茲頓太太試著把叉子送到嘴邊，叉子卻掉到地上，澤諾默默地從桌下撿起來。

「我吃飽了。」她大聲說。他推著輪椅把她送進臥室，抱她上床，幫她算好藥丸的劑量，把電視架連同延長線推到她的房裡，窗外暮色漸濃，夕陽緩緩消失在湖的遠方，最後一絲天光自空中消褪。有些時候，當他像現在這樣清洗碗盤，他會想起他從倫敦搭機返家的心情：自空俯瞰，河川、田野、山嶺逐一現形，城市的燈光有如神經網路般亮起，大地似乎不斷延展，無止無盡。他覺得他在韓國和倫敦走了一遭，此生似乎再也無需冒險探奇。

幾個月來，他坐在黃銅小床邊的桌前，左手邊擱著荷馬的《伊里亞德》，右手邊擱著雷克斯致贈的《希英辭典》，他原本希望他在五號營區學到的那一丁點希臘文依然存留在記憶中，但字字萬分艱難。μῆνις，史詩以此開頭，然後是 ἄειδε θεὰ Πηληϊάδεω ᾿Αχιλῆος，總共五個字，最後一個字是個名字「阿基里斯」，倒數第二個字意指阿基里斯的父親「珀琉斯」（但也暗示阿基里斯有如天神），但不知怎麼地，即使只加上 *mênin*（μῆνιν）、*aeide*（ἄειδε）、*theá*（θεά）三個字，整個句子就充滿難以預見的障礙。

亞歷山大・波普[50]：*Achilles's wrath, to Greece the direful spring.*

喬治・查普曼[51]：*Achilles's bane full wrath resound, O Goddess.*

查爾斯・貝特曼[52]：*Goddess, sing the destroying wrath of Achilles.*

但 *aeide* 果真意指「歌唱」？因為這字也可解釋為「詩人」。再說 *mênin*。震怒？暴怒？惱怒？怎樣翻譯才最恰當？選定一字有如打定主意走上此一路徑，然而翻譯的迷途卻是路徑萬千。

跟我們說一說，女神，珀琉斯之子阿基里斯的脾氣多麼暴躁。

不夠好。

說吧，卡利俄佩[53]，珀琉斯的小兒爲何震怒。

---

50 亞歷山大・波普（Alexander Pope，1688-1744），英國詩人暨翻譯家，譯作包括荷馬史詩的《伊里亞德》和《奧賽德》，其中《伊里亞德》被視為是英譯本的經典。

51 喬治・查普曼（George Chapman，1559-1634），英國劇作家、詩人、翻譯家，譯作包括荷馬史詩《伊里亞德》和《奧德賽》。

52 查爾斯・貝特曼（Charles William Bateman），十九世紀末英國作家，曾與 R. Mongan 合譯《伊里亞德》。

53 Calliope，希臘神話中繆思女神的長女，是掌管英雄史詩類創作的文藝女神，據說詩人荷馬便是因她賜予的靈感，寫出了《伊里亞德》和《奧德賽》。

更糟。

告訴大家吧，繆思女神，珀琉斯的兒子阿基里爲什麼他媽的如此暴怒。

回來之後的那一年，澤諾寫了十幾封信給雷克斯，信中只談翻譯的問題——祈使語氣或未定語氣？賓格或屬格？——將心中的愛慕全都退讓給希拉瑞。他把信藏在襯衫裡偷偷帶出去，趁著上班之前投郵。悄悄把信投入郵筒時，他的臉頰始終通紅發燙。然後他期待回信，每每等了好幾星期，但雷克斯沒有馬上回信，也不見得每一封信都回，不管起先抱持多大勇氣，澤諾漸漸洩了氣。奧林帕斯的諸神端著角杯啜飲美酒，透過家中的屋頂凝視世間，神情嘲諷地看著他在桌前埋頭苦思。

他怎能奢望雷克斯或許對他心懷那樣的感情？孤兒、懦夫、除雪車的司機、單薄的皮箱、人造纖維的西裝——他以為自己是誰？

他從希拉瑞的航空郵簡得知雷克斯的死訊。希拉瑞以紫色的潦草字跡告知，雷克斯心臟病發作，當時他人在埃及檢視他心愛的莎草紙，試圖再挽救一個句子，使之不會遭人遺忘。

他非常珍視你，希拉瑞寫道。他的簽名龍飛鳳舞，佔了半張信紙。

季節緩緩流逝。澤諾下午起床，在樓上狹小的房間裡穿好衣服，他下樓，樓梯軋軋作響，吵醒了午睡中的波伊茲頓太太。他扶她坐到椅子上，梳梳她的頭髮，餵她吃晚餐，推著輪椅送她到桌邊拼圖，幫她倒杯雙份的威士忌。開電視。從流理臺上拿起紙條。牛肉，洋蔥，口紅，這次可別買錯了顏色。出門上班之前，他把她抱到她的床上。

發脾氣、看醫生、接受治療、十幾次開車來回波伊西的專科診所——他自始至終守在她身旁。他依然睡在樓上那張黃銅小床上，雷克斯的《失佚之書大全》和《希英辭典》深埋在桌下的紙箱裡。有些早晨，下班回家的路上，他把除雪車停在路旁，凝視晨光悄悄滲入山谷，唯有如此，他才有辦法迫使自己開上回家的最後一里路。辭世前的幾星期，波伊茲頓太太咳得很嚴重，好像胸腔裡溢滿湖水。他心想，她會不會跟他分享臨終遺言，跟他說一說她對他爸爸的回憶，讓他明瞭他們之間究竟有些什麼，她會不會叫他一聲「兒子」，或是謝謝他這些年來的照顧、慶幸自己是他的監護人，她會不會流露任何跡象，讓他知道她了解他的困境，但臨終時，她幾乎已經不再是她，而僅是嗎啡、混濁的雙眼和一股讓他想起韓國的氣味。

她辭世當天，他趁著安寧醫療的護士打幾個必要的電話時出去一下，聽到屋外傳來滴答和震顫的聲響：屋頂排乾積水，樹木漸漸甦醒，麻雀振翅飛撲，群山不斷發出低語、咕噥、鼓噪，變幻無窮。世界正在解凍，處處都是聲響。

他拆除家裡每一副窗簾，拉下椅子的椅罩，扔掉乾燥花，倒光威士忌。然後他把每一個臉頰紅潤的陶瓷娃娃從各自的架子上拿下來，塞進箱裡，把箱子交給二手貨商店。

他領養一隻口鼻銀白，三十公斤，名叫路德的棕色大狗，他牽著大狗從大門走進家中，倒了一罐牛肉罐頭在碗裡，看著路德大快朵頤。大狗嗅聞周遭，好像不敢相信自己如此走運。

最後他用力扯下餐桌褪色的蕾絲桌巾，從樓上搬下紙箱，把書擺放在這張滿是漬痕的老橡木舊桌上。他倒了一杯咖啡，拆開一本剛從萊克波特藥妝店買來的筆記本，路德窩在他的腳邊，發出長長的嘆氣聲。

人類的種種瘋狂行徑之中，雷克斯曾跟他說，最謙卑、最高尚的莫過於試圖翻譯一種已經佚失的語言。我們不知道古希臘人說話聽起來如何；我們幾乎無法把他們的詞彙對應我們的詞彙；打從一開始，我們就注定會失敗。但在嘗試的過程中，雷克斯說，我們試著拖拉某個詞彙橫越時光之河，把它從幽暗的過往帶進我們的時代、我們的語言。這種徒勞無功的努力，他說，卻是最愉悅的傻事。

澤諾把鉛筆削尖，再試一次。

| 阿爾戈斯號 |

任務年 64

一號艙中第 276 日

康絲坦斯

在她後方，湖岸大塞車，堵車堵到天荒地老。轉角那幾個面貌模糊、穿著短袖上衣的少年依然停滯在跨出腳步的那一瞬間。但在她前方，《地圖圖鑑》裡的東西開始移動：貓頭鷹還書箱上方的天空變成一片亮晃晃的銀白，雪花從中滾滾飄落。

她往前走一步，白雪覆蓋的小徑兩側樹籬茂生，小徑遠遠的盡頭，一棟殘破、淡藍、形似薑餅屋的維多利亞式樓房一閃一閃地漸漸現形，樓房的前廊傾塌，煙囪看起來歪斜；一個「開館」的標示在前窗閃閃發光。

「希柏，這是什麼？」

希柏沒有回答。一個半埋在雪地裡的排示寫著：

公共圖書館

在她後方，萊克波特一切如昔：靜止、均衡、定位不變，《地圖圖鑑》常見的樣子。但在萊克街和公園街的轉角、還書箱的遠處，竟然是冬天。

白雪堆積在樹籬上；雪花飄進她的眼裡；寒風聞起來像是鋼鐵。沿著小徑前進時，她可以聽到自己踩踏冰雪的聲響，所經之處留下一個個腳印。她走上五階階梯，踏上前廊。大門上半部的玻璃貼著一張孩童手寫的告示：

明日公演
僅只一晚
雲端咕咕國

大門嘎嘎開啟。正前方的桌上貼著一張心型剪裁的粉紅色紙。一張日曆寫著：二〇二〇年二月二十日。一幅裱框的刺繡畫繡著：問題在此得到解答。一個箭頭指向左側的小說區，另一個箭頭指向右側的非小說區。

「希柏，這是一個遊戲嗎？」

沒有答覆。

在三個老古董般的電腦螢幕上，藍綠色的螺旋圖樣不斷迴旋。天花板漏水，一滴一滴落入一個塑膠垃圾桶，桶裡的水已經半滿。劈哩。啪啦。劈哩。

「希柏？」

沒有回應。在阿爾戈斯號上，希柏無所不在；她在每個艙室、每個時刻都聽得到你的動靜；康絲坦斯這輩子從來不曾呼喚希柏，卻得不到回應。難道希柏不曉得她在哪裡？難道希柏不曉得《地圖圖鑑》裡存在著這麼一個地方？

書架上本本書冊的書脊聞起來像是泛黃的紙張。她在滲水的天花板下攤平手掌，感覺水一滴滴地打中手心。中央那排書架走到一半有個牌示，牌示上寫著：**兒童區**，旁邊有個箭頭指向上方。康絲坦斯邁開顫抖的雙腳，踏上樓梯。樓梯頂端被一道金色的牆擋了起來。牆上寫了一行字，康絲坦斯覺得那可能是古希臘文：

Ὦ ξένε, ὅστις εἶ, ἄνοιξον, ἵνα μάθῃς ἃ θαυμάζεις

字的下方是一座小小的拱門。周遭飄散著紫丁香、薄荷、玫瑰的清香，有如四號農場最美好、最芬芳的日子。

她穿過拱門。門的另一側，紙張裁剪的雲朵懸掛在三十張折疊椅的上方閃動，一片帆布布幕蓋住另一頭的牆壁，布幕上畫著一座雲端城市，小鳥繞著城中的高塔飛舞。潺潺的水聲，林木的吱吱聲，雀鳥的啁啾，聲聲自四面八方向她湧來。小舞臺中央有個臺座，一道燈光透過雲朵投射而下，照亮擱在臺座上的一本書。

她呆若木雞地穿過一張張折疊椅，慢慢走上舞臺，臺座上的書跟她爸爸床頭小桌上的藍色小書一模一樣，但是比較精美。書封上同樣是一座雲端的城市、多窗的高塔、迴旋的鳥。城市的上方印著：雲端咕咕國，下方印著：安東尼·迪奧金尼斯著。澤諾·尼尼斯譯。

| 愛達荷州萊克波特 |

1995 年—— 2019 年

澤諾

他翻譯一卷《伊里亞德》和兩卷《奧德賽》，還有篇幅可觀的柏拉圖名著《理想國》。平常一天五行，譯得順手一天十行，他用鉛筆潦草地寫在黃色筆記本上，密密麻麻寫了一行又一行，塞進餐桌下的紙箱。有時他認為自己的譯文尚可。通常他覺得自己譯得很糟。他沒有跟任何人分享。

縣政府頒給他一座獎牌和一筆退休金，棕色大狗路德安祥辭世，澤諾收養一隻㹴犬，將牠命名為涅斯托耳，也就是皮洛斯王國的君主。每天早晨，他在樓上臥室的黃銅小床醒來，做五十下伏地挺身，套上兩雙Utah Woolen Mills襪，穿上兩件西裝襯衫的其中一件，扣上鈕扣，打上四條領帶的其中一條。今天打綠色，明天打藍色，星期三打鴨子圖樣的那一條，星期四打企鵝圖案的那一條。黑咖啡，不加任何東西的燕麥片。然後走路去圖書館。

圖書館的主任瑪麗安在網上找到影片，影片中一位身高二公尺的中西部大學教授講授中級古希臘文。大多時候，澤諾一早就坐到大字版羅曼史小說旁邊的一張桌子前——也就是瑪麗安所謂的「豐乳肥臀區」——戴上大大的耳罩式耳機，調高音量。

過去式真的讓他腰酸背痛，就像它把每一個動詞搞得七葷八素。不定過去式更是傷腦筋，這個時態不受限於時間，經常讓他想要鑽進衣櫃蜷縮在暗處。但也有些美好的時刻，他跟這些古老的典籍奮戰了一、兩小時，字句緩緩消逝，影像越過幾世紀的浮現在他眼前——穿戴盔甲的戰士湧上船艇；海面上閃爍著燦然的日光；諸神的話語隨風飛揚——他幾乎感覺自己又是個六歲的小男孩，隨同康寧漢姐妹坐在壁爐前，跟著尤利西斯一起漂流在斯科里亞島近岸的浪濤間，聆聽潮水隆隆地拍擊岩石。

二〇一九年五月一個晴朗的下午，澤諾埋頭在他的黃色筆記本上書寫，這時，瑪莉安新聘的童書部館員謝里夫叫他過來接待櫃檯。一個新聞標題在謝里夫的電腦螢幕上浮動：新科技揭祕難以辨讀的書卷裡的古希臘故事。

根據這篇報導，一批中世紀手稿，數百年來收藏在烏爾比諾的公爵圖書館，後來移送至梵蒂岡圖書館，許久以來，學者們咸認這批手稿難以辨讀。其中有一本羊皮裝訂的九世紀手抄書，尤其不時勾動學者們的好奇心，但水漬、菌黴、歲月聯手把書頁黏合成一團無法拆解、難以辨讀的硬塊。

謝里夫放大連同報導刊出的照片，螢幕上出現一團皺巴巴、黑漆漆、望似磚塊的羊皮紙，甚至幾乎已經不是長方形。「看起來像是一本在馬桶裡浸泡了一千年的書。」

「然後再把它留在車道上一千年。」澤諾補了一句。

過去一年中，報導中繼續說，一個修復小組借助多光譜掃描的新科技，已經成功取得部分原始手稿。學者們起先諸多臆測。如果手稿中包括一部艾斯奇勒斯已經佚失的悲劇劇作、一份阿基里德的科學文獻，或是一首早期的基督教聖歌呢？如果手稿竟是荷馬失傳的喜劇劇作《馬爾吉特斯》[54]呢？

但修復小組今天宣布，他們修復的內容，足以證明那是一部西元一世紀的散文體虛構故事，書名為

54《馬爾吉特斯》（*The Margite*），古希臘喜劇劇作，據說出自荷馬之手，但多半已經佚失。

Νεφελοκοκκυγία，作者是名不見經傳的安東尼·迪奧金尼斯。

Νεφέλη，雲朵；κόκκυξ，咕咕；澤諾知道那個書名。他趕緊回到他的桌前，推開散置整個桌面的紙張，翻出那本雷克斯撰寫的《佚失之書大全》。二十九頁，條目五十一。

> 失佚的希臘故事《雲端咕咕國》描述一個牧羊人踏上旅程，尋覓一座雲端之城，作者是安東尼·迪奧金尼斯，約莫撰寫於公元一世紀。我們從九世紀拜占庭的一篇摘要中得知，《雲端咕咕國》以簡短的前言拉開序幕，迪奧金尼斯在前言中對他病中的姪女宣稱，接下來的故事並非由他編撰，而是他在古城泰爾的墓穴裡發現。故事寫在二十四塊絲柏木簡上，部分是神仙童話，部分是徒勞傻事，部分是科幻小說，部分是烏托邦諷刺文，佛提亞斯[55]的摘要聲稱，這篇故事或許比其他古希臘小說更加引人入勝。

澤諾倒抽一口氣。他看見雅典娜衝過雪地；他看見因為營養不良而瘦骨嶙峋、彎腰駝背的雷克斯用煤炭在板子上草草寫下幾行詩句。θεοί的意思是諸神。ἐπεκλώσαντο的意思是他們織紡。ὄλεθρον的意思是滅亡。說不定，雷克斯那天在咖啡館裡說，甚至是某部古老的喜劇，比方說一趟傻氣來回世界盡頭的旅程，那些是我的最愛，你知道我的意思嗎？

瑪麗安站在她的辦公室門口，手裡捧著一個畫滿卡通貓的馬克杯。

謝里夫說：「他還好嗎？」

「他啊，」瑪麗安說，「我想他很開心。」

他請謝里夫幫他印出每一頁關於手稿的報導。手稿使用的墨水可以回溯至十世紀的君士坦丁堡；梵蒂岡圖書館承諾會將任何一頁可以辨讀的內容數位化，上傳網路開放給大眾使用，一位斯圖加特的教授推斷迪奧金尼斯或許是遠古時代的波赫士，同樣執著於追求真理和文本的互文性，教授預期掃瞄出來的文本肯定是一部曠世之作，甚至啟發日後的文學名著《堂吉軻德》和《格列佛遊記》。但一位日本的古典學者認為，這份手稿可能無關緊要，事實上，依她之見，任何一部流傳至今的希臘小說——如果它們能被稱之為「小說」——全都比不上古典詩詞與劇作的文學價值。只因某件物品很古老，她寫道，並不保證它有何價值。

首批掃描的手稿被標示為「第A頁」，六月的第一個星期五上傳到網路。謝里夫用「特洛伊科技」近來捐贈的印表機印出來，放大到二十八公分乘以四十三公分，交給坐在非小說區桌旁的澤諾。「你打算搞清楚這個？」

手稿髒兮兮，占滿蛀孔和黴菌，彷彿菌絲、時光、水漬聯手寫出一闋隱字詩。但在澤諾眼中，手稿看來充滿神奇，各個希臘字母似乎從頁面深處發光，底色暗黑，字母泛白，不像是手書，而像是幽靈。他想起當年接到雷克斯的來信時，他起先甚至不容許自己相信雷克斯熬了過來。有些時候，我們認為已經佚失的事物只是隱藏起來，等著被重新發現。

初夏的幾個星期，掃描出來的書頁漸漸上傳到網路，謝里夫一一印出，澤諾滿心歡喜。六月絢爛的日光

55 佛提亞斯（Photios，810/820-891），拜占庭帝國宗主教。

透過圖書館的窗戶流瀉而下，照亮列印出的紙張；埃同的故事開頭幾段傻裡傻氣，讀來趣味橫生，應該可以翻譯；他覺得他找到心之所繫，終於有了一件他離世之前必須完成的事情。他做起白日夢，想像自己出版譯作，將之獻給雷克斯，邀集眾人參加新書發表會，希拉瑞率同一群時髦世故的友伴遠自倫敦而來，萊克波特的每一個人都會曉得他不僅只是那個行動遲緩，退休前開了一輩子除雪車，養了一隻愛吠的小狗，打著一條磨破的領帶的澤諾・尼尼斯。

但他的衝勁一天天消退。很多頁嚴重毀損，字句根本難以辨識，更別說讀得懂。更令人洩氣的是，修復小組表示，亙久的歲月中，這部手抄本肯定在某個時候因為裝訂毀損而重新裝訂，結果順序錯誤，導致原本的編排混淆不清，埃同的故事也可能前後顛倒。到了七月，他漸漸感覺自己好像試圖拼出波伊茲頓太太的拼圖，三分之一的片數被踢到爐子下，另外的三分之一根本找不到。他太缺乏經驗、學養太不足、年紀太大；他力有未逮。

操綿羊的，水果甜心，娘娘腔，澤諾。我們為什麼難以超越年少時代旁人為我們選定的身分？

八月，圖書館的冷氣壞了。澤諾花了一下午汗流浹背地苦思一頁特別麻煩的手稿，至少六成字句已不可考，似乎描述一隻戴勝鳥帶著變成烏鴉的埃同走向流著鮮奶油的河川。似乎還說刺針般的猜疑——憂慮？還是煩躁？——扎著他的翅膀底下。

譯到這裡，他就譯不下去了。

閉館時間到了，他收拾他的書和筆記本，謝里夫把椅子歸位，瑪麗安關掉電燈。圖書館外，野火的煙味瀰漫空中。

「有些人致力於此，」謝里夫鎖上館門時，澤諾對他說。「他們是專業譯者，學歷響叮噹，確實知道自己在做什麼。」

「或許吧，」瑪麗安說。「但他們全都不是你。」

湖面上，一艘小艇呼嘯而過，低音喇叭砰砰作響。白花花的熱氣懸浮在空中。他們三人在謝里夫的五十鈴汽車旁停下來，澤諾感覺某個鬼魅穿越熱氣而來，無影無形，飄渺不定。湖的遠方，雷雨雲漫過滑雪山區，藍光閃爍炫目。

「我媽媽生病住院，」謝里夫邊說，邊點了支菸，「過世之前，她常說：『希望是撐起世界的支柱』。」

「這話出自誰？」

他聳聳肩。「有時她說是亞里斯多德，有時她說是約翰．韋恩。說不定全是她自己胡謅。」

18

一切都是如此非凡壯麗，然而……

《雲端咕咕國》，安東尼・迪奧金尼斯著，第Σ頁

……我的羽毛愈來愈豐滿閃亮，我展翅飛翔，愛吃什麼就吃什麼，甜點、魚肉，甚至鳥！這裡沒有痛苦，也不會餓肚子，我的（翅膀？）永遠不會抽痛，我的爪子永遠不會（刺痛？）。

……夜鶯在（夜間？）開起音樂會，柳鶯在花園裡唱起情歌，（而且）沒有人說我是笨蛋、白癡、呆頭呆腦，連半句不好聽的話都不會說……

我飛了好遠，我已經證明每一個人都錯了。我高踞在我的露臺，望過一群群快樂的鳥、城門和波浪般的雲朵，眺望遠遠在我之下的大地，田野起伏交錯，大地望似一塊百衲布，城市星羅棋布，野生動物和家禽家畜緩緩遊蕩，有如沙塵般越過平原，我俯瞰凝視，心裡卻想著我的哥兒們、我的小床、那群被我留在田裡的母羊。我走了這麼遠的一段路，一切是如此非凡壯麗，然而……

……猜疑依然有如刺針般扎著我的翅膀底下。陰鬱的煩躁在我心中閃動……

| 阿爾戈斯號 |

任務年65

一號艙中第325日

康絲坦斯

在《地圖圖鑑》裡發現那座破舊的圖書館已經過了好幾個星期，康絲坦斯煞費苦心，把兒童區臺座上那本金光閃閃的小書抄寫在滋養粉空袋的紙片上，從第A頁抄到第Σ頁，複寫了四分之三澤諾．尼尼斯的譯本。希柏的圓柱高塔四周已經鋪滿一百二十多張紙片，紙片上是她密密麻麻的字跡，張張盈滿回憶，讓她想起她在四號農場，聆聽爸爸說話的那些夜晚：

……我把帕拉雅挑選的油膏從頭到腳抹在身上，掐起三塊乳香……

……你這隻笨魚喔，就算長了翅膀，你還是飛不到一個不存在的地方……

……一個人讀遍世間所有的書，只學習一件事。那就是：他依然什麼都不知道……

今晚她坐在小床床沿，手上沾了墨水，疲憊又厭煩。燈光漸漸昏暗，晝光沒入夜光，一天之中，這樣的時刻最難熬。艙室之外的靜默再次讓她心驚。十個多月來，她始終害怕艙室之外無人倖存，想了就惶然不安。還有那片靜默。艙室之外，阿爾戈斯號的牆外，靜默無盡延展，直至人類無法想像的遠方。她側躺，拉高毯子蓋住下巴，蜷縮在毯子下。

康絲坦斯，準備休息了嗎？但妳從今天早上就沒吃東西。

「如果妳開門，我就吃東西。」

妳知道的，我依然無法確定艙外是否仍有傳染病。既然我們已經確定妳在這裡安全，我必須讓艙門關著。

「這裡似乎也很危險。如果妳開門，我就吃東西。如果妳不開門，我就讓自己挨餓。」

聽到妳這麼說，我很難過。

「妳不可能難過，希柏。妳只是一束束在管子裡的光纖。」

妳的身體需要養分，康絲坦斯。想出一樣妳最愛吃的東西——

康絲坦斯摀住耳朵。大人們說，我們在艦上的每一樣物品，即是我們所需要的一切。大人們說，我們無法解決的任何問題，希柏都會幫我們解決。但他們只是為了自己心安才這麼說。希柏無所不知，但她也一無所知。康絲坦斯拾起她手繪的雲端城市，指尖輕輕撫過風乾的墨水。為什麼她認為重製這本古老的書能夠解開她的困惑？她為了誰製作？她死了之後，她的創作難道不會生生世世擱在這個艙室裡，永遠無人展讀？

我在崩潰，她心想，我快垮了。我像個傻瓜一樣踩踏輪程機，跌跌撞撞地走在一個宛如幻影，在我身後數百億萬公里的星球上，尋找不存在的答案。

爸爸的身影從她有如磨石般沉重的心中冒出來：他面帶微笑地站著，從鬍鬚裡扯掉一片枯葉。但是傻瓜之所以很有意思，他說，原因在於傻瓜永遠不知道何時放手。那是外婆以前講的。

她趕緊再跳上輪程機，碰一碰她的目視器，匆匆回到圖書館桌前。二〇二〇年二月二十日，她在一張紙片上寫道：澤諾．尼尼斯在萊克波特公共圖書館救了哪五個孩子一命？

| 愛達荷州萊克波特 |

2019 年 8 月

澤諾

八月下旬，奧瑞岡州兩場相輔相生的森林大火各延燒一百萬英畝，煙霧湧入萊克波特，天空的顏色變得像是灰泥，任何人一出門都帶著一身營火味回家。餐廳關閉戶外用餐區；婚禮喜宴移至室內；青少年體育活動取消；眾人咸認空氣品質糟到不適合孩童出外玩耍。

學校一放學，圖書館立刻擠滿無處可去的孩童。澤諾坐在桌前，埋首於成疊筆記本和便利貼之間，繼續與他的翻譯奮戰。一個一頭紅髮、穿著短褲和威靈頓靴的小女孩坐在他旁邊的地上，一邊嚼著口香糖，一邊翻閱園藝書刊。再過去幾公尺，一個一頭濃密金髮、身材結實的小男孩用膝蓋壓一壓飲水機的給水桿，雙手掬水潑到頭上。

澤諾閉上眼睛；他覺得自己快要頭痛了。當他張開眼睛，瑪麗安已經站在他面前。

「一，」她說，「這些森林大火已經把我的圖書館變成青少年露營區。二，樓上的冷氣聽起來好像被人硬生生地塞進金屬夾層板。三，謝里夫剛剛出發去五金行買一部新冷氣，所以我得應付樓上約莫二十個小惡魔。」說巧不巧，一個小男孩剛好就在這時騎乘破舊的沙發座墊從樓上滑下來，颼地一聲雙膝著地，抬頭對她咧嘴一笑。

「四，據我所知，你已經花了整整一星期試圖決定怎麼形容你那個醉醺醺的牧羊人。『無知』、『卑微』、『白目』？幾個五年級的小孩會在這裡待兩小時，澤諾。他們有五個人，你可以幫幫我嗎？」

「『卑微』和『白目』其實很不一樣——」

「讓他們看看你在做什麼。或是變變魔術。隨便什麼都行，拜託。」

他還來不急編出藉口，瑪麗安已經把那個渾身濕透的小男孩從飲水機拉到他桌旁。

「艾力克斯．漢斯，這位是澤諾．尼尼斯先生。尼尼斯先生有個很酷的東西讓你瞧瞧。」

小男孩從桌上拿起其中一張放大列印的傳真紙，澤諾的筆記本裡的六張紙隨即如同受傷的小鳥一樣墜落到地毯上。

「這是什麼？外星人寫的字？」

「看起來像是俄文。」穿著威靈頓靴的紅髮小女孩說，這時她也站到桌旁。

「這是希臘文，」瑪麗安邊說，邊把另外一個小男孩和另外兩個小女孩輕輕推到澤諾桌旁。「而且是個非常古老的故事。故事裡有女巫和貓頭鷹，女巫在大鯨魚的肚子裡，貓頭鷹看守城門，還會問謎語，喔，還有一個雲端城市，在那裡每個願望都會成真，連漁夫」——瑪麗安壓低聲音，裝模作樣地轉頭張望——「都有三個小雞雞。」

兩個小女孩咯咯笑。艾力克斯．漢斯嘻嘻笑，水從他頭髮上滾下來，一滴滴打到紙上。

二十分鐘之後，五個小孩圍著澤諾的桌子坐定，分別低頭研究手中的列印書稿。一個剪了妹妹頭的小女孩舉手，妹妹頭參差不齊，好像是用除草器幹的活，她一舉手就開始說話：「好吧，你剛剛說，這個叫做伊同的傢伙歷經種種瘋狂的冒險——」

「埃同。」

「應該叫他伊同，」艾力克斯．漢斯說。「比較好發音。」

「——他的故事好久，好久以前被寫在二十四塊像是木板的東西上，這些木板在他死的時候跟他一起進了棺材？過了幾百年，一個叫做迪奧金尼斯的傢伙在一個墓穴裡發現這些木板，然後他就把整個故事抄在好幾百張紙上——」

「莎草紙。」

「——而且寄給他那個快要死了的姪女？」

「沒錯，」澤諾說，他不知如何是好，有點疲憊無力，卻也感到興奮。「但你們必須記住，他不是真的用寄的，最起碼不是如同我們所理解的郵寄。如果真有這麼一位姪女，迪奧金尼斯說不定把他的手稿交給一個值得信任的朋友，然後——」

「然後那份手稿不曉得怎麼回事在君士……君士什麼堡被拷貝了一份，然後那份拷貝的手稿遺失了好多、好多年，結果最近在義大利被重新發現，但手稿依然是一團亂，因為很多字都不見了？」

「完全正確！」

一個瘦小，名叫克里斯多福的小男孩在椅子裡動來動去。「嗯，把這個古早的故事切換成英文肯定很難，而且你只找到故事的片段，甚至不知道這些片段的順序？」

紅髮女孩蕾秋把她手中的傳真紙翻來翻去。「而且這些的片段看起來像是被人塗滿巧克力醬。」

「沒錯。」

「那麼，」克里斯多福問，「你為什麼要做？」

五個小孩全都瞪著他：艾力克斯；蕾秋；小克里斯多福；妹妹頭參差不齊的奧莉薇亞；不太說話、褐色雙眼、褐色皮膚、褐色衣衫、頭髮墨黑的娜塔莉亞。

澤諾說：「你們有沒有看過超級英雄的電影？電影裡的英雄一直被打倒，他似乎始終——」

「——或是她。」奧莉薇亞說。

「——她似乎始終辦不到？這些片段就像是超級英雄。你們想想：過去兩千年，它們打了一場又一場浩大的戰爭，洪水、大火、地震、竊賊、無能的政權、蠻橫之人、狂熱之人，天知道還有什麼？但它們全都熬了過來。據我們所知，這個故事問世之後，其中一份不知怎麼地落到一位九世紀，或是十世紀的君士坦丁堡繕寫師手中，我們只知道他——」

「——或是她。」奧莉薇亞說。

「——字跡小小的，稍微斜向左側。但現在有一小群人看得懂那些古老的文字，讓這些超級英雄重現生機，他們說不定也就可以再奮戰幾十年。我們都可能被抹滅銷毀，你們知道嗎？所以啊，能夠握著一樣躲避銷毀命運好多年的東西，實在是——」

他擦擦眼睛，有點不好意思。

蕾秋伸出手指，輕輕撫過眼前模糊的一行行字跡。「那就像是伊同。」

「埃同。」奧莉薇亞說。

「你剛剛告訴我們的那個傻瓜？即使他一直走錯了路，一直變錯樣子，他始終不放棄。他活下來了。」

澤諾看著她，心中悄悄升起一股新的領悟。

「那個有三個小雞雞的漁夫，」艾力克斯說，「再跟我們多說一點吧。」

那天晚上，澤諾在他的餐桌前坐下，㹴犬涅斯托耳窩在他腳邊，一本本黃色的筆記本攤放在桌上。他隨意檢視，都看得到先前的誤譯與疏失。他太執著於辨識出精妙的暗喻，潛心於躲避語法的暗礁，一心只想正確譯出每一個字。但不管這部奇怪的古希臘喜劇究竟是什麼，它不在乎是否得體、是否高尚，也不在乎是否正確無誤，它只是一個故事，用意在於撫慰一個垂死的女孩。他強迫自己讀了一篇篇學術評論——迪奧金尼斯究竟是撰寫低俗的喜劇，或是繁複的後設小說？——但在五個帶著口香糖、臭襪子、野火煙霧氣味的五年級孩童面前，種種爭辯煙消雲散。不管迪奧金尼斯是什麼人物，他基本上只是試圖打造出一個機器吸引我們注意，讓我們逃脫俗事的樊籠。

沉重的負擔緩緩消逝。他煮了咖啡，拆開一本新的筆記本，把第β頁擱在面前。詞彙（空白）詞彙（空白）（空白）詞彙；這些都只是記號，抄寫在一張老早之前就已剝製的羊皮上。但在它們背後，有些東西漸漸顯現。

我是埃同，我來自阿卡迪亞，是個單純的牧羊人，我非說不可的故事實在是太可笑、太荒誕了，你們絕對一個字都不相信，然而那是真的。因為啊，我這個被大家稱為傻瓜的大笨蛋——沒錯，我這個頭腦簡單、呆頭呆腦、愚蠢笨拙的埃同——曾經一路前往比世界盡頭更遙遠的地方……

| 阿爾戈斯號 |

任務年 65
一號艙中第 325 日至第 340 日

康絲坦斯

一張紙片穩穩地飄落到桌上。

克里夫多福・迪伊
奧莉薇亞・歐提
艾力克斯・漢斯
娜塔莉・赫南德茲
蕾秋・威爾森

二〇二〇年二月二十日被挾持在萊克波特公共圖書館裡的五個孩童中，其中一個名叫蕾秋・威爾森，也就是她的曾祖母。這就是為什麼爸爸的床邊小桌上擺著那本澤諾・尼尼斯翻譯的小書。爸爸的外婆參加了演出。

如果澤諾・尼尼斯在二〇二〇年二月二十日沒有救了蕾秋・威爾森一命，她爸爸就不可能出生。他不會申請加入阿爾戈斯號，世界上也就沒有康絲坦斯。

我走了這麼遠的一段路，一切是如此非凡壯麗，然而……

誰是蕾秋・威爾森？她在世多少年？每次看到那本澤諾・尼尼斯翻譯的小書，她心裡有何感受？她是否曾在楠立大風勁揚的傍晚，跟康絲坦斯的爸爸坐在一起，為他朗讀埃同的故事？康絲坦斯站起來，繞著中庭的桌子走了幾圈，這下她確定是自己遺漏了。有些事情是她看不出來。有些事情希柏渾然不知。她把《地圖圖鑑》從它的架子上召喚下來。第一站是拉哥斯。她來到那個灣畔的市中心廣場，廣場上一棟棟銀閃閃的白色旅館出現在眼前，四十棵可可椰子栽種在黑白方格的盆器裡。歡迎來到新國際，招牌上寫道。

康絲坦斯在奈及利亞一成不變的日光下走了一圈又一圈。有些事情不對勁；那種感覺又回來了，教她想破了頭。椰樹樹幹上有些疤痕，乾枯的葉鞘依然黏附在葉莖上，可可椰子有些高高聳立，有些癱軟萎縮在盆器裡，但她察覺沒有一顆椰子的殼底帶著她爸爸曾經指給她看的三個芽孔。兩隻眼睛和一張嘴巴，望似小水手的臉蛋，吹著口哨環遊世界——她沒瞧見。

椰樹是電腦合成。它們原本不在這裡。

她想起芙蘿爾太太站在狄奧多西二世在君士坦丁堡興建的城牆邊。在這裡逗留得夠久，小傢伙，她說，妳會就發現一、兩個祕密。

再過去二十步，一個小販推著他的腳踏車靠在其中一個盆器上，腳踏車的把手裝了一個長方形的置物架，架子上面畫了一隻拿著冰淇淋甜筒的卡通貓頭鷹，裡面擱著一打罐裝飲料，飲料擺在一堆冰塊上，冰塊閃閃發光，卡通貓頭鷹幾乎像是眨著眼睛，看起來比周遭任何事物鮮活，正如萊克波特那個貓頭鷹還書箱。

她伸手拿取其中一罐飲料，她的手指頭非但沒有直直穿過，反而碰到某個冰涼潮濕的東西。當她從冰塊裡取出飲料，周遭一座座旅館的玻璃窗靜悄悄地裂成碎片。廣場的磁磚漸漸隱沒；電腦合成的椰樹消失無蹤。

她的周遭出現各個人影；人們或坐、或站，或是躺臥，但不是在蔭涼的市中心廣場，而是在殘破骯髒的水泥地上。有些人沒穿上衣，更多人光著腳，望似行屍走肉，有些人窩在自製防水布帳篷最裡頭，她甚至只看得到他們的小腿和沾滿汙泥的腳丫子。

舊車胎。垃圾。爛泥。幾個男人坐在塑膠容器上，容器裡曾經裝著一種叫做SunShineSix的飲品；一個女人揮著一個空空的米袋；十二個骨瘦如柴的孩童蹲在一個土堆上。先前她一碰萊克波特那個舊圖書館外面的還書箱，周遭事物隨即閃動，這時卻不然；人們只是靜止的影像，她伸手一摸，雙手直接穿了過去，好像穿過影子。

她彎腰，試圖看清楚孩童們模糊的臉孔。他們出了什麼事？他們為什麼躲藏？

第二站是孟買。她回到一年前她在孟買近郊發現的慢跑小徑，茂生的紅樹林沿著她伸展，有如一道駭人的綠色高牆。她沿著扶手前前後後小跑步，一下子往前一公里，一下子往後一公里，直到她找到一隻漆在人行道上的貓頭鷹。她伸手一碰，紅樹林立即消失，高牆似的洪水急急湧來，水色紅褐，滿是廢物和垃圾。人們全被沖走，小徑沒入水中，公寓大樓各側全都淹了水，而且水勢不斷高漲。二樓的陽臺上繫著小船；某人凝滯在屋頂的一輛汽車中，汽車已被水淹沒，她高舉手臂呼救，臉孔模糊，似乎放聲尖叫。

康絲坦斯感到反胃，全身發抖，悄悄說聲「楠立」。她騰空飛起；地球迴旋，上下翻轉，她從天而降。眼前是個曾經古典雅緻的澳洲牧牛小鎮。橫跨路面的褪色旗幟上寫道：

一天十公升，你也活得下來

公會堂前方，巨朱蕉的樹蔭下，秋海棠生氣盎然地矗立在花壇中。草地看起來跟往常一樣青綠，比五十公里之內的任何事物都要青綠五倍。噴泉閃閃發亮；繁花盛開的大樹昂然挺立。但就像是在拉哥斯的廣場，或是孟買近郊的慢跑小徑，她感覺某些事物變了模樣。

康絲坦斯在街上繞了三圈，最後終於在公會堂的一扇側門上找到一隻塗鴉創作的貓頭鷹，貓頭鷹戴著一條金項鍊，頭上還套著一頂王冠。

她伸手一碰。草地頓時焦黃，樹木四散紛飛，公會堂的油漆紛紛剝落，噴泉裡的水蒸發一空。一部拖拉著六千公噸水箱的牽引車閃亮登場，一群全副武裝的男人把車子團團圍住，再過去是一排汽車，部部滿是灰塵，一直延伸到遠方。

數以百計的人們拿著空空如也的瓶瓶罐罐緊貼著一座鍊條路障。《地圖圖鑑》的攝影機拍到一個男人嘴巴大張，拿著開山刀跳過路障；一個阿兵哥正拿著武器開槍；幾個人手腳一攤，匍匐在地。

運水車的水栓旁，兩個男人用力拉扯同一個塑膠水罐，兩人都拉得青筋暴起。在緊貼著鍊條路障的人群中，她看到母親們和外婆祖母們抱著小嬰孩。

這就是為什麼。爸爸就是因為這樣才離開。

等到她爬下輪程機，艙室之中已是晝光。她有氣無力地行走於一張張滋養粉空袋的紙片之間，從食品列印機拔下供水管，放進自己的嘴裡。她的雙手發抖。她的襪子終於解體，各個破洞合為一個大洞，兩隻腳趾都流血。

妳剛剛走了十一公里，康絲坦斯，如果妳不睡覺，好好吃一餐，我會限制妳使用圖書館，希柏說。

「我會，我會吃東西，我會休息，我保證。」她想起爸爸在四號農場照顧他的植物，他調整一下噴霧器，然後在手背上噴水。「飢餓，」他說，她感覺他不是朝著她說，而是在跟植物講話。「妳過了一會兒就會忘記。但是口渴？妳口愈渴，會愈想要喝水。」

她坐在地上，檢查一隻流血的腳趾，想起媽媽曾經提及瘋狂艾略特。那個男孩在《地圖圖鑑》裡遊蕩，直到雙腳龜裂，神智也跟著分裂。那個男孩試圖鑿穿阿爾戈斯號的船殼，危害艦上的每一人和每一切。那個男孩藏有足夠的助眠劑，讓他可以仰藥自盡。

她用餐，洗臉，梳平糾纏成一團的頭髮，做了文法和物理習題，希柏請她做什麼，她全都照做。圖書館中庭看起來明亮寂靜。大理石地板閃閃發光，好像昨晚被人擦得亮晶晶。

做完習題之後，她坐在桌邊，芙蘿爾太太的小狗窩在她的腳邊。她雙手顫抖，輕輕寫下：阿爾戈斯號怎麼建造的？

一疊疊書籍、名冊、圖表繞著桌子飛旋，她從中擇選，篩除特洛伊科技贊助的所有文件，諸如核脈衝推進的圖解、原料分析、人造重力、艙室設計、探討承載重量的表格、淨水處理的規劃、食品列印機的圖示、星船各區在低空地球軌道組裝的影像，還有數以百計的手冊，其中詳載全體組員如何精選、載送、隔離、受訓六個月、服用鎮定劑以備升空。

時間一小時一小時地過去，大批文件漸漸變少。康絲坦斯找不到任何一篇獨立的報導。建造一座諾亞方舟般的星際星船，維持穩固的速率持續前進，在五百九十二年之內將之送達 Beta Oph2，這些究竟可不可行？她找不到獨立的解析。每次有個作者打算提問，比方說這樣的科技是否成熟、自動調溫系統是否完備、組員們能否抗禦長期暴露於太空深處的輻射、重力如何模擬、經費如何花用、物理學定律能否支持這樣一項任務，文件就變成一片空白。學術論文被從中截斷，文句支離破碎。章節排序從二跳到六，或是從四跳到九，其間全都從缺。

自從她的圖書館日之後，康絲坦斯頭一次召喚書架上的系外行星的型錄。型錄中詳列已知的系外行星，逐頁逐列呈現一個個地球之外的已知世界。粉紅、褐紅、褐黃、青藍；各個小小的行星在書頁間旋轉，她的手指滑過一個個星球，最後停駐在 Beta Oph2。它慢慢在原地旋轉。青綠。漆黑。青綠。漆黑。

4.0113×10^{13} 公里。4.24 光年。

康絲坦斯凝視回音裊裊的中庭，感覺輻射似乎透過數百萬個肉眼難以瞧見的裂縫滲穿而入。她伸手拿一張紙，埋頭寫道：升空之前，阿爾戈斯號的全體組員聚集在哪裡？

一張紙片從空中飄下：

卡納克[56]

56 Qaanaaq，亦稱「卡納哥」，位於格陵蘭西北部，是世界最北端的城鎮之一。

她踏進《地圖圖鑑》，慢慢降落在格陵蘭的北岸：三千公尺，兩千公尺。卡納克是一個海港村落，夾在大海和數百平方公里的冰磧泥沙之間，村裡沒有半棵樹木，小小的屋宅漆成草綠、亮藍、芥末黃，配上白色的窗框，看來如詩如畫，但多棟已經傾塌，因為屋宅蓋在漸漸融化的永凍土上。沿著海岸線可以看見一個港灣、幾個碼頭、幾艘船艇、雜亂無章的施工設備。

她花了好幾天才找到她要找的東西。她用餐，睡覺，乖乖做希柏交付的習題，她一再搜尋，以卡納克為起點往外繞了一圈又一圈，瀏覽近岸的大海，最後終於在巴芬灣的一個小島上找到它。小島離鄉鎮十三公里，島上寸草不生，只見岩石和苔蘚，說不定十年之前依然全年冰封。她看到一棟孤零零的紅色小屋，小屋有個穀倉，一支白色的旗桿豎立在屋前，有如出自孩童的畫作。一隻小小的木製貓頭鷹豎放在旗桿底座，約莫與她的小腿齊高，看起來好像睡著了。

康絲坦斯走向它，伸手一碰，它隨即輕輕睜開雙眼。

長長的水泥碼頭直入海中。一道長達四．五公尺，頂端附加刺刃鐵網的圍籬從小紅屋後方的地面升起，自行環繞，圍住整個小島。

嚴禁穿越，各個招牌以四種語言標示。特洛伊科技私人用地。嚴禁入內。

圍籬後方是一個龐大的工業區：起重機、拖吊車、卡車、大量建材堆積在岩石之間，她沿著圍籬往前走，直到軟體不容許她繼續前進，然後她升到空中，盤旋其上。她看到一輛輛水泥卡車、一個個戴著工地安全帽的人影、一座停放船艇的棚屋、一條石子路，工業區中央還有一個白色的環形建築物，建築物非常龐大，尚未完工，沒有窗戶。

精選、載送、隔離、受訓六個月、服用鎮定劑以備升空。

他們正在建造日將成為阿爾戈斯號的星船。但這裡沒有發射火箭，也沒有發射臺。星船各區沒有在低空軌道組裝：它根本從未升空。星船仍在地球上。

她的眼前是過往，各個影像都是七十年前拍攝，然後被特洛伊科技從《地圖圖鑑》裡編纂隱藏。但在此同時，她也看著她自己、她的家、這些年。她碰一碰目視器，踏下輪程機，心中一陣天旋地轉。

希柏說，康絲坦斯，妳散步散得愉快嗎？

19

埃同的意思是烈焰

《雲端咕咕國》，安東尼．迪奧金尼斯著，第T頁

……我說：「爲什麼其他鳥類（似乎？）安於飛來飛去、唱唱歌、吃吃東西，日復一日，沐浴於溫暖的和風，翱翔於塔樓之上，但在我心中，這股（不舒服？）……」

……膳食住宿部總督的副機要祕書戴勝鳥吞下一嘴沙丁魚，甩甩燦爛的羽冠。

牠說：「你這會兒聽起來眞像是凡人。」

我說：「我不是凡人，先生，別鬧了，我啊，我是隻謙卑的烏鴉，哎喲，你瞧瞧我。」

「嗯，」牠說，「這麼辦吧。爲了讓你擺脫這股（焦躁不安、凡夫俗子的苦惱？），我們去一趟（城市中心？）的宮殿……

「……那裡有一座最明亮、最青綠的花園，園裡的女神保管一本書，書裡含括（天神們所有的知識），說不定你在書裡就會找到你想要的……」

| 愛達荷州萊克波特 |

2019 年 8 月—— 2020 年 2 月

西蒙

他們指示他使用匿名上網的「洋蔥瀏覽器[57]」下載一個叫做「隱私圈」的安全應用通訊程式。他必須更新數次才有辦法啟用。過了好幾天，他才收到一則回應。

瑪蒂達：謝謝聯繫抱歉晚回只是必須

習謀六[58]：你跟主教在一起？在他的營區？

瑪蒂達：確認一下

瑪蒂達：你不是跟當局同一夥

習謀六：不是我發誓

習謀六：想幫忙想加入戰鬥

瑪蒂達：我被指派給你

習謀六：想摧毀機制

夏末，颶風重創兩個加勒比海小島，大旱榨乾索馬利亞，全球月平均氣溫再創新高，根據一份跨政府組織的報告，海洋溫度上升的速度比任何人預期快了四倍，奧瑞岡州接連發生兩次森林大火，濃煙有如潮水般湧入萊克波特，西蒙在他的筆電上看到衛星拍攝的景象，濃煙滾滾翻騰，有如漩渦。

自從他砸破港邊那輛超大露營車的窗戶，轉身落跑後，他就沒跟珍娜見過面。據他所知，她沒有打電話報警；就算警察不曉得怎麼地找上她，他覺得她也沒跟他們提起他。整個夏天，他避開圖書館和湖畔，拉上連帽運動服的帽子，埋頭在溜冰場清掃更衣室和盤點罐裝冷飲。其他時候，他都待在他的房間裡。

瑪蒂達：他們說水災淹死八十個人，但他們沒有統計多少人沮喪憂鬱、多少人創傷恐慌、多少人沒錢搬家、多少人死於黴菌、多少人

習謀六：什麼水災？

瑪蒂達：死於心碎

習謀六：今天這裡的煙霧很糟

瑪蒂達：將來他們回顧過去驚訝我們居然這樣過日子

習謀六：我們不會吧？你和我不會吧？

瑪蒂達：我們居然這麼自滿

習謀六：戰士們不會吧？

---

57 Tor browser，一種可匿名、可翻牆、隱藏 IP、防止監控的網頁瀏覽器。

58 西蒙的網名是「SEEMORE6」，SEEMORE 是 Seymour 的諧音，譯為「習謀」，略表 see more 之意。

九月，討債公司一天打了三次電話給邦妮。空氣品質惡劣，造成勞動節假期遊客稀疏；港灣幾乎空無一人，餐廳門可羅雀；小豬鬆餅餐館的小費收入飛了，白楊葉汽車旅館歇業之後，邦妮找不到其他工作替補失去的收入。

某些思緒在西蒙的心中逐漸定型；在他眼中，地球唯一的命運是滅亡，而周遭眾人都是共犯，聯手扼殺這個星球。伊甸之門的洋房住戶製造出一桶桶垃圾，開著運動休旅車來回他們兩個住家之間，在他們的後院用藍芽音箱播放音樂，他們跟自己說他們是好人、不偷不搶、老老實實過日子，他們說他們實現了美國夢，難不成美國果真是個伊甸園，上帝的恩慈均等降臨於每一個生靈？其實他們全都參與一個龐式騙局，壓榨底層的每一個人，比方說他媽媽，而且他們全都為此祝賀。

瑪蒂達：抱歉晚回我們只有晚上做完所有雜事之後才用電腦

習謀六：什麼雜事？

瑪蒂達：種植、修剪、砍割、搬運、收成、準備醃漬

習謀六：種菜？

瑪蒂達：是非常新鮮

習謀六：我不太喜歡蔬菜

瑪蒂達：今天晚上圍著營區的每棵樹都高大挺拔，好漂亮

瑪蒂達：天空紫得像茄子

習謀六：又是蔬菜
瑪蒂達：哈哈哈你真逗趣
習謀六：你們睡在哪裡？帳篷
瑪蒂達：帳篷沒錯還有木屋和營房
瑪蒂達：……
習謀六：你還在嗎？
瑪蒂達：他們說我可以用十分鐘
瑪蒂達：因為你很特別你很重要你有潛力
習謀六：我？
瑪蒂達：不但對他們是這樣對我也是
瑪蒂達：對每個人都是
習謀六：……
瑪蒂達：夜裡小鳥飛過溫室溪水潺潺肚子飽飽好舒服
習謀六：真希望我也在那裡
瑪蒂達：即使是素食，你會喜歡這裡的哈哈
瑪蒂達：我們有浴室娛樂間、軍械庫還有床也很舒服
習謀六：真的床，還是睡袋
瑪蒂達：都有

習謀六：是男孩一邊女孩一邊嗎？

瑪蒂達：想怎樣都行我們不會照著舊規矩來

瑪蒂達：你會看到的

瑪蒂達：你一完成任務就會看到

上課的時候，他的眼中只有主教的營區。白色的帳篷搭建在漆黑的大樹下，機關槍疊架堆放，花園和溫室，太陽能板，男男女女穿著草綠色的軍裝唱歌說故事，神妙的釀酒師從林間的草本植物萃取提煉健康的藥酒。種種影像始終回歸於瑪蒂達。他想像她的手腕、她的頭髮、她的大腿內側。她提著兩桶莓果從小徑的那一頭走來；她一頭金髮，她是日本人、塞爾維亞人，她是斐濟的浮潛潛水員，胸前交叉吊掛著兩排彈藥帶。

瑪蒂達：採取行動之後你的感覺會好多了

習謀六：這裡每一個女孩子都搞不清狀況

習謀六：她們沒有一個了解我

瑪蒂達：你會覺得強大多了

習謀六：她們沒有一個像妳

他查了一下：瑪蒂達，Mathilda：*Maht* 的意思是威力，*Hild* 的意思是戰場，*Mathilda* 的意思是戰場上的威力，自此之後，在他的心中，瑪蒂達成了一位身高二．五公尺，靜靜遊走於林間的女獵手。他在床上往後一靠，擱在膝上的筆電暖暖的；瑪蒂達哈腰從門口走進來，把她的弓箭搭在門上。她的腰間繫著九重葛，髮間插著玫瑰花，遮擋了天花板吊燈的燈光，一隻覆蓋著綠葉的手包住他的鼠蹊部。

澤諾

到了九月中旬，艾力克斯、蕾秋、奧莉薇亞、娜塔莉、克里斯多福都想把殘缺不全的《雲端咕咕國》變成一齣舞臺戲，穿上戲服粉墨登場。下了雨，煙霧散盡，空氣品質有所改善，但每個星期二和星期四，孩子們依然下課之後走到圖書館，聚集在他的桌旁。他察覺這些孩子沒有參加排球隊、沒有數學家教，家裡也沒有船艇停泊在港灣。奧莉薇亞的爸媽主持一個教會；艾力克斯的爸爸在波伊西覓職；娜塔莉的爸媽日日夜夜在餐館工作；克里斯多福家裡有六個小孩；蕾秋是短期交流學生，她爸爸從澳大利亞來美國幫愛達荷州的地政局研究如何減緩火勢，蕾秋跟著一起來，預計停留一年。

澤諾跟他們在一起的分分秒秒都有所體悟。初夏時，他一心只想著他不了解什麼、迪奧金尼斯的文本佚失了多少，如今他卻明瞭，他不必研究關於古希臘牧羊的各個細節，也無需精通第二辯士時代的各個術語，他只需點出僅存的每頁字句說了什麼，其餘就交由孩子們憑藉想像力發揮。

數十年來，說不定甚至自從他緊挨著雷克斯坐在五號營區營火旁以來，他頭一次感覺自己完全甦醒，好像蒙上他心房的簾幕全被扯下；他想要的就是這個，他想做的就在他的眼前。

•
•
•

十月的一個星期二，五個五年級的孩子全都圍坐在他圖書館的小桌旁，克里斯多福和艾力克斯大啖瑪麗安不曉得從哪裡拿來的甜甜圈球，足蹬皮靴，穿著牛仔褲，瘦得跟電線桿似地的蕾秋盯著一本筆記本，草草書寫，劃掉幾行，繼續書寫。頭先三星期很少開口的娜塔莉，這會兒簡直說個不停。「所以跑了這一大趟路之後，」她說，「埃同回答了謎語，穿過了城門，喝了葡萄酒和鮮奶油的河水，吃了蘋果和梨子，甚至吃了蜂蜜蛋糕——天曉得那是什麼東西——那裡天氣一直很好，而且沒有人欺負他，但他依然不開心？」

艾力克斯大嚼另一個甜甜圈球。「沒錯，聽起來很瘋狂。」

「你們知道嗎？」克里斯多福說，「在我的雲端咕咕國，河裡流的不是葡萄酒，而是麥根沙士，而且所有的水果都是糖果。」

「好多糖果。」艾力克斯說。

「永遠吃不完的果汁軟糖。」克里斯多福說。

「永遠吃不完的奇巧巧克力。」

娜塔莉說：「在我的雲端咕咕國？動物們會受到跟人類一樣的待遇。」

「喔，沒有回家功課，」艾力克斯說。「不會喉嚨痛。」

「但是，」克里斯多福說，「花園中央那本超級神奇無所不知的魔法書？我的雲端咕咕國裡也有這一本，因為這樣一來，你只要讀一本書，而且讀五分鐘就好，你就什麼都曉得。」

澤諾靠向桌上成疊紙張。「『埃同』的英文是Aethon。我有沒有跟你們這些小傢伙提過這是什麼意思？」

孩子們搖搖頭；他在一整張白紙上寫下αἴθων。「閃耀，」他說。「燃燒、熱烈、激烈，有些人說或許是飢餓。」

奧莉薇亞坐下。艾力克斯又把一個甜甜圈球放進嘴裡。

「說不定這就是為什麼他從不放棄，」娜塔莉說。「他從不想要安頓下來，他心裡總是在燃燒。」

蕾秋的目光從桌上移開，似乎遙望遠方。「在我的雲端咕咕國，」她說，「那裡沒有旱災，天天晚上都會下雨，你看得到地方都是綠色，還有清涼的大河。」

十二月，他們花了一個星期二在二手商店搜尋服裝，然後花了一個星期四用廢紙糊了一副驢頭、一副魚頭、一副戴勝鳥頭。瑪麗安訂購黑灰兩色的羽毛，好讓他們製作翅膀；每個人都從硬紙板剪出雲朵。娜塔莉在她的筆電上搜集音效；澤諾雇了一個木工製作一個三夾板舞臺和木牆，他請木工在場外拼裝，好讓孩子們有個驚喜。過不了多久，他們只剩下兩個星期四可以運用，但還有好多事情尚待完成：他得寫出結局、編出劇本、租摺疊椅；他想起以前養的那隻小狗雅典娜，當牠察覺他們朝著湖邊走去，牠就高興得渾身打顫，好像閃電流竄牠的全身。近來每晚試圖入睡時，他就興起同樣的感覺；他的思緒飛越高山與大海，穿梭於群星之間，他的大腦是頭顱裡的一盞提燈，在燃燒。

二月二十日早上六點，澤諾做完伏地挺身，套上兩雙Utah Woolen Mills的毛襪，繫上他的企鵝領帶，喝了一杯咖啡，走到萊克波特藥妝行，印了五份最新修訂的劇本，買了一箱麥根沙士。他穿過萊克街，一手拿著劇本，一手捧著麥根沙士。銀閃閃的藍天籠罩著白雪覆蓋的湖面，高聳的山脊消失在雲層之中——暴風雪將至。

瑪麗安的速霸陸汽車已經停在圖書館的停車場，樓上一扇窗戶透出燈光。澤諾爬上五階大理石臺階來到門廊，停下來喘口氣。有那麼短暫的一刻，他又是那個六歲的小孩，全身發抖，孤單寂寞，而兩位圖書館員打開了大門。

哎喲，你看起來一點都不暖和。

你媽媽在哪裡？

大門沒鎖，他爬樓梯上樓，在金色的木板牆外停下來。陌生人啊，不管你是誰，請打開來讀，感受生命驚奇。

當他打開小門，燈光從拱形的入口流瀉而出。舞臺之上，瑪麗安站在一張梯凳上，拿著一支筆刷修飾背景帆布上的一座座金銀塔樓。他看著她爬下梯凳，檢視一下工作成果，然後再爬上去，沾沾顏料，再畫三隻小鳥繞著一座塔樓飛舞。未乾的油漆味很強。四下寂靜無聲。

八十六歲的他，感受著這裡的一切。

西蒙

初雪剛剛覆上周遭的山脊，愛達荷電力公司就切斷他們拖車屋的電源。前院的瓦斯桶還剩三分之一，所以邦妮打開瓦斯爐，把門開著，用爐火幫屋裡供暖。西蒙在溜冰場幫他的筆電充電，把他賺的錢大半給了媽媽。

瑪蒂達：今晚好冷一直想著你
習謀六：這裡也冷
瑪蒂達：像這樣漆黑的時候我真想脫光衣服跑到外面感受肌膚的溫度
瑪蒂達：然後舒舒服服窩回床上
習謀六：真假？
瑪蒂達：你得快點得過來這裡，我等你等得幾乎受不了
瑪蒂達：得規劃出你的任務

聖誕節早晨，邦妮叫他坐到餐桌旁。「我放棄了，西蒙，我打算賣了拖車屋，另外租個房子。你過了明

年就離家上大學，我一個人不需要一英畝的地。」

瓦斯爐在她身後冒出藍色的火苗。

「我知道這個地方對你很重要，說不定超乎我的了解。但現在是時候了。薩克賽汽車旅館在找一個房務人員，我知道開車過去很遠，但那畢竟是一份工作，如果運氣好，那份差事加上賣拖車屋的錢，我可以還清所有債務，餘款足夠讓我看牙，說不定甚至幫你付學費。」

滑門之外，每棟洋房的燈光在寒霧中閃閃發光。西蒙近來愈來愈善感，一百個聲音在他腦海深處同時響起，聲勢駭人。吃這個，穿這個，你不夠好，你不屬於這裡，如果立刻下單訂購，你的痛苦就會煙消雲散。See-More Stool-Guy，哈哈哈。屋後的工具棚裡，保爺爺的貝瑞塔手槍和手榴彈埋在地底，橄欖綠的手榴彈安置在二十五個小方格裡，等著被人啟用。如果他屏氣凝神，他甚至聽得到手榴彈在各自的方格裡微微顫動。

邦妮手掌攤平，擱在桌上。「你這輩子會有一番成就，西蒙，我知道的。」

夜晚時分，他穿著防風夾克站在萊克街和派克街的街角。伊甸之門的展示屋掛上聖誕節的彩燈，各個間距完全相同，沿著排水溝一閃一閃。屋簷下架設黑色的攝影機，門窗的下半部貼著閃閃發光，狀若警徽的貼紙，前方和後方的入口都裝上看起來很複雜的門鎖。

保全系統。警鈴。他不可能進屋留下東西而不驚動任何人，但根據他的觀察，房地產公司的西側和圖書館的東側相距不到三十公分。這樣的空間連裝個瓦斯表都不夠。他或許不可能把爆裂物偷偷帶進房地產公司，但圖書館呢？

習謀六：我找到一個地方下手

瑪蒂達：一個目標？

習謀六：一個任務。我用我的方式摧毀機制喚醒人們發動真正的變革

瑪蒂達：你想

習謀六：為自己爭取入營

瑪蒂達：你想出了什麼

習謀六：去找妳

瑪蒂達經由「隱私圈」傳來的ＰＤＦ檔錯字連連，圖表也很粗糙。但概念相當單純：引信，壓力鍋，預付手機，所有程序一律複製拷貝，以防第一個炸彈未能引爆。他在萊克波特藥妝行買了一個壓力鍋，在萊德利超市再買一個，然後在博格森五金行買了兩副掛鎖，一副裝在他的臥房房門，一副裝在工具棚棚門。

拆解手榴彈比他想像中容易。爆炸填料看起來沒什麼危險，好像亮晶晶的石英粉末。他用保爺爺的舊式磅秤丈量，在每個壓力鍋各放入二十盎司。

他繼續去上學，繼續在溜冰場拖地。他這輩子直至此刻都是序曲，現在終於即將揭幕。

二月初，他在租借溜冰鞋的櫃檯後面幫三支預付手機充電，充著充著，他抬頭一看，瞧見珍娜。

「嗨。」

珍娜穿了她那件牛仔外套，袖口新縫上一圈青蛙貼布繡，她戴的那種毛帽質料非常輕柔，讓人永遠不想脫下來，那種毛帽也是他永遠無法擁有。她的臉頰曬成滑雪客般的小麥色，他看著她，感覺自己比十年級的時候成熟了十歲，他對珍娜的迷戀，感覺也像是一千年前的陳年往事。

她說：「好久不見。」

表現出正常的模樣。一切都很正常。

「如果你想知道的話，我沒有跟任何人提起你做了什麼。」

他望著飲料販賣機和櫃裡的溜冰鞋。最好什麼都別說。

「十八名學生出席上星期『環保意識社』的集會，西蒙，我覺得你應該會想要知道。我們促使學校餐廳減少浪費食物，而且全部的餐巾紙都是竹製品，竹子可以再生，是吧？『再生』這兩個字用得對不對？」

「永續。」

溜冰場上，幾個穿著運動衫的青少年哈哈大笑，身手矯健地溜過安全玻璃。樂趣：人人都只在乎好不好玩。

「喔，永續，沒錯。我們打算十五號開車到波伊西參加靜坐示威，西蒙，你可以一起來。大家開始注意到這些事情了。」她頭一歪，淺淺一笑，黑藍的雙眼盯視著他，但她再也影響不了他。

習謀六：我按照妳寄給我的指示製造了兩枚
瑪蒂達：兩枚榴彈
習謀六：沒錯兩枚榴彈

瑪蒂達：你怎麼引爆這兩枚榴彈

習謀六：預付手機，鈴響第五次引爆，就像ＰＤＦ的指示

瑪蒂達：兩個不同的號碼？各有一個號碼？

習謀六：兩枚榴彈兩支手機兩個不同的號碼就像指示裡說的

習謀六：第一枚一旦引爆，第二枚也會

瑪蒂達：何時？

習謀六：很快

習謀六：說不定星期四氣象預報說有暴風雪，我想比較少人會外出

瑪蒂達：……

習謀六：妳還在嗎？

瑪蒂達：把那兩個手機號碼傳給我

星期三他放學回家，看到邦妮拿著手電筒在客廳裝箱打包。她抬頭看看他，看來微醺，有點緊張。

「賣了。我們賣了。」

西蒙想著工具棚板凳下那兩個塞了強力炸藥的壓力鍋，恐慌有如鰻魚般流竄全身。

「他們有沒有——？」

「他們在網路上看過照片就買了，現金支付，現況交屋。他們只想買這塊地，拖車屋會被拆掉。你能想像錢多到在電腦上看了房子就買了嗎？」

手電筒從她手裡滑到地上，他撿起來，遞回去給她，他心想，母子之間哪些實情應該開誠布公、哪些實情應該密而不宣。

「媽，明天我可以用車嗎？我早上會先開車送妳去上班。」

「當然可以，西蒙，沒問題。」她拿著手電筒照亮一個箱子。「二〇二〇，」他沿著走廊往前走時，她在他身後大喊。「會是我們的一年。」

習謀六：榴彈引爆之後我怎麼知道去哪裡？

瑪蒂達：往北邊走

瑪蒂達：撥那個我們給你的號碼

習謀六：北邊

瑪蒂達：是的

習謀六：加拿大？

瑪蒂達：往北邊開我們之後會給你指示

習謀六：但是邊境？

瑪蒂達：你會非常棒你好勇敢你是戰士

習謀六：如果有麻煩呢

瑪蒂達：不會有麻煩

習謀六：但萬一呢

瑪蒂達：撥那個號碼
習謀六：有人會過來
瑪蒂達：這裡每個人都會
習謀六：緊張
瑪蒂達：你會感到驕傲
瑪蒂達：開心極了

20

女神的花園

《雲端咕咕國》，安東尼·迪奧金尼斯著，第Y頁

我啜飲美酒之河的河水，喝一口爲了壯膽，喝兩口爲了助威，然後我拍拍翅膀，飛向城市中央的宮殿，宮殿的座座塔樓直升星空，（其內？）清澄（明亮？）的小溪流經芬芳的果園。

……矗立著女神，她三百公尺高，穿著（她顏彩萬千的衣裙）照料園圃，拔起一畝畝樹木，再把它們一畝畝植下。群群貓頭鷹繞著她的頭飛翔，更多貓頭鷹棲息在她的手臂和肩膀上，牠們盯著繫扣在女神背後的盾牌，端詳自己在鏜亮的盾牌中的倒影。

……前方，女神腳邊有個臺座，精美絕倫，肯定是鐵匠神親手鑄造，白色的（蝴蝶）環繞飛舞。我看到了！臺座上擺著戴勝鳥說的那本可以（解決？）我心中苦惱的書。我拍拍翅膀飛到書的上方，（準備開始閱讀，這時，女神彎下腰，龐大的瞳孔居高臨下，巨若屋舍。她只需彈指一揮，我就會被拋出空中）。

「小烏鴉，」她說，雙手各執十五棵樹，「我看得出你是什麼。你是個冒牌貨，黏土捏出來的玩意，根本不是一隻鳥。你打心眼裡依然是個軟弱的凡人，由泥巴捶打而成，（心焚如火）……」

「……只想（瞄一眼？）……」

「你想讀多少都行，」她說，「如果你讀完全書，就會像我們一樣，再無欲求……

「……但是，你永遠也不可能變回之前的形體。來吧，小傢伙，」銀光閃閃的女神說。

「做個決定……」

| 君士坦丁堡以西十三公里 |

1453 年 5 月至 6 月

歐米爾

一個女孩。一個希臘女孩。眼前這個事實如此驚人、如此出乎意料，讓他幾乎不知道接下來該怎麼辦。像他這樣會因為月光和小樹被閹割而啜泣，因為鱒魚和母雞被宰殺而畏縮的男孩，居然拿起樹枝猛敲一個女孩的頭，這個基督徒女孩頭髮剪得短短的，膚色白皙，看起來比他妹妹還年輕，他卻用樹枝敲她，甚至都敲斷了。

她躺在落葉堆裡動也不動，手裡依然握著烤鷓鴣。她的衣裙髒兮兮，鞋子幾乎已經不像鞋子，星光之中，沿著她臉頰留下的血絲看來烏黑。

煙霧從炭火中升起，蛙群在黑暗中嘎嘎叫，時光之輪在夜裡悄悄推進，女孩發出呻吟。他用月光的舊韁繩綁住她的手腕。她又呻吟一聲，然後猛烈抽動。血絲流進她的右眼；她跌跌撞撞地爬起來，把被綁住的手腕伸到嘴邊，試圖咬斷韁繩；她看到他，放聲尖叫。

歐米爾轉頭望穿樹林，神情驚恐。

「安靜一點，拜託。」

她在呼叫附近的某個人嗎？他生了火，真蠢；這樣太冒險。他悶熄餘燼時，女孩連珠炮似地用他聽不懂的語言怒吼。他試圖用手摀住她的嘴，結果卻被咬了一口。

她站起來，搖搖晃晃地朝向暗處跨了幾步，然後跌倒在地。說不定她醉了；這些希臘人始終醉醺醺，大家不都是這麼說嗎？這些半人半獸的異族總是沉溺於自身的肉體之樂。

但她好年輕。

說不定這是個陷阱、女巫的偽裝。

他試圖一邊留心聽聽是否有人走近，一邊檢視手上的傷口，然後他咬一口烤鵪鶉，皮烤焦了，中間沒烤熟，女孩氣喘吁吁躺在落葉間，血絲依然流下臉頰，他忽然冒出另一個念頭：她是不是在猜想他為什麼一個人？她有沒有察覺到他做了什麼？他為什麼沒有跟著其他勝利者衝入都城索取他的獎賞？

她扭動身子從他身邊逃開。說不定這個女孩也是孤單一人。說不定她也擅離職守。當他注意到她爬向樹底的一樣物品，他跨步伸手，拾起她的麻袋，她勃然大怒。麻袋裡有一個裝飾精美的小盒子、一捆像是被絲布包起來的東西——周遭太暗，他無法確定。她翻身跪起，用她的語言咒罵，然後放聲尖叫，叫聲淒厲高昂，比較像是羊的嘶吼，而不像人的叫聲。

恐懼直竄他的脊骨。「拜託，別出聲。」他想像她的尖叫聲從林木之間飄向四面八方，越過前方漆黑的水面，沿著直通都城的小徑飄揚，直接傳入蘇丹王的耳中。

他把麻袋推向她，她用被綁住的雙手緊緊抓住，然後又搖搖晃晃。她很虛弱。飢餓把她引來這裡。歐米爾把還沒吃完、依然溫熱的烤鵪鶉擱在靠近她的地上，她用牙齒拾起，像隻小狗似地啃食，靜默之中，他試圖釐清思緒。他們離都城太近。不管是戰勝或是戰敗的一方，人們隨時可能騎馬來到這裡。她會被當成奴隸帶走，他會被當成逃兵吊死。但他想了想，如果人們看見他們兩個，女孩可以是個護身符，就說是他贏得的獎賞。他若跟她一起上路，而不是一個人單獨行動，人們說不定比較不會起疑。

她吸吮烤鶴鶉的骨髓，眼睛一直緊盯著他，微風輕揚，依然嬌嫩的新葉在黑暗中顫動。他從身上的麻布襯衫撕下一塊長長的布條，一樁往事忽然襲上心頭：他和爺爺站在晨光中，露水沾濕他們長褲的褲腳，月光和小樹靜靜站在一旁，等著頭一次試套牛軛。

女孩依然動也不動，當他用麻布裹住她頭部的傷口，她沒有尖叫。然後他把月光的繩索繫在綁住她雙手的韁繩上。「來，」他輕聲說，「我們得上路。」

他把她的麻袋擱在肩頭，拉扯繩索牽著她往前走，好像她是一隻頑固的驢子。他們謹慎穿行環繞著一大片濕地的燈心草，女孩不停絆倒，朝陽在他們身後升起，晨光之中，他找到一小塊羊蹄菇，他蹲到一朵朵野菇之間，大啖黃褐色的菇頭。

他遞了一把給她，她看看他，跟著他一起吃。繃帶似乎達到止血之效，她頸部和喉口的血絲乾了，顏色近似鐵鏽。在正午的陽光中，他們繞過一個燒得焦黑的村莊。五、六隻骨瘦如柴的狗衝向他們，距離近到讓人覺得危險，歐米爾趕緊扔石頭把牠們趕走。

傍晚，他們越過一片滿是廢墟的田野。果園遭劫，鴿棚空蕩，葡萄園也被焚毀，放眼望去滿目瘡痍。日落之前，他們在一個半邊遭到踐踏的園圃裡找到青豆，狼吞虎嚥地吃下肚，深夜時分，他在樹籬間找到一個缺口，把她的繩索緊緊綁在一棵柏樹上，她看著他，眼皮愈來愈重，他看得出睡意戰勝了她的恐懼。

月光之中，他把麻袋從她身邊拉過來，拿出鼻煙盒。盒內空無一物，帶著辛香。盒蓋上畫了一幅景象，他不太清楚那是什麼。天空下一棟高聳的樓房。說不定那是她的家？

那捆東西用深色的絲布包著，絲布上繡著盛開中的花朵和鳥，裡面是一疊剝光了毛、壓得扁平、裁成長方形、沿著一側裝釘的獸皮。啊，一本書。書頁潮濕，帶著霉味，寫滿一行行工整的字符，看了讓他害怕。

他記得爺爺講過一個關於書的故事。很久很久以前，天神們遁離凡塵時留下了一本書。這本書啊，爺爺說，鎖藏在一個金盒裡，而金盒被擱進一個銅盒，銅盒被擱進一個鐵盒，鐵盒被擱進在一個木櫃，然後天神們把木櫃沉入大湖湖底，而且派遣三十公尺的水龍大軍圍繞守護，連最英勇的戰士們都無法屠殺。但你如果有辦法取得這本書，爺爺說，而且讀了它，你就聽得懂飛翔在空中的小鳥和爬行在地底的小蟲說些什麼，如果你是幽靈，你也可以重拾在凡塵的形體。

歐米爾用顫抖的雙手把那捆東西重新包好擺回麻袋，仔細端詳女孩在月影中沉睡的臉龐。他手上被咬傷的傷痕隱隱作痛。她可不可能是個重拾形體的幽靈？她帶在身邊的這本書可不可能隱藏古老天神們的智慧？但如果她的巫術非常高強，她為什麼孤零零一個人、絕望迫切，甚至偷吃他的烤鵪鶉？她會不會索性把他變成一道餐點吃下肚？或是把蘇丹王的軍隊全都變成金龜子，一個個踩死？

除非——他試圖消除自己的憂慮——爺爺的故事只是故事。

夜色漸漸淡去，他好想家。再過一小時，太陽就會越過山嶺，他媽媽會慎行於覆滿青苔的圓石之間，帶著壺罐到溪邊盛水，爺爺會重起一把火，日光的陰影會顫顫地漫過溪谷，姐姐會在被毯裡嘆口氣，追逐最後一個好夢。歐米爾想像自己爬進溫暖的被毯下，窩在姐姐身邊，姐弟倆手腳交纏，就像他們小時候一樣，當他醒來，已是近午，女孩已經自己解開繩索，她抱著麻袋站在他身邊，仔細端詳他上唇的裂縫。

在那之後，他懶得再把她的手綁起來。他們沿著起伏的平原朝著西北前進，匆匆穿越開闊的田野，通往埃迪爾內的小徑偶爾出現在遠遠的東北方，女孩頭上的傷口不再淌血，而且似乎始終不會疲倦，歐米爾卻每隔一、兩小時就得休息，倦意似乎不停滲入他的骨髓，有時走著走著，他彷彿聽到手推車嘎嘎作響、牲畜嗚嗚叫，月光和小樹似乎也回到了他的身旁，兩頭小牛套著牛軛，壯碩而溫馴。

到了兩人同行的第四天早晨，他們都餓得受不了，連女孩都每走幾步就顛顛簸簸，他知道他們必須吃點東西，不然沒辦法再走下去。正午時分，他瞧見他們後方塵土飛揚，於是趕緊蹲到路旁一叢荊棘之間靜觀等候。

先是兩個執旗的男人，刀刃抵著他們的鞍具東搖西晃，儼然是凱旋榮歸的征服者。然後是趕駱駝的伕役，駱駝駝著捲起來的地毯、鼓起來的麻袋、破爛的希臘旗幟等戰利品，駱駝後方是二十個受縛的女孩和婦女，她們分成兩路縱隊，行走於塵土飛揚的小徑，一人悲傷哀號，其他人默默地拖著腳步往前走，她們沒有包著頭巾，臉上流露出不忍卒睹的傷痛，歐米爾不禁移開目光。

女人們的後方是一頭骨瘦如柴的公牛，公牛拉著手推車，車上堆滿天使的軀幹、哲人塑像、龐然巨足等大理石雕塑，哲人披著袍子、一頭捲髮、鼻子剝落，巨足在六月的陽光下格外白森森。隊伍最後是個弓箭手，弓箭手騎在馬上，盾牌斜掛在背上，弓器橫置在鞍上，一邊對著自己或是他的馬喃喃哼歌，一邊遙望田野。一隻被宰殺的羔羊繫綁在馬臀上，歐米爾一看，飢餓的感覺有如洩洪般流竄全身。他站起來，準備踏出荊棘叢呼叫他們，就在這時，他感覺女孩的手搭上他的胳臂。

她抱著麻袋坐在地上，手臂刮痕累累，頭髮剪得亂七八糟，神情之中流露出全然的絕望。褐色的小鳥在他頭頂上的荊棘叢裡穿梭。她伸出兩隻指頭輕拍胸膛，雙眼直直盯視著他，他的心怦怦跳，緩緩坐下，過了一分鐘，車隊漸漸遠離。

那天下午下了雨。行進時，女孩緊緊抱著麻袋，盡其所能不讓麻袋被雨淋濕。他們慢慢走過一片泥濘的田野，找到一棟遭到棄置、燒得焦黑的屋宅，他們餓著肚子坐在茅草屋頂下，倦意有如巨浪般襲向他。他緊緊閉上眼睛，聽到爺爺幫兩隻雉雞拔毛調味、塞進大蔥和香菜，放在火上炙烤，他聞到烤肉的香味，聽到雨水嘶嘶滴落在炭火中，但當他張開眼睛，四下沒有炭火，也沒有雉雞，只有女孩渾身顫抖地跟他一起坐在逐漸深沉的黑夜中，伏貼在她的麻袋之上，雨水嘩啦嘩啦地落在田裡。

晨間時分，他們走進一座廣大的森林，一串串穗狀的花朵垂掛在枝頭，他們穿梭其間，好像走過數以千計的簾幕。女孩咳嗽；白嘴鴉呱呱叫；樹枝高處傳來喀噠喀噠的聲響；而後寂靜無聲，遼闊蒼茫。

每次他一站起，周遭的樹木就似乎朝向四方蔓延，青綠的色澤有如畫紙上的水滴般漸漸蔭開，幾秒鐘之後才恢復常態。他好想看到山嶽出現在地平線的另一端，但群山始終沒有現形。女孩偶爾喃喃自語，或是祈禱，或是詛咒，他聽不出來。他心想，如果月光在他們身邊，那該多好。月光會知道回家的路。大家都說真主造人，讓我們比牲畜聰明，但人們已經多少次在山上丟失一隻狗，結果卻只看到牠沾了一身毛刺平安返家？牠憑藉的是嗅覺、陽光的角度，或是某種深藏於心、只有牲畜知曉、人類卻無從得知的技能？

六月的暮光斜長流瀉，他坐在森林林地上，虛弱得再也走不動，隨手從身旁的矮樹樹枝上剝下一片樹皮。他咬嚼樹皮，直到樹皮變得黏糊，然後他使盡最後一絲氣力，盡可能把這團微酸黏糊的樹皮抹在樹枝上，就像爺爺以前一樣。

女孩幫他撿拾柴火，夕陽漸漸西下，他三度起身檢查他的捕鳥網，但次次落空。他整晚睡睡醒醒，醒來時，他看到女孩看管微弱的火苗，她的臉頰蒼白骯髒，衣裙下襬破破爛爛，骨碌碌的大眼睛好像兩個拳頭。

他看到自己的身影從軀體分離，飛入林間，翱翔於溪流和他的家宅之上，鹿群奔騰於高山的林木之間，狼群悄悄穿過其後的暗影，他飛了又飛，直到抵達遙遠的北境，在那裡，海龍優游於冰山之間，一群藍膚的巨人托住繁星。當他重回自己的軀體，一道道月光從葉縫中流瀉而下，在林地上留下閃亮浮動的光影。女孩坐在他身旁，麻袋擱在膝上，手指沿著書上一行行字跡移動，以她奇怪的語言喃喃唸誦字句。他靜靜聆聽，當她暫且住口，一群石鴴彷彿受到她那本魔法書的召喚，吵吵嚷嚷、吱吱喳喳地飛過林下樹叢，歐米爾聽到一隻石鴴飛入捕鳥網、張皇失措地拍打翅膀，然後一隻、兩隻、三隻，石鴴一隻接著一隻飛入捕鳥網，夜晚充斥著牠們的尖叫聲，她看著他，而他看著那本書。

山崗變成山麓，山麓變成山嶺。他們快要到家了；他感覺得到。森林的樹種，空氣的質感，半山腰上野生薄荷的香氣，溪澗河床圓潤閃亮的小石，在在皆是回憶，或說在在近似記憶。他想起公牛們奮力行進於漆黑的雨夜，說不定他心中也有股動力，像塊磁鐵似地牽引著他奮力朝著家園前進。

等到他們爬過山脊，下行走到一條通往河畔的小徑，都城淪陷的消息已經傳回各個村莊。他一路用繩索綁住女孩的手腕，拖拉著她往前走，無論碰到什麼人，他都祭出同一套說詞：凱旋榮歸實在稱心；榮耀全都歸諸蘇丹王，願真主永遠護佑他；蘇丹王讓我帶著我的酬賞返鄉。儘管他那張臉，人們似乎並未表示嫌惡，很多人盯著他扛在肩上的骯髒麻袋，但沒有人說要看看裡面是什麼。幾個車夫甚至恭喜他，祝福他諸事順遂，其中一人給他乳酪，另一人給他一袋黃瓜。

他們不久就走到那個漆黑高聳的峽谷，小徑在此分岔，圓木搭建的小橋橫跨峽口，幾部手推車來回往返，兩個女人趕著一群鵝過橋，朝向市場走去。歐米爾聽著河水轟隆流過峽谷深處，然後兩人一起過橋。

黃昏時分，他們走過他出生的村莊。距離家裡一公里之處，他帶著她離途走向河流上方的山崖，然後停在一棵高聳的紫杉下，紫杉半空心，巨大的樹枝朝向四方延展。

「孩子們說，」他說，「這棵樹跟我們的祖先一樣古老，他們還說，在最漆黑的夜裡，祖先們的鬼魂在紫杉的陰影中跳舞。」紫杉數以千計的樹枝在月光中搖擺。她看著他，眼神充滿警戒。他指指樹冠，然後指指她一直緊緊抱在胸前的麻袋。

他脫下他的牛皮斗篷擱在地上。「妳攜帶的東西放在這裡很安全。它不會受到風吹日曬，也沒有人會走近這裡。」

她看著他，月影輕巧漫過她的臉龐，他判定她一點都聽不懂他說些什麼，但她居然把麻袋遞交給他。他把麻袋包在他的斗篷裡，一躍跳進樹枝之間，擠進半空心的樹幹，把整包東西推到最裡面。

「東西會很安全。」

她抬頭仰望。

他在空中畫了一個圓圈。「我們會回來。」

當他們又走回路上，她主動伸出雙手，他把她綁起來。溪流轟轟隆隆，星光之中，松杉的針葉似乎閃閃發光。如今他知悉小路的每一步，通曉林木的顏色和溪流的聲調，當他們抵達通往溪谷的小路時，他轉頭看了她一眼：瘦小、髒兮兮、刮痕累累、衣裙破爛、走路慢吞吞。我這輩子的最佳拍檔，他心想，跟我講的都是不同國的話。

21

超級神奇無所不知的魔法書

《雲端咕咕國》，安東尼．迪奧金尼斯著，第Φ頁

……我仔細研究（那本書），感覺好像把腦袋瓜懸在一個魔法泉井的井口，探看井內光景。書封上是天堂與大地，一片片田野、蟲魚鳥獸散布其間，（中央？）是……

……我看到一個個到處都是燈籠和花園的城市，隱隱聽到樂聲與歌聲。我看到一個城市正在辦婚禮，女孩們穿著鮮豔的長袍，男孩們佩掛金色的長劍……

……手舞足蹈……

……我的（心情愉悅？）。但當我翻到（下一頁？），我看到一個個燃燒中的城市，城市之中，人們在戰場上被活活燒死，上了枷鎖淪爲奴隸，獵犬啃食屍體，新生兒被叉掛在牆上，當我俯身聆聽，我可以聽到聲聲哀號。我繼續讀，前後翻閱……

……美麗與醜惡……

……舞蹈與死亡……

……（令人難以承受？）……

……愈來愈擔心……

| 萊克波特公共圖書館 |

2020 年 2 月 20 日
下午 6 點 39 分

澤諾

孩子們坐在書架後方，劇本擱在各自的膝上。克里夫多福．迪伊一雙藍色的瞇瞇眼，講話的時候憋著嘴，字字句句好像從嘴角擠出來，看起來真是迷人；艾力克斯．漢斯一頭金髮，身強力壯，天氣再冷也穿著體育課的短褲，聲音卻是出奇地柔和尖細，除了怕餓，似乎沒有任何事情能讓他不安；娜塔莉．赫南德茲習慣把她那副粉紅色耳罩式耳機掛在頸間，對於古希臘文極具天賦；奧莉薇亞．歐提剪個短短的妹妹頭，穿著一件五彩繽紛、她精心自製的洋裝，聰明絕頂；蕾秋．威爾森一頭紅髮，瘦得跟電線桿似地，這會兒趴在地毯上，身旁環繞著各種道具，大家唸臺詞時，她拿著鉛筆，筆尖滑過一行行臺詞，跟著輕聲唸誦。

「一邊是舞蹈，另一邊是死亡，」艾力克斯小聲說，雙手伸到空中作勢翻頁。「一頁一頁又一頁。」

孩子們知道。他們知道樓下有人；他們知道有危險。他們試圖勇敢，也真的非常勇敢；他們壓低聲音，躲在書架後方，從頭到尾再對一次臺詞，試圖藉由故事逃脫恐懼的樊籠。但他們早該回家了。先前他們聽到謝里夫朝著樓上大喊要把背包交給警方，感覺似乎過了好久。在那之後，他們沒有聽到任何聲響；瑪麗安還沒帶著披薩走到樓上；沒有人拿著擴音器告訴他們這件事已經落幕。

澤諾站起來，疼痛流竄他的臀部。

「把書讀完吧，小烏鴉，」女神奧莉薇亞輕聲說，「你會學到天神的祕密，你可以變成一隻老鷹或是一隻聰明強健的貓頭鷹，再也不會受到欲望和死亡的困擾。」

他應該跟雷克斯坦承他的愛意。他在五號營區就該坦承；他在倫敦就該坦承；他應該對希拉瑞和波伊茲頓太太坦承；他應該對縣裡每一個跟他出去約會、結果無疾而終的女人坦承。他應該多冒險。他花了一輩子接受自己，如今他才察覺自己辦得到，至感訝異。他無需多活一年，甚至多活一個月；八十六年已經足夠。一生之中，你累積了這麼多回憶，你在腦中不停篩選，衡量得失，埋藏傷痛，但不知怎麼地，當你活到這把歲數，你依然拖拉著難以計數的過往，背負著如同洲際大陸般沉重的重擔，你終須放手，讓它們從世上消逝。

蕾秋揮手悄悄說：「暫停，」然後翻翻她的劇本。「尼尼斯先生？有兩頁亂了，一頁講到野生洋蔥，一頁講到跳舞？我覺得我們把順序搞錯了。這些事情沒有發生在雲端咕咕國，而是發生在阿卡迪亞。」

「什麼？」艾力克斯說，「妳在說什麼？」

「小聲一點，」澤諾輕聲說。「拜託。」

「姪女，」蕾秋悄悄說。「我們都忘了那個姪女。就像尼尼斯先生說的，如果重要的是這個故事可以流傳下來，甚至要一頁一頁寄給遠方一個垂死的女孩，埃同怎麼會選擇留在群星之間，永遠生活在那裡？」

女神奧莉薇亞穿著閃閃發亮的衣裙蹲到蕾秋旁邊。「所以埃同沒有讀完全書？」

「所以他才把他的故事寫在木簡上，」蕾秋說。「木簡才會跟著他一起埋在墳墓裡。因為他沒有留在雲端咕咕國。他選擇……尼尼斯先生，那個字怎麼解釋？」

心臟撲通地跳，雙眼眨個不停。澤諾看到自己走向結了冰的大湖。他看到雷克斯坐在咖啡館迷濛的燈影下，一隻手顫顫地懸置在茶碟上。孩子們低頭盯著各自的劇本。

「妳的意思是，」艾力克斯說，「埃同回家了。」

西蒙

他靠著一本本字典坐著，貝瑞塔手槍擱在膝上。刺眼的白光透過前窗彎彎折折地映入，在天花板上留下詭譎的光影；警方已經設置泛光燈。

他的手機依然沒響。他看著那個受傷的男人躺在樓梯底喘氣。男人沒找到背包；他沒有移動。現在是晚餐時間，他媽媽會端著盤子在小豬鬆餅餐館的桌子間走來走去，上著她第十一個小時的班。她得哀求別人開車載她到薩克賽汽車旅館，因為他沒有過去接她。這時她八成已經聽說圖書館出了事。十二輛警車會急急駛過；他們會坐在每一張她服務的桌旁談到這事，廚房裡的人們也會議論紛紛。有個人窩藏在圖書館裡；他有炸彈。

明天，他告訴自己，他會出現在主教的營區裡，營區在遙遠的北方，在那裡，戰士們活得有目的、有意義，他和瑪蒂達會走過林中的重重日光與層層蔭影。但他真的依然相信嗎？

樓梯傳來腳步聲。西蒙移開一耳隔音耳罩的罩杯。當那個人走到最底下的一階，西蒙認出是澤諾。這位老先生行動遲緩，身材瘦小，始終打著領帶，佔據大字版羅曼史小說附近的同一張桌子，埋首於小山般高的紙張，輕輕地逐一碰觸，好像一位教士坐在一疊工藝品之前，而工藝品的意義只有他才知曉。

澤諾

謝里夫的襯衫歪歪斜斜地貼在身上，看起來好像被人潑了一桶墨汁，但澤諾看過更糟的景況。謝里夫搖頭表示勸阻；澤諾只是傾身摸摸謝里夫的額頭，然後跨過他這個朋友，走向非小說區和小說區之間的走道。

男孩動也不動，讓人以為他或許已無生息。他的膝上擱著一把手槍，一個綠色的背包放在他身旁的地毯上，背包旁有支手機。一副貌似射擊場防噪耳罩的耳機斜斜地掛在他頭上，一邊戴上，一邊移開。

迪奧金尼斯千百年前的話語傾瀉而出：我走了這麼遠的一段路，一切是如此非凡壯麗，然而——

「年紀好輕。」澤諾說。

——然而，猜疑有如刺針般扎著我的翅膀底下。陰鬱的煩躁在我心中閃動——

男孩沒有動靜。

「背包裡裝了什麼？」

「炸彈。」

「幾個？」

「兩個。」

「怎麼引爆？」

「手機。貼在上頭的兩支手機。」

「炸彈會怎麼爆炸？」

「我撥打其中任何一支手機，鈴響第五次就爆炸。」

「但你不會撥打，是吧？」

男孩伸出左手蓋住他的耳罩，好像希望藉此遮擋接下來的任何提問。澤諾想起自己躺在五號營區的草蓆上，心知雷克斯縮起身子躲進其中一個空油桶，等待聽見澤諾爬進另一個油桶，靜候布里斯托和弗堤耶把他們抬上卡車。

他蹣跚地往前走，從地毯上拿起背包，輕輕地貼在胸前，男孩把手槍的槍管對準他。他吸氣吐氣，出奇鎮定。

「除了你之外，還有別人知道號碼嗎？」

男孩搖搖頭。然後額頭一皺，好像察覺到什麼。「有。有人知道。」

「誰？」

他聳聳肩。

「你的意思是說，除了你之外，還有別人可以引爆這些炸彈？」

他似乎點了點頭。

謝里夫從樓梯底看著他們，神情警戒。澤諾抱住背包。「我的朋友在那裡，童書部的圖書館員，他叫做謝里夫。他必須馬上就醫。我現在就打電話叫救護車，說不定外面就有一部。」

男孩的臉一皺，好像耳邊又響起尖銳的樂聲，而這些轟轟隆隆的聲響只有他聽得見。「我在等待協助。」他說，但語氣之中充滿懷疑。

澤諾倒退走到接待櫃臺，拿起電話聽筒。沒有撥號的嗡嗡聲。「我得用你的手機，」他說。「只是叫救護車。我不會撥其他號碼，我跟你保證，我會馬上把手機還給你，然後我們等你的救兵過來。」

手槍依然對準澤諾的胸口。男孩的手指依然扣在扳機上。手機放在地上。「我們會活得有意義，」男孩邊說，邊揉揉眼睛。「我們會完全生活在體制之外，即使我們致力於摧毀體制。」

澤諾把左手從背包上移開。「我伸手撿你的手機，好嗎？」

謝里夫直挺挺地躺在樓梯底。孩子們依然靜靜地待在樓上。澤諾彎下腰。手槍槍管離他的腦袋僅僅幾公分。他眼看著就要摸到手機，就在這時，他懷裡的背包傳出聲響，貼在炸彈之上的其中一支手機鈴聲響起。

| 阿爾戈斯號 |

任務年 65

一號艙中第 341 日至第 370 日

康絲坦斯

「希柏，我們在哪裡？」

我們在前往 Beta Oph2 途中。

「我們以怎樣的速度前進？」

每小時7,743,958公里。妳應該記得我們在妳的圖書館日提過阿爾戈斯號的行進速度。

「希柏，妳確定嗎？」

這是事實。

她凝視希柏璀璨閃爍、數以億兆計的支線。

康絲坦斯，妳沒事吧？妳的心跳速率相當高。

「我很好，謝謝。我要回去圖書館多待一會兒。」

她研究她爸爸在二級隔離期間研究的一張張配置圖。機械工程，倉儲，再生利用，廢水處理，氧氣廠。農場，福利站，廚房。五間設有淋浴設施的盥洗室，四十二間組員們居住的艙室，希柏位居中央。沒有窗戶，沒有樓梯，沒有入口，沒有出口，整艘星船有如一座自給自足的墳墓。六十六年前，八十五位志願者被告知他們將踏上一趟星際旅程，而旅程將持續數個世紀，遠遠超過他們的壽命。他們前往格陵蘭的卡納克，接受六個月的訓練，登上一艘星船，服下鎮定劑，置身密閉的阿爾戈斯號，靜待希柏升空。

只不過沒有所謂的升空。一切只是演練。這是一項探索性研究，一趟試行，一個跨世代的實驗，可能早已結束，也可能依然進行。

康絲坦斯站在圖書館的中庭，摸摸工作服上那個媽媽四年前幫她繡的松樹幼苗。芙蘿爾太太的小狗抬頭盯著她，搖了搖尾巴。它不是真的。她指尖下的桌子摸起來像是木頭，聽起來像是木頭，聞起來像是木頭；盒裡的紙張看起來像是紙張，摸起來像是紙張，聞起來像是紙張。

這些全都不是真的。她站在一個環形艙室的一座環形輪程機上，艙室在一棟白色環狀建築物的中央，建築物在一個八成是環狀的小島上，而小島與一個名為卡納克的偏鄉相距十三公里，其間隔著巴芬灣。傳染病怎麼可能忽然出現在一艘航行於星際的船艦上？希柏為什麼束手無策？因為他們全都不知道他們究竟在哪裡，希柏也不例外。

她在紙片上寫下一連串的問題，逐一塞進小槽。中庭之上，朵朵白雲飄過黃色的天天空。小狗舔舔上唇。書架上飛下一疊疊書冊。

一號艙中，她把小床四個床腳的螺絲釘全都旋開，用床框把其中一個床腳的末端敲平。

哎喲，希柏說，妳爲什麼拆床？

別回答。康絲坦斯花了好多個鐘頭謹慎地削尖小床的床腳。她把削尖的床腳插進另一個床腳的小孔，用螺絲釘旋緊，然後拿起她用毯子襯裡編成的繩子，緊緊綁住削尖的床腳，這就是一把自製的斧頭。然後她舀了幾匙滋養粉倒進食品列印機，碗裡的食物滿得溢出來。

康絲坦斯，希柏說，我很高興看到妳準備餐點，而且分量好多。

「吃完這碗，我還會再吃一碗。希柏，妳想要建議食譜嗎？」

鳳梨炒飯如何？聽起來是不是很棒？

康絲坦斯狼吞虎嚥，又塞了一嘴食物。「沒錯，聽起來好棒。」

吃飽了之後，她在地上爬來爬去，拾集她抄寫的澤諾．尼尼斯譯文。埃同瞧見一個虛幻的光景。土匪的巢穴。女神的花園。她把所有紙片疊成一落，從第A頁，到第Ω頁，然後把她手繪的雲端城市擱在最上頭，用床腳的一顆螺絲釘沿著左緣挖出一排孔洞，動手拆散更多毯子襯裡，搓捻成一條線繩，對齊孔洞，把這疊滋養粉空袋的紙片沿著左緣綁在一起。

再過一小時就是夜光時間，她把餐碗清乾淨，注入清水。她壓按頭皮，揪下一小撮頭髮，把頭髮塞到空水杯的杯底。

然後她坐在地上等候，默默看著希柏在高塔裡閃閃發光。她幾乎可以感覺爸爸把她裹在她的毯子裡，跟她一起坐在四號農場的牆邊，周遭堆滿一架架生菜、水芹、洋芫荽，種子在各自的抽屜裡沉睡。

爸，你可不可以再多講一講那個故事？

夜光時間已至，她拿起爸爸十二個月前幫她縫製的生質塑膠套裝，穿到身上。她先不把手臂套進去，直接把拉鍊拉到胸口，套裝感覺比較緊，因為過去這一年她長大了。她把那本自製書深深塞到工作服裡，接著她把缺了床腳的小床一端架在食品列印機上，另一端架在馬桶上，搭出某種天幕。

康絲坦斯，希柏說，妳怎麼把妳的床弄成這個樣子？

她爬到架高了的小床底下，從食品列印機的後面拔下低電壓的電源插頭，剝掉熱塑性膠覆膜，把電纜裡的電線接到其餘兩個床腳，一個接正極，另一個接負極，然後插入餐碗的水中。

她拿起塞著頭髮的水杯，上下倒置，擱放在正極床腳上，靜候氧氣從水裡竄升到水杯之中。

康絲坦斯，妳在床底下做什麼？

她數到十，把電線從床腳拆下來，相互摩擦，隨即冒出火花，火花飄入滿杯氧氣之中，點燃了頭髮。

妳必須回答我。妳在床底下做什麼？

她把水杯翻過來，煙霧冉冉升起，夾帶一股頭髮燒焦的味道。康絲坦斯放上一張皺巴巴的乾紙巾，然後再放一張。根據配置圖，阿爾戈斯號每個房間的天花板裡都嵌放著滅火器，如果一號艙是個例外——如果配置圖錯了，滅火器嵌放在牆裡或地板裡——她的計畫絕對行不通。但如果滅火器只嵌放在天花板裡，計畫或許會奏效。

康絲坦斯，我察覺到熱氣。請回答我，妳在床底下做什麼？

小小的噴嘴從天花板上伸出來，開始朝她上方的小床噴灑化學噴霧劑；當她撥弄火苗，助長小床下的火勢，她可以感覺化學噴霧劑啪啪噠噠地打上生質塑膠套裝的褲管。

她又放上幾張乾紙巾，火光減弱，眼看著就要熄滅，但不一會兒火苗就又熊熊竄升。縷縷黑煙繞著凌亂的小床升起，化學噴霧劑從天花板上傾注而下。她吹吹火苗，放上更多張乾紙巾，然後加上幾匙滋養粉，如果這樣行不通，她手邊已無足夠的材料再來一次。

小床床墊的底側很快就著火，她得從床底下爬出來，匆匆把最後幾張乾紙巾丟進火裡，綠色的火光從床墊的邊緣升起，艙室中充滿化學用品燒焦的臭味。滅火器不停噴灑，康絲坦斯滑到艙室另一頭，雙手插進套裝的衣袖裡，套上氧氣頭罩，把頭罩黏封在套裝的領子上。

她感覺頭罩封起，套裝漸漸膨脹。

氧氣值百分之十，頭罩說。

康絲坦斯，妳的行爲非常不負責。妳在危害一切。

床墊起火燃燒，底側的火光愈來愈明亮，頭燈的波光在煙霧中一閃一閃。

「希柏，妳的最高指導原則是保護全體組員，對不對？這一點最重要，不是嗎？」

希柏把天花板的燈光調到最亮，康絲坦斯在強光中瞇起眼睛。她的雙手埋在衣袖裡；她的雙腳在地上滑動。

「這是互利，對不對？」康絲坦斯說。「組員們需要妳，妳也需要組員。」

請移開床架，床底下的火才可以被撲滅。

「但若是沒有組員——沒有我——妳就失去目的，希柏。這個艙室裡的煙霧已經濃到我無法呼吸，再過幾分鐘，我頭罩裡的氧氣就會用完，然後我會窒息。」

希柏的聲音愈來愈凝重。馬上移開床。

噴霧劑滴滴墜落，頭罩的鏡片因而模糊不清，每次她試著抹乾淨，卻只讓它變得更骯髒。康絲坦斯調整一下藏放在工作服裡的書，拿起她的短柄小釜。

氧氣值百分之九，頭罩說。

綠色和橘色的火光已經吞噬小床床面，希柏幾乎隱沒於濃煙之中。

拜託，康絲坦斯。希柏的聲音變得輕緩柔和，似乎模仿她媽媽說話。妳千萬不可以這麼做。

康絲坦斯往後靠向牆壁。希柏的聲音又變了，這時緩緩變成另一個性別。聽話，小櫛瓜，把床翻過來，好嗎？

康絲坦斯感覺頸背上的寒毛直豎。

我們必須馬上把火撲滅。一切都陷入危險。

床墊裡面的某個東西燒焦或是融化，她可以聽到嘶嘶的聲響。煙霧滾滾翻騰，她僅能瞥見希柏那座五公尺的高塔發出緋紅的波光，她想起陳太太輕聲說：每一張曾經繪出的地圖，每一個曾經進行的普查，每一本曾經出版的書籍……

一時之間，她感到猶豫。《地圖圖鑑》裡是幾十年前的影像。此時此刻，外面是什麼景況？艙牆之外，有些什麼等著她？如果希柏是唯一另一個智慧性靈呢？她在冒著什麼風險？

氧氣值百分之八，頭罩說。請試著放緩呼吸。

她轉頭，不再看著希柏，屏住自己的呼吸。她的前方，那道一秒鐘之前依然有若牆面的艙門，緩緩滑動開啟。

22

你已擁有的勝過你汲汲的尋求

《雲端咕咕國》，安東尼．迪奧金尼斯著，第X頁

第X頁嚴重毀損。埃同接下來的境遇已經爭辯多時，無需在此贅述。許多人辯稱這一頁歸屬於早先的章節，因而將故事導向不同的結局，但譯者不該臆測。澤諾．尼尼斯譯。

母羊生小羊，天空下了雨，山丘日漸青綠，小羊斷了奶，母羊上了年紀，脾氣暴躁，只信得過我。我當初（爲什麼離開？）？我爲什麼非得（前往他處？），不停尋求新奇的事物？難道希望是個詛咒，（留置在潘朵拉壺中的最後邪惡）？

你一路飛到群星的盡頭，而你一心（只想回家……）

……嘎嘎作響的膝蓋……

……爛泥巴……

我那群兄弟、一些便宜的燒酒、洗個澡，每個愚蠢的牧羊人也就只需要（那麼些）魔法。我張開（我的鳥嘴，呱呱地說：「多有智慧，多有煩憂，不知不曉，即是明智。」）

女神挺直身子，（一頭撞上一顆星星，放低一隻巨大無比的手，她那有如湖泊般廣闊的手掌中央，安放著一朵白玫瑰。）

| 愛達荷州州立監獄 |

2021年—— 2030年

西蒙

那是一座中度安全等級的監獄，園區一棟棟低矮的乳白色建築物，四周圍上雙道圍欄，看起來會讓人以為是一所殘破的社區大學。監獄設有木工工房、健身房、教堂、圖書館，館裡滿是法學教科書、字典、奇幻小說。食物不怎麼樣。

他儘可能待在電腦室。他學會Excel、AutoCAD、Java、C++、Python，輸入輸出，指令命令，程式碼的邏輯清晰明確，他在其中尋求慰藉。一天四回，電子鈴聲叮咚一響，指示他到戶外「活動一下」，在那裡，他透過圍欄窺望，田野緩緩起伏，長滿旱雀麥和乾黃的雜草，奧懷希山[59]一閃一閃地矗立在遠處，放眼望去，唯一的樹木是十六棵灌溉不足的皂莢，皂莢在訪客停車場裡擠成一團，棵棵頂多三公尺半高。

他的連身囚服是粗棉布所製；每一間牢房都是單人房。他的牢房有一扇小窗，小窗對面是四四方方、上了油漆的混擬土牆，囚犯們可以把家人們的快照、明信片，或是藝術品貼在牆上。西蒙的牆一片空白。

頭幾年還沒生病時，邦妮有空就過來探監，她從萊克波特搭三小時的灰狗巴士，然後轉搭計程車來到監獄，她戴著醫療用口罩，隔著桌子坐在他的對面，在日光燈的燈光下眨眼。

小負鼠，你在聽我說話嗎？

你可不可以看著我？

她每星期在他監獄的帳戶存入五美金，他把錢花在自動販賣機販售的一．六十九盎司裝的原味M&M巧克力。

有些時候，當他閉上眼睛，他彷彿回到法庭，孩子們的家人緊盯著他，人人目光灼灼，有如瓦斯焊炬般瞄準他的後腦勺。他無法直視瑪麗安。誰編寫了我們在你筆電裡找到的PDF檔？你為什麼認定主教的營區是真的？你為什麼認定跟你通簡訊、招募你的那人是個女孩、為什麼認定她跟你同樣年紀、為什麼認定她是個真人？每個問題都有如細針般刺入他已是千瘡百孔的心中。

綁架，使用毀滅性武器，謀殺未遂——他全都認罪。童書部的館員謝里夫熬了過來，有助於他的案情。一個剪個小平頭的檢察官慷慨激昂地力爭死刑；但西蒙被判四十年以上的無期徒刑。

他二十二歲的一個早晨，敦促大家出去活動的電子鈴聲在十點三十一分響起，但電腦室的主管請西蒙和其他兩個表現良好的傢伙別離開，行政人員推著三部備有滾輪滑鼠的獨立式終端機走進來，副典獄長陪同一位神情嚴肅，身穿V領上衣和西裝外套的女士隨後而至。

「你們或許已經知道，」女士以毫無起伏的語調說，「這些年來，特洛伊科技始終採用日新月異的科技掃瞄全球地表，力求正確逼真，我們已經儲存四十千兆位元組[60]的資料，彙整出有史以來最完備的地圖，而且依然繼續收集。」

---

59 Owyhee Mountains，愛達荷州西南角的山脈。
60 petabyte，千兆位元組，數位資料儲存單位，相當於二的五十次方。

主管插上終端機的插頭，終端機一啟動，特洛伊科技的商標馬上在螢幕上旋轉。

「你們獲選參加一項試行計畫，審核原始圖像群組裡可能令人不悅的影像。我們的演算程式每天標注數以千計的影像，但是沒有足夠的人力一一檢視。你們的工作是確認這些影像是否令人反感，過程之中加強電腦的學習能力。你們可以保留籤旗或是拿掉籤旗，繼續審查。」

「基本而言，」副典獄長說，「當你在特洛伊科技地圖上搜尋一家高檔牛排館，牛排館不希望讓你看見一個遊民在他們的門口小便。如果你們看到某些不想讓你們的爺爺奶奶看到的影像，你們就保留籤旗，畫個圓圈圈起來，電腦軟體就會把它刪除，了解嗎？」

「這得靠技術，」主管說。「這是一份工作。」

西蒙點頭。在他前方的螢幕上，地球迴旋轉動。他看到南美洲的一個區塊，說不定是巴西，然後視野從區塊上方的數位雲層直墜而下，停駐於一條筆直的鄉間公路，公路兩側盡是紅土，遠處望似甘蔗田。他向前滑動滾輪；他愈靠愈近，籤旗也愈來愈醒目。

籤旗之下，一部藍色的小轎車撞上一頭牛，轎車扭曲變形，路面一灘鮮血，一個穿著牛仔褲的男人站在牛的旁邊，兩隻手擱在後腦勺，要嘛看著牛一命嗚呼，要嘛試著搞清楚牛會不會死。

西蒙確認籤旗，畫個圓圈圈起影像，牛、轎車、男人瞬間消失無蹤，螢幕上只見電腦合成的路面。他還來不及多想，電腦軟體就已迅速將他移至下一面籤旗。

一個面貌模糊的男孩站在路邊的燒烤店前，朝著攝影機比中指。有人在本田汽車經銷商的招牌上畫了陰莖。他在巴西索里索附近審查了四十面籤旗；電腦程式把他送回大氣層，地球迴旋轉動，他降落在密西根州的北部。

有時他必須多偵查一會兒，才有辦法理解這裡為什麼有一面籤旗。一個傾身靠向車窗的女人說不定是個應召女郎。教堂的牌示上寫著「天主聆聽」，但有人噴漆加注「殺手所言」。有時電腦軟體誤判牆面的常春藤，將視之為一個猥褻的圖樣。有時一個走到學校上課的小孩被插上籤旗，西蒙卻猜不出為什麼。無論他是拒絕或是確認籤旗，只要他用游標把令人不悅的影像圈起來，影像隨即消失無蹤，要嘛隱匿在高解析度的樹叢後方，要嘛被偽造的人行道抹去。

電子鈴聲叮咚一響；其他兩位獄友搖搖晃晃地走出去吃午餐；西蒙留在原地。到了點名時，他已經九小時都沒有移動；主管下班了；一位老先生打掃教學終端機下方；窗戶全都一片漆黑。

他們付他一小時六角一分的工資，比那些在家具行工作的傢伙多了八分錢。他得心應手。一個影像接著一個影像，一條大道接著一條大道，一座城市接著一座城市，他幫特洛伊科技淨化了地球。他抹除軍事基地、遊民營區、診所外面大排長龍的人群、勞工罷工、示威者和異議分子、舉牌抗議的人們和偷竊錢包的扒手。有些時候，他看見一些景況，心中大受震撼，幾乎要感情用事。一對立陶宛母子，裹著厚重的冬衣，手牽著手站在救護車旁。一個女人戴著醫療用口罩，跪在東京行車繁忙的高速公路上。數百名示威者高舉橫幅，群聚在宏都拉斯的一座煉油廠前；他多多少少以為看到珍娜置身其中，牛仔外套上又多縫了二十個青蛙貼布繡。但每個臉孔全都模糊不清。他確認保留籤旗，電腦軟體隨即以三十株數位楓香樹樹苗取代示威者。

根據特洛伊科技的主管匯報，西蒙．斯圖爾曼精力無窮，令人折服。大多時候，他完成三倍配額。等到他滿二十四歲，他已是特洛伊科技地圖部門的傳奇，也是整個試行計畫最有效率的淨化員。他們送來一臺升級版的終端機，讓他在電腦室有個專屬的角落，幫他加薪到每小時七角五分。有一段時間，他說服自己是在做好事，他移除世界的醜陋與惡毒，淨化人間的不平等，以花草樹木取而代之。

但隨著時間一個月一個月逝去，尤其是入夜之後，他孤身在他的牢房裡，眼前浮現那個老先生在漆黑的圖書館中，打著領帶，搖搖擺擺，胸前抱著綠色的背包，種種疑惑悄然潛回心中。

他二十六歲時，特洛伊科技發展出第一代跑步機的原型。如今他不必坐在終端機前，靠著滑鼠雲遊四方，而是靠著自己的雙腳走遍各處，協助人工智慧淨化地圖上的種種醜惡與不便。他平均一天走二十四公里。

二十七歲的一個下午，西蒙戴上那副聞起來都是他自己汗味的無線耳罩式耳機，踏上跑步機，懸置於地球上空，一個形狀略似字母G的藍色湖泊朝他飛來。

萊克波特。

過去十年來，萊克波特逐漸變換風貌，公寓大樓有如雨後春筍般沿著湖岸南側湧現，再過去則是日漸擴增的住宅區，電腦軟體讓他降落在一家兼賣酒精飲料的雜貨店前方，店鋪的前窗已經被人砸碎；他將之修復。然後他看到一輛小貨車沿著威爾森街行駛，車臺上擠滿青少年，一幅橫幅在他們後方飄揚，上頭寫著：你會因爲年老而死，我們會因爲氣候變遷而死。他畫個橢圓形圈起來，小貨車頓時消失無蹤。

圖標一閃一閃，只要碰碰圖標，他就會被送往下一個插了籤旗之處，但西蒙反而邁步走回家。他沿著十字街走了一公里，白楊樹已是金光燦燦。他的耳機裡傳來斷斷續續的人工語音：四十五號審查員，你走錯了方向，請朝向你的下一面籤旗前進。

伊甸之門的招牌還在阿卡迪街的路邊，雙車廂拖車屋已經不見蹤影，一英畝的野草被三棟洋房取代，每一棟的草坪都澆了太多水。洋房天衣無縫地融入阿卡迪街的其他住家，看起來整齊劃一，好像是電腦軟體將之置入，而不是由木工們興建。

四十五號審查員，你走偏了。再過六十秒，你就會被送到你的下一面籤旗。

他拔腿飛奔，沿著春日街朝東快跑，跑步機在他腳下彈跳。他跑到市中心，萊克街和公園街轉角沒看到圖書館，而是一棟新建的旅館，旅館樓高三層，屋頂望似有個酒吧。兩個打著領結，等著幫客人停車的小弟站在旅館前。

檜柏不見了，還書箱不見了，階梯不見了，圖書館不見了。一個影像一閃一閃地浮現在他的腦海中：年老的澤諾·尼尼斯坐在小說區的小桌前，窩在一疊疊書本和拍紙簿後方，濡濕混濁的雙眼一眨一眨，好像望著無影無形的字句宛若溪流般繞著他飄旋。

四十五號審查員，你有五秒鐘的時間……

西蒙站在街角，呼吸急促，感覺好像他可以再活一千多年，卻依然搞不懂這個世界。

即刻將你重新導向。

他被猛然一扯，直升空中，萊克波特縮成一個小黑點，山嶺迴旋飄去，遠遠之下，加拿大的南部綿延伸展，但他心中出了差錯；一切轉了又轉。西蒙從跑步機上跌下來，摔斷了手腕。

二〇三〇年五月三十一日

親愛的瑪麗安：

我知道我絕對無法了解我引發的所有後果，或是領悟我造成的所有痛苦。我想到我年少時，妳為我做的一切，妳實在不該再為我多做什麼。但我想要知道一件事。庭審時，我得知尼尼斯先生致力於翻譯，他去世之前跟那幾個孩子一起籌備一齣戲，妳知道他那些文件的下落嗎？

西蒙　敬上

九星期之後，他被叫到監獄圖書館。一位行政人員推著滑輪手推車走進來，車上堆了三個紙箱，箱上標注著他的姓名，同時貼著「已審核」的紅色貼紙。

「這些是什麼？」

「他們只叫我把這些東西送過來這裡。」

第一個紙箱裡有一封信。

二〇三〇年七月二十二日

親愛的西蒙：

很高興收到你的來信。這些是我從庭審時，尼尼斯先生家中以及我們圖書館取得的所有文件，警方說不定還有更多，我不太確定。沒有人動過這些文件，所以我把它們交給你。畢竟圖書館員的綱領之一是鼓勵民眾取閱，不是嗎？

如果你讀懂了這些文件，我覺得跟澤諾一起排戲的一個小孩說不定會有興趣。她叫做娜塔莉・赫南德茲，我最近聽說她在愛達荷州立大學攻讀拉丁文和希臘文。

你曾是一個細心細膩的男孩，我希望你將來也會是一個細心細膩的男人。

瑪麗安

紙箱裡塞滿一本本筆記本，張張布滿歪斜的字跡，每隔兩頁貼滿便利貼。有人把塑膠檔案夾塞在每個箱內的側邊，檔案夾裡放著二十八乘四十三公分的傳真紙，張張呈現破爛的手稿，手稿殘缺不全，半數文本已經佚失。箱裡還有一本三公斤重的希英字典、一本講述佚失典籍的專著，作者叫做雷克斯・布朗寧。西蒙閉上眼睛，眼前浮現二樓那座噴了金漆的木板牆、一個個怪異的字母、硬紙板裁剪的雲朵在空蕩的座椅上方扭轉飄動。

監獄的圖書館員准許他把紙箱疊放在角落，每天傍晚，在地球上走了一天走累了之後，西蒙坐在地上細細篩選各個紙箱，其中一個紙箱的箱底有個標注著「證物」的檔案夾，他在檔案夾裡看到五份複印的劇本，警方在他被捕的那一晚，也就是孩子們彩排的那一晚取得這五份劇本，其中一份的最後一頁做了一些修改，但不是澤諾的書寫，而是龍飛鳳舞的字跡。

他在樓下布署炸彈時，孩子們在樓上重新撰寫故事的結局。

地下墓穴、驢子、海鱸、飛越星宇的烏鴉：這個故事荒誕至極。但在澤諾和孩子們呈現的版本中，卻也優美動人。有些時候，當他審視文件，希臘字從一疊疊手稿中飛躍而出——ὄρνις，*ornis* 意思是鳥，也可能是預兆——當年那種凝視著忠友的感覺再度浮上心頭，彷彿獲准一窺一個比較古早、原模原樣味的世界，而在那個時地，每一隻家燕、每一次日落、每一場風雨，莫不傳送出意向。到了十七歲，他已說服自己，他眼中所見的每一個人都是寄生蟲，受制於消費，難以自拔。但當他重新解讀澤諾的譯文，他領悟到事實遠比想像得複雜，我們皆是問題的一環，但也全都美好奇妙，而身為問題的一環，亦即生之為人。

故事進入尾聲，他哭了。埃同溜進雲端之城中央的花園，跟一位巨人般的女神講了話，翻開那本**超級神奇無所不知的魔法書**。澤諾紙箱裡的學術論述認為，歷任譯者把手稿編排成埃同在花園裡領受眾神的智慧，終於擺脫他凡俗的欲求。但孩子們顯然在最後一刻做出不同的決定。在他們的版本中，那個年老的牧羊人終究移開目光，沒有讀完全書。他吃下女神奉上的玫瑰，歸返家鄉，回到阿卡迪亞泥濘而青綠的山野。

一個孩子把原來的句子劃掉，然後以龍飛鳳舞的字跡在頁張的邊緣寫下埃同的新臺詞：「這樣的世界就夠好了。」

23

殘破世界的青綠之美

《雲端咕咕國》，安東尼·迪奧金尼斯著，第Ψ頁

第Ψ頁究竟應該排在迪奧金尼斯故事的哪一章，各方始終爭執不休。等到它終於被數位化，此頁損毀嚴重，百分之八十五以上的內容都受到影響。澤諾·尼尼斯譯。

……我醒來……

……（發現自己？）……

……從那座高聳的宮殿下來……

……爬進草叢中，樹木……

……手指、腳趾，還有舌頭可說話！

……露水（綿延起伏？）的山嶺，

……光線柔美，月亮高掛……

……（殘破世界？）的青綠之美。

……但願想像他們……一位天神……

……（渴望？）

……只是一隻在草叢中，在（薄霧？）中顫動的小老鼠

……輕柔的陽光……

……落下。

保加利亞洛多皮山脈的
樵夫村落之外十四公里

1454年——1494年

安娜

他們住在男孩爺爺親手建造的小屋：石頭屋牆，石頭壁爐，木頭屋梁的木皮已經剝落，茅草屋頂鼠群為患。十四年來，牛糞、乾草和食物殘渣留在泥土地面，層層擠壓，泥地因而看來像是水泥地。屋裡沒有懸掛任何聖像，他媽媽和他姐姐僅僅配戴最簡單的飾物：一只鍛鐵戒指、一塊繫在繩上的瑪瑙。他們的餐具笨重粗拙，他們的皮革未經鞣製。從家中的鍋盆到家中的老小，所有事物的最高宗旨似乎就是撐到底，任何不耐久的東西都沒有價值。

安娜和歐米爾返家幾天之後，男孩的媽媽沿著溪河往前走，挖出一袋銅錢，男孩獨自走向河岸的另一頭，四天後牽著一頭閹割的公牛和一隻奄奄一息的驢子回來。他牽著公牛，奮力在小屋上方雜草叢生的山坡上犁出一片梯田，種下一畦八月的大麥。

男孩的媽媽和姐姐八成把她當成一個破瓦罐，對她興趣缺缺。老實說，頭先幾個月，她哪有什麼用？她連最簡單的吩咐都聽不懂，她沒辦法叫山羊站直讓她擠奶，也不知道如何照顧家禽、製作凝乳、採收蜂蜜、綑綁乾草、灌溉小屋上方的梯田。大多時候，她覺得自己像個十三歲的小寶寶，除了最簡單的工作，其他什麼都不會。

但那個男孩！他跟她分享他的餐點，用他奇怪的語言跟她喃喃說話；廚娘克莉絲八成會說他好像約伯般堅韌，也像小鹿般溫和，而他似乎就是如此。他教她如何檢查大麥有沒有蚜蟲、如何清理及煙燻鱒魚煙燻、如何在河裡盛滿水壺而不舀到沉積物。有時她看到他獨自在木頭搭蓋的牛欄裡撫摸陳舊的捕鳥網和捕魚網，或是站在溪河上方的梯田裡，腳邊矗立著三個白色的大石頭，臉上流露出哀傷的神情。

就算她歸他所有，他也沒有把她當作附屬品。他教她怎麼說牛奶、水、火、狗；黑暗之中，他睡在她身邊，但沒有碰她。她腳上那雙過大的木底鞋曾經屬於男孩的爺爺，他媽媽幫她用自家織紡的羊毛做了一件新洋裝。樹葉變黃，月圓月缺，時光荏苒，歲月如梭。

一天早晨，冰霜在樹間閃閃發光，他姐姐和他媽媽裹著斗篷，牽著駝載一罐罐蜂蜜的驢子，朝向溪河上游走去。她們一繞過彎道，男孩就把安娜叫進牛欄，他把一塊塊蜂巢用紗布包起來放到水裡煮沸，當蜂蠟變軟，他一塊塊撈出來，搗成泥狀，然後他在粗拙的木桌上攤開一張牛皮，兩人一起用依然微暖的蜂蠟揉搓牛皮，當蜂蠟全都揉入牛皮中，他捲起牛皮塞在腋下，招手叫她跟著他沿著一條勉強可稱作是小徑的山路往前走，走向山崖上那棵半空心的紫杉。

日光之中，紫杉雄偉壯麗；一萬個迴旋交纏的節瘤妝點樹幹，數十根低矮的枝幹伸向地面，枝幹細長扭曲，垂掛著豔紅的莓果，遠遠望去，宛若蛇身。男孩攀爬穿過枝幹，擠進半空心的樹幹，拿著希邁里奧斯的麻袋冒了出來。

他們一起檢視織錦兜帽、鼻煙壺、手抄書，確定每件物品依然乾爽。然後他在地上攤開剛上了蜜蠟的牛皮，拿起織錦兜帽包住鼻煙壺和手抄書，用牛皮裹起來，牢牢繫緊，塞回樹幹裡藏好，安娜領悟這將是他們的祕密，她也了解手抄書會像男孩的臉一樣引發恐懼與猜疑，她記得卡拉法提眼中的怒火，當他把失去意識的姐姐按向火爐，把李錫尼的羊皮紙燒成灰燼，他是多麼怒氣騰騰。

• • •

她學會怎麼說家、冷、松樹、水壺、湯碗、手。還有鼴鼠、老鼠、水獺、馬、野兔、肚子餓。到了春耕，她已經漸漸領會語言的精微。「假裝兩個半」就是「吹牛」。「淌進洋蔥堆」就是「惹麻煩」。男孩以不同的神情表達下雨天的不同心緒：大多是苦惱，但有幾個不是，其中一個神情甚至可說是喜悅。

初春，她從河畔扛水回家的途中碰到他，他拍拍他坐著的石頭，她放下木桿和兩個水罐，在他旁邊坐下。「有些時候，」他說，「當我覺得我想要工作，我就坐下來等那種感覺過去。」然後他迎上安娜的目光，她察覺自己聽懂了他的笑話，兩人哈哈大笑。

白雪消融，接骨木花盛開，母羊生了小羊，一對斑尾林鴿在屋頂茅草間築巢，妮妲和她媽媽在村裡的市場上販售蜂蜜、瓜果、松子，到了夏末，她們已經存夠了錢再買一頭公牛跟第一頭公牛作伴。過不了多久，歐米爾就用那部舊板車運送從深山砍伐的林木，賣給下游的磨坊，秋天時，妮妲與鄰村的樵夫成婚，搬到離家三十二公里的村落。安娜在溪谷住下的第二個冬天，男孩的媽媽孤單寂寞，開始自言自語，起先慢慢講，後來連珠炮似地講個不停，養蜂的祕訣、歐米爾的爸爸和爺爺，最後講到她少女時代的往事，追憶歐米爾出生之前，她在下游十四公里那個小村的生活。

天氣漸漸變暖，他們坐在溪畔，看著歐米爾跟那兩頭瘦巴巴、不聽話的公牛奮戰，他輕聲哄騙，而他也只有對他的公牛才會如此輕聲細語。他媽媽說，他把溫柔像是火苗般埋藏在心裡。風和日麗的時候，安娜和歐米爾在樹下散步，他跟她分享爺爺說過的種種趣聞，比如鹿的鼻息可以殺蛇，老鷹的膽汁跟蜂蜜攪和在一起可以讓人恢復視力。初見之時，這個群山之間的小溪谷看來險峻蠻荒，似乎處處凶險，但現在不同了，春夏秋冬，小溪谷在某些出其不意的時刻展現美麗的風貌，讓她眼中盈滿淚水，心中撲通狂跳。她始終想像都城的石牆之外或許存在著一個更美好的所在，而她漸漸相信自己已經抵達。

她終究不再注意歐米爾殘缺的臉；他的缺陷成了這世界的一部分，跟春天的泥土、夏天的蚊蠅、冬天的冰雪沒什麼不同。她生了六個兒子，失去了其中三個，歐米爾把他們埋在溪河之上的空地裡，跟爺爺和兩個姐姐葬在一起。他從山中深處扛下白色的石頭，標記每一個墳墓，至於是山中何處，只有他才知曉。小屋愈來愈擁擠，安娜盡力幫男孩們裁製衣衫，有時甚至繡上一條粗拙的藤蔓，或是一朵歪斜的花朵，每次想到姐姐會嫌棄她的繡工多麼生硬，她就微微一笑。歐米爾騎驢把媽媽帶去跟妮妲一起住，然後群山之間的小溪谷中只有他們一家五口。

有時在夢中，她回到刺繡工房，姐姐和其他女刺繡工依然彎著腰在桌前埋頭工作，形影模糊，宛如鬼魅，當她伸手摸摸她們，她的手指一碰就直接穿過。有時她的後腦勺忽然劇痛，她不禁懷疑自己是否也患了奪走姐姐生命的病痛。但在其他時刻，這些念頭離她好遠，她再也記不得那些撫養她長大的女人是什麼模樣，她與歐米爾共度的日子，似乎是她唯一所知的人生。

安娜二十五歲的一個早晨，在一個冷得水壺裡的水都結了一層冰的夜裡，她的么兒開始發燒。他眼眶中的雙眼好像起了火，流汗流到衣服濕透。她坐在他們充當眠床的層層氈毯上，摟著生了病的男孩，把他的頭擱在她的膝上，輕撫他汗水涔涔的頭髮，歐米爾不停踱步，一下子握緊拳頭，一下子鬆開拳頭，最後他終於在油燈裡注滿燃油，點亮油燈，踏出家門。他披著一身白雪回家，從外套裡掏出那包裹在牛皮裡的東西，神情肅穆地交給她。她知道他相信那本書可以挽救他們的兒子，就像他相信十多年前，那本書曾在返鄉的旅途中救了他們一命。

屋外松杉呼嘯。白雪隨著大風急急飄進煙囱，火爐的灰燼被吹得四散紛飛，老大老二擠在她腳邊，油燈明亮的燈光和這個爸爸不曉得從裡弄來的包裹，讓他們看花了眼，驢子和山羊緊緊圍在他們身旁，門外的一切似乎全都咆嘯怒吼、滾滾翻騰。

牛皮發揮功效，包裹裡的東西全都乾涼。一個男孩檢視鼻煙壺，另一個男孩摸摸織錦兜帽，輕撫完工和繡到一半的鳥，歐米爾幫安娜拿著油燈，讓她把書翻開。

她已經好多年沒有接觸古希臘文，但回憶著實奇妙，不管是因為擔心么兒，或是因為老大老二神情激動，她一凝視那一行行工整、斜向左側的字跡，文字的意義立刻重返心中。

A = alpha = ἄλφα。B = beta = βήτα。Ω = omega = ὦ μέγα。ἄστεα 是城市；νόον 是心目中；ἔγνω 是習知。慢慢地，她用她下半生慣用的語言，一字一字開始翻譯：

……我這個被大家稱為傻瓜的大笨蛋——沒錯，我這個頭腦簡單、呆頭呆腦、愚蠢笨拙的埃同——曾經一路前往比世界盡頭更遙遠的地方……

她盡量憑著記憶朗讀，能讀多少，就讀多少。石砌小屋之中，事情起了變化：發著高燒、倚在她膝上、額頭汗水涔涔的男孩睜開眼睛，當埃同無意間變成一隻驢，老大老二放聲大笑，他也露出笑容。當埃同行抵天寒地凍的世界盡頭，他咬了咬指甲。當埃同終於瞧見雲端之城的城門，他眼中的淚水有如泉湧。

油燈嘶嘶作響，燃油漸漸燒盡，三個男孩全都哀求她繼續朗讀。

「拜託，」他們說，雙眼在燈光中灼灼發亮。「跟我們說他在女神那本魔法書裡發現了什麼。」

「埃同盯著書，」她說，「他看到天堂、大地、散布在大海周遭的每一片田野、田野裡的每一隻動物和每一隻小鳥。各個城市掛滿燈籠，城裡四處都是花園，他看到其中一個城市正在辦婚禮，女孩們穿著鮮豔的亞麻長袍，男孩們的銀色皮帶上配掛著金色長劍，有人跳鐵圈，有人翻筋斗，人人手舞足蹈，及時行樂。但在下一頁，他看到一個個焚燒中的城市，城市之中，人們在戰場上被屠殺，他們的老婆上了枷鎖淪為奴隸，他們的小孩被叉掛在牆上。他看到獵犬啃食屍體，當他彎腰把耳朵湊近書頁，他甚至聽到哀號。當他前後翻頁，邊翻邊看，埃同發現書頁正反兩面的城市，那一個個光明之城與黑暗之城，其實竟是同一個；他意識到沒有戰爭就沒有和平，沒有死亡就沒有生命，頓時感到懼怕。」

油燈劈劈啪啪地熄滅；煙囪嗚嗚咽咽；孩子們靠她靠得更近。歐米爾又把書包起來，安娜把么兒摟在胸前，如夢般的清朗天光漫過都城蒼白的石牆，近午，當他們全都醒來，男孩的燒退了。

其後的年歲中，如果孩子們感冒或者只是太黏人——這總是在入夜之後，或是方圓數公里之內沒看到半個人的時候——歐米爾就看她一眼，兩人也就知道彼此的心意。他會點亮油燈，消失在屋外，拿著那包東西回來，她會把書翻開，男孩們會圍著她坐在地毯上。

「媽，再講一次，」他們說，「再跟我們說一說那個住在鯨魚肚裡的魔法師。」

「還有那群住在群星之間的天鵝。」

「還有那個超級高大的女神和那本什麼都有的書。」

他們表演部分情節；他們好想知道什麼是陸龜和蜂蜜蛋糕，他們似乎直覺地明瞭這本先用絲綢包起，再用牛皮裹住的書具有奇異的價值，亦是一個豐富他們的生活，卻也為他們帶來危險的祕密。每次她把書翻開，書裡的字句就又模糊了一些，她想起那個高高的義大利人站在燭光中的工坊裡。

時光是最暴戾的兵器。

年紀最大的公牛壽終正寢，歐米爾又牽了一頭小牛回家，安娜的兒子們漸漸都長得比她高，他們在山間工作，從深山扛下木材，推著車子運送到河的另一頭，在埃迪爾內郊外的磨坊販售。她記不得過了幾個冬天，想不起過往的舊事。在某些意想不到的時刻，當她扛著水，或是縫合歐米爾腿上的傷口，或是掏除他髮間的蝨子時，時間會自行疊合，她會看到希邁里奧斯的雙手握著船槳，她會感覺到自己爬下小修道院的石牆時，那股讓她頭暈目眩的重力。生命即將告終之際，這些舊事與她喜愛的故事融為一體，她再也分不清什麼是回憶、什麼是故事：思鄉心切的尤利西斯在暴風雨中拋棄他的船筏，游向菲西亞人的島嶼，變成驢子的埃同把柔軟的嘴唇湊近刺人的蕁麻，所有時刻與所有故事合而為一，到頭來全都一樣。

她在五月辭世，享年五十四歲，那天是該年最美好的一日，她靠著牛欄旁的一個樹樁，三個兒子全都在她身旁，山脊上方的天空是如此蔚藍，看了甚至讓她心痛。她先生把她埋在溪河上方的空地裡，葬在他爺爺和三個他們早夭的兒子之間，她姐姐的織錦兜帽橫置在她胸前，一個白色的石頭標注出她的所在。

| 同一個溪谷 |

1505年

歐米爾

他睡在那根被煙燻黑、他從小就睡在下頭的屋梁下。他左手的手肘偶爾僵硬，刮風下雨之前，他的內耳會撲撲跳，他已經不得不拔掉兩顆臼齒。基本上，他只有三隻母雞、一隻大黑狗和一隻驢子跟他作伴，母雞會下蛋，黑狗看來嚇人，其實心地善良，毫無惡意，驢子名叫苜蓿，高齡二十歲，鼻息有如墓穴，而且老是放屁，但性情極好。

他的兩個兒子搬到更北邊的森林，第三個兒子跟一個女人住在十四公里外的村莊裡，當歐米爾牽著苜蓿過去探訪，孩子們依然不敢看他的臉，有些甚至嚎啕大哭，但他最小的孫女不會，如果他坐直坐穩，她會爬到他的膝上，伸出手指摸摸他的上唇。

如今他已想不起往事。旗幟和槍炮，傷兵的慘叫，火藥的臭氣，月光和小樹之死——有時他對圍城的回憶似乎只是惡夢的殘影，緩緩飄入意識，而後瞬間消失無蹤。忘卻，他漸漸習知，世界就是藉此自行癒合。

他聽說新任蘇丹王（願真主永遠護佑他）從更遠的森林砍運樹木，基督徒已經啟程航向大海最遠方的新大陸，那裡的城市全都是黃金打造，但這些故事對他再也不具意義。有時他凝視他生的火，想起安娜跟他說過的故事，故事裡有個男人先是變成一隻驢，然後變成一隻魚，最後變成一隻烏鴉，他行遍大地、海洋、群星，尋找一個沒有苦難的理想國度，最後卻選擇回到自己的家，在他的牲畜之間度過餘生。

在他早已忘了自己多大歲數之後的一個初春春日，連串暴風雨橫掃山間，河流變得黃濁，土石流阻礙通行，落石轟轟隆隆的回聲響徹峽谷。雨勢最駭人的那晚，歐米爾跟他的黑狗縮成一團蹲在桌子上，聽著屋裡到處嘩啦嘩啦，而不像往常一樣滴滴答答；屋裡淹水了。

河水從門下湧入，如激流般沿著牆壁滲入，苜蓿站在愈漲愈高的水中眨眼，黎明時分，他費力走過畜糞、樹皮、爛泥查看母雞，牽著苜蓿走到梯田最高處，覓食牠找得到的青草，最後他終於抬頭遙望俯瞰峽谷的石灰岩山崖，驚恐頓時席捲全身。

那棵半空心的老紫杉已在夜裡倒下。他沿著小徑攀爬，滑行於爛泥之中。覆滿青苔的枝幹散布各處，巨大的盤根埋在地底，望似另一棵被狠狠拔倒的大樹。四周飄散著樹液和碎木的氣味，許久之前埋藏的東西全見了光。

他花了好久時間才在滿目瘡痍中找到安娜那包東西，牛皮浸濕了，他帶著那包濕淋淋的東西走回小屋，小小的警訊在心裡響個不停。他剷掉火爐裡的淤泥，勉強生了一把冒著焦煙的火，把他的氈毯掛在牛欄裡晾乾，最後才解開包裹，檢查手抄書。

書濕淋淋。他小心翼翼地一張張分開，書頁紛紛從裝訂處脫落，密密麻麻、色澤煙黑、望似小鳥足印的字符似乎比他記憶中更模糊。

他依然聽得見他頭一次一摸麻袋，安娜立刻尖聲叫喊。這書在他們逃離都城時護佑他們；這書把一群石鴴召喚到他的捕鳥網中；這書讓他們的么兒脫離發燒的險境；安娜傾身俯靠書頁，順著行文翻譯朗讀，眼中泛發出慧黠幽默的神采。這些也都依然歷歷在目。

他壓熄火堆，在小屋四周架起一個個繩網，把手抄書掛在繩上晾乾，好像正在燻烤小鳥。他的心一直撲通狂跳，好像手抄書是活生生的東西，託付給他照顧，他卻讓它陷入險境——好像他被賦予一個單純的使命，讓這個東西活下去，而他卻搞砸了。

當書頁晾乾，他把書重新組合，但不確定手抄書的順序是否正確。他把書裹在另一張上了蠟的牛皮裡，靜候第一批鸛鳥飛越溪谷。鸛鳥隨著季節遷徙，依循古老的指令，離開牠們在南方度過寒冬的遙遠棲地，飛向北方那個牠們打算度過夏季的遙遠棲地。他看著鸛鳥排成歪斜的人字形飛過空中，然後帶著他最好的氈毯、兩皮袋的水、幾十罐蜂蜜、手抄書、安娜的鼻煙壺，拉開小屋的門，緊緊把門帶上。

他先去他兒子家，把三隻母雞和他的半數銀錢給了他媳婦，他試著送走黑狗，但黑狗抵死不從。他的孫女用春天的玫瑰編了一個花圈，套在苜蓿的頸上，他繞著山嶺朝向西北方前進，他步行，半瞎的苜蓿在他身邊穩穩地攀爬，黑狗緊跟在他們身後。

他避開旅店、市場、人群。行經小村時，他通常緊牽著黑狗，把臉藏在低垂的帽沿下。他露宿山間，嚼著爺爺以前為了減輕背痛而嚼食的藍色琉璃苣，從苜蓿和牠沉穩的步態中尋求慰藉。沿途碰到的幾個人都被苜蓿迷住，他們問他從哪裡找到這麼一隻又開朗又漂亮的小驢子，他覺得自己真有福氣。

偶爾他鼓足勇氣，把鼻煙壺的釉彩壺蓋拿給旅人們瞧瞧。有些人推測壺蓋上畫的是科索沃的一個碉堡，其他人覺得那是佛羅倫斯的一座宮殿。但有一天，當他行近薩瓦河，兩位騎在馬上，各有兩名僕役相隨的商人攔下他，一位用安娜的語言問他在這裡做什麼，另外一位說：「他是個漫遊的回教徒，而且一隻腳已經踏進棺材，你說的話，他一個字都聽不懂，」歐米爾脫下帽子說：「諸位先生，午安，你們說的話，我可聽得懂。」

他們大笑，請他喝水吃蜜棗，他把鼻煙壺遞給他們瞧瞧，其中一位拿著鼻煙壺朝著陽光，東翻翻，西看看，然後說：「啊，烏爾比諾。」說完就把鼻煙壺遞給他的同伴。

「烏爾比諾的市集，」第二位旅人說，「應該是在馬爾凱[61]的山間。」

「離這裡很遠，」第一位旅人邊說，邊隨手比一比西方。他看了看歐米爾和苜蓿。「尤其是對一個鬍鬚這麼白的老人家而言。那隻驢子年紀也不輕。」

「你看他這麼一張臉，居然能夠活到這個歲數，肯定有兩把刷子。」第二位旅人說。

他一覺醒來全身僵硬，雙腳腫脹。他檢查苜蓿的驢蹄，看看有沒有裂縫。有些時候，他到了中午才有辦法甩手讓指頭恢復感覺。他們越過維內多[62]朝南前進，鄉間又見綿延起伏的山丘，路徑變得陡峭，小小的城堡坐落在峭壁之上，農夫在田裡耕作，橄欖園林環繞著小小的教堂，花朵盛開的野草在錯綜的溪谷間沿途生長。他的銀錢用罄，賣掉了最後一罐蜂蜜。夜晚時分，夢境與回憶混淆不清：他看到一個城市在遠方閃閃發光，卻也聽到兒子們小時候的話語聲。

再說一次那個牧羊人的故事，媽媽，那個名字的意思是烈焰的牧羊人。

還有月亮上的牛奶湖泊。

---

61 Marche，義大利中部的行政區。

62 Veneto，義大利東北部的行政區，是義大利三大葡萄酒產區之一。

他的么兒眨了眨眼。跟我們說一說，他說，那個傻瓜接下來做了什麼。

他在秋陽下來到烏爾比諾，一道道白晃晃的日光從雲間的縫隙傾瀉而下，映照著前方蜿蜒的道路。山丘丘頂，一個城市映入眼簾，城市為石灰岩所建，妝點著一座座鐘塔，砌磚城牆望似直接由岩床冒出來。

當他七彎八拐地往上走，壯觀宏偉的宮殿映著晴空，鼻煙壺蓋的繪圖赫然成真：這幅景象宛若夢境，即使不是他的夢想，或許是安娜的，而在他暮年此時，他似乎跟隨著她的夢想往前行進。

苜蓿嘶鳴；一群燕子飛過上空。天光，遠方紫藍色的山丘，小徑兩側豔麗的仙客來——歐米爾感覺自己像是變成了烏鴉的埃同，從群星之間盤旋而下，焦慮疲憊，飽經風霜，一半的羽毛都被風吹落。他爺爺、他媽媽、安娜、即將到來的安息，他與這些之間，究竟還隔著多少最後的路障？

他擔心衛兵們會因為他的臉而趕走他，但城門開著，人們自由進出，當他和驢子黑狗慢慢走過迷宮般的街道，朝向宮殿前進，大家根本沒注意到他——行人眾多，而且是各色人種，就算果真看到什麼，大家也只注意到苜蓿長長的眼睫毛和牠優雅的步伐。

在宮殿前方的中庭裡，他跟一位弩手說他有一件禮物想要呈交給這裡的學士。弩手不知道他在說些什麼，揮手示意叫他等一等，歐米爾跟苜蓿站在一起，一隻手攬住牠的脖子，黑狗躺下，幾乎倒頭就睡。他們等了約莫一小時，歐米爾站著打瞌睡，夢見安娜站在火邊，雙手叉腰，被他們一個兒子說的話逗得大笑，當他醒來，他檢查一下收放著手抄書的牛皮包裹，抬頭看看宮殿高聳的石牆，透過窗戶，他可以看到僕人們從一個房間走到另一個房間，逐一點燃燭蕊。

最後終於有一位通譯現身，問他有何貴幹。歐米爾解開牛皮包裹，通譯瞄了一眼手抄書，咬咬下唇，再度不見蹤影，不一會兒，另一個男人跟著通譯一起走出來，這人一身深色的天鵝絨，氣喘吁吁，神情熱切，他把提燈擱在碎石地上，挑出手絹擤鼻子，然後拿起手抄書翻閱。「我聽說，」歐米爾說，「這是一個保護書的地方。」

男人抬頭一望，再度低頭看著書，然後跟通譯說了幾句話。

「他想知道你怎麼會有這本書。」

「這是個禮物。」歐米爾說，他想起安娜被他們三個兒子團團圍住，火爐熊熊發光，屋外雷電閃閃，她輕聲朗讀，故事隨著她翻頁的雙手生動進展。男人忙著在提燈的燈光中檢視書的裝訂。

「我猜你想要一些酬賞？」通譯說。「這本書的書況很糟。」

「一餐飯就夠了。喔，給我的驢子吃點燕麥。」

男人皺皺眉頭，好像世間的傻瓜永遠笨得令人稱奇，然後這位身穿天鵝絨的男人點點頭，小心翼翼地闔上書，鞠個躬，把書拿進屋裡，從頭到尾不需通譯，也沒說一句話。歐米爾被帶到宮殿的馬廄，一個鬍鬚剪得整整齊齊的馬夫拿著蠟燭把苜蓿牽到馬槽旁。

歐米爾靠著牆坐在擠牛奶的板凳上，夜幕低垂，亞平寧山脈漸漸沒入夜色之時，他感覺自己似乎完成某項最後的使命，他低聲頌禱，祈求真有來世，而來世之中，安娜將在真主的羽翼下等著他。他夢見自己走向一座水井，月光和小樹站在他的身邊，二牛一人低頭凝視，望向清涼碧綠的井水，月光被一隻飛出水井、直升天際的小鳥嚇了一跳，當他醒來，一個披著褐色外衣的僕人正把一個大盤子放在他身邊，盤上擱著塞滿羊乳起司的大餅，另一個僕人送上以鼠尾草和茴香籽調味的兔肉捲和一壺酒，分量之多，足夠讓四個人享用。一個僕人把火炬插在牆上的托架裡，另一個僕人把一大碗燕麥擺在火炬下，然後雙雙退下。

黑狗、驢子，和他盡情吃喝。飽餐之後，黑狗窩在牆角，苜蓿嘆了一大口氣，歐米爾靠著板凳坐在地上，在乾淨的乾草上伸直雙腿，他們沉沉入睡，漆黑的暗夜裡，雨開始飄落。

24

歸返

《雲端咕咕國》，安東尼・迪奧金尼斯著，第Ω頁

第Ω頁愈接近結尾，損毀的程度愈厲害。最後五行脫漏太多，僅能找回個別單字的原義。澤諾・尼尼斯譯。

……他們拿來瓶瓶罐罐，歌手們聚集……

……（年輕男子們？）跳舞，牧羊人（吹笛？）……

……（一個個大盤子？）傳來傳去，擱放著硬麵包……

……炸豬皮，我真高興看到這樣（寒酸的？）餐宴……

……四隻小羊，隻隻咩咩叫著找媽媽……

……（雨水？）和泥巴……

……女人們到來……

……細瘦的（醜老太婆）牽起（我的手？）……

……小羊們……

……還在跳舞，（搖擺轉圈）……

……（氣喘吁吁？）……

……人人手舞足蹈……

……手舞足蹈……

｜愛達荷州波伊西｜

2057年—— 2064年

西蒙

他服外役監的就業公寓有個簡單的廚房，從廚房看出去是山坡上飽受陽光曝曬的金花矮灌木。時值八月，天空因為煙霧而灰白，在酷熱的暑氣中，一切似乎模糊不清、微微晃動。

一星期之中有六天，他早上搭乘自動駕駛的公車前往一個商辦園區，越過園區一英畝熾熱的柏油路面，來到一棟占地寬廣，隸屬特洛伊科技的低矮樓房。大廳之中，一個直徑三公尺半的立體浮雕地球儀在基座上轉動，地球儀的山脈間積了灰塵。牆上一個褪色的標語牌寫著：留存地球。他隨同一組組工程師一天工作十二小時，測試下一代《地圖圖鑑》跑步機和耳機。他粗壯蒼白，寧願坐在他的桌前吃事先買好的外帶三明治，而不願到公司餐廳用餐；工作是他唯一的慰藉，他在跑步機上累積一公里又一公里的里程，好像一位黑暗時代藉由步行彌補大錯的朝聖客。

他偶爾訂購一雙新鞋，跟穿壞的那雙一模一樣。除了食物，他幾乎不買其他東西。他每個星期六跟娜塔莉．赫南德茲傳簡訊，她幾乎都會回覆。她是高中老師，教導一群不甘不願的學生們拉丁文和希臘文，她有兩個兒子、一輛自動駕駛的休旅車、一隻名叫「破折號」的臘腸狗。

有時當他拿下耳罩式耳機，踏下跑步機，略過其他工程師，眺望遠方眨眨眼，澤諾的譯文頓時再度浮上心頭：……書封上是天堂與大地，一片片田野和蟲魚鳥獸散布其間，中央是……

直到他滿五十七歲、五十八歲；他心中的紛亂依然揮之不去。每天晚上當他回到家裡，啟動他的終端機，隔絕一切聯結，開始進行工作。《地圖圖鑑》擷取的高畫質原始影像依然原封不動，一閃一閃地留存於全球各地的伺服器：一隊隊難民逃離欽奈，一戶戶家庭擠上仰光外海的小船，一部坦克車在孟加拉起火燃燒，警察手執玻璃塑膠盾牌站在開羅街頭，路易斯安納的小城到處都是淤泥——多年以來他從《地圖圖鑑》抹去的影像依然全在那裡。

過去幾個月，他寫了一組極為精準細微的程式碼，當他悄悄把它們寫入目的碼，系統甚至偵測不出來。他把程式碼偽裝為小小的貓頭鷹，諸如貓頭鷹塗鴉畫、貓頭鷹飲水機、一個穿著燕尾服、戴著貓頭鷹面具的自行車騎士，讓它們出現在《地圖圖鑑》的世界各地。找到它，碰一碰它，你就能剝去被淨化的光鮮影像，還原埋藏在其下的真相。

在邁阿密，六株羊齒植物盆栽矗立在一家餐廳外，第三個花盆上貼了一張小小的貓頭鷹貼紙。碰一碰貓頭鷹，羊齒植物消失無蹤；一部冒著黑煙的汽車緩緩現形，四個女人扭曲地躺在人行道上。

至於使用者會不會發現他這些小小的貓頭鷹，他不敢冒險查驗。反正《地圖圖鑑》已經不再是公司的重點項目；波伊西各個地區的廠房都專注於改善跑步機和耳機，使之更精良、更迷你，以供其他部門的其他計畫使用。但夜復一夜，西蒙不停建構他的貓頭鷹，把它們偷偷寫入目的碼，讓它們拆解一些他白天編織的謊言，自從他在路邊發現忠友的斷翅以來，他頭一次感到心情比較舒坦。他平靜多了，比較不害怕，比較不像他想要逃離些什麼。

在萊克波特湖畔一個新建的度假村住上三天。機票和餐點全都包括在內，還可享用任何一種水上活動——只要他的存款負擔得起，一切費用由他支付。家人們也歡迎同行。他仰賴娜塔莉來聯絡。起先她說自己覺得五個人不會全員到齊，然而他們全都到了：艾力克斯．漢斯帶著兩個兒子從克里夫蘭前來；奧莉薇亞．歐提從舊金山搭機前來；克里夫多福．迪伊從考德威爾（Caldwell）開車前來；蕾秋．威爾森更是帶著她四歲的孫子大老遠從澳洲西南部來到這裡。

直到最後一晚，西蒙才從波伊西開車前來；他沒有必要太早露面，讓大家不開心。黎明時分，他多吞一顆抗焦慮藥，穿了西裝，打著領帶站在陽臺上。渡假村船塢的另一頭，大湖在日光下閃閃發光，他等著看看會不會有隻魚鷹飛過上空，但半隻都沒有。

他的左邊口袋裡擱著稿子，右邊口袋裡擱著房卡。回想你記得的事情。貓頭鷹有三個眼瞼。人類很複雜。對許多你心愛的事情而言，如今或許已經太遲。但不是每一件事都錯過時機。

他在湖畔的一個六角形、多半用來舉辦喜宴的房間跟兩位特洛伊科技的技術人員會面，監督他們把五部最尖端、名為「輪程機」的全新跑步機搬進房裡。技術人員把五部輪程機跟五副耳機配對，然後掉頭離開。

娜塔莉先跟他在那裡碰面。她的孩子們，她說，還在吃午餐。她說他這麼做很勇敢。

「很勇敢。」西蒙悄悄說。但每次嚥下他的恐懼，他感覺皮膚說不定就會鬆解，筋骨說不定就會散開。

下午一點，一家家先後到來。奧莉薇亞．歐提剪了一個長度到下巴的妹妹頭，穿著亞麻七分褲，看起來顯然哭過。艾力克斯．漢斯夾在兩個極為壯碩、繃著臉的青少年之間，三人都是一頭金髮。克里夫多福．迪伊帶著一位嬌小的女士走進來，兩人手牽手坐在角落，跟其他人保持距離。蕾秋最後才露面，她穿著牛仔褲和皮靴，臉上深深的皺紋顯示長時間在陽光下工作，神情愉悅、一頭紅髮的小孫子在她身旁跑跑跳跳，然後在椅子上坐下，雙腳懸空晃來晃去。

「他看起來不像是個殺人犯。」艾力克斯的一個兒子說。

「有禮貌一點。」艾力克斯說。

「他看起來只是老。他有錢嗎？」

西蒙盡量不看他們的臉——面孔會讓這整件事情脫序。壓低你的視線。唸你的稿子。「多年前的那一天，」他說，「我從你們每一個人的生命中奪走了某樣珍貴的東西。我知道我永遠無法完全彌補我的過錯。但我知道失去一個小時候非常在乎的地方，讓人從身邊奪走它，心中會有什麼感受。所以我試著把它歸還給各位，我想這樣或許有些意義。」

他從袋子裡拿出五本寶藍色的精裝書，遞給他們每個人。書封一隻隻鳥繞著一個雲端之城的塔樓飛翔。奧莉薇亞倒抽一口氣。

「我用尼尼斯先生的翻譯製作了這些書。娜塔莉幫了我很多忙，這點我必須強調。書裡的譯者注解都是她寫的。」

接著他分送耳罩式耳機。「你們五個可以先上路。如果其他人也有興趣，接下來也可以試一試。你們記得那個還書箱嗎？」

眾人紛紛點頭。克里斯多福說：「『你需要的只是書。』」

「拉一拉還書箱的把手，你就會知道接下來該怎麼做。」

大人們站起來。西蒙幫他們戴上耳機，五部輪程機嗡嗡啟動。

他們一踏上各自的輪程機，他就走到窗邊，遙望大湖。北邊最起碼有二十個像那樣的地方，你的貓頭鷹可以飛過去，她說。那裡的森林更大、更密，牠有得挑。她這麼說，試圖挽救他。

輪程機颼颼作響，迴旋轉動；長大的孩子們漫步。娜塔莉說：「我的天啊。」

艾力克斯說：「這跟我記得的一模一樣。」

西蒙想起冬天，林間覆滿白雪，雙車廂拖車屋後方的樹林寂靜無聲。忠友高高矗立在那棵枯死的大樹上，半公里之外車輪輾過碎石地的聲響都會讓他焦躁不安。他聽得見兩公尺積雪下田鼠的心跳聲。

氣動馬達拉抬輪程機的前端。他們正爬上門廊的大理石階梯。「你們看看，」克里斯多福說，「那是我做的牌子。」

蕾秋的座位空著，她的孫子從旁邊的椅子上，伸手拿起那本寶藍色的書擱在膝上，翻開書。

奧莉薇亞．歐提把右手伸入開闊的前方，把門打開。孩子們逐一走進圖書館。

| 阿爾戈斯號 |

任務年 65

康絲坦斯

氧氣值百分之七，頭罩裡的聲音說。

左轉踏出通道。走過八號、九號、十號艙，艙門全都緊閉。難道病毒沉睡許久之後甦醒，如今迴旋飄浮於廊道之中？死了將近四百天的屍體在黑暗中會不會腐化？同學、小朋友，師長、陳太太、芙蘿爾太太——說不定大家全都在嘶嘶作響的滅火機下東奔西跑。她爸爸呢？

通道天花板上的小噴嘴噴出煙霧落在她身上。她摸摸塞在工作服裡的自製書，左手拿著自製的斧頭，東搖西晃地往外衝，急急遠離阿爾戈斯號的中央，軟軟的靴鞋滑過地板上的化學粉塵。

皺巴巴的毯子、廢棄的面具、一個枕頭、餐盤的碎片，全都沿著廊道散置。

一隻襪子。

一堆覆滿灰黴的東西。

往上看。別停下來。這是陰暗的教室門口，接著是更多緊閉的艙門，再過去是一隻手套，像是賈醫師和戈柏工程師穿的那種防護衣的一部分。前面有部某個人的輪程機倒在廊道中央。

氧氣值百分之六，頭罩說。

她右邊是四號農場的入口。康絲坦斯在門檻前停下來，拂去臉部防護罩的化學粉塵。農場中，架子傾倒歪斜，架上每一層植物都已枯死。她那棵小小的波士尼亞松依然挺立，一公尺高的樹身基底鋪滿一圈乾枯的針葉。

警鈴響起。她衝向農場的另一端，頭燈閃爍：她必須當機立斷。她選了從左邊數過來第四個把手，拉開一個種子抽屜。冰冷的霧氣漫過她的腳邊：數百個冷若寒冰的鋁箔封套成排靜置在內。她伸出戴了連指手套的雙手拚命抓取，其中一些灑落在地，然後她把種子封套和斧頭緊緊摟在胸前。

她爸爸的鬼魂，或是屍身，或是鬼魂和屍身，搞不好就在附近。別停下來。妳沒時間。

廊道再過去一點，二號和三號盥洗室之間有個鈦金補片，媽媽說艾略特・費斯巴勒就是在這裡花了好幾個晚上敲鑿外牆。補片已被約莫三百根鉚釘釘牢，遠比她記憶中的多。她的心一沉。

氧氣值百分之五。

她丟下那堆種子封套，雙手抓住斧頭，高高舉起。那個自從她有記憶以來就不停聽說的警告在心中緩緩浮現：宇宙輻射，零重力，溫度二點七三克耳文。

她用力一揮，斧刃敲凹補片，但彈了回來。她更用力，這次斧刃直直插入，她非得使出全身的力氣才拔得出來。

第三擊。第四擊。她絕對不可能趕得及。汗水聚積在她的生質塑膠套裝裡，面罩一片模糊。警鈴愈來愈大聲；滅火器的噴霧有如雨水般在她四周傾瀉而下。她右手邊二十步就是福利站入口，站內滿是帳篷。

全體組員請注意，希柏說。船艦岌岌可危。

氧氣值百分之四，頭罩說。

每敲一下，補片的裂縫就愈大。

在艙壁之外待上三秒鐘，你的手腳就會膨脹一倍。你會窒息。你會凍成冰塊。

裂縫愈來愈大，透過霧氣騰騰的面罩，康絲坦斯可以看到牆的裡部，艾略特已將這裡的纜線推到一邊，切穿了幾層隔熱棉板，最裡面是另一層金屬：她希望這就是星船的外牆。

她抽出斧頭，吸一口氣，往後一仰，再度用力一揮。

小傢伙，希柏隆隆地說，聽起來嚇人。馬上停止妳正在做的事。

一股深沉的恐懼流竄全身。康絲坦斯往後一仰，以聚積了數月的怒氣、哀傷、絕望用力一揮，斧刃劃穿纜線，插穿最裡層。她來回搖動斧柄。

當她拔出斧頭，外牆多了一個洞孔，透入一抹漆黑。

康絲坦斯，希柏隆隆地說。妳犯了嚴重的錯誤。

她犯了錯。艙外是一片虛無、浩瀚無垠的外太空——她距離地球數千億公里；她會窒息而死，沒錯，就是如此。斧頭從她手中滑落；空間繞著她皺起；時間折疊壓縮。她爸爸撕開一個封套，一顆小小的種子滑到他的掌中，種子長約六釐米，被淺褐色的翅膀緊緊包住。

憋氣。

「還不可以。」

種子輕輕顫抖。

「好，呼氣。」

外牆的洞孔之外依然一片漆黑。她沒有被吸出艙外；她的眼珠沒有凍僵；那只是黑夜。

氧氣值百分之三。

黑夜！她拿起斧頭，一再揮砍；金屬碎片四散紛飛，墜入漆黑之中。洞孔持續增大。洞孔之外，數千上萬的銀白光點從一片漆黑中散落，在頭燈漸熄的燈光中閃爍。她伸出一隻手臂，抽回來時，袖子濕了。

雨。外面在下雨。

氧氣值百分之二。

康絲坦斯不斷揮砍，直到肩膀發燙、雙手的骨頭好像已經斷裂。洞孔愈來愈大，開口愈來愈不齊；她的頭塞得過去，然後是一邊肩膀。她臉部的防護罩模糊至極，生質塑膠套裝也被她漸漸扯破，但她甘冒這個風險。再砍一下，洞孔幾乎大到她鑽得過去。

野生洋蔥的香氣。

露珠，山嶽的陵線。

柔美的光，上方的明月。

氧氣值百分之一。

雨水滴落到洞孔下方，深度似乎超出她的預期，但她沒時間了。她把種子封套一捧一捧地丟入漆黑之中，然後是斧頭，最後才拚命鑽過洞孔。

康絲坦斯小姐——希柏聲嘶力竭，但康絲坦斯的頭和肩膀已在阿爾戈斯號之外。她扭動身子，大腿被尖銳的金屬劃了一道。

氧氣耗盡，頭罩說。

她的雙腿還在牆裡，腰部也被卡住，康絲坦斯最後再用力吸口氣，然後扯下頭罩，撕掉黏封的膠帶，放手讓頭罩滾落。頭罩彈跳翻滾，在約莫四．五公尺的下方就靜止不動，周遭望似潮濕的岩石和茂生的凍原草地，頭罩的頭燈直直朝上，照向雨中。

她只能往下跳。她繼續憋氣，撐開雙臂抵住星船的外側，用力一推，直直墜落。

她一隻腳踝扭傷，手肘撞上岩石，但她可以坐起，也可以呼吸——她沒死、沒有窒息、沒有凍僵。空氣！又濕潤又鹹又新鮮；即便病毒在這樣的空氣裡伺機而動，即便病毒從上方被她砍穿的阿爾戈斯號滲透出來，即便病毒這時正在她的鼻腔裡分化複製，即便地球的大氣層全都中毒，她又能如何？且讓她再活五分鐘。且讓她吸一吸、聞一聞。

雨水急急拍打她被汗水浸溼的頭髮、臉頰、額頭。她跪在草地上，聆聽雨水拍打她的套裝，感覺雨水落在眼瞼上。如此豐沛的水從天而降，似乎是個沒有必要的浪費，奢侈至極，揮霍得令人難以置信。

頭燈沒電了，僅有一縷微光從被她砍穿的縫隙中流瀉而出，但周遭的漆黑跟阿爾戈斯號的夜光不一樣。雲朵交錯的天空似乎閃閃發亮，濕潤的草葉捕捉了光，一一送回空中，數以千計的雨滴晶瑩閃爍，她把爸爸幫她製作的套裝脫到腰際，跪在凍原的青草之間，想起埃同的話：洗個澡，一個愚蠢的牧羊人也只需要那一點點魔法。

她找到斧頭，把套裝全部脫掉，收集找得到的每個封套，把它們跟自製的小書一起擱在工作服裡，拉上拉鍊。然後她一跛一跛地穿過草地和岩石，走向周邊的柵欄。阿爾戈斯號矗立在她的後方，龐大而灰白。

柵欄頂端裝了尖銳的鐵絲網，高到無法攀爬，但她用斧頭劈砍其中一根木桿，奮力砍穿十幾個鍊環，把它們往後彎折，擠了過去。

柵欄另一邊是更多潮濕的岩石，數以千計，閃閃發光。每顆岩石都覆蓋著苔蘚，有些形若殼片，有些形若魚鱗——她可以花一年時間研究其中任何一顆。遍野岩石的另一頭傳來隆隆巨響，聲聲千變萬化、升騰沸揚、永不靜止、永不停歇——大海。

旭日花了一個小時東昇，她試圖不要眨眼，以免錯過任何一刻。先是不同的紫彩緩緩漫開，而後是不同的藍彩，色澤層次無窮無盡，比圖書館裡的電腦模擬更繁複、更豐盈。她光腳站在水裡，海水漫過她的腳踝，低淺的浪花不停拍打岸邊，留下數以千計、形狀各一的波紋。有生一來頭一遭。阿爾戈斯號的嗚嗚聲、水管的滴答聲、管線的嗡嗡聲、希柏無所不在的話語聲——那部在她被孕育之前、她出生之後，無時不刻環繞著她呼呼作響的機器——全都消失了。

「希柏？」

毫無回應。

右側的遠方，她只辨識得出她在《地圖圖鑑》裡發現的灰色外屋、船艇停泊棚、多石的碼頭。她轉頭一瞧，阿爾戈斯號看起來小多了，有若天空下的一顆白色的圓球。

前方的地平線上，旭日的藍邊在她眼前化作粉紅，綻放萬道光芒，驅走黑夜。

終曲

| 萊克波特公共圖書館 |

2020年2月20日
下午7點2分

澤諾

男孩放下他的槍。背包裡的手機鈴聲再次響起。你瞧，繞過擋住大門的接待櫃檯，另一個世界在門廊之外的那一頭等待。但他有力氣走過去嗎？

他朝門口走去，靠向接待櫃檯；力量湧入他的雙腿，彷彿雅典娜女神親自致贈。接待櫃檯滑到一旁；他緊抓著背包，拉開大門，衝向耀目的警燈。

手機鈴聲第三次鈴響起。

走下五階大理石階梯，邁向人行道的另一頭，踏入尚無足跡的雪地，迎向此起彼落的警笛聲，步入十二把步槍的射擊範圍。一個聲音高喊別開槍、別開槍！另一個聲音高喊某些難以會意的話語——說不定是他自己在喊叫。

雪下得好大，周遭聞起來不像冬日，而像是白雪。澤諾沿著檜柏成蔭的人行道奔跑，一個高齡八十六、髖關節退化、足蹬魔鬼氈靴子、套著兩雙毛襪的老先生能跑得多快，他就跑得多快。背包緊壓著他那條企鵝圖案的領帶，他抱著炸彈跑過還書箱上睜著黃色大眼睛的貓頭鷹、一部漆著「拆彈小組」的廂型車、穿著防彈背心的人們，他是揚棄永生的埃同，心甘情願地再當個傻瓜，牧羊人們在雨中手舞足蹈，吹奏著笛子，撥彈著弦琴，母羊咩咩叫，大地濕潤泥濘，一片青綠。

背包中傳出第四次鈴響起。他只剩下一次鈴聲的時間可活。在那四分之一秒，他瞥見瑪麗安蹲在一部警車後面，啊，溫柔可人的瑪麗安——她穿著她那件櫻桃紅的大衣，牛仔褲上沾了點點油漆，睜著她的杏眼，一手遮住嘴，遠遠看著他。啊，圖書館員瑪麗安——每年夏季，她臉上的雀斑就被曬得有如沙塵暴。

他沿著公園街往前跑，遠離一輛輛警車，圖書館已被拋在身後。想像一下，雷克斯說，你若聽到稱頌英雄歸返的古老歌謠，心裡會有什麼感覺。半公里外是波伊茲頓太太的舊宅，家中的窗戶沒有窗簾遮掩，餐桌上散置著一張張譯文，樓上那張黃銅小床旁的錫盒裡擱著五個玩具兵，皮洛斯之王涅斯托耳在廚房的地氈上打盹。有人得放牠出去透透氣。

前方是大湖，湖面結了冰，一片銀白。

「哎喲，」一位圖書館員說，「你看起來一點都不暖和。」

「哎喲，」另外一位說，「你媽媽在哪裡？」

他跑過雪地，手機第五次鈴……

| 卡納克 |

2146 年

康絲坦斯

村裡住了他們四十九個人。她住在一棟淡藍色的小平房，房屋的建材是木頭和廢金屬，屋旁還有一個溫室。她有個兒子；三歲大，調皮搗蛋，活潑好動，什麼都想嘗試，什麼都想學習，什麼都想放進嘴巴裡。她已經懷了第二胎，小小的胎兒跟光點差不多大，漸漸展現出智慧。

時值八月，太陽自從四月中旬就終日不落。今晚村裡其他人幾乎都出去採集御膳橘。村子的村尾、船塢的另一頭，大海微光閃爍。在最清朗的時日，她可以看到地平線盡頭那個距此十三公里的小島，小島崎嶇多石，阿戈斯號在島上因風吹雨打而鏽蝕。

她在屋後的貨櫃花園裡幹活，她的兒子坐在石頭之間，膝上擱著那本造型不佳、用滋養粉空袋紙片製作而成的小書，他翻過「埃同的意思是烈焰」、「巨鯨肚裡的巫師」，把書翻回最開頭，一邊翻頁一邊無聲地朗讀。

夏季暮光溫煦，她貨櫃花園裡的菜葉撲撲飄動，她拿著澆花噴壺來回走動，天空緩緩變幻為紫羅蘭的顏彩——天色再暗，不過也就是這個色澤。綠花椰菜。羽衣甘藍。櫛瓜。一株與她大腿齊高的波士尼亞松。

παράδεισος，**parádeisos**，paradise，花園。

忙完了之後，她坐在一張因風吹雨打而褪色的尼龍椅上，小男孩捧著書走過來，拉拉她的褲管，他的眼皮愈來愈重，拚命想讓眼睛睜著。他說：「跟我講故事？」

她看著他圓滾滾的臉頰、他的眼睫毛、他微濕的頭髮，這男孩已經察覺周遭一切都禍福難測嗎？

她把他抱到膝上。「翻到第一頁，好好翻喔。」她等他把書擱好，正面朝上。他吸吮下嘴唇，翻開書封，她的手指劃過一行行字句。

「我是埃同，」她說，「我來自阿卡迪亞，是個單純的牧羊人——」

「不，不，」小男孩說，伸手拍拍書頁。「聲音。用那個講故事的聲音。」

她眨了眨眼；地球又轉動了一度；貨櫃花園的遠方、小小的村鎮之下，海風吹拂著長浪，浪頭被吹得霧濛濛。小男孩舉起食指，戳戳書頁。康絲坦斯清清嗓子。

「我非得跟你們說的故事非常可笑、非常荒誕，你們絕對連一個字都不會相信，然而」——她輕點他的鼻尖——「那是真的。」

作者附記

這本小說是對書的禮讚，亦是植基於其他眾多書冊。這份書單太長，我無法一一列舉，但下列幾本的光采最為耀目。阿普留斯的《金驢記》和據稱由琉善[63]撰寫的簡要版《*Lucius the Ass*》，複述一段傻瓜變成驢子的故事，文字之鮮活，敘事之嫻熟，遠非我所能及。我將君士坦丁堡視為保存古籍的諾亞方舟，而這個比喻來自Reviel Netz和William Neol合著的《*The Archimedes Codex*》。我在Marjorie Hope Nicolson的《*Voyages to the Moon*》中發現澤諾如何解決埃同的謎題。澤諾在韓國的諸多細節來自Lewis H. Carlson的《*Remembered Prisoners of A Forgotten War*》。Stephen Greenblatt的《*The Swerve*》為我引介文藝復興時代初期的書冊文化。

這本小說尤其必須感謝《*The Wonders Beyond Thule*》，這書的作者是安東尼·迪奧金尼斯，書齡約莫一千八百餘年，原書已不復存，僅剩一些莎草紙碎片的殘篇，但根據九世紀拜占庭宗主教佛提亞斯撰寫的情節摘要，《*The Wonders Beyond Thule*》格局宏大，足跡遍布全球，次要敘事錯綜複雜，而且分成二十四冊對開本。全書顯然採擷學者的論述和荒誕的奇想，融合現存的文體，嘗試虛構書寫，說不定包括首部將觸角伸及外太空的文學記事。

根據佛提亞斯，迪奧金尼斯在一篇序言中宣稱，《*The Wonders Beyond Thule*》其實是數世紀之前亞歷山大大帝麾下的一位士兵發現的文本，而且是複本的複本。迪奧金尼斯說，士兵在探索泰爾的地下墓穴時尋獲一個小木櫃，木櫃的箱蓋上刻著：陌生人啊，不管你是誰，請打開來讀，感受生命驚奇，他掀開箱蓋，發現這個刻在二十四塊絲柏木簡上的故事，述說一段周遊世界的傳奇旅程。

63 琉善（Lucian of Samosata，c. 125-180），一譯為「薩莫薩塔的琉善」，羅馬帝國時代以希臘文創作的作家，擅寫諷刺和科幻小說，代表作《真實的故事》（*True Story*）被學者們公認是科幻小說的鼻祖。

致謝辭

誠摯感謝這三位傑出的女性：Binky Urban，謝謝妳對初稿的熱愛，協助我走過許多時日的疑惑；Nan Graham，謝謝妳一次又一次編輯書稿，次數多到我都數不清，促使書稿更臻完美；由衷感謝內人Shauna Doerr，謝謝妳在大疫之年陪伴我窩在書稿之前，在五個不同的場合勸阻我別將它丟棄，為我的生命注入樂聲，讓我的心靈盈滿希望。

我也得謝謝我們的兩個兒子Owen和Henry，謝謝你們幫我憑空想像出「特洛伊科技」、艾力克斯・漢斯失手讓麥根沙士掉到地上的情節。我愛你們。

二哥Mark，謝謝你始終積極樂觀；大哥Chris，謝謝你幫我想出康絲坦斯利用電解原理讓頭髮燒起來；我的父親Dick，謝謝您為我加油打氣；我的母親Marilyn，謝謝您培育我成長的文學花園。

「輪程機」女士Catherine Knepper，謝謝妳鼓勵我完成一次又一次艱辛的潤稿；Umair Kazi，謝謝你相信歐米爾；American Academy in Rome，尤其是John Ochesendorf，謝謝諸位再次允許我加入你們睿智的社群；Professor Denis Robichaud，謝謝您修補我幼稚的希臘文。

Jacque Eastman和Hal Eastman，謝謝兩位的鼓舞；傑斯・沃特（Jess Walter），謝謝你的相知相解；Shirley O'Neil和Suzette Lamb，謝謝兩位的傾聽。諸位圖書館員，謝謝你們協助我找到我所需要，或是還不知道我必須具備的資料。Cort Conley，謝謝你寄給我趣味橫生的信息。Betsy Burton，謝謝妳的擁護。Katy Sewall，謝謝妳協助我研究西蒙在獄中的時日。

謝謝 Scribner 的諸位人士，尤其是 Roz Lippel、Kara Watson、Briana Yamashita、Brian Belfiglio、Jaya Miceli、Erich Hobbing、Amanda Mulholand、Zoey Cole、Ash Gilliam、Stu Smith、Annie Craig 和 Sabrina Pyun。Laura Wise 和 Stephanie Evans，謝謝兩位提昇我的書寫。Jon Karp 和 Chris Lynch，謝謝兩位的支持。

謝謝 ICM 的 Karen Kenyon、Sam Fox 和 Rory Walsh；謝謝 Curtis Brown 的 Karolina Sutton、Charlie Tooke、Daisy Meyrick 和 Andrea Joyce。

誠摯感謝 Kate Lloyd，妳懂我。

小說是人為的文獻，單由一人書寫而成，而且是非常容易犯錯的一人，因此，即使我和能力高超的 Meg Storey 竭盡全力，我相信諸位依然找得出錯誤。所有疏漏、錯誤、冒犯、偏離史實之處，全都歸咎於我。

Dr. Wendel Mayo，謝謝您持續支持我，我想您一定會喜歡這本小說；Carolyn Reidy，我們正想寄出書稿的前一天，您已不幸辭世，但我依然致上誠摯的感謝。

謝謝我的朋友們。

最後我想跟每一位讀者致謝。若是沒有諸位，我將孤單落寞，漂流於漆黑的海面，沒有家園可以歸返。

藍小說353

雲端咕咕國

作　者—安東尼・杜爾
譯　者—施清真
編　輯—張瑋庭
封面授權—Jonathan Bush
美術設計—賴佳韋
內頁排版—芯澤有限公司
總編輯—嘉世強
董事長—趙政岷
出版者—時報文化出版企業股份有限公司
108019臺北市和平西路三段二四〇號三樓
發行專線—（〇二）二三〇六六八四二
讀者服務專線—〇八〇〇二三一七〇五・（〇二）二三〇四七一〇三
讀者服務傳真—（〇二）二三〇四六八五八
郵撥—一九三四四七二四時報文化出版公司
信箱—（一〇八九九）臺北華江橋郵局第九九信箱
時報悅讀網—http://www.readingtimes.com.tw
電子郵件信箱—liter@readingtimes.com.tw
法律顧問—理律法律事務所　陳長文律師、李念祖律師
印　刷—勁達印刷有限公司
初版一刷—二〇二四年十月二十五日
定　價—新臺幣六八〇元
（缺頁或破損的書，請寄回更換）

時報文化出版公司成立於一九七五年，
並於一九九九年股票上櫃公開發行，於二〇〇八年脫離中時集團非屬旺中，
以「尊重智慧與創意的文化事業」為信念。

雲端咕咕國/安東尼・杜爾(Anthony Doerr)著；施清真譯. – 初版. –
臺北市：時報文化, 2024.10
面；　公分. –（藍小說；353）
譯自：Cloud Cuckoo Land
ISBN 978-626-396-911-7

874.57　　113015420

ISBN 978-626-396-911-7
Printed in Taiwan